KB270962

고무신을 끌고 뛰어라

고무신을 들고 뛰어라

초판 1쇄 찍은 날 § 2006년 7월 21일
초판 1쇄 펴낸 날 § 2006년 7월 31일

지은이 § 정유하
펴낸이 § 서경석

편집장 § 문혜영
편집책임 § 이종민
편집 § 한지윤

펴낸곳 § 도서출판 청어람
등록번호 § 제1081-1-89호
등록일자 § 1999. 5. 31
어람번호 § 제5-0101호

주소 § 경기도 부천시 원미구 심곡1동 350-1 남성B/D 3F (우) 420-011
전화 § 032-656-4452 팩스 § 032-656-4453
http://www.chungeoram.com
E-mail § eoram99@chollian.net

ⓒ 정유하, 2006

ISBN 89-251-0223-4 03810

I'am summmersika
고무신을 덮고 피어라
정유하소설
도서출판
청어람

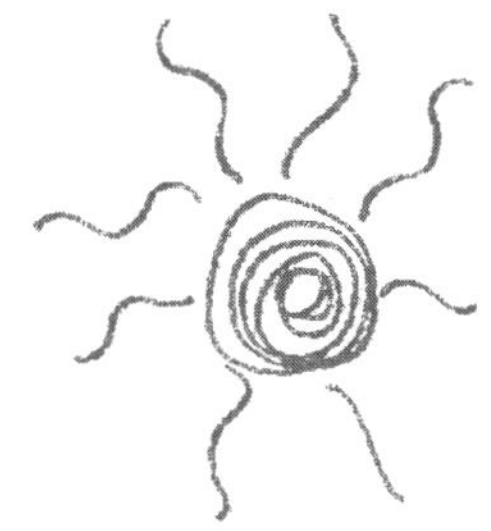

프롤로그 7

1. 나라 수호, 아니, 승리 수호! 14

2. 나의 사명은… 고무신을 들고 뛰어라! 71

3. 승리의 그 날까지 아자! 122

4. 고무신 전쟁, 그 승자는? 174

5. 내 고무신의 주인 232

6. 호국의 승리 288

7. 고무신이 맺어준 인연 343

에필로그 430

작가후기 445

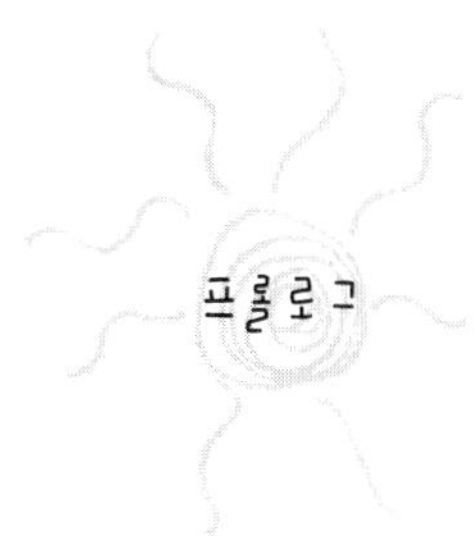

금방이라도 떠날 것처럼 역동적인 움직임을 보이는 기차 앞에서 남녀는 서로를 애절하기 짝이 없는 눈동자로 바라보고 있었다. 탑승구에 반쯤 올라선 남자의 손은 여자의 가느다란 손가락을 잡아 쥔 채 놓으려 하지 않았고, 여자 역시 그를 보내고 싶지 않다는 듯 내내 자리를 지켰다. 그렇게 동상이라도 된 듯 서 있던 남녀에게 이별의 순간이 다가온 건 얼마 지나지 않아서였다.

기차가 마침내 서서히 전진하기 시작하자, 얼어붙은 듯 보였던 남자의 입술이 들썩였다.

"너 절대 고무신 거꾸로 신으면 안 된다. 알지?"

그는 여전히 여자의 손을 붙잡은 채 기차에 몸을 완전히 실으며 간절한 어조로 물었다. 그러자 그에게 이끌려 달리다시피 하던 여자는 고개를 끄덕이며 대답하는 것이었다.

"그럼!"

"너 다른 놈 만나면, 나 총 들고 탈영해 버린다! 탈영하면 어떻게 되는지 알지?"

이제 남자의 눈빛에는 간절함을 넘어 비장함마저 서리고 있었다. 그러자 여자는 더욱 거세게 고개를 끄덕이며 같은 대답을 돌렸다.

"그럼!"

"문승리, 넌 나 권보훈 거라는 것 잊지 마!"

째앵 빠르게 멀어져 가는 기차 뒤로 남자의 외침이 울려 퍼져 역을 맴돌았다. 젊디젊은 청년을 실은 기차는 목적지인 논산을 향해 그렇게 무정하게 떠나 버렸다. 홀로 남은 여자를 바라보는 주위 사람들의 시선에 안타까움이 묻어났다.

"분단국가에 태어난 걸 어쩌겠어."

"에구, 그래. 얼마나 보고 싶을까."

여기저기가 들려오는 중얼거림에 아랑곳없이 멀거니 서 있던 여자는 갑자기 획 돌아섰다. 그리고 '이제 홀로 남은 애인은 펑펑 울겠지' 라는 모두의 예상을 무지막지하게 깨고 날카롭게 터져 나온 환호성!

"앗싸!"

주먹 쥔 팔을 들어올리며 여자는 자리에서 껑충 뛰다시피 하였다. 게다가 그 감격에 겨운 표정이란. 조금 전까지 금방이라도 울음을 터뜨릴 듯 남자를 바라보고 있던 그 여자가 맞는지 의아할 정도로 그녀는 얼굴에 환한 미소를 머금고 있었다.

이제 사람들의 시선에는 그녀에 대한 동정 따윈 사라져 버렸다. 모두 여자를 미친 뭐 보듯 훑어보며 슬금슬금 피하거나 눈살을 찌푸렸다. 하지만 여자의 시야에는 다른 이들의 그런 모습은 보이지 않는 듯했다. 스스로의 감정에 너무도 심취한 듯 눈을 감은 채 외칠 뿐이었다.

"I'm freedom!"

생긴 건 멀쩡한 여자가 하는 짓이 꽤나 특이했다. 덕분에 반경 50m 이내의 사람들이 모두 동물원의 원숭이 보듯 그녀를 구경하고 있었다. 그들 사이에서도 유독 키가 큰 한 남자가 있었으니. 그의 눈빛은 매서웠고, 반듯한 미간은 찌푸려졌으며, 진지한 입술은 굳어 있었다.

그의 이름은 권호국. 앞으로 자신이 수호해야 할 대상을 탐색도 할 겸, 혼자 입영하는 막내 아들을 걱정하는 부모님을 안심시켜 드리기도 할 겸 역으로 나와본 터였다. 하지만 동생 놈의 성격상 그가 온 걸 알면 엄청 짜증을 낼 것이 자명했기에—게다가 애인과의 이별 순간을 방해한다면 더 더욱—숨어서 지켜보다시피 해야 했다.

"형, 나 없는 동안 우리 승리 잘 부탁해. 만약에 다른 놈들이 집적거리거나 그러면 돌려차기로 날려 버리고, 승리가 다른 곳으로 눈길 못 돌리게 항상 감시해 줘. 안 그럼 나 우리 안동 권 씨 가문의 이름에 먹칠할지도 몰라. 탈영할지도 모른다고!"

그 말을 듣는 순간에는 어찌나 어이가 없고 화가 나던지 동생

놈의 멱살을 잡아 흔들고 싶은 생각이 절로 들었지만, 저 여자의 이중적인 행동을 고스란히 목격하고 나자 절로 보훈이 불쌍해졌다.

어쩌다 그 왕싸가지가 저런 여자에게 뻑이 가버린 것인지 모르겠다. 그렇게 가기 싫다던 군대도 '갔다 오면 진짜 남자로 봐주겠다'는 저 여자의 한마디에 덜컥 가겠다는 결심을 하고, 저 여자가 변심하면 탈영까지 하겠다고 떼를 쓰며 그에게 뒷일을 부탁할 정도라니. 저 문승리라는 여자의 어디가 그렇게 좋다는 것인지 그는 이해할 수가 없다.

아주 짧은 순간 목격한 바로는 단정하긴 해도 거의 이중인격자인데다 부끄러움이라고는 없고, 외모로만 봐도 그다지 매력이 있는 것도 아닌데, 어떻게 학창 시절부터 눈이 높기로 유명했던 얼짱 권보훈을 사로잡은 것인지 진짜 오리무중이다.

동생에 대한 안쓰러움은 여자에 대한 반감으로 바뀌어갔다. 안 그래도 매서운 그의 눈매가 더욱 험악해졌다. 하지만 붉으락푸르락하는 호국의 심정을 알 리 없는 승리는 이제 콧노래까지 흥얼거리며 경쾌하게 그가 선 계단 입구로 걸어오고 있었다. 보훈의 말에 의하면 김휘선보다 예쁘고, 한연정보다 늘씬하며, 이오리보다 섹시하다는 그녀 문.승.리.

하지만! 자신을 향해 걸어오는 그녀를 아무리 곱게 봐 넘기려고 해도 그냥 귀여운 정도로밖에 봐줄 수 없는 호국이었다. 160cm도 될까 말까 한 키에 미소를 머금은 희고 오통통한 뺨, 무슨 생각을 하는지 반짝거리는 동그란 눈동자. 근데 그게…… 그냥 귀여운 게 아니라 조금 시선을 끌긴 한다. 아니, 아니다. 그건 저 여자가 입은 꽃분홍빛 재킷 색깔이 너무 현란해서다.

절대 경계심을 늦추지 말자. 저 여자는 이제부터 내가 감시해야 할 죄수이니까. 그것도 고무신을 거꾸로 신으려는 아주 못돼먹은 생각을 품고 있는 것 같은 불량 죄수.

그의 턱이 다시금 단단해졌다. 방어적으로 팔짱을 낀 채 호국은 천진난만한 가면을 쓴 여자를 노려보았다. 전혀 그의 시선을 의식 못한 듯 팔랑팔랑 나비처럼 걸어오던 여자는 남자의 거대한 체구로 인해 행로가 차단되었음을 깨달았을 때야, 오백 원짜리 동전만한 눈동자를 들어 그를 의아하게 올려다보았다. 그러더니 망설임 없이 홱 몸을 돌려 계단을 후닥닥 뛰어올라 가는 것이었다.

자신도 모르는 사이에 고개를 돌려 그녀의 뒷모습을 바라보고 있던 호국은 점퍼 주머니에서 울리는 벨소리에 다시 텅 빈 레일 위로 시선을 두었다. 액정화면에서 깜빡이고 있는 이름은 보훈이었다. 어차피 훈련소 안에서는 무용지물이니 휴대폰을 두고 가라고 했음에도, 나중에 집으로 반송시키겠다며 부득불 가지고 간 동생이었다.

[형~ 나 지금 기차에서 뛰어내리고 싶어!]

"미쳤지, 권보훈! 권 교장선생님 기절할 일 만들지 마라."

[우리 승리 걱정되어서 죽어버릴 것 같단 말이야!]

이 반푼이 같은 놈의 자식. 그 여자는 네 걱정일랑 눈꼽만큼도 안 한다. 아니, 아주 희희낙락이다.

하지만 그 말을 내뱉었다가는 정말 보훈이 달리는 기차에서 뛰어내리기라도 할까 싶어 호국은 입을 꾹 다물어야 했다. 그는 대신 불안감으로 안절부절못하는 동생을 진정시키기 위해 노력했다.

"걱정 마라. 통일고 나라사랑 형제의 명예를 걸고, 네 여자 내가 지켜주마."

[형이야 믿지만, 솔직히 승리를 못 믿겠어. 걔 성격이 좀 좋아야 말이지. 가만히 있어도 남자들이 막 파리 떼처럼 들러붙는단 말이야.]

진짜 제 눈에 안경이라더니, 그 후로도 계속되는 문승리 예찬론에 호국은 헛다리를 짚고 있는 동생이 태어나 처음으로 안됐다는 생각을 했다. 정작 그 여자 본인이 딴마음을 먹고 있다는 것은 생각도 못한 채 오직 그녀 주변 요인들만 걱정을 하고 있다니.

[약속 꼭 지켜야 해!]

권보훈, 도대체 저 말을 몇 번이나 부르짖었던가. 가까스로 성질을 눌러 참은 호국은 평소와 같은 어조를 내기 위해 노력했다.

"알았어. 이미 세열 선배한테 말해뒀다."

[형한테는 조금 미안하지만, 승리랑 확실히 도장 찍을 때까지만 참아줘.]

여자 문제에 있어서는 세상에서 제일 잘 아는 것처럼 굴더니 헛똑똑이었나 보다. 그도 그럴 것이 여자랑 두 시간만 이야기하면 침대로 데려가는 건 문제없다고 큰소리치던 놈이 문승리라는 여자와는 이 년이나 만났는데도 자빠뜨리기는커녕 마음도 확실히 잡지 못한 것을 보면 말이다.

괜히 동생이 헛물을 켜고 있는 것 같아 불쌍하면서도 이상스럽
게 보훈이 승리를 데리고 침대로 가는 장면을 상상하는 것이 불편
했다. 그는 너무 적나라하게 상상되는 그 모습을 머리 속에서 쓱
싹 지워내며 홀로 헛기침을 해댔다.

"그래."

그의 대답에 만족한 듯 계속 넋두리를 늘어놓던 보훈은 휴대폰
이 뜨거워 들고 있기 버거워졌을 무렵에야 가까스로 전화를 끊었
다. 그러자 플랫폼이 무너져라 절로 터져 나온 한숨.

막무가내 우격다짐 동생이라 어쩔 수 없긴 했지만, 괜히 그 부
탁을 들어주었다 싶었다. 아무래도 자신이 떠맡은 그 '물건'에 대
한 '임무'가 보통이 아닐 것 같다는 예감이 들었던 것이다. 하지만
이제와 후회해 봤자 소용없다는 것을 호국은 잘 알고 있었다. 손
에 쥔 휴대폰과 여자가 사라진 계단을 번갈아 바라보는 그의 눈빛
이 절로 우울해졌다.

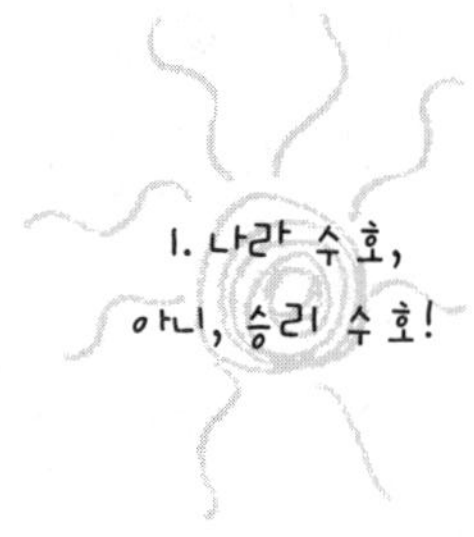

여느 때보다 곱절은 공을 들여 화장한 얼굴을 거울에 비춰 보며 승리는 최대한 예쁜 미소를 짓기 위한 연습을 몇 번이고 반복했다. 왼쪽 입매에 힘을 주었다가, 오른쪽 입매에 힘을 주었다가, 아님 이를 보이고 생긋 웃었다가.

"혹시 문승리 씨?"

그윽하기 짝이 없는 목소리가 머리 위에서 들려오자, 승리는 거울을 던지다시피 백 안으로 집어넣고는 마치 아무 일도 없었다는 듯 연습한 대로 미소를 머금으며 상대를 올려다보았다.

헉! 그녀의 시력, 양쪽 눈 다 1.5. 그럼 분명 잘못 보고 있는 건 아닌데, 뭐가 들어갔나 아님 꿈을 꾸고 있는 건가. 승리는 남자에게 얼마나 바보스럽게 보일지 생각지도 못하고 몇 번이고 눈을 깜빡였다. 하지만 세상에 다시없이 잘생긴 그 얼굴은 그대로였다. 순간 환호성이라도 지르고 싶은 것을 애써 눌러 참은 승리는 입을 쩍 벌린 채 자리에 앉는 남자에게서 시선을 떼지 못했다.

영국, 모로코 등 세계 어떤 왕자를 데려다 줘도 이 남자와는 비교할 수 없을 것 같았다. 그의 미소 한 번에 그녀는 녹아내리는 초콜릿이 된 듯했다. 소개팅 자리에서 이렇듯 100% 아니, 150% 만족한 적은 이십사 년 인생 동안 처음이었다. 그녀는 절로 터져 나오려는 바보 같은 웃음을 눌러 참으며 초특급 킹카에게 궁금한 점을 와르르 쏟아내 놓으려 하였다. 그러나 그에게로 상체를 약간 기울이며 애써 요염한 음성을 내려던 찰나 그녀를 집어삼킬 듯 드리워지는 암흑의 그림자.

"문.승.리."

잔뜩 억눌린 음성이 너무도 귀에 익다. 승리의 입매에 가득 걸려 있던 미소가 고개를 들어 상대를 바라보는 사이 사라락 사라졌다.

마치 적진을 쓸어버리기 위해 등장한 람보처럼, 군복 차림에 K-2 자동 소총을 비장하게 들고 있는 이는…… 여기 있어서는 안 되고, 있을 수도 없는 보훈이었다! 그런 보훈을 보는 순간, 다른 남자를 만나면 탈영해 버리겠다는 그의 협박이 말 그대로 협박이 아니었음을 절감하는 승리였다. 그녀는 자신과 마주 앉은 남자를 향해 차례로 휘둘러지는 총구를 보며 마른 목구멍으로 침을 꿀꺽 삼킨 후 가까스로 그 이름을 불렀다.

"보, 보훈아!"

"다 죽여 버리겠어! 으아아아!"

괴성과 함께 보훈은 마치 영화의 한 장면마냥 옆구리에 총을 따악 붙인 채 두두두두 난사하기 시작했다.

"아악!"

목이 터져라 비명을 지르며 승리는 탁자 아래로 후닥닥 숨으려 했지만, 이놈의 탁자는 또 어찌나 작은지 그녀의 몸이 도무지 들어가지지가 않았다. 공포심으로 인한 오열이 터져 나왔다.

"으허엉, 엉엉엉!"

두 팔은 머리를 감싸고 몸을 공벌레처럼 웅크린 채 승리는 헛된 몸부림을 계속 쳐댔다. 하지만 미치광이 같은 보훈에게서 탈출해야 한다는 그녀의 바람과는 정반대로 귀를 집어삼킬 듯 가까이 들려오는 음산한 한마디.

"문승리!"

"꺄아~!"

눈을 꼭 감은 채 목이 터져라 고함을 내질렀다. 그러자 '짝' 하는 소리와 함께 너무도 날카로운 통증이 엉덩이에 작렬하듯 내리꽂혔다. 그와 동시에 무거운 눈꺼풀을 번쩍 들어올리자 모든 것이 바뀌어 있었다. 카페의 소파와 탁자가 아닌 자신의 오래된 침대와 보송보송한 이불이 눈에 들어오는 순간, 꿈이었구나 싶어서 절로 안도의 한숨이 새어나왔다.

다행이다, 정말 다행이야. 그나저나 그 자식은 군대에 갔음 그만이지 이제 꿈에서까지 날 괴롭히냐. 젠장.

"이 망할 놈의 계집애! 안 일어나!"

찢어질 듯한 윤 여사의 음성에 이어 또다시 엉덩이를 파고드는 고통. 좀 전에 잠을 깨운 통증의 주범 역시 엄마였던 모양이다. 이런 경우 악몽을 깨워줘서 고맙다고 해야 하나, 아님 평소처럼 짜증을 부려야 하나. 하지만 확실한 건 지금 당장 일어나야 한다는 거다. 안 그럼 빗자루까지 동원될는지도 모른다.

"아이씨."

승리는 헐렁한 티 아래로 손을 집어넣어 배를 긁으며 미적미적 몸을 일으켰다.

"씨이? 이년이 엇따 대고 욕이야 욕이! 백수년 주제에 일찍 일어나 아침상 좀 차려놓으면 어디가 덧나? 응?"

뒷머리를 딱 치고 지나가는 윤 여사의 무지막지한 손이 주는 아픔은 눈물이 찔끔 나올 정도였다. 하지만 이 구박도 이십사 년이나 되면 장난처럼 느껴진다. 그녀는 못 들은 척 기나긴 하품을 하며 침대에서 일어나 기지개를 켰다. 그러나 그건 일종의 트릭일 뿐. 이렇게 넘어가선 안 되지. 적이 방심한 틈에 반격은 필수다.

"내가 욕하는 거 다 엄마한테 배운 거야. 모전여전이라고."

"뭐야?"

빽 고함을 지르며 쫓아오는 늙은 엄마를 따돌리긴 아주 쉬웠다. 조금 전까지 동태처럼 풀려 있던 눈이 도망치는 순간만큼은 또렷해졌다. 그녀는 마치 미끄럼을 타듯 거실을 지나 곧장 화장실로 직행을 했다. 딱 하고 문이 잠기는 소리가 그렇게 경쾌하게 들릴 수가 없었다. 문 밖에서 '아침부터 염장을 지른다' 느니 라는 둥 '내가 저년 꼴 안 보면 속이 시원하겠다' 느니 라는 둥 엄마의 신세

한탄 조의 말이 들려왔으나, 그것도 이젠 면역이 되었다. 승리는 윤은옥 여사의 익숙한 레퍼토리를 반주 삼아 변기에 앉아 최신 가요를 흥얼거리기 시작했다.

그것은 어제 노래방에서 미숙이 멋들어지게 불렀던 곡이었다. 순간 자신의 신세가 무척 초라하다는 생각이 들었다. 취직한 친구 덕에 호프집에 이어 노래방까지 풀버전으로 논 것도 자존심 상하는 일이었지만 언제나 패션도, 노래도 최신 유행 가도를 달리던 문승리가 노래방 최신곡 중에서 아는 노래가 없어 탬버린이나 치고 있었다는 사실이 더 기분 나빴다.

그게 다 턱도 없는 임용고시 준비를 하라며 그녀를 방 안에 감금하다시피 한 엄마 탓이다 싶었다. 그녀는 어제 머리 속에 또박또박 새겨두었던 최신곡을 샤워기 아래서 몇 번이고 곱씹으며, 다음번 모임에는 반드시 부활한 문승리의 모습을 보여주겠노라 다짐 또 다짐을 했다.

샤워를 마치고 젖은 머리를 수건으로 감싼 후 거실로 나오자, 벌써 아침 식사를 마친 식구들이 모두 모여 후식으로 과일을 먹고 있었다. 사과를 깎던 손길을 멈추고 경고의 의미처럼 과도를 들어 보이는 윤 여사의 눈빛이 매서웠다. 하지만 아버지 앞에서 엄마는 종이호랑이에 불과하다는 것을 잘 알기에 승리는 시침을 떼며 소파에 벌러덩 앉아 예쁘게 담아놓은 과일을 맨손으로 집어먹었다.

"아빠, 오늘 화실 안 나가요?"

"누나, 오늘 일요일이야."

한심하다는 듯 들려오는 동생 영재의 목소리. 젠장, 그렇군.

이제 중학교 1학년에 불과한 놈은 잘난 척 대마왕이다. 천재도 아니고 수재도 아닌, 영재라는 이름 탓일까.

그녀의 뭐 씹은 듯한 얼굴을 본척만척하며 사과를 잘라 접시에 담아내던 엄마에게서 뜻밖의 말이 떨어졌다.

"승리 너, 다음 주부터 엄마 학원 나와서 일 좀 도와."

"푸훗."

곱게 씹힌 사과가 입 밖으로 후드득 뿜어졌다. 깔끔 떨기로는 대한민국에서 제일가라면 서러워하는 문영재는 경악을 하며 제 방으로 홱 들어가 버렸고, 티슈를 뽑아 탁자 위에 튄 파편을 치우는 윤 여사의 표정은 '너 나중에 두고 보자' 이거였다.

"여보, 임용고시가 얼마나 남았다고 그래. 승리 좀 가만히 둬요."

오락 프로그램에 꽂혀 있던 눈길을 돌린 아버지의 한마디는 승리에겐 천군만마와도 같았다. 역시 이 집에서 그녀 편이 되어줄 이는 영천 문창대 화백뿐이다. 승리는 아버지에게 고마워 죽겠다는 눈빛을 보내며 다시 사과를 집어 들려 했다. 하지만 역시 윤 여사의 역공은 만만치 않았다.

"여보, 말이면 바로 하세요. 내가 지금껏 재 공부할 수 있게 여건 조성을 안 해준 줄 아세요? 그럼 뭐 하냐고요. 저를 위해주는 줄도 모르고 내가 하는 행동은 구속이요, 하는 말은 잔소리로밖에 들질 않는데. 허구한 날 친구들이랑 붙어다니면서 부어라 마셔라, 어떤 날은 웬일로 방에만 처박혀 있길래 공부하나 싶어 들여다보면 엎어져 자고 있고. 정말 나도 참을 만큼 참았다고요!"

승리는 사과를 스륵 내려놓으며 자리에서 엉덩이를 들어올리려 하였다. 이쯤 되면 아버지 문 화백도 그녀의 편만 들 수는 없을 것이다. 사람이란 자고로 물러날 때를 알아야 하는 법이기에 소리 나지 않게 일어나 소파 옆으로 몸을 틀려는데, 묵직한 물음이 그녀의 발목에 척하니 와 감겼다.

"네 어머니 말이 사실이냐?"

그토록 애청하시는 '도전 50곡' 프로그램이 방송 중인데도, 아버지는 리모컨을 찾아 TV를 꺼버리셨다. 아, 이 숨막힐 듯 진지한 분위기란.

승리는 다시 엉덩이를 삐질삐질 움직여 제자리를 찾아 앉아야 했다.

"네? 아, 네. 그런데 그건 다 이유가 있어서……."

"하나만 묻겠다. 너 임용고시를 칠 생각은 있는 거냐, 아니면 부모님이 원하니까 한번 쳐주자 이런 생각인 거냐?"

어렸을 때부터 엄마의 잔소리는 무던히도 들어왔다. 그래서 한 귀로 듣고 한 귀로 흘리기 일쑤였고, 솔직히 당장의 불을 꺼뜨리기 위해 거짓말도 참 많이 했다. 그러나 아버지는 다르다. 말없이 지켜만 봐주시던 분이 한 번 나섰을 때는, 피할 수 있는 방법은 없다. 오로지 진실 그것뿐.

고개를 깊숙이 내려뜨린 승리는 입술을 질근질근 깨물다가, 계속되는 침묵에 아버지가 자신의 대답을 기다리고 계시다는 것을 깨닫고 심호흡과 함께 입을 열었다.

"죄송해요, 아버지. 그런데 저 정말 교사랑은 안 맞는 것 같아

요. 애초에 음대로 진학한 건 엄마의 영향도 있었지만, 그냥 음악
이 좋아서였는데. 음악 교사까지는 생각해 본 적 없어요.”

“음…….”

저 ‘음’이란 한숨 비슷한 말 후엔 문 화백 특유의 단호한 결정
이 내려진다. 그것을 마치 사형을 앞둔 죄수처럼 떨리는 마음으로
승리는 기다렸다. 마침내 안경을 한번 쓸어 올린 아버지에게서 반
가운 대답이 떨어졌다.

“네가 싫으면 그만둬라.”

“네? 정말이죠?”

‘앗싸!’ 라는 환호성이 이어지려는 순간, 청천벽력과도 같은 선
언이 들려와 승리는 완전히 굳어버렸다.

“대신 다른 일을 찾을 때까지 어머니 학원에 나가도록 해라.”

“아, 아버지!”

그야말로 견원지간이나 다를 바 없는 윤 여사의 밑에서 일을 하
라니. 그건 그녀에게 엄청난 고문이었다. 조금이라도 쉴라 치면
‘승리야!’ 라며 이것저것 시켜댈 것이 자명한데, 불행해질 것이 눈
에 뻔히 보이는데 그 길을 나보고 가라니. 태어나 처음으로 아버
지가 원망스러워지는 순간이었다.

“싫으면 다른 일을 찾든지. 아니면 네 이런 모습까지 이해해 줄
다른 보호자를 찾든지.”

“네?”

무슨 말씀인지 순간 이해하지 못했던 승리는 이어진 아버지의
설명을 들으며 귀가 번쩍 뜨이는 것만 같았다.

"나와 네 엄마가 아닌, 널 책임져 줄 누군가를 찾아보란 말이다. 결론적으로 말해, 결혼."

"어머머! 여보! 애 나이 이제 스물넷이에요!"

대수롭잖게 말씀을 하시는 아버지와 달리 어머니는 경악을 금치 못하셨다. 그런 그들을 보는 승리의 입매에 슬며시 미소가 떠올랐다.

그래, 결혼! 굿 아이디어다! 내가 왜 거기까지 생각을 못했을까. 보훈이 놈에게서도, 윤 여사에게서도 벗어날 수 있는 방법인데. 그야말로 일거양득이 아닌가.

각자의 생각에 잠긴 탓일까. 거실에 정적이 흘렀다. 얼마 지나지 않아 으흠 하는 헛기침을 내뱉으며 문 화백은 그녀와 윤 여사를 남겨둔 채 서재로 사라져 버렸다. 아마도 아버지는 친구인 '컴퓨터'를 찾아가는 길이리라. 아버지의 유일한 취미는 컴퓨터와 바둑 두기였으니까. 그 뒷모습을 물끄러미 바라보다가 승리는 다시 자신의 앞에 닥친 문제로 신경을 집중시켰다.

결혼이라. 그런데 당장 남자도 없고, 자금도 없고, 이젠 망할 놈의 학원에 매여 시간까지 없어지려 한다. 목표는 보이는데 어떻게 해야 할지 당장 해결책이 떠오르지 않았다.

이제 보훈이 녀석 훈련 기간도 끝났고, 백일 휴가까지는 금방이다. 그놈이 나오기 전에 왕튼실한 진짜 애인을 만들어서 완전 쫑을 내버려야 하는데 정말 큰일이다. 아니, 그전에 엄마의 손아귀에서부터 벗어나야 해.

"아주 자갈 굴러가는 소리가 여기까지 들린다~"

배배 꼬인 윤 여사의 일격에 그녀의 생각이 올스톱해 버렸다. 뿌루퉁한 표정을 지으며 승리는 자리에서 일어났다. 방문을 열기 위해 문고리에 손을 올려놓는데, 또다시 들려온 잔소리.

"애들 지도하려면 오늘 미장원 가서 그 빨강머리 좀 어떻게 해! 내가 볼 때마다 정신 사나워 죽겠다!"

보훈이 녀석이 기차에 몸을 싣자마자 그녀가 역을 나가 제일 먼저 달려간 곳이 헤어샵이었다. 단순히 제 놈이 까만 생머리를 좋아한다는 이유로 머리칼에 손도 대지 못하게 했던 애인의 탈을 쓴 스토커가 사라졌으니, 이젠 그녀에게도 자유가 생긴 셈이었다. 그런데 누린 지 얼마 되지도 않는 그 소중한 자유를 이젠 엄마가 앗아가려 하고 있었다. 문이 닫히기 직전 그녀는 고개를 쑥 내밀며 단호하게 소리쳤다.

"싫어!"

"아니, 정말 저년이! 보훈이 군대 가고 나서부터 완전 맛이 갔다, 갔어."

탁 하고 문이 닫히긴 했지만, 그 틈으로 엄마의 커다란 목소리가 너무도 생생하게 들려왔다. 거울 앞에서 머리를 감싸고 있던 수건을 홱 풀어내며 승리는 더 우렁찬 음성으로 받아쳤다.

"몇 번을 말해! 그 녀석 절대 내 애인 아니라고!"

"네 주제에 보훈이가 어디가 어때서 싫다는 거야!"

"아악! 엄만 알지도 못하면서!"

승리는 씩씩거리며 젖은 수건을 바닥에 홱 집어던지고 책상 의자에 앉았다. 맞은편 거울 속에 물에 젖어 더욱 색깔이 짙어진 빨간 머리를 한 여자의 모습이 보였다. 그것이 마치 성난 마귀할멈처럼 괴기스럽게 보여 승리는 저도 모르게 눈살을 찌푸렸다.

"진짜 염색을 하긴 해야겠네, 젠장."

손으로 머리칼을 털어낸 승리는 의자를 홱 돌려 창에 비치는 맑은 가을 하늘을 올려다보았다. 높고도 넓은 하늘을 보고 있노라니 답답했던 속이 조금은 뚫리는 기분이었다. 물론 응급처치에 불과하지만.

그럼 보다 근원적인 해결책은…… 그래, 진짜 애인을 찾는 방법밖에는 없다. 생각이 거기까지 이르자 승리의 눈동자에 결의에 찬 번쩍임이 일었다.

결심을 했다고는 하나 하루아침에 실현되기는 어려운 법. 문승리, 그녀를 둘러싼 현실은 냉혹하기 짝이 없었다.

"어휴~"

윤 여사에게 질질 끌려나오다시피 하여 졸지에 학원을 지키는 똥강아지 신세가 되고 만 승리의 입술 사이에서는 거의 십 분에 한 번씩 한숨이 터져 나오고 있었다.

오전에 있는 유아반 아이들의 레슨을 엄마의 잔소리 아래 힘겹게 마친 그녀는 본인이 예상했던 대로 '이건 내 적성이 아니야'를 수십 번 부르짖어야 했다. 그러나 돌아온 것은 윤 원장의 가혹한 체벌뿐. 완전 진이 빠져 버린 승리는 강사실의 소파에 널브러져 꼼짝도 할 수 없었다. 아니, 하고 싶지 않았다.

초등학생들이 레슨을 받으러 올 시간이 차츰 다가오고 있었다.

그에 따라 그녀의 몸에 솜털이 점차 바짝 일어나기 시작했다. 점차 한숨의 간격이 좁아지는가 싶더니, 마침내 그것은 괴성이 되어 터져 나왔다.

"으아악!"

그러자 기다렸다는 듯 핵 강사실의 문이 열리고, 척하니 허리에 손을 얹은 채 들어오는 윤 원장. 어쩔 땐 계모가 아닐까 싶을 정도로 가차없는 그녀의 엄마.

"또 약 먹을 시간 됐니?"

"으~ 엄마!"

"발딱 일어나서 나오지 못해! 그렇게 엉덩이가 무거워서야…… 월급이라도 제대로 받으려면 빠릿빠릿 움직여!"

대꾸도 하기 전에 쾅 하고 닫히는 문을 바라보고 있노라니 속에서 천불이 나는 것만 같았다. 그것을 잠재우지 못한 승리는 몸을 벌떡 일으켰다. 절대 엄마의 협박에 못 이겨 일어난 것이 아니다! 절대! 그럼에도 불구하고 슬리퍼를 신은 그녀의 발은 스스로의 나약함을 저주하며 레슨실을 향해 나아가고 있었다.

그런 와중 너무도 달콤하게 들려오는 젊은 트롯 가수 장윤경의 힛트곡 '빰빠라'.

그것은 분명 어젯밤 바꾼 자신의 휴대폰 벨소리였다. 승리는 얼른 사물함 쪽으로 뽀르르 달려가 딱 그녀 취향의 커다란 호피 무늬 가방을 뒤적였다. 폰의 액정화면에서 깜빡이고 있는 이름은 미숙이었다. 얼마 전 대기업에 취업을 해 전성기를 맞고 있는 중·고등학교도 모자라 대학까지 딱 붙어간 동창!

같이 백수 생활을 할 때만 해도 엄청나게 반가웠을 전화였건만, 지금은 그럴 수가 없다. 폴더를 여는 승리의 목소리는 뿌루퉁하기 짝이 없었다.

"왜?"

[뭐야, 그 엄청나게 안 반갑다는 대꾸는?]

"나 지금 학원이야. 레슨 해야 해."

[헛! 문승리, 내가 지금 잘못 들은 건 아니겠지? 설마 어머니 학원에 네가 나가…….]

미숙의 음성에 깃든 재미있어 죽겠다는 뉘앙스가 승리를 완전히 자극해 버렸다. 친구의 말이 끝나기도 전에 그녀에게서 버럭 고함이 터져 나왔다.

"그래! 맞아! 엄마 학원에 나와 앉아 있어! 고소해 죽겠냐?"

[저 말하는 거 봐라. 친구를 위해 소개팅 자리를 양보하려는 이 착하고 순진한 어린 양에게.]

조금 전까지 목에 핏대를 세우며 흥분해 있던 승리는 벌어졌던 입을 다물었다. 애써 참으려 했지만 입가에 미소가 드리워지는 것은 어쩔 수 없었다. 역시 미숙은 그녀의 단짝이라 불릴 만한 자격이 충분히 있다. 승리는 사뭇 달라진 음성으로 되물었다.

"소개팅?"

[응. 우리 학교 선배가 만들어준 자린데, 팀 회식이 겹쳐 버렸지 뭐야. 너 마음 있으면, 지금쯤 나가면 되겠다.]

이런 걸 이심전심이라고 하는 건가. 자신이 허구한 날 그 생각뿐이었던 걸 어떻게 알고, 전화를 해준 미숙이 구세주처럼 느껴졌다. 때앵큐, 친구~ 그런데 밖에서 두 눈 시퍼렇게 뜬 채 지키고 있는 윤 여사는 어떻게 따돌리지?

기쁘면서도 또 걱정이 앞선 승리는 잠시 망설였다. 그에 미숙의 추궁이 이어졌다.

[문승리, 너 왜 이렇게 시큰둥해? 보훈이 군대 가고 나서 다른 남자 실컷 만나고 다닐 거라고 공공연히 말하고 다녔던 거…… 다 농담이었니?]

완전 도발이었다. 약간 주춤했던 승리의 기개가 다시금 용솟음 치기 시작했다. 대답을 하는 그녀의 목소리는 사뭇 전투적이기까 지 하였다.

"나 문승리다? 괜한 소리 안 해! 장소가 어딘데?"

휴대폰 너머에서 안도의 한숨이 흘러나온다 느낀 순간 미숙은 재빨리 장소를 이야기해 준 후 회의가 있다며 통화를 끝내 버렸 다. 휴대폰을 가방에 집어 넣으며 승리는 시계를 흘끔 올려다보았 다. 집에 가서 옷을 갈아입고 머리 손질도 좀 하려면, 미숙의 말대 로 지금쯤은 나가야 할 것 같았다. 보는 사람이 없음에도 가방을 살그머니 집어 어깨에 멘 그녀는 발끝으로 걸어서 문을 열었다.

희미했던 피아노 소리가 크게 귓속을 파고들었다. 다행히도 윤 원장은 레슨실에 들어가 있는지 보이지 않았다. 그래, 지금이다!

더 생각할 겨를도 없었다. 하지만 슬리퍼를 벗어 던진 후 총총 걸음으로 현관에 도달한 그녀가 신발을 꺼내 신으려는 찰나, 마치 기다렸다는 듯 뒤에서 문이 열리는 소리가 들렸다. 허리를 굽힌 그 자세 그대로 굳어버린 승리의 귓가에, 피아노 연주 소리를 뚫고 금속성 같은 윤 원장의 목소리가 크게 확대되어 파고들었다.

"문! 승! 리!"

그리고 이어 들려오는 슬리퍼 끄는 소리.

이대로 항복이냐 반란이냐 사이에서 아주 잠깐의 순간 고민을 해본 승리는 결국 후자를 선택했다. 그녀는 목이 긴 캔버스 운동화를 구겨 신은 채 뒤도 돌아보지 않고 문을 열었다.

"넌 잡히면 죽는다!"

닫히는 문 사이로 악에 받친 엄마의 무시무시한 경고가 날아들었지만, 지금은 무섭지도 않았다. 오직 보훈과 윤 여사의 마수에서 벗어나기 위한 이 기회를 놓칠 수 없다는 생각으로 마음이 조급할 뿐이었다.

문을 열자마자 오른쪽으로 홱 몸을 튼 승리는 미친 듯이 큰길을 향해 달려나갔다.

집에 들를 여유는 없을 것 같다. 젠장, 이럴 줄 알았으면 아침에 좀 일찍 일어나 화장도 하고, 옷도 신경 써서 입을 걸 그랬다. 학원에만 처박혀 있을 줄 알고 해진 청바지에 유치한 캐릭터 티 쪼가리를 걸치고 나왔는데. 그나마 어제 머리를 깔끔하게 자르고 염색한 것이 다행이라면 다행일까.

절대절명의 순간, 그야말로 바람을 가르며 달리면서도 이런저런 생각으로 승리의 작은 머리 속은 복잡하기 짝이 없었다.

"야! 거기 안 서!"

갑작스레 들려온 엄마의 엄청난 괴성은 그녀의 달음박질에 더한 가속도를 붙여주었다.

오 마이 갓! 오십 넘은 아줌마가 무슨 정력이 저리 좋냐고!

거의 울상이 된 얼굴로 뒤를 흘끔흘끔 돌아보며 승리는 뛰고 또 뛰었다. 전방을 보며 목표 지점과의 거리가 얼마나 남았는지를 확인했다가, 뒤를 돌아보고 적과의 거리를 가늠해 보았다가.

곧 큰길이 나타날 텐데, 엄마는 포기할 생각이 없는 듯 연신 지휘봉을 휘두르며 달려오고 있었다. 이러다 영원히 멈추지 못하는 것 아냐? 도대체 언제까지 달려야 하는 걸까. 아, 그냥 이대로 포기해 버려? 그.러.나.

"너 내 손에 잡혀만 봐라! 한 달 동안 외출 금지다!"

그 한마디가 그녀의 힘 빠진 다리에 다시금 기력을 보충해 주었다. 무조건 달려야 했다. 이대로 죽는 한이 있어도. 그런데 갑자기 왠지 이렇게 자신만 돼지처럼 몰리고 있는 게 억울해졌다. 숨을 헐떡이면서도 승리는 뒤를 돌아보며 크게 소리 질렀다.

"아마 엄만 절대 나 못 잡을걸! 스물네 살짜리 처녀랑 오십 살짜리 아줌마랑 상대가 된다고 생각해? 심장 고장나 쓰러지기 전에 얼른 멈추시지?"

"아, 아니, 저년이!"

엄마의 트레이드 마크인 오드리 헵번 스타일의 헤어는 무너질 대로 무너져 있었고, 그 아래 비교적 곱게 늙은 얼굴은 상기되어 있었다. 승리는 그 모습에 괜히 마음이 약해지려는 자신을 다잡으며 혀를 날름 내밀었다.

그때 그녀의 뒤통수를 내려치듯 들려온 클랙슨 소리.

빠앙!

황급히 전진 방향으로 고개를 돌리자 마침 코너를 꺾어 들어오는 승용차가 보였다. 그것을 미처 피하지 못한 채 승리는 눈동자에 힘을 주며 굳은 듯 섰을 뿐이었다. 조금 전까지 귓가에서 메아리치던 엄마의 고함 소리가 멈추었다. 일시적인 정적. 아무것도 들리지 않았다. 진공 속에서 무섭게 다가오는 차체를 승리는 멍하니 바라보던 승리는 곧 자신이 죽을지도 모른다는 공포심에 눈을 질끈 감아버렸다.

끼익!

타이어가 지면과 마찰하는 과정에서 일어난 엄청난 소음에 이어 생각보다 훨씬 미약한 충격이 무릎 부근에 느껴졌다. 아니, 사실은 그냥 지나가다 전봇대에 부딪친 정도의 느낌이었다. 하지만 후다닥 달려오고 있을 엄마의 존재를 상기한 승리는 그대로 눈을 감은 채 자리에 쓰러지는 시늉을 해 보였다.

털썩.

'아야!'

너무 리얼하게 연기를 했던 모양이다. 아스팔트에 찧은 왼쪽 허벅지와 팔에 극심한 통증이 느껴졌다. 그러나 소리 내어 아픔을 표현할 수 없는 자신의 상황을 자각한 승리는 어금니를 깨물며 그 고통을 참아야 했다.

"아이고! 승리야!"

어느새 모로 누운 그녀의 허리와 목을 받쳐 든 엄마는 동네가 떠나가라 통곡을 해댔다. 양심을 송곳 같은 것이 콕콕 찔러댔지만, 승리는 더욱 눈을 질끈 감아야 했다. 이 난관을 벗어날 방법이 떠오를 때까지는.

달칵.

자동차 문이 열리는 소리에 이어 발자국 소리가 아스팔트를 울리며 가까이 다가오는 것이 느껴졌다.

"괜찮으십니까?"

이럴 수가. 그윽하기 짝이 없는 목소리는 거의 그녀의 이상형이다. 호기심에 살짝이라도 눈을 뜨고 남자를 살피려 하던 찰나, 갑자기 하나뿐인 딸내미를 딱딱한 바닥에 내팽개치고 일어나는 우리의 윤 여사.

"뭐야? 생긴 건 멀쩡한 총각이, 좀 모자란 거 아니야? 이게 괜찮은 걸로 보여? 응? 이제 내 딸 어떻게 할 건데?"

어찌나 세게 내려놓았던지 정통으로 아스팔트에 충돌한 뒤통수에서부터 아릿한 아픔이 번져 갔다. 찔끔 맺힌 눈물과 더불어 튀어나온 억눌린 욕설. 하지만 그것은 엄마의 고성에 가려 거의 들리지 않을 정도였다.

"죄송합니다. 하지만 얘긴 나중에 하시지요. 지금은 우선 병원부터 가보는 게 좋을 듯합니다."

지독히도 덤덤한 목소리다. 방금 사람을 치었다고는 할 수 없을 정도로. 물론 친 건 아니고, 이건 그녀의 오버액션일 뿐이지만 상대는 아직 모르니까. 아냐, 혹시 눈치 챈 건 아니겠지. 그래, 아닐 거야. 저 눈치 백 단 윤 여사도 낌새를 채지 못했는걸.

"아, 그럼 뭐 해! 어서어서 옮기지 않고."

엄마의 재촉에 이어 커다란 손이 등과 무릎 뒤로 들어와 그녀를 번쩍 안아 들었다. 저도 모르게 온몸에 힘을 바짝 주며 승리는 남자에게서 고개를 비껴냈다. 하지만 단단한 가슴과 팔의 근육, 상큼한 향취는 그녀에게 고스란히 전달되었다. 괜히 온몸에 열이 올랐다. 어머머! 얼굴도 모르는 남자를 상대로 지금 내가 무슨 생각을 하고 있는 거야!

손이 어딜 만지고 있냐느니, 좀 조심해서 놓으라느니 계속되는 엄마의 불평과 잔소리에도 이렇다 할 반응 없이 그는 그녀를 자동차 시트 위로 가만히 눕혀주었다. 그 순간 남자의 숨결이 그녀의 얼굴에 훅 끼쳐 와 승리는 미세하게 표정을 찡그리고 말았다.

"교통사고는 속으로 골병든다던데. 아직 시집도 안 간 '우리 딸' 잘못되면 어떻게 할까."

앞좌석에서 들려오는 딸에 대한 사랑으로 넘쳐 나는 듯한 엄마의 발언에, 그녀는 홀로 구역질을 하는 시늉을 해 보이며 표시 나지 않게 약간 몸을 돌려 돌아누웠다. 혹시라도 룸미러를 통해 자신의 표정이 보이지 않을까 염려된 까닭이었다.

남자는 별다른 대꾸가 없었다. 그저 천천히 차를 출발시킬 따름이었다. 윤은옥 여사의 말을 씹는다? 힛, 이 남자 꽤나 맘에 든다. 눈을 감고 누운 채 승리는 약간의 미소를 머금었다.

그 후로도 엄마의 거의 일방적이다시피 한 대화는 계속되었다. 보험은 당연히 들었겠지로 시작해서 합의 어쩌고 하는데 그녀의 얼굴이 다 화끈거렸다. 평소 우아한 척은 혼자 다 하면서, 가끔씩 대한민국 아줌마의 전형을 보여주는 윤 여사였다. 지금이 바로 그런 경우였다.

"다 왔습니다. 내리시죠."

보통 사람들 같으면 짜증 또는 맞불 작전으로 나가거나, 종래에는 무시하기 일쑤인데 남자는 그러지 않았다. 오는 내내 엄마의 길디긴 말에 가끔이긴 해도 짧은 대꾸를 잊지 않았던 것처럼 그는 도착을 알리는 말도 지극히 공손한 어조로 내뱉고 있었다.

달칵.

차 문이 열리는 순간 승리의 머리 속에 빨간 불이 들어와 깜빡거렸다.

'이젠 어떻게 하지. 병원에 도착하면 거짓말이 들통날 텐데. 그럼 난? 죽음이지.'

열심히 머리를 굴리고 있는 와중 와락 자신을 안아 드는 손길에 승리는 흠칫 몸을 떨었다. 부디 남자가 눈치 채지 못했기만을 바라며 그녀는 더욱 눈을 꼭 감았다. 그러나 그녀의 그런 바람이 무색하게 귓가에 다가든 낮은 속삭임.

"이제 그만 일어나지 그래?"

심장이 튀어나올 듯한 충격으로 승리는 눈을 번쩍 뜨고야 말았다. 그리고 자신을 위에서 굽어보고 있는 선 굵은 이목구비를 가진 남자를 빤히 올려다보았다. 왠지 낯이 익은 얼굴이었다. 주책맞게도 알 수 없는 친근감이 들었다. 그건 이 사람 앞에서 충분히 뻔뻔해질 수 있다는 결론. 승리는 상체를 들어 차창 밖을 내다본 후, 엄마가 휴대폰을 들고 통화 중인 것을 발견하고는 다시 남자를 바라보며 물었다.

"부탁 하나만 해도 돼요?"

그의 짙은 눈썹이 슬쩍 일그러졌다.

"나 지금 굉장히 급하게 가야 할 데가 있거든요?"

그의 눈동자가 그녀를 미친 여자 보듯 위아래로, 그러나 다분히 호기심 어린 시선으로 훑고 있었다. 그러자 자신의 허리와 무릎 뒤에 닿은 그의 손가락이 갑자기 못 견디게 의식되었다. 쑥스러움을 감추기 위해서일 뿐만 아니라 엄마가 통화를 끝내기 전에 얼른 도망가야 한다는 긴박감으로 승리는 빽 소리를 내질렀다.

"얼른 시동 걸라고요~!"

누구보다 그의 능력을 믿었기에, 호국의 은사 동철은 그를 자신이 학과장으로 있는 대한대학교 태권도과의 전임강사로 추천해 주었다. 선수 시절부터 그를 보아온 동철은 호국이 누구보다 가르치는 일에 열의를 가지고 있고 그것을 위해 지금까지 얼마나 열심히 공부를 해왔는지 잘 알고 있었다. 그렇기에 거절의 답변 따위는 예상하지 못한 듯 조금 전까지 웃고 있던 동철의 눈매가 매서워졌다. 걸걸한 목소리에 노기가 서렸다. 그것은 갓 스무 살 남짓의 그를 조련했던 예전과 다를 바 없었다.

"기껏 세열이 놈 도장에서 애들이나 가르치겠다고, 이 좋은 기회를 물리치겠단 말이냐?"

"죄송합니다."

"국내에서뿐 아니라 심지어 해외에서까지 지도자 과정을 마친 쟁쟁한 아이들이 줄을 서서 기다리고 있는 자리다. 그중에는 올림픽 금메달리스트들도 몇몇 포함되어 있지. 하지만 나는 그들의 빼어난 능력보다 가르침에의 네 열정을 더 높이 사고 싶었다."

동철의 말은 아시안 게임의 시합 도중의 부상으로 인해 금메달뿐 아니라, 선수 생활까지 중도 포기해야 했던 그의 아픈 과거를 헤집어놓았다. 호국의 입가에 씁쓸한 미소가 맺혔다.

"만약 정말 제 자리라면, 그땐 감독님의 힘을 빌지 않아도 기회는 찾아오겠지요."

"답답한 자식. 우리나라에 혈연, 지연이 작용 안 하는 데가 어디 있는 줄 아냐? 너는 다 좋은데 젊은 놈이 지나치게 꽉 막혔어."

"저를 높게 사주신 감독님 은혜는 잊지 않겠습니다."

"은혜는 개뿔! 못난 네놈 따위 꼴도 보기 싫으니 가라!"

비틀. 자리에서 일어나는 동철의 어깨가 흔들렸다. 선수 시절 부상으로 인해 왼쪽 다리가 불편한 스승이었다. 같은 아픔을 가지고 있기 때문일까. 그들은 말하지 않아도 서로를 나름대로 이해했다. 그러나 세월의 흐름은 호국에게 망각을 가져다주었다. 동철이 남에게 약한 모습을 보이는 것을 끔찍하게 싫어한다는 사실을 잠시 잊고서 호국은 스승의 팔을 붙잡았다. 하지만 그것은 단숨에 뿌리쳐졌다.

"놔라. 썩을 놈, 네 고장 난 무릎 걱정이나 해!"

말은 저렇게 해도, 동철이 실상은 자신을 조금은 아끼고 좋아한다는 것을 호국은 잘 알고 있었다. 그렇기에 그다지 섭섭하게 느껴지진 않았다.

"이건 사모님 갖다드리세요. 추석 때 찾아뵙지도 못했잖아요. 그럼, 저 가요."

그는 오는 길에 백화점에 들러 산 황토 내의 세트를 탁자 위로 밀어놓으며 학과장실을 나섰다. 불만스레 구시렁거리는 동철의 말소리가 그를 배웅해 주었다.

주차장에 이르러 차에 오르기 전, 잠시 호국은 자신의 모교를 둘러보았다. 보훈의 부탁이 아니었더라도, 거절했을 자리. 막상 저질러 놓고 보니 꽤 아쉬움이 든다. 하지만 언젠가는, 그래, 언젠가는 이곳으로 돌아올 것이다.

그러다 세열과 만나 점심을 함께하기로 한 약속이 떠올라 호국은 서둘러 시동을 걸었다. 대한대학교 체육대학 캠퍼스가 있는 수원에서 세열이 사는 서울 강동구까지는 차로 가도 적어도 한 시간 이상이 걸렸다. 시계를 보니, 지금부터 아무리 밟아도 늦은 점심이 될 것 같았다.

그나마 도로가 한산해 대충 시간은 맞출 수 있겠거니 여기고 있었다. 세열의 동네에 다 이르렀는데, 골목 어귀에서 그의 차로 뛰어든 시퍼런 생물체.

놀란 가슴을 심호흡으로 진정시키고, 차에서 내린 그는 커다란 아톰이 그려진 푸른 티셔츠를 입고 쓰러져 있는 여자의 얼굴을 마주하고는 더욱 놀라고 말았다. 이 무슨 악연이란 말인지. 그녀는 그를 이 동네까지 불러들인 결정적인 원인, 문승리였던 것이다.

게다가 사고는 그녀의 연극. 그가 안을 때 파르라니 떨리는 눈꺼풀과 꿈틀거리는 근육들이 그것을 확신하게 했다. 어찌나 괘씸하고 황당하던지. 어떻게 놀려줄까 고민하다 내뱉은 일어나라는 그의 낮은 속삭임에도 여자는 김새게 그다지 놀란 기색이 없었다.

외려 급하게 갈 데가 있으니 얼른 출발하라며 그에게 명령을 내리는 것이 아닌가!

거기다 더 못마땅한 건 여자의 커다란 눈을 멍청하게 내려다보다가 총알같이 움직여 병원을 빠져나가는 자신과 자신의 애마였다. 호국은 룸미러를 통해 입을 쩍 벌린 채 휴대폰을 털썩 떨어뜨리는 승리의 어머니를 바라보았다. 마구 헝클어진 머리칼을 한 채선 중년 여인에게 호국은 괜스레 미안함을 느꼈다.

그런데 정작 자신의 엄마를 저곳에 버려둔 채 도망을 치고 있는 저 여자, 부스스 뒷좌석에서 일어나 안도의 한숨을 내쉬고 있는 문승리 저 뻔뻔녀의 얼굴에서는 미안함의 기색이라고는 눈 씻고 찾아봐도 보이지 않는다.

"아! 이제 살았다. 와, 나 아저씨 아니었음 정말 죽을 뻔한 거 있죠?"

핸들을 잡은 그의 손아귀에 힘이 잔뜩 주어졌다. 아저씨라니! 누굴 보고 아저씨라는 거야, 지금. 이 꼬맹이가!

"정말 고맙습니다!"

그의 표정이 잔뜩 굳어지는 것도 모른 채 승리는 운전석으로 얼굴을 불쑥 들이밀며 인사를 하는 것이었다.

"저기, 어디까지 가시는지 모르지만 혹시 홍대 지나가시는 길이면, 거기 좀 내려주시겠어요? 아님 뭐, 저 앞 버스 정류장에 세워주시던지요."

그를 향해 배시시 웃는 그녀를 룸미러를 통해 바라보던 호국의 시선이 작은 귀에 알알이 박힌 은제 귀걸이들을 발견했다. 도대체가 얼마나 뚫어댄 거야. 귓불이 남아나질 않겠군. 그러고 보니 콧 잔등 옆에서 반짝이고 있는 저것도 귀걸이, 아니, 코걸이인가?

"근데 조금만 빨리 가주심 안 될까요? 약속 시간이 많이 지나 서…… 미숙이 년, 지랄하는 거 아닌가 모르겠네."

서른한 해를 살면서 이렇게 뻔뻔한 여자는 처음이다. 거기다 처음 본 남자 앞에서 저 거친 말투라니. 그의 황망한 시선에 아랑곳없이 승리는 커다란 호피 무늬 가방에서 휴대폰을 꺼내더니 친구인 듯한 상대와 요란스레 통화를 해댔다.

그 모습을 힐끔거리며 호국은 기차역에서 보았던 여성스런 옷차림의 그 여자가 이 니뽄삘 나는 피어싱 마니아와 동일 인물이 맞는지 다시 생각을 해보았다. 하지만 역시, 불행히도 맞았다. 생기 넘치는 눈빛과 어려 보이는 희고 통통한 얼굴은 잊혀지지가 않았다. 슬픈 척 보훈을 보내고 난 후 좋아 어쩔 줄 모르던 그 이중적인 모습까지.

그러고 보면 이 여자…… 꽤나 연극을 즐기는 모양이다. 오늘의 속임 대상은 그. 하지만 어쨌든 이 작은 여우의 작전은 실패했다. 속지 않았다는 것에 만족감이 드는 대신 그 자신에게 전혀 부끄러워하지도, 미안해하지도 않는 승리로 인해 호국의 기분은 점점 더 추락해 갔다. 거기다 결정적인 한 방, 아니, 완전 연발 미사일이 쏟아졌다.

"뭐? 배구 선수였다고? 키 대땅 크겠다. 응? 부담스럽긴. 내가 180㎝ 이하로는 상대로 안 하는 거 너도 알잖아. 헛! 게다가 성격까지 좋아? 뭐야? 아버지는 의사? 와~ 그런 왕킹카를 나한테 양

보하시겠다? 최미숙! 너 정말 멋진 친군 거 아냐? 뭐? 당연하지. 잘되면 내가 새끼 칠게."

뭐야. 그럼 지금 가는 곳이 바로, 소개팅 자리?

"형, 나 없는 동안 우리 승리 잘 부탁해."

보훈의 간절했던 표정이 호국의 머리 속을 번뜩 스쳤다. 그는 여전히 휴대폰을 잡은 채 하하호호거리고 있는 승리를 결의에 찬 눈빛으로 노려보았다. 역시나 처음 본 그날 예감했던 대로 낯선 남자의 차 뒷좌석이 자기 집 안방인 양 거의 누운 듯 앉아 있는 저 여자, 특고단수다. 권보훈 이래 이렇듯 웃기는 '물건'은 또 처음 이다. 하긴 끼리끼리 만난다고. 보훈이 녀석이 왜 문승리에게 목 을 매는 것인지 이해할 수 있을 것도 같다.

그가 아끼는 차의 가죽 시트에 운동화 신은 발을 척하니 올려놓 은 저 여자를 당장 내려놓고 싶지만, 호국은 보훈과의 약속을 떠 올리며 홍대까지 가는 동안 참을 인 자를 수십, 수백 번 그려야 했 다. 곧 문승리, 저 뻔뻔한 얼굴에 놀라움이라는 세 글자가 떠오를 그 순간을 만족스레 떠올리며.

룸미러를 통해 보이는 옆모습은 준수했지만, 유감스럽게도 그 녀의 스타일은 아니었다. 짧은 머리와 베이지 색 점퍼 차림의 남 자는 그야말로 보수적인 냄새를 풀풀 풍기고 있었다. 그런데 정말 이상한 것은 이런 유형의 사람이랑 별로 교류할 일이 없는 그녀임에도 왠지 상대가 낯설게 느껴지지 않는다는 거였다. 어쩐지 눈에 익단 말씀이야.

괜스레 드는 친근함으로 처음에는 이런저런 이야기를 꺼내놓기도 했지만, 입에 본드라도 바른 것인지 한 마디도 하지 않는 남자로 인해 승리도 포기해 버렸다.

아까 분명히 엄마랑은 잘만 얘기해 놓고서. 나랑은 말 섞기 싫다 이거야 뭐야. 칫.

그 후로는 그와 차창을 번갈아 바라보며 그녀는 시간을 죽였다. 지루하다 못해 고문 같은 순간들이 흐른 후, 승리는 목적지인 홍대에 이르렀음을 깨닫고 반색을 하며 멈추기를 종용했다.

"잘생긴 아저씨! 진짜로 고마워요!"

남자에게 서둘러 인사를 건넨 승리는 씩씩하게 차 문을 닫았다. 뒤도 돌아보지 않고서 뛰듯이 카페가 있는 건물로 걸어간 그녀는 쇼윈도에 자신의 매무새를 비춰본 후 이층으로 올라갔다. 이미 약속 시간에서 십 분 이상이 지나 있었기에 혹시라도 왕킹카가 기다리다 가진 않았을까 조바심이 쳐지는 승리였다.

문을 열고 내부로 들어선 그녀는 종업원의 인사를 받는 둥 마는 둥 하고, 여느 때보다 날카로운 눈길로 테이블을 샅샅이 둘러보았다. 하지만 어딜 보아도 홀로 앉은 남자의 모습은 보이질 않았다. 어떻게 된 거지?

카운터로 휙 돌아서자, 아르바이트생으로 보이는 여자가 그녀에게 누굴 찾느냐는 듯한 눈빛을 건넸다.

"저기, 여기 혹시 서준원 씨라는 분 오셨었나요?"

미숙에게서 들은 이름을 입 밖으로 소리내어 말하며 승리는 배시시 웃지 않으려 노력했다. 서.준.원. 이름조차 멋지다.

다행히도 서준원은커녕 혼자 온 남자는 없었다고 했다. 이거 안심해야 할지, 기분 나빠해야 할지 모를 일이네.

그런 남자가 오면 자신에게 좀 안내해 달라고 부탁을 한 승리는 창가 쪽 빈 테이블에 자리를 잡고 앉았다. 다가온 종업원에게 나중에 주문하겠다는 말을 남긴 그녀는 창으로 고개를 돌렸다. 그리고 점점 커다랗게 확대되는 눈동자. 조금 전 자신이 타고 온 은빛 승용차가 아직 그 자리에 그대로 서 있는 것이 아닌가.

그 아저씨, 여기서 약속이라도 있었나 보지 뭐. 그러니 태워다 준 거겠지. 대수롭잖게 치부하면서도 승리는 자동차에서 쉽사리 시선을 떼지 못했다. 그때 그녀의 시야 속에 들어온 괴상한 남자가 있었으니. 꺽다리 같은 신장에 비해 너무 작은 얼굴, 좁은 어깨를 감싸고 있는 터질 듯 작은 재킷과 계절에 맞지 않는 허름한 목도리, 게다가 우습게도 아랫도리는 촌스런 초록색, 소위 말하는 '추리닝' 차림이었다.

"푸핫."

저도 모르게 웃음을 터뜨리고 마는 건 위에서 내려다보는 그녀뿐만이 아니었다. 지나가는 이들 모두가 그 사람을 이상스런 눈빛으로 힐끔거리거나, 웃으며 돌아보았다. 정작 본인만 한없이 진지한 얼굴이었다.

마치 첫 서울 나들이를 한 농촌 총각처럼 건물 주변을 이리저리 멍하니 둘러보던 남자가 이 카페가 있는 건물 입구로 스륵 모습을 감추었을 때까지도 설마했었다. 그런데 이내 문이 열리고 그 촌스러운 초록색 추리닝이 등장을 하는 순간, 승리의 손에서 물잔이 스륵 미끌어졌다.

툭 하고 잔이 바닥에 떨어지는 소음에 종업원과 대화를 나누던 킹카, 아니, 폭탄의 시선이 그녀를 향해 일시에 꽂혔다. 꽂혀 버렸다. 정말이지 울고 싶은 기분이었다. 조금 전까지 천국을 오가는 듯 들떴던 기분이 지옥의 화염불에 내던져진 듯 끔찍해졌다.

"혹시 문승리 씨?"

다리가 길어서 그런지 느릿하게 걷는 것 같은데도 어느새 남자는 그녀의 코앞에 다가와 있었다. 어눌한 발음으로 묻고 있는 남자의 표정이 너무 순진해 보여, 승리는 차마 거짓말도 할 수가 없었다.

"네? 아, 네."

"아, 오래 기다리셨죠? 갑자기 조카가 아파서 병원 좀 데려다 준다고."

부스스한 머리를 긁적이며 남자는 그녀의 맞은편에 앉았다. 당장이라도 화장실로 달려가 미숙에게 전화를 걸어 욕이라도 퍼붓고 싶은 심정이었다. 방금 만났으니 사람이야 어떤지 몰라도 그녀는 세 가지 감각 없는 남자를 싫어했다. 패션 감각, 유머 감각, 모두가 다 짐작하는 '그' 감각.

그런데 이 남자는 아무리 봐도 그 감각들 중 어떤 것도 가지고 있는 것 같지 않다. 처음 본 상대에게 실례인 줄도 모르고 나이, 학교, 가족관계 등을 줄줄 물어대는 남자에게 대충 대답을 둘러대며 승리는 깊은 한숨을 내쉬었다.

신이시여, 왜 제게만 이리도 가혹하시나이까! 이 남자와 사귈 바엔 차라리 권보훈이 낫습니다! 아냐, 문승리. 너 미쳤어? 너 그 녀석 곁에서 이 년 동안 숨도 제대로 쉴 수 없었던 거 벌써 잊은 거니?

생각도 하기 싫어 고개를 설레설레 내젓던 그녀의 귓가에 다시 어눌한 목소리가 들려왔다.

"차 드실래요? 전 그냥 물이면 좋은데."

뭐, 뭐야. 마시란 거야. 마시지 말란 거야.

물을 들이키며 씩 웃는 추리닝이 어찌나 어이없던지 승리는 눈 알을 굴리며 탁자 아래로 시선을 처박아 버렸다.

"전 공무원 시험 준비 중이에요. 승리 씬 지금 딱히 하는 일이 없다고 들었는데, 앞으로 뭘 하고 싶으세요?"

와아, 정말 재수없다. 그래. 나 백수다. 백수인데 니가 뭐 보태 줬냐! 이어 승리는 '최미숙! 추리닝! 엿이나 처먹어라!' 를 중얼거 리며 남자의 질문을 무시했다. 이대로 자리를 박차고 뛰어나가느 냐 마느냐는 고민하는 와중 점점 가까이 들려오는 발소리. 옆 테 이블로 가겠지 라는 예상을 뒤집어엎고서 그녀의 바로 곁에 멈춰 선 존재에게로 시선을 돌린 승리는 날이 잘 선 정장 바지를 발견 했다. 그리고 고개를 들자 베이지 색 점퍼가 보이고, 더 들자 룸미 러를 통해 보았던 그 잘생긴 옆모습이 들어왔다.

뭐야, 이 아저씨 아까 그 아저씨잖아. 놀라움 가득한 승리의 눈 빛을 의식 못하는 것은 아닐 터인데, 남자는 초록 추리닝만을 바

라보았다. 이것은 분명 그녀를 무시하는 처사다. 게다가 오는 내
내 그녀에겐 한 마디도 않더니, 지금 예의 그 그윽하기 짝이 없는
목소리로 추리닝에게 말을 건네고 있다. 상당히 사람을 기분 나쁘
게 만드는 남자다.

"이봐요, 아저씨. 자전거 저기 세워뒀죠? 누가 가져가는 거 같
던데?"

"네?"

방해꾼을 탐탁찮게 바라보던 준원은—아, 진짜 얼굴과 이름이 너
무도 매치 안 되는 남자다—당황한 표정이 되어 흡사 연체동물같이
호리호리한 몸을 일으켰다. 지독하게 큰 키로 보아하니 학창 시절
에 어쨌든 배구를 하긴 했을 것 같다. 후보라도 선수는 선수니까.

"승리 씨, 지금 제가 가봐야 할 것 같거든요. 연락처를 좀……."

무전기라 해도 믿을 것 같은 골동품 휴대폰을 꺼내는 추리닝을
경악스레 승리가 지켜보는데, 예의 그 멋진 음성이 들렸다.

"그리고 문승리 씨, 당신은 나와 좀 동행해 줘야겠는데?"

여유로운 그의 표정에 비해, 승리는 코너에 몰린 쥐새끼마냥 긴
장하고 있는 자신을 발견했다. 괜히 저 침착하기 짝이 없는 눈길
을 받고 있노라니 스스로가 진짜 죄인이라도 된 듯한 기분이 들었
다. 당황한 나머지 그가 자신의 이름을 불렀다는 것도 그녀는 알
아채지 못하고 있었다.

"무, 무슨 일로 그러세요?"

"몰라? 당신 죄를?"

진짜 직업 경찰과 같은 남자의 어조에 승리도, 그들을 지켜보는

추리닝도 긴장한 표정이 되었다.

"형법 제350조, 공갈죄."

이, 이 미친. 욕이 절로 입 밖으로 튀어나가려 했다. 그녀와 남자를 번갈아 바라보던 추리닝의 얼굴에 당황스러움이 일었다. 이 상황에 더 이상 휘말려 들고 싶지 않다는 기색이 볼품없이 길고 작은 얼굴에 역력해졌다. 그것은 승리 역시 마찬가지였다. 이 아저씨랑 진짜 진지하게 이야기를 할 수 있도록 초록색 추리닝은 그만 빠져 주었으면 싶었다.

"자전거 찾으러 안 갑니까?"

다시 상황을 일깨워 주는 남자의 말이 끝나자마자 추리닝은 허둥지둥 카페를 나가 버렸다. 이제 그녀의 전화번호를 따내는 일 따위는 추리닝에게는 중요치 않은 것처럼 보였다. 마침내 남자와 둘만 남게 되자, 승리는 눈에 힘을 준 채 팔짱을 끼며 상대를 올려다보았다.

"공갈죄요? 어디 정확하게 설명해 보시죠!"

"정말 모르는 건가? 아님 모르는 척하는 건가?"

"아, 정말 이 아저씨 웃겨! 똑바로 말하라구요! 그리고 왜 대놓고 반말이에요? 나 언제 봤다고?"

눈꼬리가 샐쭉해져서는 그녀가 쏘아붙이자, 남자는 놀랍게도 피식 웃었다. 여태껏 누구도 문승리 그녀가 성질을 폭발시키는 그 순간에 비웃은 인간은 없었다. 그런데 분명 저 샌님같이 생긴 남자는 웃고 있다. 아주아주 재수없게.

"나와!"

그 말에 이어 거만하기 짝이 없게도 턱짓으로 출입구를 가리킨 그는 그녀를 돌아보지도 않고 나가 버렸다. 찌릿 뒷목이 당겨와 승리는 그것을 손으로 움켜쥐며 성질을 억눌렀다.

차를 타고 오는 내내 그녀를 없는 사람인 양 무시하더니, 아닌 밤중에 홍두깨처럼 등장해서는 착하디 착한 시민에게 공갈죄를 뒤집어씌우다니. 정말 괴상망측한 인간이다. 그러면서도 승리는 초록 추리닝에게서 자신을 구해준 남자에게 약간의 고마움을 느끼고 있었다.

그 아이러니함에 잠시 갈피를 잡지 못하던 그녀는 어쨌든 정상인의 범주를 벗어난 남자의 말과 행동에 대해서 명확한 설명을 들어야겠다는 생각을 하며 자리에서 일어났다. 더 나아가 자신을 타인들 앞에서 범죄자로 몰아넣은 데 대해서는 분명한 사과를 받아 내고야 말 것이다. 가방을 집어 든 승리는 전투적인 걸음으로 카페를 나섰다.

쿵쿵쾅쾅.

계단이 무너져라 발바닥에 힘을 주며 걸어 내려갔다. 그러나 인도에 발을 디딘 지 얼마 되지 않아 그녀는 숨을 훅 들이키며 멈춰 서야 했다. 자신의 바로 앞에서 갑작스레 몸을 획 돌린 남자의 옷자락이 일으킨 바람에 놀라서.

"왜, 왜요?"

상체를 뒤로 젖히며 더듬거리고 말았다. 자신의 온몸을 훑어 내리는 기분 나쁜 시선에 미처 대응하지 못한 까닭이다. 그녀의 물음을 깡그리 무시한 그는 팔짱을 낀 채 온전히 돌아섰다. 황당했던 기분 언저리가 뚝 소리를 내며 끊어졌다. 턱을 바짝 치켜든 승리는 뾰족하게 날이 선 목소리를 남자를 향해 내질렀다.

"아저씨, 나한테 뭐 원수진 일 있어요? 아님, 피해망상증? 내가 도대체 뭘 어쨌길래 보험금 타내려고 사기 친 여자 보듯 하는 거예요!"

행인들의 흥미롭다는 눈길이 자신들에게로 쏠리고 있음에도 승리는 조금도 위축되지 않았다. 말이 끝났을 즈음엔 분을 삭이기 위해 어깨를 오르락내리락하며 숨을 고를 뿐.

"허어…… 당신 나한테 사기쳤잖아. 발뺌까지 하나?"

그윽하다, 완전 이상형의 음성이다, 라고 일순간이라도 생각했던 자신의 머리통을 잡아 흔들고 싶은 심정이었다. 얄밉도록 침착한 남자의 대꾸에 약이 올라 허파가 비비 꼬이는 것만 같았다. 안면의 피부 조직이 화르륵 달아오르는 것이 느껴졌다.

공갈죄 어쩌고 했던 말에 대한 사과를 받아내야겠다는 생각 따위는 할 여지도 없었다. 분노로 날뛰기 시작한 머리 속은 이성적인 사고가 불가능했다.

"이 아저씨, 진짜 답답하네. 알아듣게 말하라구요! 한국말 못해요?"

"나도 이러고 있을 시간 없어. 단지 내가 원하는 건 당신의 사과야. 내 차에 부딪힌 척하고, 내 시간을 허비하게 만든. 그러고도 미안하다는 일언반구도 없었던 데 대한."

"반말하지 말라고 했죠!"

극도로 높아진 목소리가 반경 100m 주위로 퍼져 나갔다. 모든 사물의 움직임이 정지되고, 모든 이들의 신경이 그녀에게로 집중된 듯했다. 1, 2, 3…… 다시 모든 것이 제자리를 찾아갔다. 뒤집어졌던 그녀의 이성도.

"네, 좋아요. 인정하죠. 아까 사고인 척 연기한 건…… 휴우, 그래요. 미안하게 생각해요. 그런데 정말 어쩔 수 없는 상황이었다구요. 그러는 아저씨는요! 처음 보는 남자 앞에서 날 완전 범죄자 취급했잖아요! 그 부분에 대해서는 사…… 아악!"

거침없는 말발로 죽여주마라고 생각했던 승리는 갑자기 어깨를 치는 거센 통증에 그 부분을 움켜쥐며 비명을 내질렀다. 가방이 털썩 보도 위로 떨어졌다. 잠시 동안 아픔을 달랜 승리는 홱 뒤를 돌아보았다. 엄청난 덩치의 남자가 자신의 몸집 반만한 여자를 한 팔에 끌어안고서 히히덕거리며 걸어가고 있었다. 조금 전 자신이 누군가를 아프게 했다는 사실엔 신경도 쓰지 않는 듯이.

도저히 그 뻔뻔함을 참아낼 수 없어진 승리는 후닥닥 달려가 남자의 두꺼운 팔을 슬쩍 치며 퉁명스레 불렀다.

"이것 보세요!"

"뭐야!"

남자에게 그녀는 연인과의 즐거운 시간을 방해한 엉뚱한 물건일 게다. 짜증스레 돌아보는 상대는 인상만으로도 장정 몇은 기절시킬 수 있을 만큼 흉물스러웠다. 저도 모르게 꿀꺽 침을 삼키면서도 승리는 무엇에 홀린 것인지 그대로 물러나지 않았다.

"사람을 쳤으면 사과를 하셔야지요. 지금 제가 꽤나 팔이 쓰리거든요?"

기가 찬다는 듯 자신의 애인을 내려다보며 피식 웃은 남자는 그녀를 향해 온전히 돌아섰다. 승리의 시야를 막아선 어깨는 마치 지각했을 때 뛰어넘던 학교의 담벼락같이 높고도 넓었다.

"쥐방울만한 게 어딜 까부냐. 안 꺼져?"

아, 오늘 일진 진짜 이십사 년 인생 중 최악이다. 그녀는 사과라고는 모르는 남자라는 종족들에게 새삼 환멸감을 느꼈다. 물론 단 두 명만으로 일반화를 시키는 건 비약이 심하긴 하지만.

"사과하시면 꺼져 드리죠."

원래가 배째라 근성이 강한 그녀이긴 했지만, 용기까지 넘치는 건 아니었는데 오늘 꽤나 무리하고 있는 중이다. 이씨, 이건 다 저 웃기는 아저씨가 공갈죄 어쩌고 하면서 그녀를 극도의 흥분 상태로 몰아간 때문이다.

남자의 구겨지는 미간을 따라 자신의 심장도 쪼그라드는 것만 같았다. 야구 글러브같이 넙적하고 커다란 주먹이 가차없이 휘둘러지려는 순간 승리는 눈을 꼭 감았다.

엄청난 통증이 얼굴을 강타하리라 예상했건만 몇 초가 지나도, 감감무소식이었다. 소리없이 안도의 한숨을 내쉰 그녀는 오른쪽 눈꺼풀을 먼저 들어올렸다. 그러다 자신의 머리 위를 가로지르는 또 다른 남자의 팔을 발견한 승리는 나머지 눈까지 뜬 후 뒤를 돌아보았다.

헉. 위기일발의 순간에 정의의 사도처럼 짠 하고 나타난 이는 다름 아닌 무고한 그녀를 공갈범으로 몰아붙였던 황당한 그 아저씨였다.

"어디서 살덩이를 함부로 휘둘러."

"넌 뭐야?"

킹콩 같은 남자와 공갈 아저씨—그래, 딱 어울리는 별칭이다—사이에 끼여 있던 승리는 그들 사이에서 활활 타오르고 있는 전의를 견디지 못하고 허리를 숙여 빠져나왔다. 안도의 한숨도 잠시, 붉으락푸르락하고 있는 킹콩을 보고 있노라니 가슴이 두근 반, 세근 반 뛰었다. 얄밉긴 해도 공갈 아저씨가 자신 때문에 피해를 입는 건 원치 않았다. 저얼대 걱정이 되어서가 아니라, 나중에 또 사과니 보상이니 라는 쓸데없는 소리를 할까 봐서였다.

그런데 이게 웬걸.

그녀의 우려와는 반대로 잡힌 손목을 빼내지도 못하고 끙끙거리는 쪽은 공갈 아저씨가 아닌 킹콩 쪽이었다. 자유로운 한 손으로 사내는 이리저리 주먹을 휘둘러보았으나, 이미 위력을 잃은 그것은 상대의 옷깃에 닿지도 못했다. 마침내 무의미한 공격을 멈춘 킹콩은 벌겋게 달아오른 얼굴로 오징어처럼 몸을 비틀어대다 아스팔트 바닥에 털썩 무릎을 꿇었다.

"으으윽. 아, 이 손 좀 놓고 얘기하자고…… 요."

처절한 아픔의 신음을 흘리는 킹콩의 얼굴에서는 땀이 비오듯 흘러내리고 있었다. 서늘한 날씨에 너무도 어울리지 않는 광경이었다. 약자인 그녀를 강한 힘으로 누르려던 사내는, 어느새 새로운 강자 앞에서 너무도 비굴한 약자가 되어 있었다.

"사과해라."

공갈 아저씨의 명령에 그녀를 올려다보는 킹콩의 눈빛에는 원망이 그득했다. 하지만 진심이 아니더라도 죽지 않으려면 어쩔 수 없는 일. 상대는 그녀를 향해 숨이 끊어질 듯한 음성을 내뱉었다.

"미, 미안합니다."

비열한 자식. 만족감이 드는 것도 잠시, 번들거리는 면상을 한 대 후려치기라도 할 요량으로 다가가려는데 갑자기 홱 하고 킹콩의 팔이 내던져졌다. 너무 쉽게 나쁜 놈을 놓아주는 공갈 아저씨를 승리는 원망스레 돌아보았다. 그러나 곧 한일 자로 다물어진 입술에서 새어나온 음성에 서린 한기에 그녀는 어깨를 슬쩍 떨며 물러났다.

"손목 잘 간수하는 게 좋을 거다. 다음번엔 부서뜨릴지도 몰라."

"에이, 씨발. 재수가 없으려니까."

위기에서 벗어났으니 됐다 싶었던 모양이다. 거대한 몸을 놀랍도록 빠른 속도로 일으킨 킹콩은 원한이 그득 서린 욕설을 내뱉고서 줄행랑을 쳤다. 곁에서 동동거리며 기다리고 있던 자신의 애인도 내버려 둔 채.

망연자실하게 거대한 그림자를 바라보던 승리는 눈앞에 불쑥 디밀어진 호피 무늬에 놀라 시선을 돌렸다. 킹콩을 쫓느라 차마 줍지도 못했던 가방이 여전히 낯선 남자의 손에 들려 있었다. 그 어울리지 않는 모양새에 승리는 괜히 쑥스러움을 느끼며 그것을 홱 낚아챘다.

"이런, 당신은 어떤 상황에 어떤 말을 해야 하는지 모르는 모양이군."

아악! 고맙다고 말하려고 했단 말이다! 그런데 왜 자기가 먼저 말을 가로막고서 사람을 몹쓸 X로 만드는 건지. 정말 좋아할래야 좋아할 수 없는 인간이다. 아니, 좋아할 필요도 없지. 다시 만날 일도 없을 테니.

"누가 도와 달랬어요? 아저씨한테 구해지느니, 차라리 킹콩 손에 죽는 게 나아!"

화를 다스리지 못한 승리는 속사포처럼 하고 싶은 말을 내뱉은 후 스쳐 왔던 길을 돌아갔다. 지금 소용돌이치고 있는 그녀의 머리 속에는 저 남자에게서 사과를 받아내지 못했다는 생각 따윈 비집고 들어설 자리가 없었다.

아무리 봐도 날라리 고등학생으로밖에 보이지 않는 승리의 뒷모습을 어이없이 바라보던 호국은 고개를 설레설레 저으며 차가 있는 쪽으로 몸을 돌렸다.

저 여자 진짜 폭탄이다. 그것도 언제 터질지 몰라 노심초사 지켜보아야 하는 핵.폭.탄.

그러던 와중 갑자기 미끌 하고 발에 밟히는 무엇에 호국은 중심을 잃고 보기 흉하게도 팔을 휘저으며 비틀거렸다. 가까스로 중심을 잡은 그는 자신을 그렇게 만든 원인이 무엇인지 허리를 숙여 확인했다. 새끼손가락만한 은빛 케이스는, 여자 물건엔 문외한인 그가 보아도 분명 립스틱이었다. 호국은 그것을 두 손으로 잡아 뚜껑을 열었다. 은은한 딸기 향이 코끝을 맴돌았다. 아마도 저 폭탄의 가방에서 떨어진 것인 듯싶었다.

코끝으로 스며들어 이제 머리 속을 가득 메운 향을 지워내려 호국은 그것의 뚜껑을 덮었다. 그리고 잠시 망설이던 그는 립스틱을 자신의 점퍼 주머니에 집어넣었다.

"아얏."

침대에 누우려 다리를 들어올리고, 허리를 시트에 대는 동작을 하는 내내 승리는 고통의 비명을 내질러야 했다.

돈 없는 백수 신세인 그녀가 갈 곳이라고는 집뿐이었고, 그곳에서 기다리고 있는 건 분노로 몸부림치는 윤 여사의 몽둥이 죽비였다. 소리도 엄청나지만, 타작을 하듯 맞으면 꽤나 아프다. 이리저리 피해보아도, 신기하게 몽둥이를 든 엄마에게서는 벗어날 수가 없다. 복날 개 잡히듯 신나게 두드려 맞은 승리는 꽤 오랜 시간이 지난 후에야 자신의 방으로 돌아올 수 있었다.

하지만 여전히 분이 풀리지 않는 듯 엄마는 딱히 대화 상대가 없음에도 계속해서 꽤 큰 소리로 구시렁거리고 있었다.

"이젠 하다하다 안 되니까 연기까지 해? 그 얼굴로 탤런트를 할 거냐? 영화배우를 할 거냐? 아이고, 나는 또 그런 줄도 모르고 얼마나 걱정을 했는지. 불효막심한 년! 네가 진짜 늙은 엄마 뒤로 넘어가는 꼴 보고 싶어서 그러지?"

가까스로 침대에 바로 누운 승리는 이불을 머리끝까지 뒤집어썼다. 그리고 두 손으로 귀를 막은 채 노래를 작게 흥얼거렸다. 이렇게 하면 듣고 싶지 않은 말은 듣지 않을 수 있다는 것을 스무 해가 넘는 경험을 통해 터득했다.

그렇게 버라이어티했던 하루가 마감되려 하고 있었다. 하지만 그녀의 눈꺼풀이 완전히 감기기 전, 침대 쿠션을 두두둑 하고 울리는 진동. 절로 '낑' 하는 소리를 내며 승리는 침대 곁에 놓인 휴대폰을 집어 들었다. 액정화면에서 깜빡이고 있는 이름은 미숙이었다.

[야! 문승리! 오늘부로 우리 친구의 연을 끊자! 이 기집애야!]

산 하나를 넘었더니, 더 높은 산이 턱 하니 앞을 가로막은 형세였다. 하지만 이젠 그것을 넘을 의욕도 기력도 남아 있질 않다. 그렇기에 대꾸하는 음성도 평소에 비해 턱도 없이 작았다.

"그럼 추리닝 보고 킹카라고 한 너는…… 그게 친구한테 할 도리냐."

[추, 추리닝?]

"그래! 그것도 대빵 촌스러운 녹색이더라!"

남은 기운을 다해 쏘아준 승리는 미숙이 뭐라 말하기 전, 폴더를 닫아버렸다. 다시 이불을 뒤집어쓴 그녀는 자신을 이렇게 만든 근본 원인인 보훈—그 자식이 아니면 소개팅을 할 생각 따윈 하지 않았을 테니까—을 향해 이를 뿌드득 갈았다. 그리고 이상하게도 그 위로 겹쳐지는 이름 모를 남자의 얼굴. 자신을 공갈범으로 몰아붙인 그 재수없는 사내가 떠오르자 목구멍에서 절로 비명이 터져 나왔다.

"아악!"

그러자 기다렸다는 듯 쿠궁 하고 과격하게 열리는 방문.

그대로 이불 밑에서 숨을 멈춘 승리의 귓가에 엄마의 잔소리가 직격탄으로 날아들었다.

"뭘 잘했다고 울부짖어! 울부짖길! 그냥 찍소리 말고 디비 자!"

깨갱.

주인의 몽둥이에 꼬리를 내리고 마루 밑으로 숨어드는 똥개처럼 승리는 더욱 이불을 끌어안은 채 눈을 꼭 감았다. 그녀의 눈꼬리에서 물기가 주룩 흘러내려 베개를 적셨다.

문승리가 태어난 지 이십삼 년 팔 개월하고도 이틀째 날…… 처음으로 자신의 현실이 서글퍼져 눈물이 났다. 백수여도 늘 당당했던 그녀답지 않게도 말이다.

몸과 마음 모두, 어제 하루가 정말 힘들었던 모양이다.

그만 늦잠을 자버린 승리는 엄마에게 아침부터 볶음밥의 야채마냥 볶임을 당하고, 아침도 거른 채 부랴부랴 준비를 해서 학원으로 나왔다. 굳이 그녀에게 학원 문을 열게 하는 윤 원장은 친엄마가 아니라 고약한 시어머니 같다.

평소에 화장이라고는 파우더를 두드리고 립글로스를 바르는 게 다였지만 오늘은 시간이 없어 그마저도 하질 못했다. 강사들과 원장인 엄마가 나오기 전, 대충 환기를 시키고 내부 청소를 마친 승리는 가방을 열어 보훈에게서 선물로 받았던 립글로스를 찾았다. 하지만 아무리 손을 휘둘러 보아도 작은 직육면체의 물체는 만져지질 않았다.

"어?"

분명 어제 그 가방 그대로 메고 나왔는데, 정리한 기억도 없는데 어찌 된 영문인지 모르겠다. 가방을 뒤집어 물건을 탁자 위로 와르르 쏟아내 보았지만…… 역시나 없었다.

"아, 젠장. 잊어버렸나 보네. 그거 비싼 건데."

그녀가 가지고 있는 것들 중 몇 안 되는 백화점 표 물건이었다. 안타까움이 서린 승리의 표정 위로 번뜩 깨달음의 빛이 번져 갔다.

킹콩한테 부딪혀 가방을 떨어뜨린 후, 그것을 공갈 아저씨가 건네주는 모습이 차례로 떠올랐다. 아무래도 그때쯤 어딘가에 흘린 모양이다.

"내가 정말 미친다, 미쳐."

승리는 층이 난 머리칼을 손으로 마구 헝클어뜨리며 자책했다. 그러나 그것도 잠시, 가방에 물건들을 주섬주섬 집어넣는 중에 자책감은 금방 그녀를 공갈범으로 몰아세웠던 남자에 대한 원망으로 바뀌어갔다. 고마움이라는 세 글자는 떠올릴 수조차 없었다. 킹콩에게서 그가 자신을 구해준 장면 바로 앞에서 승리의 기억은 딱 멈추어져 있었던 것이다.

"일찍 왔네?"

성격 좋은 박은영 선생이 밝은 얼굴로 인사를 건네며 들어섰다. 괴팍한 윤은옥 여사 밑에서 벌써 오 년째 일을 해오고 있는 걸 보면 은영은 성격이 좋아도 너무 좋은 게 틀림없다.

"언니도 오늘 좀 출근이 빠르네? 벌써 민이 어린이집 데려다 주고 오는 길이야?"

"아, 시어머니가 부산서 올라오셔서 지금 집에 같이 있어."

은영과 잠시 이런저런 개인사에 대한 이야기를 주고받던 승리

는 등 뒤에서 들려오는 호령 소리에 놀라 얼른 자리에서 일어나야
했다.

"뭐 하고 있어! 청소 좀 하랬더니!"

빨리도 왔네, 윤 여사. 저 나이에 축지법을 익힌 것도 아닐 텐
데.

"아, 알았어…… 요. 지금 한다구…… 요."

어제 일만 아니었어도 이렇듯 사악한 고양이 앞의 병든 쥐 같은
모양새는 되지 않았을 텐데. 돌아서 입술을 삐죽이면서도 승리는
구석에 놓인 청소기의 코드를 꽂았다.

위잉.

ON 버튼을 누른 그녀는 자신의 뒤에서 감시를 하고 있는 엄마
를 향해 청소기의 흡입구를 휙 돌렸다. 부러 그런 것이 아닌, 모르
고 그런 것임을 강조하기 위해 '어머' 소리를 잊지 않았음은 물론
이다.

"악!"

고급스런 벨벳 원피스 자락이 먼지와 함께 좌라락 청소기로 말
려들어 가자, 윤 여사는 그것을 잡아당기며 비명을 내질러 댔다.

"어서 꺼! 끄라고!"

"어? 뭐라고?"

안 들리는 척하며 승리는 윤 여사의 옷자락을 먹은 청소기를 마
구 잡아당겼다. 윤 여사가 전원 버튼을 끌 수 없도록 계속해서 청
소기를 잡고 도망가는 승리, 본인이 원치 않아도 어쩔 수 없이 옷
자락이 가는 대로 끌려가는 윤 여사는 술래잡기를 하는 아이들처

럼 학원 안을 돌고 또 돌았다. 어지럽긴 해도 그제야 조금 속이 후련해지는 승리였다.

결국 전원 버튼은 모녀의 유치한 모양새를 보다 못한 은영의 손가락에 의해 OFF로 돌려졌다.

씩씩거리는 엄마였지만, 마침 들어서는 아이로 인해 대참사는 일어나지 않았다. 속으로는 안도의 한숨을 내쉬면서도 겉으론 그저 어깨를 으쓱해 보인 승리는 아이를 데리고 레슨실로 들어가 버렸다. 윤 여사의 약 올라 죽겠다는 시선에서 벗어나자마자 킥킥 웃음이 새어나왔다.

"선생님, 오늘은 기분 왜 그렇게 좋아요?"

아이의 천진난만한 물음에 뜨끔해졌다. 어제 내가 그렇게 죽상을 쓰고 있었던가? 승리는 괜히 미안한 마음이 되어 잘 손질된 아이의 머리칼을 쓰다듬어 주었다.

"혜지야, 넌 널 괴롭히는 친구 없어?"

"있어요. 우리 동네에 진식이라는 애는 만날 내 머리 잡아당기고 도망가고 그러는 걸요."

"그래. 그럼 만약 그 친구가 네 앞에서 마구 뛰어가다가 쾅 하고 넘어지면 어떻겠어?"

"히…… 고소할 것 같아요."

"그래! 그렇지! 당연 그래야지! 지금 선생님 기분이 그래."

둘은 서로를 마주 보며 소리 내어 웃었다. 아이들과 이런저런 이야기를 하면서 레슨을 하다 보니 어제와 달리 오전이 후딱 지나가 버렸다.

배꼽시계가 점심시간을 알릴 무렵, 레슨실 문을 열고 들어서는 은영이 그녀에게 오늘의 메뉴를 알려주었다.

"원장님이 중국 음식이 드시고 싶다고 하시네."

"엉? 정말?"

윤 여사와 그녀가 유일하게 닮은 부분이 바로 식성이었다. 반색을 하며 묻던 승리는 곁에 앉은 아이를 의식하고는 입 모양만으로 '자장면'이라는 글자를 만들어 보였다. 알았다는 듯 고개를 끄덕이며 은영이 나간 후로 검은색 윤기가 좌르르 흐르는 자장면 그릇이 눈앞에 아른거려 레슨을 어떻게 했는지 모르겠다.

아이를 서둘러 집으로 보낸 뒤 승리는 후닥닥 강사실의 문을 열었다. 신속배달이라는 모토에 걸맞게 벌써 비룡관의 아저씨가 다녀간 흔적이 탁자에 놓여 있었다. 그런데 그녀의 자장면을 제외한 나머지 그릇들은 모두 깨끗이 비워져 있었다.

그새를 못 참고. 의리없이. 칫.

식사를 마친 이들은 차를 마시며 담소를 나누는 중이었다. 그 가운데 윤 여사가 있음은 물론이다. 통통 부은 얼굴로 의자에 앉은 승리는 자신의 볼과 똑같이 불어터진 면발을 쓱쓱 비벼 입 안으로 꾸역꾸역 밀어 넣었다.

"빈 그릇은 신문지로 싸서 현관 앞에 내놔. 탁자도 깨끗이 닦아 놓고."

와~ 먹을 때는 개도 안 건드린다고 했다. 그런데 한참 맛나게 먹고 있는 딸내미한테 명령과 더불어 잔소리라는 양념을 잊지 않은 엄마는 강사들과 함께 그 공간을 나가 버렸다. 콩쥐─아주 조금 못난—가 된 기분이었다. 하지만 절대 기죽진 말아야지. 내가 누구냐. 문승리다, 문승리.

자장면 한 그릇을 설거지를 한 듯 깨끗이 비워낸 승리는 커다란 머그컵에 녹차까지 그득 부어 마신 후, 그릇들을 포개어 들고 낑낑거리며 밖으로 나갔다. 높다란 가을 하늘과 선선한 바람을 마주한 후에야 자신이 자장면을 먹고 입도 닦지 않았음을 깨달은 그녀였다. 하긴 뭐 어때. 이제 들어가서 물로 헹구면 되지.

"안녕하세요?"

갑자기 들려오는 굵직한 목소리에 승리는 그릇을 든 채 돌아섰다. 피아노 학원의 바로 옆에 위치한 태권도장의 노총각 관장 임세열이었다. 산적처럼 생긴 외모와 달리 그녀를 보면 얼굴부터 붉히고 보는.

"아, 네. 안녕하세요?"

떨떠름하게 대충 인사를 받아준 승리는 그릇을 내려놓은 후 얼른 들어가려 하였다. 하지만 언제나처럼 눈치가 없는 세열이었다. 저러니 여태 장가를 못 갔지.

"비룡관서 시키셨어요? 저희도 방금 거기서 시켰는데."

고개를 끄덕이는 것으로 대꾸를 대신한 그녀가 그릇을 놓기 위해 허리를 숙이려는 찰나, 세열의 뒤에서 열리는 도장의 문. 그리고 승리가 자신의 시력을 의심하게 만들며 나타난 한 남자. 멍하니 그를 바라보는 와중 귓가를 명확하게 파고드는 이 목소리. 분명 그 아저씨다. 공! 갈!

"형, 뭐 해? 들어오지 않고."

"아, 옆 학원 선생님이랑 얘기 좀 하느라. 인사해라, 문승리 씨
야. 승리 씨, 이쪽은 제 후배……."

뭐라고 하는 건지, 뒷말은 하나도 들리지 않았다. 남자의 찌푸
린 눈빛이 그녀에게 와 닿는 순간, 머리 속이 휑하게 비워졌다. 쩍
벌어진 입을 다물지 못한 채 멍청하게 서 있던 승리의 온몸에서
힘이 쭈욱 빠져나갔다.

펙. 쨍그랑.

손에서 그릇이 떨어져 무차별적으로 바닥을 굴러다녔다. 그 와
중 남아 있던 자장 소스가 튀어 그녀의 옷과 얼굴을 적셨다.

"엄마야, 내가 정말 못살아!"

조금 전까지만 해도 군침을 돌게 하던 자장 냄새가 옷에 밴 순
간부터 역겹게만 느껴졌다. 그 자리에서 방방 뛰던 승리는 자신을
우습다는 듯 바라보고 있는 남자의 시선을 발견하고는 붉어진 얼
굴로 돌아섰다. 그리고 인사도 없이 그녀는 도망치듯 그 자리를
벗어났다.

아, 부끄럽다. 부끄러워 죽을 지경이었다.

황당하게도 웃기는 여자다.

기차역에서 처음 본 그날부터 지금까지 웃기다 못해서 엽기적
이기까지 한 행동들을 일삼는다. 그래서일까. 시선을 뗄 수가 없
다. 자장 소스를 뒤집어쓴 채 줄행랑을 치는 승리의 뒷모습을 바
라보던 호국은, 넋이 나간 듯한 세열의 중얼거림에 번뜩 정신을
차렸다.

"진짜 귀엽지?"

엑~ 그는 완전 초점을 잃어버린 세열의 눈동자를 내려다보며 눈살을 찌푸렸다.

"형, 저 여잔 안 돼."

그러려던 게 아닌데 생각 외로 말이 무 자르듯 투박하게 나와 버렸다. 어깨를 움찔한 세열이 숱 많은 눈썹 아래로 그를 노려보았다.

"뭐? 너 승리 씨 알아?"

그가 지키고 있는 고무신의 주인이라고 하면 분명 이 순진한 노총각 충격받을 텐데 싶어서, 호국은 섣불리 대답하지 못했다. 이리저리 궁리를 거듭하던 그의 귓가를 쩌렁쩌렁하니 울리는 세열의 다그침.

"아님, 첫눈에 반했냐? 응? 왜 대답을 못해!"

에라 모르겠다. 호국은 눈을 질끈 감은 채 생각나는 대로 말해 버렸다.

"저 여자랑 형이랑 사귄다고 상상을 해봐! 그림이 그려지냐? 사람들이 '원조' 한다고 그런다고!"

"뭐, 뭐야?"

얼른 도장의 문을 열고 들어선 그는 '네가 내 후배가 맞냐' 서부터 시작해서 '운동만 안 했으면 내가 십 년은 덜 늙었을 거다'로 이어지는 세열의 푸념을 들으며 안도의 한숨을 내쉬었다. 세열이 둔치인 것이 다행이다 싶었다.

어쨌든 이제 고무신을 수호할 수 있는 최적의 환경은 주어졌다.

문제는 어디로 튈지 모르는 그 주인이었다. 문승리를 효과적으로 감시할 수 있는 방법을 생각하느라 호국의 머리 속이 다시금 분주해졌다.

　내가 무슨 염소냐. 만날 풀만 먹게.

　차마 불평을 토로하지 못한 채 승리는 젓가락이 갈 곳이 없는 저녁상을 바라만 보았다. 그런 자신과 달리 영재와 아버지는 별다른 말 없이 묵묵히 밥을 떠 넣고 있었기에, 마침내 승리 역시 젓가락으로 밥풀을 깨작거리기 시작했다.

　"우리 학원 옆 도장 있잖아요, 여보. 거기 새로 사범이 왔는데……."

　"캑!"

　목이 막혀 가슴을 두드리며 승리는 물을 따라 벌컥벌컥 들이켰다. 그제야 좀 살 것 같아졌으나, 엄마가 새로이 꺼내든 화제 앞에서 안 그래도 없던 밥맛은 뚝 하니 사라져 버렸다.

　"그러게 천천히 좀 먹어라. 누가 네 밥 뺏어먹니?"

　혀를 끌끌 차며 엄마가 한 말에 불쾌할 겨를도 없었다. 어디서 또 수집해 온 것인지 놀라운 정보를 술술 쏟아내는 윤 여사의 입술을 멍하니 바라보느라.

　"94년 아시안 게임 태권도 은메달리스트라지 뭐예요. 게다가 외모는 또 얼마나 훤칠한지. 임 관장이랑 같이 있으니까 '백설공주' 에 나오는 왕자님이랑 난쟁이 같은 거 있죠?"

　"엄마, 은메달 딴 게 뭐 그리 대단하다고 그래. 문대성 선수 정도는 되야지. 화려한 왼발 뒤후리기로 올림픽 금메달을 거머쥐었잖아?"

영재 저 녀석은 언제나 저 모양이다. 최고가 아니면 쳐주지 않는 극심한 흑백논리. 그리고 언제나처럼 공부 잘하는 아들 말엔 껌뻑 죽는 우리 엄마.

"하긴 그렇지? 우리나라 같은 태권도 강국에서 은메달이 무슨 대수라고."

승리는 괜히 남의 집 식탁에서 씹히고 있는 공갈, 아니, 태권도 아저씨가 안됐다는 생각이 들었다. 본인과 그다지 어울리지 않는 정의감으로 그녀는 자리에서 벌떡 몸을 일으켰다. 하지만 '뭐냐?'는 엄마와 영재, 그리고 아버지의 시선을 받고 있노라니 도저히 입이 떨어지지 않았다.

"다 먹은 거야?"

믿을 수 없다는 듯 윤 여사가 여전히 밥그릇 안에 가득한 그녀의 밥을 보며 물었다. 고개를 끄덕인 승리는 결국은 정의 대신 회피를 택했다.

"응. 소화가 안 되어서…… 산책 좀 다녀올게."

"으이구, 저런 걸 바로 달밤에 체조한다고 하는 거야. 다 큰 계집애가 이 야밤에 어딜 나간다고 지랄이야!"

"바로 집 앞에 있을 건데 뭐!"

역시 엄마와는 두세 마디 이상 말을 나누면 안 된다. 그러면 안 그러려고 해도 자연히 목소리가 높아지게 되어 있다.

"조심해라."

쿵쿵거리며 부엌을 나오던 승리는 아버지의 단 한 마디에 다소곳이 '네'라는 대답을 하고서는 거실을 가로질렀다. 그때 울리는 전화 벨소리. 모르는 척하며 운동화를 신은 그녀는 수화기를 드는 엄마의 모습을 끝으로 현관문을 열려고 했다. 그러나.

"응? 누구? 아~ 보훈이?"

잠금 장치를 풀려던 그녀의 손이 툭 옆구리로 떨어졌다. 보, 보훈? 권보훈? 아, 미치겠다. 휴대폰을 받질 않으니, 아마도 집으로 전화를 한 모양이다.

"그래, 잘 지내고? 군대 생활 힘들진 않아? 응? 그럼, 우리 승리 잘 있지. 네가 없어서 좀 외로워하는 거 빼고는. 호호."

헛, 외로워하긴 누가 외로워한다는 거야!

저렇게 뒀다가는 윤 여사가 또 어떤 말을 얼마나 꾸며댈지 몰라 승리는 운동화를 내팽개치듯 벗고 거실로 달려들어 갔다. 다짜고짜 엄마에게서 전화기를 뺏어 든 그녀는 수화기를 손으로 막은 채 험악하게 인상을 구겨 보였다. 그러자 곁에서 귀를 쫑긋하고 있던 윤 여사가 마지못한 듯 부엌으로 살랑이는 걸음을 옮겨놓았다. 엄마의 모습이 완전히 사라진 것을 확인한 후에야 승리는 헛기침을 한 후 수화기를 귀에 가만히 올려놓았다.

"잘 지냈어?"

[야! 문승리! 너 전화 안 받을래? 또 편지에 답장은 왜 안 하는 건데?]

엄마야. 귀청이 찢어질 듯 소리치는 보훈을 피해 승리는 수화기를 저만치 떼어놓아야 했다. 상대가 약간 잠잠해졌다 싶었을 즈음 그녀는 생각해 두었던 멘트를 줄줄 읊기 시작했다.

"휴대폰 끊겼어. 엄마가 나 직장 구할 때까지 일절 용돈 안 주신대. 그리고 편지는 못 받았는걸? 너 주소 잘못 적은 거 아냐?"

[뭐? 서울특별시 강동구 암사1동 44*번지 이층 아냐?]

물론 주소는 정확했다. 하지만 승리는 시치미를 뚝 떼며 되레 거짓 주소를 불러주었다.

"아닌데? 이 바보야, 43*번지잖아."

거침없는 그녀의 대답에 보훈에게서 탄식 소리 같은 것이 들려왔다. 승리는 그가 자신의 표정을 볼 수 없는 것을 다행으로 여기며 소리없는 한숨을 홀로 내쉬었다. 그야말로 십년감수한 안도의 한숨이었다.

"그래, 운전병 생활은 할 만해?"

입대 전 카레이싱을 취미로, 택시 운전을 아르바이트로 할 만큼 운전을 좋아하던 보훈이었다. 그가 운전병이 된 것은 당연한 일인지도 몰랐다. 게다가 사단장의 운전병이라니, 정말 운 좋은 녀석이다.

[벌써부터 추운 거 빼면 괜찮아. 밖에서 대기해야 하는 시간이 기니까.]

"응, 그래."

어색한 침묵. 함께 있을 때는 허구한 날 싸워대느라 몰랐는데, 전화를 사이에 두고 있으니 그다지 할 애기가 없다. 멀뚱멀뚱 거실 입구에 놓인 수족관 안에서 왔다 갔다 하고 있는 금붕어의 움직임을 따라 눈동자를 굴려대던 승리는 이내 들려온 보훈의 다급한 음성에 전화로 다시 신경을 집중했다.

[나 가봐야 해. 다음에 또 전화할게.]

"응? 으응."

'안 해도 되는데' 라는 말이 목구멍 끝까지 차 올랐지만, '군대 간 남자 차지 마라. 그게 바로 사람 두 번 죽이는 일이야' 라고 했던 남자 선배의 충고가 떠올라 차마 그럴 수가 없었다. 끊겨진 전화기를 내려놓고 일어나던 승리는 부엌에서 들려오는 후닥닥 소리에 깊은 한숨을 내쉬었다. 저렇듯 경망한 소음의 주인공은 필시 윤은옥 여사일 것이다. 본인은 '관심' 이라 우기지만, 그녀가 보기에 관심도 저 정도 수준이면 '감시' 다.

이대로 집에 있다가는 정말 숨이 막혀 죽어버릴지도 모르겠다는 생각이 들었다. 보훈의 전화를 받기 전에 하려고 했던 대로 승리는 야밤의 산책을 감행했다.

골프 경기 후 군 장성들과의 회식을 마치고 나온 선통일 소장은 얼큰하게 취기가 오른 상태였다. 붉으락푸르락한 생김새와 달리 자신이 모시고 있는 사단장이 술에 무척이나 약하다는 것을 잘 알고 있는 보훈은 얼른 부관인 심 중위와 함께 그를 부축해서 뒷좌석에 앉힌 후 천천히 별 두 개의 성판이 붙은 차를 출발시켰다.

뒷좌석에서 들려오는 우렁찬 코 고는 소리와 불분명한 말소리에도 보훈은 놀라지 않았다. 조금 전 승리와의 짧은 통화를 되씹어보느라 신경이 거기까지 쓰이지 못했던 까닭이다.

"애인이랑 통화는 잘했나?"

심 중위의 물음에 정신을 차린 보훈은 허리를 꼿꼿이 세운 채 잔뜩 힘이 들어간 대답을 전했다.

"네, 다 중위님 덕분입니다. 감사합니다."

"다행이다. 어쨌든 고무신 거꾸로 안 신게 잘해줘라."

"네, 알겠습니다."

사람 좋게 빙그레 웃고 있는 심 중위는 들리는 소문에 의하면 별 세 개짜리 빽으로 선 소장의 부관 자리에 올랐다고 했다. 하지만 남들이 뭐라 하든 보훈이 보기에 심 중위는 꽤나 성실하고 능력이 있으며 정도 많은 군인이었다.

경기도 성남에서 강원도 철원까지 앞으로 두세 시간은 밟아야 도착할 수 있겠다 싶었다. 예전부터 운전에는 자신이 있는 보훈이었지만, 지금은 꽤나 피곤했다. 멍하니 핸들을 잡고 있는데

"웩!"

갑자기 뒤에서 들리는 구역질 소리.

"차 세워."

심 중위의 명령이 끝나기 전에 갓길에 차를 댄 보훈은 문을 열고 몸을 앞으로 숙이고 있는 사단장을 끌어냈다. 시큼한 냄새가 코를 찔러 속이 울렁거렸지만, 그는 숨을 참고 그것을 견뎌냈다. 야, 권보훈 진짜 성질 많이 죽었다.

길가로 선 소장의 육중한 몸을 부축해 가던 찰나,

"웨엑!"

이번엔 그의 군복에 정통으로 와르르 쏟아진 토사물. 그야말로 울 것 같은 심정이 되어 심 중위에게 사단장을 넘겨준 보훈은 역

겨운 냄새가 진동을 하는 몸에서 코를 돌려 트렁크를 열었다. 그곳에 있던 걸레와 밀대로 대충 자신의 군복과 뒷좌석을 정리를 마쳤으나, 냄새만은 어쩔 수가 없었다. 평민이라면 상의를 벗을 수라도 있을 텐데, 이병의 신분으로서 그럴 수도 없는 노릇이었다.

"중위님."

그의 부름에 선 소장을 다시 차에 태운 후 조수석에 오른 심 중위의 얼굴이 파삭 구겨졌다.

"뭐냐, 이 냄새는. 너 그 옷 좀 벗어라."

"괜찮습니다."

"내가 안 괜찮다, 인마."

그리하여 어쩔 수 없이 내복 차림으로 운전을 하게 된 보훈이었다. 그 후에도 몇 번이나 더 먹은 내용물은 철저하게 확인하는 사단장 탓에 그들은 꽤 시간이 걸려서 어렵사리 사단 내의 공관에 도착했다.

대기하고 있는 공관병들 사이로 새하얀 천이 휘날리고 있는 것이 언뜻 보였지만, 보훈은 얼른 이곳에서 벗어나고 싶다는 생각에 주차에만 신경을 쏟느라 새하얀 천의 정체를 제대로 확인하지 못했다. 시동을 끄고 뒷좌석에서 사단장을 부축해 나오던 찰나 마치 환영처럼 그의 시야에 들어온 것은…… 여자였다. 그것도 아주 예쁜. 홀아비 사단장의 공관에는 있을 수 없는, 있어서도 안 되는.

뭐라고 묻고 싶은데, 말이 나오질 않았다. 그를 향해 다가오던 여자의 작은 코끝이 씰룩이더니, 이내 못 참겠다는 듯 손가락이 그것을 움켜쥐었다. 비록 역겨움이 서려 있긴 했지만, 여자의 눈동자는 돌부처의 마음도 설레게 할 만큼 아름다웠다.

"아니, 저 녀석이 언제 온 거야."

심 중위의 중얼거림으로 보아 그는 저 여자의 존재를 익히 알고 있었던 모양이다. 그것은 멀거니 선 공관병들 역시 마찬가지였다. 그들은 그저 여자의 아리따운 자태를 넋을 잃은 듯 바라만 보고 있을 뿐이었다. 보훈 역시 그중의 하나였다.

냄새의 근원이 그인 것을 알아챈 여자는 잔뜩 찌푸린 표정으로 노려보다가, 축 늘어져 있는 사단장의 얼굴을 부여잡았다. 그리고 이내 그녀의 입에서 흘러나온 부름에 보훈의 어깨가 잔뜩 경직되었다.

"아빠!"

불독 같은 선 소장과 코스모스 같은 여자의 모습이 도무지 겹쳐지지 않았다. 언빌리브! 고개를 흔들어대던 보훈은 여자의 이어진 한마디에 황망한 눈길을 희고 작은 얼굴에 둘 수밖에 없었다.

"아빠, 아빠 딸 효진이 왔다구요!"

권보훈, 그의 지루하고 험난한 군 생활에 작은 파문이 일게 된 밤이었다.

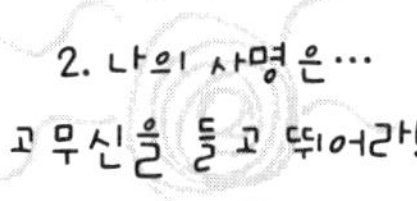

"신데렐라는 어려서 부모님을 잃고요~ 계모와 언니들에게 시달림을 받았드래요~"

여전히 잠이 묻어나는 눈으로 학원 내부 청소를 대충대충 하던 승리는 자신의 어머니를 흘끔거리며 노래를 흥얼거렸다. 그러나 역시 눈 하나 깜빡하지 않는 우리의 윤은옥 여사. 그것만으로도 충분히 야속하건만.

"물걸레질도 좀 해."

돌아보지도 않으며 내뱉어진 그 말에 잠이 확 깼다. 승리의 얼굴이 다 쓴 종이처럼 구겨졌다.

두고 보라지. 내가 시간 외 수당까지 안 받아내면 문승리가 아니다! 청소에, 심부름에, 레슨까지. 딸내미가 무슨 전전후 만능 로

봇인 줄 알아!

구시렁거리면서도 욕실로 들어간 그녀는 물걸레를 걸레 대에 끼워 밖으로 가지고 나왔다. 찌릿. 윤 여사를 한번 노려보아 주는 것을 잊지 않은 승리. 휘리릭— 그녀는 단 한 번의 동작으로 탁자에 앉아 고상한 척 책을 넘겨보는 윤 여사에게까지 걸레를 밀고 갔다. 예상했던 대로 자리에서 벌떡 일어나는 윤 여사에게서 높다란 비명이 터져 나왔다.

"꺄악! 야, 이⋯⋯."

뒤로 이어지는 욕설까지 듣고 싶지 않았는데, 마침 고맙게도 휴대폰 벨소리가 들려 왔다. 대걸레를 엄마 보란 듯 홱 집어 던진 승리는 양해의 표시로 손을 들어 보인 후 빰빠라 음악에 맞춰 경쾌한 걸음을 내디뎠다. 폰의 액정화면에서 깜빡이고 있는 이름을 보는 순간 그녀의 입매가 절로 일그러졌다. 추리닝 사건의 원흉. 미숙이었던 것이다.

[학원이지? 점심시간에 맞춰서 너네 동네로 갈게. 나와.]

"뭐? 너 짤렸냐?"

[그랬음 좋겠지? 으이구, 문승리 심보를 좀 곱게 써라, 나처럼. 소개팅 폭탄 맞힌 게 미안해서 점심 사주려고 그런다!]

탐탁지 못한 감정을 듬뿍 담고 있던 승리의 얼굴이 조금 펴졌다. 최미숙, 이제 꼬리를 내리시겠다? 암, 그래야지. 이 문승리한테 녹색 추리닝이 웬 말이냐고.

"그럼 그러지 뭐."

선심을 쓰는 듯 대답한 승리는 통화가 종료된 휴대폰을 가방에 넣으며 씨익 미소 지었다.

"미숙이니?"

칫, 이럴 때만 내 엄마다. 승리는 어김없이 호기심을 보이는 윤 여사의 물음에 건성으로 '응' 하는 대답을 돌렸다. 그러자 귓구멍으로 작렬하기 시작하는 어머니의 푸념들이라니.

"아니, 미숙이 걘 얼굴 예뻐, 공부 잘해, 게다가 착하기까지 해서 학교 다닐 적부터 칭찬이 자자하더니, 결국은 그런 큰 회사에 취직을 하고. 미숙이 어머니는 얼마나 좋으실까. 에휴휴우."

끝은 언제나 바닥이 꺼져 들어가는 한숨이다. 더 이어질 것이 분명한 윤 여사의 말을 듣고 싶지 않았다. 승리는 제멋대로 넘어져 있는 걸레를 집어 들고는 욕실로 들어가 첨벙첨벙 양동이에 넣고 빨아댔다. 문득 말 못하는 무생물한테나 화풀이를 해야 하는 자신의 신세가 처량하게 느껴졌다.

아! 서러우면 출세하라는 말이 맞다!

그렇게 승리가 자기 연민의 감정에 한참 사로잡혀 있는데, 갑자기 확 열리는 문틈으로 잔소리 폭탄이 투하되었다.

"야, 이년아! 고거 닦고 빨아? 우리나라가 물 부족 국가라는 거 몰라? 뭐든 아까운 줄을 몰라. 으이구, 돈 한 푼 벌어들이지는 못하는 게 써제끼는 데는 일등이다, 일등이야! 얼른 수도꼭지 안 잠가! 물 받아서 몇 번 헹구면 됐지. 걸레가 무슨 행주냐?"

흡. 이렇듯 숨도 쉬지 못하게 밀어붙일 적에는 그녀도 더 이상 참을 수가 없어진다. 맞불 작전. 승리는 걸레를 통에 푹 쑤셔 박으며 똑같이 고함을 내질렀다.

"알았다고! 1절만 하시지!"

"뭘 잘했다고 고함질이야, 고함질이?"

욕실 안에서 모녀의 눈길이 서로를 잡아먹을 듯 화르르 불타올랐다. 이번에도 역시 그들을 막아선 이는 은영이었다.

"원장님, 학부모님 상담하러 오셨어요."

응징을 하지 않고서는 차마 발길이 떨어지지 않는 듯하던 윤 여사는 은영의 재촉이 이어지자 마지못해 욕실 문을 탕 닫아버렸다.

"그래 가지고 문 부서지겠수."

욕실에 덩그러니 혼자 남은 승리는 입술을 삐쭉이며 구시렁거렸다. 정말이지 서러우면 빨리 출세를 해야 했다. 더불어 멋진 남자까지 낚아야! 탈 보훈, 탈 윤 여사의 그날까지! 아자 아자!

그녀는 욕실 한가운데서 대걸레를 번쩍 쳐들며 결의에 찬 표정을 지었다.

하얀색 도복을 입은 아이들의 총총한 눈빛이 그를 향해 있었다. 수많은 관중 앞에서 경기를 했던 예전만큼은 아니라도, 오랜만에 가슴이 설레었다.

"태극 일 장! 구분 동작으로 준비! 시작!"

"얏!"

그의 명령에 아이들이 '하나, 둘' 구령을 붙이며 동작을 시작했다. 한 아이 한 아이의 동작 하나하나를 날카로운 눈길로 지켜보던 호국은 갑자기 어깨를 붙잡는 손길에 고개를 돌렸다. 세열은 말없이 엄지손가락으로 입구를 가리켰다. 무슨 일이냐는 무언의 물음에 세열은 소리 높여 대답을 돌려주었다.

"차 좀 빼달래!"

무슨 소린가 했다. 좁은 골목길이라 도장 쪽으로 바짝 붙여 대놓은 터였다. 도대체 얼마나 큰 차길래. 세열과 바통 터치를 한 호국은 도복을 여미며 도장을 나섰다. 그의 등장에 길 한가운데를 가로막고 있던 소형차에서 키 큰 여자가 내려섰다.

"이 차 주인 되세요?"

"네."

턱짓으로 차를 가리키는 여자의 얼굴에서 귀찮음이나 짜증스러움은 찾아볼 수 없었다. 외려 그를 향해 미소까지 날려주며 여자는 상당한 매너를 과시했다.

"저기, 제가 초보라 아직 좀 서툴러요. 좀 뒤로 빼주실래요? 이 학원 앞에 주차를 해야 하거든요."

옆 피아노 학원에 온 손님인 모양이다. 자신의 차와 건너편 차 사이의 주차 공간이 조금 빡빡하긴 해도 주차를 못할 정도는 아닌데. 귀찮은 기색을 드러내려던 그는 더 환해지는 여자의 미소에 어쩔 수 없이 차에 시동을 걸었다. 어쨌든 상대는 여자, 기본적인 매너는 지켜줘야 하는 법.

그가 차를 빼는 동안 옆얼굴에 와 닿는 여자의 집요한 눈길이 느껴졌다. 호국은 그것을 못 본 척하며 파킹을 하고 차창을 내려 물었다.

"이 정도면 되겠어요?"

"아, 네. 그런데 이왕이면 제 차도 파킹해 주시면…… 안 될까요?"

또다시 미소. 호국은 도장 쪽을 한번 흘끔했다가 어쩔 수 없이 차에서 내려 여자에게서 키를 받아 들었다. 붉은색 소형차를 사이 공간에 적절하게 밀어 넣은 그가 다시 키를 건네주었을 때까지 상대의 눈길은 그에게 달라붙어 떨어지지 않았다. 더욱더 환한 미소와 함께 여자는 물었다.

"고맙습니다. 음, 초면에 실례이긴 한데…… 이 도장 사범님이세요?"

"네."

고개만 숙여 보인 그는 돌아서려 했다. 아무런 미련 없이. 그런데.

"야! 최미숙! 최미자!"

이 목소리는! 홱 고개를 돌린 호국은 조금 전까지 상냥하기 짝이 없던 미소를 머금고 있던 이름 모를 여자의 얼굴이 흡사 헐크처럼 일그러지는 현상을 똑똑히 목격했다.

"으! 문승리~ 어디서 더럽게 촌스런 별명을 막 부르는 거야!"

호국과 여자의 시선이 동시에 피아노 학원 계단을 내려오는 승리를 향했다. 보라색 후드티를 입은 그녀는 통통 튀는 고무공처럼 뛰고 있었다. 승리의 부름으로 추정해 보건대 최미숙인지 최미자인지 하는 이 여자와는 아마 친구 사이인 모양이다. 이래서 유유상종이라고 하는 건가. 진짜…… 정신없는 여자들이다.

친구에게로 후다닥 달려오던 승리가 마침내 그의 눈길을 느낀 모양이다. 그녀는 그들에게서 몇 걸음 떨어진 곳에 우뚝 멈춰 서더니 그와 미숙을 번갈아 바라보았다.

"어, 어떻게 된 거야?"

"아, 이분이 내 차를 주차시켜 주셨어."

"그래?"

또 본다, 또 봐. 별로 내키진 않았지만, 승리는 일명 '공갈 아저씨'를 향해 고개를 숙여 보였다. 참 사람 불편하게 하필이면 왜 옆 도장 사범으로 와서는 왜 이렇게 자주 마주치는 건지. 정말 미치겠네. 애써 표정 관리를 한 그녀는 미숙의 옆구리를 꼬집으며 속삭였다.

"어서 가자. 근처에 쌈밥집 새로 생겼는데, 괜찮아."

"아, 잠깐만. 갈 때 가더라도 인사는 해야지."

그녀의 팔을 가차없이 뿌리친 미숙은 공갈 아저씨를 향해 다가섰다. 그리고 어김없는 최미자식 무대뽀 왕뻔뻔 작.업.

"오늘 정말 감사했어요. 저기, 성함이라도……."

으, 저 가식적인 미소라니 도저히 참아 넘길 수 없다. 그러나 작업 중일 때는 어떤 모진 비바람에도 굴하지 않는 최미숙이다. 눈동자를 좌우로 굴려대던 승리는 결국 도발을 택했다.

"야, 최.미.자. 그만 가자고!"

그러자 아니나 다를까, 가자미눈을 해 홱 돌아보는 미자, 아니, 미숙이. 고등학교 때 이름 끝 자를 '자' 자로 바꿔 부르기가 한때 유행했었는데, '승자', '은자' 이런 것보다는 '미자'가 주는 뉘앙스가 너무 재미있어 그날로 미숙의 별명은 그걸로 굳어졌다. 본인은 촌스럽다고 죽기보다 싫어하지만.

"이만 실례할게요."

이를 갈듯 공갈 아저씨에게 인사를 내뱉은 미숙은 그녀의 팔을 불끈 잡았다. 아프다는 내색도 못하고 잔뜩 흥분한 친구에 의해 질질 끌려가려는데, 뒤에서 낮은 부름이 들려왔다.

"이봐, 문승리 씨."

아띠, 저 아저씨. 진짜 사사건건 반말이다. 그래. 그래도 부딪치는 것보다는 낫겠지. 그냥 가자. 문승리. 조금만 참자고.

그러나 그녀의 무시에도 불구하고 그의 말은 계속 이어졌다.

"나한테 시간 좀 내지?"

"헛!"

승리와 미숙이 합창을 하듯 같은 소리를 내며 그를 돌아보았다. 도복을 입고서 당당한 자세로 선 그는 여전히 진지하기 짝이 없는 표정을 짓고 있었다.

"뭐, 뭐라고 했어요, 지금?"

그녀의 날이 선 물음에도 남자는 별반 표정 변화가 없었다.

"오늘 저녁 일곱 시, 동사무소 앞 놀이터에서 기다리지."

그 말과 함께 그는 마치 초절정 무술 고수처럼 도복 자락을 휘날리며 바람처럼 사라져 버렸다. 그 뒷모습을 바라보는 승리의 턱이 점점 아래로 떨어졌다. 쩌억.

도대체 오밤중에 나 불러 뭐 하려고? 자기한테 고맙다는 말도, 신세진 것에 대한 보답도 안 했다고 태권도로 날려 버리려는 걸까? 에이, 설마. 그래도 나는 여자, 자긴 남잔데. 무술인들은 매너가 있다고 들었다고. 그럼 호, 혹시 보상금 뭐 그런 거 뜯어내려고? 그래, 맞아. 그럴지도 몰라. 아이고, 못살아. 백조가 돈이 어딨냐고! 지하철 비도 없어서 한두 정거장은 눈물을 머금고 걸어다니는 이 판에!

머리 속에 오만 가지 생각 바람이 휘몰아쳤다. 우거지상이 된 채 입술을 잘근잘근 깨물던 승리는 갑자기 삑 호루라기 소리처럼 들려오는 고함에 우뚝 몸을 경직시켰다.

"야! 문고리! 나보고 뭐라 그러더니 네가 먼저 작업 건 거였어? 어? 이게 진짜!"

등을 철썩하고 내려치는 미숙의 손바닥에 승리의 생각이 올스톱했다. 문고리라고라? '이게 진짜!' 는 내가 할 소리다!

"너 일루 와! 일루 와, 최미자!"

쌈밥집으로 가는 내내 그녀들의 높다란 음성이 좁은 골목길을 가득 메웠다. 그에 놀란 듯 동네 개들이 가끔 컹컹거렸고, 낮잠을 자던 아주머니들의 부스스한 모습이 간간이 담장 밖으로 보이긴 했지만 서로에게 너무 몰두한(?) 승리와 미숙은 알지 못했다.

그토록 바라 마지않았던 고기 반찬이 저녁상에 척하니 올라왔건만, 승리는 여느 때의 그녀처럼 부엌으로 뽀르르 달려가지 못했다. 거실에 걸린 시계로 자꾸만 시선이 갔다. 남자의 음산한 목소리가 귓전을 반복적으로 울려대고 있었다.

초조할 때 나오는 버릇인 오른손 가운뎃손가락을 물어뜯으며 승리는 망설이고 또 망설였다. 가야 하나 말아야 하나. 그냥 무시하기엔 하얀 도복과 극렬한 대비를 이룬 검은 띠의 위력이 너무 컸다. 절로 몸이 부르르 떨렸다.

"누나! 엄마가 밥그릇 치우기 전에 얼른 오래!"

영재의 말이 끝나기가 무섭게 뱃속에서 꼬르륵 신호를 보내왔다. 에라, 모르겠다. 금강산도 식후경, 먹고 죽은 귀신이 때깔도 곱댔다. 윤 여사가 이때가 기회다 하고 그녀의 밥을 솥에 다시 담기 전에 승리는 얼른 식탁 의자에 앉았다.

"승리는 학원 일 할 만하니?"

"컥!"

날이면 날마다 오는 기회가 아니었기에 쇠고기 볶음을 입 안으로 미련스러울 정도로 밀어 넣던 그녀였다. 그런데 갑작스런 아버지의 물음에 턱관절의 움직임이 일순 멎었고, 그대로 목구멍으로 밀려 내려온 음식물은 애꿎은 그녀의 기도를 막아버린 것이다. 가슴을 퉁퉁 치며 승리는 물을 한 잔 쭈욱 들이켰다.

"으이구, 쯧쯧."

못마땅함이 잔뜩 묻어나는 표정으로 어머니는 그녀의 밥그릇 곁에 된장국을 놓고 앉으셨다. 국물을 한 숟갈 떠 입 안으로 가져간 승리는 예상치 못한 뜨거움에 놀라 숟가락을 공중에 휘리릭 던지며 소리치고 말았다.

"앗, 뜨거!"

그런 그녀의 일련의 행위에 동물원의 희귀 동물 보는 듯하는 가족들의 시선이 따라붙었다. 또다시 찬물로 입 안을 헹군 승리는 자신의 무사 안일함을 씩 하는 미소로 그들에게 확인시켜 주었다.

"괜찮니?"

아버지의 물음에 고개를 끄덕한 승리는 화끈거리는 입 안으로 다시 밥을 밀어 넣었다. 학원 일이 싫다며 찡찡거릴 수도, 그렇다고 아주 좋다고 할 수도 없었기에 그녀는 회피를 택했다. 그런 와중 들려오는 벨소리. 근원지는 부엌 옆 그녀의 방인 듯했다. 아니, 그녀의 방이 맞다. 이건 분명 그녀의 휴대폰 음악 '빰빠라'였으니까.

그녀는 문승리 밥승리답지 않게도 식사를 먹다 말고 자리에서 벌떡 일어났다. 지금 저 전화는 식사를 방해한 배은망덕한 것이 아니라, 위기의 순간 그녀를 적절하게 건져 준 고마운 것이다. 받으러 가야 했다. 얼른.

아버지께 양해를 구한 승리는 방으로 가 침대 가운데서 반짝이고 있는 휴대폰을 집어 들었다. 발신인은 '스티붕 윤'. 대학 선배인 재건이었다. 반가움에 궁금증이 얹어져 그녀는 얼른 폴더를 열었다.

"선배? 웬일?"

[너 지난번에 한 말…… 그냥 해본 거 아니지?]

"응? 무슨 말?"

시끄러운 음악 소리에 섞여 재건의 물음이 희미하게 들려왔다. 승리는 단어 하나라도 놓치지 않기 위해 휴대폰을 귀에 더 바짝 붙였다. 대답을 하는 재건의 음성이 좀 더 크게 들렸다.

[괜찮은 밴드에 보컬 자리 나면, 알아봐 달라고 했잖아.]

"아…… 있어?"

머뭇거림을 담은 물음.

평소 그녀가 농담 반 진담 반으로 하는 말에 진짜 밴드를 소개

해 주겠다 나선 이는 재건이 처음이다. 그녀는 대중음악과 노래하
는 것을 좋아했다. 누구나 허황되다 비웃곤 하는 '가수'라는 직업
은 승리의 오랜 꿈이었다. 너무 높고 먼 길이라 시도조차 해볼 엄
두가 안 나는 그것은 현실에 대한 안주와 자신감이 없어서만은 아
니었다. 엄격한 부모님과 더불어 최근 이 년 동안은 스토커 수준
의 남친 녀석도 그녀가 꿈을 펴지 못하는 데 한몫했다. 지금도 역
시 망설이고 있는 건 윤 여사의 기함을 토하는 모습이 눈앞을 스
쳐서였다.

[클럽으로 와. 당장.]

그녀가 말이 없자 더는 기다리지 못하겠다는 듯 재건은 전화를
끊어버렸다. 여튼 성질 지랄 같다. 오죽하면 별명이 단무지일까
나.

음, 지금 시간 일곱 시 삼십 분. 외출 준비를 마치고 나면 대충
여덟 시는 되어야 집을 나설 수 있을 텐데. 도대체 언제 갔다가 언
제 돌아오라고. 젠장, 차 끊기고 나면 택시비도 없단 말이지!

그렇게 구시렁대면서도 승리는 점퍼를 입고 모자를 쓰는 등 비
교적 단시간에 준비를 마쳤다. 그녀는 지갑을 열어 그 속에 든 내
용물을 확인했다. 아, 전 재산 이천 원. 딱 왕복 지하철비다. 불쌍
한 백조 신세여. 그렇다고 이 시간에 나가면서 윤 여사에게 손을
벌릴 수 없는 노릇이다. 방문을 열고 거실로 나간 승리는 차마 부
엌까지 가지 못하고 그 입구에서 크게 소리쳤다.

"나 잠깐 나갔다 올게!"

그러자 마치 기다렸다는 듯 국자를 들고 달려나온 윤 여사.

“지금이 몇 신데 나가? 어딜? 누굴 만나는데?”

“재건 선배네 클럽에 가.”

“이 시간에? 내일 가.”

더는 말씨름을 해봤자 엎치락뒤치락 시간만 끌게 뻔했기에 승리는 ‘다녀오겠습니다아’ 라는 한마디를 남긴 채 도망치듯 현관을 나섰다. ‘문승리이―’ 라는 어머니의 날카로운 부름이 들렸으나 듣지 못한 척하며.

11월, 늦은 가을밤의 공기는 차가웠다. 승리는 점퍼를 여미며 지하철역을 향해 총총걸음을 내디뎠다. 곧 왼쪽 편에 놀이터가 나타날 것이라는 생각에 마음이 불안 초조했다. 금방이라도 공갈 아저씨가 나타나 ‘으헝!’ 하고 자신을 위협할 것만 같은 상상이…….

“이봐!”

“흐어억!”

심장이 일순간 박동을 멈추었다. 생각을 뚝 끊어내며 들려온 이 목소리는 분명 공갈 아저씨, 조금 전까지 그녀 상상 속의 비열한 주인공의 것이었다. 승리는 저도 모르는 사이 담벼락에 의지했던 몸을 일으켜 세우며, 저벅저벅 다가오는 남자를 바라보기만 했다.

“내가 여덟 시라고 했던가?”

쫙 깔린 물음에 승리는 침을 꿀꺽 삼켰다. 가로등 아래 희미하게 드러난 상대의 얼굴은 무표정했다. 그것은 마치 눈 하나 깜빡하지 않고 그녀의 목 하나쯤은 부러뜨릴 수 있을 것같이 잔인하게 느껴졌다. 저도 모르게 고개를 내저으며 꽃게 걸음으로 비켜나려던 승리는 자신을 다잡았다. 내가 뭐 죄졌냐. 도대체 뭘 두려워하는 건데? 문승리, 아자 아자!

빽빽한 목구멍을 꿀꺽 침을 삼켜 부드럽게 만든 그녀는 더듬더듬 그에게 물었다.

"도, 도대체 날 왜, 왜 보자고 한 거죠?"

"몰라서 물어?"

한쪽 눈썹을 들어올리는 저 표정, 재수없게도 거만하다. 그리고 엄청 사람 쫄게 만든다. 아, 씹. 정말 잘못 걸린 거 아닌지 모르겠다.

"모, 모르겠는데요."

그러자 그가 지금껏 바지 주머니에 찔러 넣고 있던 손을 스르륵 빼냈다.

뭐, 뭐 하려는 거야. 저 아저씨 지금 설마 날 때, 때리려고 그러는 건 아니겠지? 놀라 커질 대로 커진 눈동자로 승리는 남자가 하는 양을 고스란히 지켜보았다.

"잊어버린 거 정말 없어?"

주머니 입구에 손을 걸쳐 놓은 채 그가 다시 한 번 물었다. 젠장, 코끝이 시리다. 이건 절대 눈물이 나서가 아니다. 단지 조금 추울 뿐이다. 승리는 조금 전 집에서 열어보았던 지갑 속에 든 천원권 두 장을 떠올렸다. 만약 내가 지금 달랑 이천 원을 내민다면. 그걸 사고당한 척 연기를 했던 것에 대한 보상과 킹콩에게서 구해준 대가로 쳐달라고 부탁한다면 이 사람, 무지 화낼까? 그럴까?

"죄, 죄송해요."

역시나 문승리, 불의를 보면 너무도 잘 참고 정의에 정 자도 모르는 인간다운 처사였다. 그 말 한마디와 함께 그녀는 남자에게로 후다닥 다가가 재킷 소매를 붙잡고 늘어졌다.

"그땐 그냥 아저씨가 공갈범으로 모는 게 너무 화가 나서 그랬는데, 생각해 보니 제가 너무 뻔뻔했던 것 같아요. 그러니까 이번 한 번만…… 봐주심 안 될까요?"

그리고 배시시 웃었다, 그녀로서는 최대한 애교를 담아. 하지만 남자의 눈빛에는 일말의 흔들림도 드러나지 않았다. 다만 그녀를 내려다보는 그의 미간이 점점 좁혀질 뿐.

"무슨 말이지?"

"이런 말까지 하긴 무지 쪽팔리는데요. 사실, 저기 학원은 우리 엄마 거구요. 전 출근한 지도 며칠 안 됐거든요. 월급도 받을 수 있을는지 정확하지도 않아요. 제가 워낙 여태 까먹은 게 많아서리. 한마디로 저 돈 하~나도 없거든요."

불쌍한 척하는 거야 쉽다. 무단횡단을 하다 경찰에게 걸렸을 때도 이런 식으로 벌금 무는 걸 모면했고, 길거리 좌판에서 물건 살 때 깎기도 부지기수로 했다.

그런데 이 남자, 동정은커녕 혐오스러움을 드러내며 그녀를 내려다보고 있다. 진짜 강적이다. 승리의 온몸에 절망감이 스며들었다. 그의 옷소매를 잡았던 그녀의 손이 축 늘어졌다. 어떻게 해야 하나 막막함에 그녀는 혼잣말처럼 고개를 숙인 채 중얼거렸다.

"아저씨가 공갈범, 어쩌고 하지만 않았으면 좋았잖아요."

"무슨 소린지 하나도 모르겠군. 어쨌든……."

그녀는 자신의 팔을 꾹꾹 찌르는 딱딱한 무엇의 느낌에 차마 아래로 시선을 떨구지 못했다. 서, 설마 총은 아니겠지? 과한 상상으로 인해 완전 굳어버린 승리는, 남자의 덤덤한 눈빛이 자신이 내밀고 있는 물건으로 떨어지는 것을 보고서야 천천히 고개를 내려뜨릴 수 있었다.

어둠 속에서 반짝이는 그것이 무엇인지 그녀는 처음엔 알지 못했다. 그러다 그가 시야 속으로 그것을 좀 더 들이민 순간, 안도감과 더불어 와락 반가움이 밀려들었다. 승리의 입가에 미소가 어렸다.

"이, 이건?"

"그래. 이제 기억나? 당신이 그날 길에 떨어뜨리고 간 거야. 잃어버린 줄 몰랐어?"

그렇게 애타게 찾았던 립글로스였다. 킹콩에게서 그가 그녀를 구해준 후—인정하긴 싫지만—가방을 건넸던 그 순간 아마도 떨어졌던 모양이다. 그걸 이 남자가 주워둔 거고.

그의 손바닥에 놓인 그것을 두 손으로 덥석 잡은 승리의 입이 귓불까지 걸렸다. 그럼 이 아저씨, 날 보자고 한 이유가 립글로스 때문이었던 거야? 히잇, 그런 줄도 모르고. 문승리, 얼마나 다행이냐. 응?

립글로스를 다시 찾아 돈 굳은 것도 기쁘고, 보상금 뭐 어쩌고 했던 상상이 모두 허상으로 날아가 버려서 더 기뻤다. 더 망설일 필요도 없었다. 승리는 그를 향해 고개를 넙죽 숙여 보이며 착한 아이처럼 말했다.

"고맙습니다~"

"삼세번이군."

왠지 웃음기가 깃든 대꾸에 그녀는 의아하게 그를 바라보았다. 어? 그러고 보니 이 사람, 눈매가 약간 가늘어진 것 같기도 하다. 설마 진짜 웃고 있는 건 아니겠지?

"네?"

"당신에게서 고맙다는 말을 듣기까지 말이야."

뜨끔.

그래, 솔직히 그녀 문승리 그다지 착하고 배려심 많은 성격은 아니다. 하지만 이 남자, 아무래도 그녀를 인터넷상에 회자되었던 일명 '개똥녀'보다 더한 뻔뻔녀로 알고 있는 것 같다. 기분이 별로다.

"칫, 매번 상황이 좋지 않아서 그렇지, 미안하게 생각하고 있었거든요?"

그녀는 저도 모르게 발딱 고개를 들며 쏘아주고 말았다. 그리고 나서 후회. 이놈의 성질머리. 조금만 더 부드럽게 말하면 어디가 덧나?

"그래서?"

"네?"

예기치 못한 그의 물음에 승리는 눈이 동그래진 채 무의식적으로 되물었다.

"미안해서 보상해 줄 방법이라도 생각하고 있었던 건가? 이를 테면…… 보상금 같은?"

헛! 한숨 돌리는가 했더니, 또 저놈의 '보상금'이라는 세 글자가 그녀를 옥죄어 온다.

"저기요, 아까도 말했지만, 저……."

"걱정 마. 돈 따위 원한 적 없으니까."

단호한 그의 말에 승리의 온몸을 저릿하게 만들던 긴장감이 스르륵 빠져나갔다. 아, 다행이다. 정말 다행이야.

"대신 내가 원하는 조건이 있어."

뭐, 뭐냐, 이 남자. 이 음산한 목소리는.

영화에서나 보아왔던 범죄 조직들 간에 뒷거래를 하는 것처럼 그들 사이의 분위기는 음울하고도 기묘했다. 어두운 골목길, 그 중간에 마주 선 두 남녀. 그들은 연인은커녕 친구, 선후배 사이도, 그 무엇도 아니다. 왠지 우스꽝스러운 생각이 들어, 승리는 어서 빨리 이 상황에서 벗어날 수 있기만을 간절히 바랐다. 그녀는 성마른 재촉을 날렸다.

"무슨 조건인데요?"

"외출 시 항상 내게 보고할 것."

잉? 어제 분명히 귀 팠는데? 내 귀가 고장난 거냐? 아님 저 인간이 미친 거냐?

"뭐라고요?"

"내가 시간이 되면 태워다 줄 테지만, 당신 혼자는 돌아다니지 마."

그 즈음 그녀의 머리 속을 둥둥 떠다니는 단어들. 정신병자. 스토커. 미저리.

"혹시 어디가 좀 안 좋으세요?"

그녀는 집게손가락을 들어 귓가에 대고 빙빙 돌리며 물었다.

"아니, 난 지극히 정상이야. 외려 문승리 당신의 정신을 좀 감정받아야 할 필요가 있겠어."

"저, 정신 감정이요? 말 다 했어요?"

제정신인 사람도 이 남자 앞에서는 미치고 말 것이다. 약이 오른 나머지 승리는 거의 땅 위에서 폴짝폴짝 뛰고 있었다. 그러나 다음 순간 가슴 앞으로 팔짱을 낀 남자의 입에서 흘러나온 말은 그녀의 기력을 순식간에 앗아갔고, 그 자리에서 슬금슬금 물러나 다시금 벽에 껌처럼 붙어설 수밖에 없도록 만들었다.

"당신의 정신 건강을 의심하게 만드는 원인들을 말해볼까? 첫째, 애인을 입영 열차에 실어 보내자마자 자유를 외치며 즐거워하는 여자는 흔치 않지. 아니, 거의 없어."

저, 저 작자가 어떻게…… 그 사실을 알지? 이거 진짜 스토커 아냐? 이제 보니 저 눈빛이랑 입매도 꽤나 집요하게 생겼다. 꼭 권보훈 같다. 엥? 권보훈? 그러고 보니 닮은 것 같기도 하다.

이런저런 생각으로 혼란스러워하며 다음 말을 기다리는 승리에게서 그는 시선을 떼지 않았다. 쥐 앞의 고양이가 된 자신의 상황을 즐기는 듯 그는 부러 뜸을 들이고 있었다. 그녀의 인내심이 쩍쩍 갈라지며 바닥을 드러낼 즈음 남자는 말을 이었다.

"둘째, 엄마한테서 도망치겠다는 일념하에 달리는 차에 부딪혀 정신을 잃은 척하는 건 '자해 공갈단'이라면 모를까, 거의 대부분의 사람들이 생각도 못할 일이지."

뭐? 자, 자해 공갈단? 진짜 이 아저씨 끝까지 공갈공갈거리네.

그녀의 공격적인 눈빛의 번뜩임에도 아랑곳없이 남자는 벽에 기대선 그녀에게로 천천히 다가서며 다시 입을 열었다.

"셋째, 꽤나 꼴꼴해 보이시던 어머니, 맘에 들지 않는 소개팅 상대, 그리고 자신에게 주먹을 휘두르려는 거구의 남자에게서 구해준 사람에게 사례는 못해도 고맙다는 일언반구도 없었다는 건 정상인의 예의범절의 범주를 벗어났다는 뜻이지, 그것도 한참."

그와의 거리가 이제 채 삼십 미터도 떨어지지 않게 되었다. 그의 숨결이 그녀의 정수리까지 파고들자 소름이 훅 끼쳐 온 승리는 몸을 구르듯 비껴서며 소리쳤다.

"그만! 그만 해요! 진짜 그 아저씨 조잔하네! 그런 거 다 가슴에 꽁꽁 품어두고 있었던 거예요? 그래요, 나 그런 애예요. 그렇다고 내가 왜 아저씨한테 외출할 때마다 보고를 해야 하는 건데요?"

"기한은 내년 1월 17일까지야."

그녀의 물음은 깡그리 무시다. 자신의 말만 딱 하고 마는 남자를 향해 승리는 허리에 손을 얹은 채 다시 빽 고함을 내질렀다.

"도대체 뭔 말인지, 당신이 누군지 똑똑히 얘기하라구요! 나 진짜 미쳐 날뛰는 꼴 보고 싶지 않으면!"

그러자 남자가 팔짱을 풀어냈다. 긴 팔을 늘어뜨린 채 그녀가 선 방향을 향해 걸음을 옮기기 시작하는 그는 마치 어둠 속의 무법자 같은 느낌이었다. 온몸 가득 뿜어져 나오는 그 위협적인 공기에 승리는 다시 게걸음을 걸었다. 그러나 이번에도 그녀를 어김없이 막아선 것이 있었으니. 전봇대였다. 그리고 발치에 차이는 이것, 설마 음식물 쓰레기인가?

“웩!”

그제야 썩은 내가 코끝으로 스며들자 승리는 숨을 참으며 후다닥 남자를 스쳐 뛰어가려 했다. 솔직히 이때가 기회다 싶기도 했고. 하지만 역시 그는 무도인다웠다. 빠르고 정확하게 그녀의 팔을 붙잡은 남자의 손아귀는 강철 같았다. 승리는 뻣뻣하게 굳어진 채 그를 힐끔 올려다보았다. 입술을 거의 움직이지 않으며 그는 말을 내뱉었다.

“세열 선배가 날 소개했을 때 대충 알아챘을 줄 알았는데. 그다지 눈치가 없군.”

“뭐, 뭐라구요? 그땐 워낙 놀라서, 이름도 못 들었다구요! 사람이, 그럴 수도 있지 되게 면박 주네!”

또다시 발끈한 그녀는 남자의 손을 홱 뿌리치며 쏘아붙였다. 정신없이 돌아가는 이 상황을 어서 정리하고 싶었다. 승리는 자신이 하고 싶은 말을 후다닥 내뱉은 후 그대로 지하철역으로 달려가려 했다. 그가 다시 붙잡기 전에.

“어쨌든 미안했어요. 이제 됐죠? 그러니 우리 다시는 아는 척하지 말아요!”

하지만 그녀가 원하는 대로 물 흐르듯 흘러가 준다면 그것이 어디 인생이겠는가. 승리는 자신의 뒤에서 들려오는 음산한 한마디에 움찔 멈춰 서고 말았다.

“고무신 거꾸로 신을 시도도 하지 마라, 문승리. 경고다.”

“너 절대 고무신 거꾸로 신으면 안 된다. 알지?”

남자의 목소리에 겹쳐져 떠오르는 보훈의 얼굴. 아무리 봐도 두 사람의 느낌이 너무 비슷하다. 서, 설마…… 설마!

이토록 극렬한 공포는 초등학교 때 귀신을 보았던—윤 여사는 꿈일 거라 하지만, 아직도 승리는 그것을 현실이라 굳게 믿고 있다—이래 처음이다. 그녀는 떨지 않기 위해 어금니를 깨물며 돌아섰다.

"다, 당신, 누구죠? 설마?"

"우리 형 예전에 유명한 태권도 선수였어. 지금은 지도자 과정 공부하러 미국에 가 있어."

이제야 보훈이 했던 말이 귓가에 쏙쏙 스며든다. 보훈이 놈과의 기억은 별로 떠올리고 싶지 않아 애써 밀쳐 두었었는데.

"사람들은 우리 형제가 무척이나 닮았다고 하던데. 이제야 알아보는 건가?"

으헉! 하느님, 어찌 제게 이런 시련을 내리시나이까. 권보훈에 이어 이젠 그 늙다리 형이라니요! 제가 도대체 안동 권 씨 집안과 무슨 원수를 졌길래요!

하늘을 올려다보며 소리없는 아우성을 쳐대던 승리는 그의 한 마디에 완전 이성을 잃어버렸다.

"내년 1월 17일, 바로 보훈이가 백일 휴가 나오는 날이다. 그때까지 넌……."

"아악!"

이대로 넋을 놓고 있을 수만은 없었다.

해가 진 저녁, 동네 한가운데라는 것도 잊은 채 승리는 날카로운 비명을 토해냈다. 그녀는 지금 보니 보훈과 판박이인 공갈 아저씨, 아니, 그의 형의 얼굴에 당황스러움이 번져 가는 것을 보며 일말의 만족감을 느꼈다. 그리고 그 자리를 벗어나기 전, 승리는 회심의 일격을 날렸다. 오른쪽 가운뎃손가락을 들어 보이며.

"즐!"

여전히 동상처럼 선 그를 향해 혓바닥까지 날름한 승리는 마치 한 마리의 날쌘 도마뱀처럼 골목길을 질주하기 시작했다. 어이없이 자신의 등짝을 바라보고 선 한 남자를 남겨둔 채.

한편, 그 순간 호국의 머리 속에 떠도는 의문은 두 가지였다.

첫 번째는 마치 외계 용어 같은 '즐' 은 도대체 무슨 뜻인지—바보가 된 기분이었다—두 번째는 폭탄이 왜 저렇게 보훈이 얘기에 경기를 일으키는 것인지. 그의 등장으로 인해 고무신을 거꾸로 신겠다는 자신의 계획이 틀어져서 라고 보기엔 좀 의아한 면이 있었다. 보훈이라는 이름이 나온 순간 일어난 화학 반응은 너무도 격렬했다.

의문에 의문을 더한 그의 눈빛이 여자가 사라진 방향을 한참 동안 향했다.

사단장의 공관에 하얀 코스모스가 나타났다는 소문은 안 그래도 혈기왕성한 장병들을 들끓게 하기에 충분했다. 그녀의 모습을 조금이라도 더 살피기 위해 괜히 공관 주위를 어슬렁거리는 뻔뻔한 사병들도 있었고, 쓸데없이 심 중위를 찾아오는 동기 장교들은 헤아릴 수가 없을 지경이었다.

"짐승 같은 놈들."

차를 벅벅 문질러 닦으며 보훈은 중얼거렸다. 아무리 생각해도 자신도 남자지만 남자들은 모두 늑대, 아니, 승냥이, 아니, 하이에나쯤 되는 것 같다. 생각이 그에 이르자 그의 마음이 다시금 불안해졌다. 문승리, 하얀 코스모스보다 더 예쁜…… 은 아닌가? 어쨌든 노란 팬지꽃처럼 귀여운 우리 애인. 어떤 호랑 말코 같은 놈이 호시탐탐 노리고 있는 건 아닐까. 그의 삐죽한 시선이 서울이 있는 하늘을 노려보았다.

그때 들려오는 두런두런 말소리에 보훈은 얼른 고개를 내려뜨려 일에 몰두하는 척했다. 그러다 살짝 시선을 들자 현관을 나란히 걸어나오는 심 중위와 코스모스가 보였다. 훤칠한 심 중위 곁에 야리야리한 코스모스가 서 있으니 마치 한 폭의 초상화처럼 아름다운 그림이 되었다. 그런데 그가 자대 배치를 받은 이후, 심 중위가 저렇게 크게 웃는 모습은 정말이지 처음 본다.

그들이 점점 가까이 다가오는 것을 보며 보훈은 허리를 곧추세웠다. 상관에게 절도있게 경례를 붙인 그는 코스모스 쪽으로는 의식적으로 시선도 돌리지 않았다.

"권 이병, 시내 약국까지 효진이 좀 태워다 주도록."

"네?"

"사단장님의 허가가 난 사항이니, 다녀오도록 해."

허걱! 나, 나 혼자 이 여자랑?

그런 와중 코스모스가 가벼이 기침을 토해냈다. 아마 강원도의 추위에 적응하지 못한 탓일까. 감기라도 걸린 모양이다.

바보처럼 '심 중위님은 같이 안 가십니까?'라고 물을 뻔했다. 도대체 예전의 '남자보다 여자가 편하고, 여자 하나 넘어오게 하는 데 몇 분이면 충분한 자타 공인 매력남' 권보훈은 어디로 사라져 버린 걸까. 아무리 사단장의 딸이라고 한들 코스모스도 여자인데, 왜 이렇게 소심하게 구는지 모르겠다. 군대 짬밥 겨우 몇 달 만에 남자 하나 완전히 버렸다.

그가 스스로에게 채찍질을 가하고 있는 사이, 돌아선 심 중위는 코스모스의 어깨에 손을 척하니 올려놓았다. 여린 여자의 몸을 잡고 있는 커다란 손이 삐삐삐 보훈의 레이더에 확대되어 들어왔다. 흠, 아무래도 심상치 않은데?

"옷 이렇게 입고서 되겠어? 감기 걸린 애가."

오호, 게다가 저렇게 핫팩처럼 따뜻한 말까지.

"난 괜찮아, 오빠."

오, 오빠? 역시 두 사람은 이전부터 아는 사이였던 것으로도 모자라, 어쩌면 사랑을 키워가고 있는…… 사이일는지도 모른다. 괜스레 부러워졌다.

"어서 차에 타. 춥다."

심 중위가 코스모스를 차 쪽으로 밀어놓기 무섭게 생각을 접은 보훈은 얼른 달려가 뒷좌석의 문을 열었다. 순간 코스모스와 눈이 잠시 마주쳤다. 하얀 자위가 거의 보이지 않는 커다랗고 검은 눈망울이다. 그것은 티없이 맑아서 마른 그의 얼굴을 투영시켜 주었

다. 보훈은 자신의 초라한 모습을 보기 싫어 얼른 고개를 떨구고
말았다.

심 중위의 열렬한 배웅을 받으며 사단장의 사제 차량이 서서히
공관을 빠져나갔다. 주위가 온통 하얗다. 11월임에도 강원도에서
는 눈을 심심찮게 볼 수 있다. 이곳에 온 지 얼마 되지 않았음에도
보훈은 벌써부터 눈이 지겨웠다. 눈 치우는 것도 하루 이틀이지
정말 곤욕이었다.

작은 입술을 파르르 떠는 코스모스를 룸미러를 통해 발견한 보
훈은 얼른 히터를 높였다. 차 안에 불편한 기류가 감돌았다. 여자
가 사단장의 딸이라, 심 중위의 연인이라 생각하니 아무리 자신의
화려한 경력을 되새김해 보아도 보훈은 쉽사리 말을 걸 수가 없었
다. 게다가 코스모스 역시 그다지 말이 많은 성격은 아닌 듯 차창
으로 시선을 고정한 채 이 침묵을 깰 생각조차 하지 않았다. 가끔
콜록거리는 것을 빼곤.

승리와는 정말 다르다. 그녀와 있을 때는 전쟁터가 따로 없었는
데. 훗, 그러고 보니 거의 싸운 기억밖에 나질 않는다. 그녀가 남
자 친구들이랑 있으면 그 꼴 보기 싫어서 훼방놓고, 그녀의 휴대
폰에서 몰래 남자들의 번호만 지워 버리고, 문자 메시지 날리는
놈들한테 '다시 연락하면 죽어!' 라고 답장 보내고……. 참 무지하
게도 싸워댔다. 사실은 지금도 불안해 죽을 지경이었다. 그녀의
성격을 아는 이상, 진드기 같은 추종자들(?)이 얼마나 많은지 아는
이상.

으악! 생각하니 정말 미치겠다!

또 불쑥 화가 치밀어 그만 핸들을 살짝 내려친다는 것이 너무나
도 정통으로 클랙슨을 눌러 버리고 말았다.

빠아앙!

귀청이 찢어질 듯한 고성에 놀란 것은 그뿐만이 아니었다.

"엄마야~"

조금 전까지 고고하기 짝이 없는 자태로 앉아 있던 코스모스의
입에서 분위기와 전혀 어울리지 않는 아이 같은 비명이 터져 나왔
다. 그에 동요된 보훈의 손아귀에 힘이 빠져 핸들이 흔들렸고, 차
체가 눈길 위에서 휘청거렸다.

하얀 코스모스가 보랏빛 코스모스로 물들어가고 있었다. 좀 심
하다 싶을 정도로. 그것도 왼쪽 가슴을 두 손으로 꽉 누른 채.

"저, 저기요. 잠깐만요."

왠지 사태가 심상치 않다. 더럭 겁이 난 보훈은 길가에 천천히
차를 멈추었다. 그리고 운전석에서 뛰어내려 뒷좌석의 문을 열고
여자의 곁에 앉았다.

"왜 그래요? 어디 안 좋아요?"

파랗게 질린 입술을 하고서 여자는 그저 고개를 내저었다. 보훈
은 어쩔 줄 모른 채 효진의 작은 얼굴만 바라보고 있었다. 그렇게
한동안 숨을 고르던 코스모스는 그가 안절부절못하는 것을 알아
채고는 희미하게 미소 지으며 말했다.

"괜찮아질 거예요. 심장이 좀 안 좋아서 그래요."

아, 젠장. 왜 아무도 그에게 코스모스는 말 그대로 손만 대도 부
러질 코스모스라는 것을 말해주지 않은 것일까. 선 소장이랑 심

중위가 지금 이 사건을 아는 날엔 그날로 완전 군장 연병장 뺑뺑이다. 무게에 쓰러지기 전에 아마 추워서 얼어 죽을 거다. 그를 빤히 들여다보던 코스모스에게서 장난스런 물음이 흘러나왔다.

"홋, 지금 무지 쫀 표정인 거 알아요?"

"에, 예?"

아무리 봐도 스무 살 이상으로는 쳐줄 수 없는 순진한 얼굴로 여자는 웃고 있었다.

"오늘 일 아버지껜 비밀로 부쳐 줄 테니까, 말씀해 보세요."

"뭐, 뭘요?"

"무슨 생각을 하다가, 그렇게 화가 난 듯이 클랙슨을 눌렀던 것인지."

참내. 별의별 것이 다 궁금하다. 사단장 딸이면 다냐. 이병에게도 사생활이 있단 말이지.

그가 입을 굳게 다물고 있자, 여자는 다시 뒷좌석에 머리를 기대며 천연덕스럽게도 코트 주머니에서 휴대폰을 꺼내 들었다.

"아버지께 약 좀 가져다 달라고 해야겠어요."

"저, 저기요! 잠깐만요! 잠깐만."

투명 구슬같이 맑은 눈동자가 반짝이고 있었다.

도대체 뭐가 저토록 알고 싶을까. 한숨을 내쉰 보훈은 기대감을 담은 눈길로 자신을 보는 효진에게 마지못해 이야기를 들려주기 시작했다. 자신의 천방지축 애인에 관한. 매력이 넘치는 승리는 고무신을 거꾸로 신고 싶어하지 않아도, 주변의 남자들이 그녀에게 고무신을 들려서 뛰게 만들고 말 거라는 순전한 자신의 억측이 난무하는 이야기를 말이다.

내내 듣고만 있던 효진이 마침내 눈을 동그랗게 뜬 채 물었다.

"형에게 애인을 부탁하고 왔다면서요. 그런데도 그렇게 불안해요?"

"아, 그래서 그나마 이 정도죠. 아님 나 벌써 탈영했을 거예요."

"그 언니는 진~짜 좋겠다. 권 이병님 같은 분의 사랑을 이렇게 듬뿍 받고 있으니까요."

부러움이 어린 효진의 눈빛에 괜히 우쭐해지는 보훈이었다. 세상에 그의 사랑을 발톱에 낀 때만도 못한 것으로 여기는 이는 정말 문승리 그녀뿐이다. 쑥스러움에 뒷머리를 긁적이던 그는 아까보다 훨씬 나은 듯한 효진의 낯빛을 조심스레 살펴보았다.

"이제 좀 괜찮아요?"

"네? 아, 네."

무엇 때문인지 볼을 발그레하게 물들이며 코스모스가 고개를 숙여 버렸다. 그로 인해 까만 머리칼이 그녀의 얼굴을 효과적으로 가려주었다. 그 모양을 멍하니 내려다보던 보훈은 어렵사리 효진에게서 시선을 떼어냈다.

뒷좌석의 문을 열고 나가려던 그는 그제야 눈이 내리고 있음을 알았다. 하얀 세상에 코스모스와 그 단둘뿐인 것 같은 생각이 들어, 묘하게 가슴이 울렁였다.

이러면 안 되지, 권보훈! 군대 생활 몇 개월에 너도 여자만 보면 사족을 못 쓰는, 저 짐승 같은 놈들이랑 같은 급으로 떨어진 거냐? 너 아주 예전에 비록 카사노바이긴 했으나, 이젠 아니잖아! 너한테는 승리가 있다고! 해가 떠도 승리! 달이 떠도 승리! 승리가 최고야~!

그렇게 주문을 외우며 문을 달칵 여는데, 그의 뒷덜미를 잡아채는 듯한 물음이 들려왔다.

"저기…… 오빠라고 불러도 되죠?"

오, 오빠? 너 지금 오빠라고 했니?

방금 듣고도 믿을 수가 없어진 보훈은 나가려던 것도 잊고 효진을 돌아보았다. 그렇게도 듣고 싶었던 오빠라는 호칭!

'이거 해줄 테니까 오빠라고 불러봐' 라고 승리를 무던히 꼬셔보았지만, 그보다 두 살 위인 그녀는 목에 칼이 들어와도 그렇게는 못하겠다고 이 년을 버텼다. 문승리, 그럴 때 보면 참으로 독하다. 게다가 기분 좋을 때—그마저도 아주 가끔이었다—만 '보훈아!'지, 평소엔 단지 어리다는 이유만으로 키가 그녀보다 30㎝ 가까이 큰 그를 '쥐방울', '꼬맹이' 등으로 불러대기 일쑤였다. 어떻게 해서 사귀게 됐든 명색이 남자 친구한테 말이다.

"아, 안 돼요?"

입을 쩍 벌린 채 그녀를 바라보고만 있는 그의 행동을 불허의 뜻으로 받아들인 모양이다. 실망 가득한 눈빛의 효진을 향해 보훈은 크게 팔을 내저으며 소리쳤다. 그 바람에 차의 천장에 손등이 탁 부딪쳤음에도 아픈 줄도 몰랐다.

"안 되긴!"

그의 대답에 시들어가던 코스모스가 다시 활짝 피어났다. 그에 마치 자신이 대단한 일이라도 한 양 가슴이 뿌듯해지는 보훈이었다. 밖에는 점점 더 많은 눈이 내리고 있었지만, 그들을 둘러싼 차 안의 공기는 훈훈하기 짝이 없었다.

권 씨 집안 망할 놈의 형제들에 대해서는 그만 생각해, 문승리.

지하철을 타고 오는 내내, 아니, 클럽까지 오는 내내 승리는 자신에게 그렇게 중얼거리며 차례로 떠오르는 공갈 아저씨와 득의 양양한 보훈이 놈의 얼굴을 지워내려 노력했다. 하지만 그건 그렇게 마음처럼 쉽진 않았다.

생각하고 싶지 않아도, 시기도 적절하게 호국이 그녀 동네의 도장에 사범으로 온 것 하며 보훈의 백일 휴가 때까지 '꼼짝 마라' 한 것 하며 이제 보니 뭐 하나 의심스럽지 않은 것이 없었기 때문이다. 아니, 확실했다. 두 형제가 작당을 하여 자신을 옭아매려 들고 있는 것이다.

생각이 그렇게 정리되자 기분이 끔찍했다. 그물에 걸려든 물고기가 된 듯한 공포심이 밀려들었다. 파닥파닥 몸부림을 칠수록 더욱 조여드는 단단하기 짝이 없는 그물 말이다. 젠장.

고개를 내저으며, 가끔 낮은 비명까지 흘리며 걷고 있는 그녀에게 오가는 사람들의 신기하다는 눈길이 따라붙고 있었다. 하지만 생각에 잠겨 있느라 승리는 그것도 알지 못했다.

재건의 라이브 클럽인 〈뮤즈〉는 홍대입구 역에서 멀지않았다. 클럽이 밀집한 골목으로 들어선 승리는 11월의 바람을 피해 옷깃을 여미며 지하로 가는 계단에 발을 내디뎠다. 음악 소리가 들리기 시작하자 그나마 그녀의 머리 속을 어지럽게 돌아다니던 권 씨 집안 형제들의 생각도 희미해졌다.

그녀가 안으로 들어서자마자 구석진 자리에 앉아 있던 재건이 손을 흔들어 보였다. 빙그레 웃으며 다가가려던 승리는 희끄무레한 조명 아래 드러난 낯선 존재들로 인해 잠시 멈칫했다. 재건의 주변으로 앉은 세 명의 녀석들은 그야말로 막강 오로라를 내뿜고 있었다. 천하의 문승리조차 근접하기 힘들 정도의.

그러나 어쨌든 그녀는 쭈뼛쭈뼛 그들에게로 다가갔다.

"인사해, 이쪽은 내가 말했던 승리."

재건이 그들에게 먼저 승리를 소개했다. 그러자 반응은 천차만별이었다. 시커먼 머리칼을 치렁치렁 늘어뜨린 녀석은 무표정 자체였고, 원래 대머리인지 빡빡 민 것인지 민둥 머리를 한 스님 같은 놈은 그냥 빙그레 웃기만 했으며, 삐죽삐죽 세운 노랑머리 녀석은 글쎄 성큼성큼 걸어나와 덥석 그녀를 껴안고 볼에 키스까지 하는 게 아닌가!

"Sweety, Nice to meet you."

예기치 못한 인사에 너무 놀란 나머지 두 팔을 옆구리에 붙인 채 자리에서 돌하르방처럼 굳어버렸던 승리는 놈이 제자리로 돌아가고 나서야 정신을 차리고 볼을 벅벅 손등으로 문질렀다. 뭐야, 저 새끼. 양키였어?

"선배, 쟤 뭐야?"

자신의 피부에 양키 놈의 입술이 닿았다는 것으로도 참을 수 없어진 승리는 재건을 확 돌아보며 물었다. 그러나 그 독특한 삼총사를 소개해 주는 것에 몰두한 나머지 재건은 그녀의 말을 깡그리

무시했다.

"여긴 연선규. 남자 같아 보이지? 흐흐흐, 그런데 여자야. 기타를 맡고 있어."

재건의 통통한 손가락이 제일 먼저 가리킨 이는 검은 장발의 녀석이었다. 에엑? 저게 여자라고? 놀란 승리는 자리에 털썩 주저앉고 말았다. 서, 설마 트렌스…….

"그리고……."

그녀의 생각을 잘라내고 재건이 다시 말을 이으려는데 불쑥 끼어든 이는 빡빡 머리 녀석이었다.

"내 소개는 직접 할게. 반갑다. 승리라는 이름만큼 씩씩하게 생겨서 좋네. 난 드럼을 맡고 있는 민이라고 해. 강민."

"쳇, 민이 좋아하네. 왜 가운데 한 글자는 만날 쏙~ 빼먹냐. 복민아?"

그때까지 잠잠히 있던 선규가 약 올리듯 말하자 민의 목부터 이마 끝까지 불그스름해졌다. 그리고 제법 근엄해 보이던 그 입에서 튀어나온 말이란,

"이쒸! 그러는 넌! 주민등록번호만 여자잖아!"

헛, 애네들 도대체 몇 살이야. 왜 이렇게 유치한 거냐고.

여기까지 오는 동안 내심 자라던 기대감이 와르르 무너져 내렸다. 이따위 어린애들이 하는 밴드가 어련하겠어. 음악성이라고는 도무지 엿보이질 않으니, 원.

소리없는 한숨을 내쉬며 고개를 젓는데, 맞은편에 앉은 양키 놈이 히죽히죽 웃고 있는 모양이 시야로 들어왔다.

뭐야, 저 새끼. 저 모양을 보면 한국말을 알아듣는 것도 같고, 생긴 것도 멀쩡한 동양인 같은 게 양키는 아닌 것 같은데. 하는 짓이 왜 저렇게 버터 한 통은 들이부은 듯 느끼한 거야!

선규와 민이 만들어낸 소란스러움에도 아랑곳없이 재건은 소리를 높여 하던 소개를 마무리 지었다.

"저긴 밴드 리더이자 베이스를 맡고 있는 알렉스 진."

알렉스? 뭐야, 이름도 완전 양키잖아.

자신의 이름이 재건의 입에서 흘러나오자마자 알렉스는 오른손을 흔들어 보였다. 그 기름기 뚝뚝 떨어지는 행동에 코웃음을 친 승리는 놈에게서 보란 듯 시선을 돌려 재건을 응시했다.

"선배, 설마 설마…… 응?"

그녀는 자신의 연배로 보이는 아니, 훨씬 덜 떨어져 보이는 세 놈(?)을 번갈아 훑으며 '설마 얘네들이 소개해 준다는 그 밴드 멤버야?' 라는 뜻을 담은 애처로운 눈빛을 보냈다. 그러자 미소까지 머금으며 고개를 끄덕이는 재건. 그건 '당연하지' 라는 확실한 대답이었다. 그것도 아주 자신만만한. 실망감으로 인해 승리의 고개가 아래로 푹 하고 꺾여졌다.

"스티브 형 말로는 성악 전공이라고 하던데. 우리는 모던락을 추구하는 밴드야. 괜찮겠어?"

엥? 약간 어눌하지만 그래도 한국어임에 분명한 그 말에 승리는 번쩍 시선을 들었다. 방금 얘기한 놈이 저놈 분명하지? 알렉스라는 저놈.

그녀의 의구심 섞인 시선에 답이라도 해주듯 그는 다시 말을 이었다.

"지금이라도 싫으면 관둬."

팔짱을 낀 채 그녀를 노려보는 알렉스에게서는 조금 전까지의 철없고 느끼한 모습은 찾아볼 수 없었다. 짙은 눈썹 아래 눈빛이 카리스마 그 이상의 빛을 내고 있었다. 음악에의 열정이 이제야 조금 엿보인다고 해야 할까. 놈의 시선을 곧바로 응시하며 승리는 무뚝뚝하지만 진심을 담은 대답을 털어놓았다.

"그런 거 다 따졌음 여기 오지도 않았어. 난 노래가 하고 싶을 뿐이야."

짧게 고개를 끄덕인 알렉스는 턱짓으로 무대를 가리켰다.

"그럼 노래해 봐. 모던락 풍이면 더 좋고."

"뭐, 뭐? 지금?"

젠장, 이놈 물렁물렁 흐물흐물 마가린 수준인 줄 알았더니 완전 냉동 버터다. 보통내기가 아니다. 그냥 간단한 인사 자리쯤 되는 줄 알았는데. 오디션이야 다음에 연습실로 가 치르면 될 줄 알았는데.

승리는 클럽을 가득 메운 사람들을 당황한 얼굴로 둘러보다가, 마침내 클럽 주인인 재건에게 SOS를 쳤다. 아주아주 간절한 눈길로.

그.러.나.

"그래, 그래. 내가 지금 연주하는 밴드랑 손님들한테는 양해 구해둘게. 그럼 실례."

쿠쿵! 그녀의 구조 신호를 완전히 잘못 읽어 버렸다! 자리에서 일어나 어디론가 사라져 버리는 재건의 등을 원망스레 바라보며 승리는 입술을 질끈 깨물었다.

"여태까지 열다섯 명을 오디션 봤지만, 우리가 원하는 스타일을 찾지 못했어. 그런데 이번엔 꽤 기대가 되는데?"

알렉스의 말에 민도, 선규도 씨익 미소를 머금는 모양이 마치 음모를 도모하는 어떤 세력 같아 승리는 섬뜩해졌다. 그녀는 처음과 달리 조금은 비굴한 미소를 머금으며 그들을 설득하려 노력했다.

"내일 내가 연습실로 찾아가면 안 될까? 지금 여긴 좀 그렇잖아. 너무 사람들도 많고."

"어차피 가수가 되려면 대중들의 눈은 피할 수 없어. 설마, 자신 없는 거야?"

알렉스의 톡 쏘는 말투가 따끔했다. 이놈들 아무래도 그냥 넘어갈 것 같지 않다.

이십사 년을 살아오면서 그녀가 깨닫고 지키는 것 하나가 있다면, 그건 '성과가 없을 것 같은 일엔 애초에 매달리지 말자' 다. 그래, 어차피 거쳐야 할 관문이라면 오늘이나 내일이나, 여기나 다른 데나 상관없겠지. 승리는 그렇게 마음을 편하게 먹으려 노력했다.

하지만 아무리 왕뻔뻔 문승리라 해도, 무대에 올라 남자 보컬이 건네는 마이크를 받아 드는 손길은 부들부들 떨리고 있었다. 자신에게로 쏠린 눈들이 모두 레이저빔처럼 느껴졌다. 저격수의 목표물이 된 기분이었다. 할 수만 있다면 땅속으로라도 파고들고 싶었다. 그러나 숨을 곳은 없다.

　생각하지 말자고 몇 번이고 다짐해 보았지만 쉽지가 않았다.
　'즐' 이라는 알아들을 수 없는 말을 남긴 후 줄행랑을 쳐버린 그 고무공, 폭탄의 뒷모습이 차를 타고 집으로 가는 내내 끊임없이 떠올랐다. 처음은 의문이었다. '즐' 이라니, 도대체 무슨 뜻일까. 즐거웠다? 아니, 가운뎃손가락을 들어 보이는 행동으로 봤을 때 그런 긍정적인 의미는 분명 아닐 것이다. 그럼 뭘까? 같은 한국인인데 왜 그 여자와 자신의 세계가 이렇게 다른 것처럼 느껴지는 것인지 짜증이 치솟았다.
　게다가 보훈에 대해 보였던 그녀의 히스테릭한 반응이란. 아무래도 그저 여자 하나를 감시하는 것쯤이야 라고 동생의 청을 수락했던 자신이 경솔했던 것 같다. 자신을 이런 미궁 속으로 몰아넣은 보훈이 새삼 원망스러워졌다.
　빵빵.
　생각에 깊이 빠져 신호가 바뀌는 줄도 몰랐던 모양이다. 호국은 뒤차에게 미안하다는 손짓을 해 보인 후 브레이크에서 발을 뗐다.
　자신의 오피스텔이 있는 홍대 부근에 이르렀을 때 코너를 돌려던 그는 우연히 지하철 입구에서 나오는 익숙한 실루엣을 발견했다. 설마?
　저 여자가 조금 전까지 자신의 생각을 잠식하고 있던 그녀인지 스스로의 눈을 믿을 수가 없어진 호국은 차를 길가로 바싹 붙인 후 상대의 모습을 좀 더 관찰했다. 그리고 그는 마침내 커다란 회색 점퍼에 분홍빛 캡 모자를 눌러쓰고서 건물들을 올려다보는 그 여자의 얼굴이 문승리임을 확실히 알아보고는 놀랄 수밖에 없었다. 그에게서 도망치다시피 해 그렇게 급하게 가던 곳이 여기란 말인가. 그런데 이 시간에 누굴 만나는 거지?

그의 머리 속에 지난번 녹색 추리닝과 마주 보고 앉아 있던 승리의 모습이 번뜩 떠올랐다. 그러자 이제 궁금증보다 더한 의심과 불안감이 치밀어 올랐다. 보훈의 얼굴과 더불어 자신의 사명이 가슴에 사무치도록 인식된 그는 미간을 찌푸린 채 승리가 사라진 방향으로 천천히 차를 몰아 따라갔다. 그녀가 들어간 곳은 〈뮤즈〉라는 라이브 클럽이었다. 그 건너편에 차를 멈춰 세운 그는 따라 들어가려다가 생각을 바꾸고 조금만 기다려 보기로 했다.

그렇게 팔짱을 낀 채 앉아 십 분, 이십 분, 삼십 분이 지나자 무료함을 느낀 호국은 품속에서 휴대폰을 꺼내 들었다. 아무래도 자신의 머리 속에서 채워지지 않는 이 궁금증을 어서 해결해야 할 것 같았다.

휴대폰으로 무선 인터넷에 접속을 한 그는 지식 검색으로 들어가 '즐'이라는 한 글자를 찍어 넣었다. 그리고 잠시 작업이 완료되길 기다린 호국은 금세 자신의 눈앞에 드러낸 '즐'의 실체에 실소를 흘릴 수밖에 없었다.

〈 '즐'은 즐을 어두로 하는 모든 종류의 인터넷 축약 언어를 포괄하는 약자로서 출발했다. 즉 즐통, 즐겜, 즐팅 등의 준말을 한 번 더 줄인 말이라고 볼 수 있다. 그러나 점차로 '즐'은 그 무성

의함을 앞세워 상대를 무시하는 뉘앙스로 쓰이기 시작했다. 즉
‘상관 말고 너나 잘해라’, 혹은 ‘그러든지 말든지’, 혹은 ‘저리
가서 너 혼자 놀아라’. 이런 식의 의미다.〉

허, 그러니까 지금, 나더러 자기 일엔 상관 말고 꺼지라 뭐 이런
뜻이란 말이지?

부아가 치민 호국은 슬라이드를 부서뜨릴 듯 홱 내린 후 휴대폰
을 조수석에 던져 버렸다. 이글거리는 시선을 클럽 입구를 향한
채 그는 미동도 하지 않았다. 그녀가 클럽 밖으로 모습을 드러낼
때까지.

그녀가 나오면 오늘은 그냥 집으로 가는 모습만 확인하고 돌아
서려 했다. 그러나 웬 날라리 같은 녀석들을 세 명이나 달고서 등
장한 승리로 인해 호국의 이성이 완전 박살나 버렸다.

한 놈도 모자라 이번엔 한 번에 세 놈씩이나? 문승리, 저 폭탄
한테는 여간한 방법은 통하지 않는 모양이다. 아무래도 강경책을
써야 할 듯싶었다.

어금니를 지그시 깨문 그는 차 문을 열고서 도로로 내려섰다.

하하호호 날라리 패거리들과 웃음을 머금은 채 이야기를 나누
고 있던 승리의 눈동자는 그를 발견하는 순간 계란 노른자처럼 동
그랗게 변했다. 호국은 그 모습을 만족스레 노려보며 그녀를 향해
다가갔다.

그냥 좀 큰 노래방이라고 생각하고 승리는 노래를 불렀다. 마이

크를 들면 늘 그렇듯 그녀는 더 이상 관중을 의식하지 않았다. 그저 노래에 빠져 멜로디와 가사에 취해 자신을 둘러싼 현실을 잊어버렸다.

노래 반주가 완전히 끝이 났을 때 그녀는 자신의 얼굴과 등줄기를 타고 땀방울이 흘러내리고 있음을 깨달았다. 약간은 어리벙벙한 기분으로 무대를 내려오는 그녀의 귓가에 박수 소리가 들려왔다. 그것은 테이블에 앉아 있던 선규와 민 역시 마찬가지였다. 팔을 머리 위로 들어 열렬한 박수를 보내는 그들은 꽤나 만족스러운 듯했지만 양키 놈, 아니, 알렉스는 달랐다.

"목소리에 힘이 없어. 개성도 부족하고."

어눌한 발음으로 정말 할 말은 다 한다, 젠장. 승리는 테이블 위에 놓인 휴지로 땀을 닦아내며 놈을 노려보았다. 자신의 부족한 점이라면 그녀도 잘 알고 있었다. 하지만 그건 지속적인 보이스 트레이닝을 통해 보강할 수 있을 거라고 여겼다. 그럴 자신도 있었다.

"하지만 이 정도면 뭐…… 꽤나 만족이야."

그녀가 뭐라 쏘아붙여 주려는 찰나 이어진 알렉스의 말. 그건 분명 합격 통지였다.

"빅토리, 파이팅."

장난스런 인사까지 덧붙인 알렉스는 손을 내밀었지만, 승리는 그것을 멀거니 바라보기만 했다. 갑작스레 너무 많은 일이 한꺼번에 일어나 정신을 차릴 수 없을 지경이었다. 자신도 급행 인생이라면 인생인데, 이놈들은 완전 초고속이다. 그냥 가도 빠른 컨베

이어 벨트 위에서 뛰고 있는 기분이었다.

"나갈까? 우리끼리 환영식이라도 해야지."

헛, 난 아직 그 밴드에 들어가겠다 뭐 그런 뉘앙스의 대답도 한 적 없는데? 이게 어떻게 돌아가는 거야?

"뭐야, 그 표정은? 거절의 의미야?"

"아니, 그건 아닌데."

황급히 대답을 한 승리에게 그럼 됐다는 듯 고개를 끄덕인 알렉스는 먼저 앞질러 나갔다.

"대단하다, 빅토리? 단번에 알렉스한테 인정받다니? 저놈의 기준치가 얼마나 높은데."

민의 말에 선규도 고개를 끄덕여 동조를 했다. 그에 자신도 어쩔 수 없는 사람인지라 기분이 좋아지는 승리였다. 재건에게 이야기가 잘되었다고 고마움을 전한 그녀는 다음에 연락하겠다는 말을 남기고, 그들과 함께 클럽을 나섰다.

"그런데 하나만 물어도 돼?"

택시를 잡으려고 서 있는 그들에게 승리는 이제 긴장이 풀린 음성으로 물음을 건넸다. 지금껏 워낙 정신이 없어 묻지 못했던 것이 있었다. 아주 기본적인 질문.

"밴드 이름이 뭐야?"

알렉스와 민은 단둘이 뭔가 이야기를 나누고 있었던 탓에 그녀에게 대답을 해준 이는 선규였다. 여전히 무표정한 얼굴로.

"반창고밴드."

선규가 어찌나 진지한지 승리는 터져 나오려는 웃음을 '풋' 하고 눌러 참아야 했다. 아니, 아니. 웃을 일이 아닌지도 모른다. 도대체 밴드 이름이 반창고가 뭐냐고. 유치하게시리. 자신이 들어온 이상 이건 절대 안 될 말이다. 문승리 체면이 있지.

"이름 죽이지? 알렉스가 즉흥적으로 지은 거야."

갑자기 민이 끼어들어 묻자, 승리는 떨떠름하게나마 '응'이라는 짧은 대답을 할 수밖에 없었다. 그에 알렉스가 피식 웃으며 대꾸했다.

"왜? 바꿀까? 음…… 빅토리 밴드 어때?"

그의 제안에 선규와 민이 웃음을 터뜨렸고, 어정쩡하게 있던 승리도 한 박자 늦게나마 미소를 지었다. 왠지 그들과 조금은 가까워진 기분이었다. 그런데 곧 그 화기애애한 분위기에 어둠이 드리워지는 느낌에 고개를 돌린 승리는 이곳에 있어서도 안 되고, 있을 수도 없는 이를 발견하고는 놀라 굳어지고 말았다.

고, 공갈 아저씨?

굳어진 얼굴로 자신을 향해 저벅저벅 다가오고 있는 남자의 존재에 승리의 머리 속이 혼란해졌다.

설마 내 뒤를 밟은 건가? 아님 우연? 하지만 승리는 둘 중 어떤 것도 믿고 싶지 않았다. 어찌해도 스토킹 또는 악연. 공갈 아저씨가 보훈의 형임을 알게 된 이상 그와 그녀 사이엔 좋은 감정이 자리할 수가 없었다.

그런데 아무리 생각해도 우연이라기엔 너무 지나치다. 이건 뒤를 밟았다고밖에 볼 수 없다.

그래! 오호! 이젠 본격적으로 나서보시겠다? 좋아. 한번 해보자고. 내 인생이 달린 일인데, 나도 이렇게 당할 수만은 없다 이거야!

결심을 굳힌 그녀의 눈꼬리가 삐죽하게 올라갔다. 승리는 자신에게서 시선을 떼지 않는 보훈의 형이 보란 듯 몸을 홱 돌려 반창고밴드의 멤버들을 돌아보았다.

"멀리 가지 말고, 그냥 이 근처에 갈래? 내가 잘 아는 술집 있는데."

"문승리!"

그녀의 제안이 끝나자마자 덜컥 등 뒤에서 들려온 부름. 그것에 모두의 시선이 그녀를 지나쳐 공갈 아저씨를 향했다. 돌아보지 않아도 그가 자신의 등 바로 뒤까지 다가와 섰음을 이글거리는 체온을 통해 느낄 수 있었다. 간이 덜컥했지만 승리는 애써 아무것도 아니라는 듯 알렉스들을 향해 과장된 미소를 씨익 머금었다.

"누구야?"

마침내 민의 물음이 들려왔다. 노랑머리와 어울리지 않게 짙고 검은 알렉스의 눈썹이 휘어졌다. 선규는 여전히 방관자처럼 지켜보기만 했다.

"아, 그냥 좀 아는 사람."

모르는 사람이라고 하려다가 그럼 거짓말이 금방 들통날 것 같아 승리는 대충 둘러댔다. 하지만 그녀 뒤에 선 샌님은 그렇게 '대충' 퇴장해 줄 의향이 전혀 없는 듯했다.

"아무리 싸웠다고 하지만, 말도 없이 그렇게 나가 버리면 어떻게? 전화도 안 받고."

엥? 갑자기 이게 무슨 귀신 호박씨 깎아먹는 소리냐. 게다가 저 어울리지도 않는 비음 섞인 목소리는 또 뭐고.

앞으로 철저히 무시해 주려고 했는데 그녀의 성질을 북북 긁어 대는 남자로 인해 결심이 와르르 무너졌다. 미간을 팍 구긴 채 승리는 그만 뒤를 돌아보며 소리치고 말았다.

"이봐요!"

"허어! 나한테 삐쳤다고 호칭까지 '이봐요'가 뭐냐."

승리의 턱이 쩍하고 벌어졌다.

이 인간, 진짜 미친 거 아냐?

어떻게 사람이 저렇게 진지한 얼굴로 새빨간 거짓말을 술술 늘어놓는 것인지. 베테랑 탤런트들도 놀랄 수준급 연기력이다. 지금 눈앞에서 일어나고 있는 이 믿고 싶지 않은 기괴한 일에 승리는 통 어떻게 대처를 해야 할지 알 수가 없었다.

"아! 빅토리, 아니, 승리…… 나, 남친이세요?"

역시 이번에도 질문을 던진 이는 민이었다. 그러자 반색을 하며 고개를 끄덕이는 공갈 아저씨. 헛! 진짜 웃기는 짬뽕이다. 그녀를 공갈범으로 몰아붙일 때는 언제고, 자긴 더하다. 공갈도 모자라 사생활 침해까지. 진짜 이걸 확!

"이것 보라구요!"

승리는 턱을 바짝 치켜든 채 두 주먹에 힘을 주었다. 그러나 이제 그의 시선은 민에게 박혀 그녀의 존재 따윈 완전 무시였다. 그 것은 반창고밴드 멤버들 역시 마찬가지였다.

"아, 그러셨구나. 반갑습니다. 그런데 승리가 오늘 밴드 오디션

보는 줄 모르셨나 봐요?"

"밴드요?"

"보이프렌드라면서 그것도 몰라? 보이프렌드 맞아?"

그때 다짜고짜 반말로 끼어드는 알렉스에게로 남자의 냉랭한 시선이 돌려졌다. 하여튼 사람 저렇게 기분 나쁘게 쳐다보는 건 권 씨 집안의 내력인가. 승리는 가끔 자신이 남자 친구들과 함께 있을 때 어디선가 나타나서는 저런 눈빛을 쏘아대며 내쫓아 버렸던 보훈을 떠올리며 몸서리를 쳤다. 형이라 그런가. 동생보다 더했음 더했지 덜하진 않네. 진짜 버.겁.다.

"너 몇 살이냐?"

흡. 드디어 본성이 나왔네.

정중하던 남자의 태도가 알렉스의 버릇없는 말투에 완전 바뀌어 버렸다. 마치 가소롭다는 듯 피식 웃음을 지은 그는 승리를 밀어내며 앞으로 나섰다. 어쩐지 이상해지는 상황에 두려워진 승리는 후다닥 몸을 돌려 그들 곁으로 다가갔다. 설마 이 아저씨, 마음에 안 든다고 사람을 쥐어 패거나 하진 않겠지.

그러나 공갈 아저씨가 태권도 선수임을 모르는 알렉스의 표정 역시 심상치는 않았다.

"What?"

"보아하니 외국물 오래 먹어서 네가 잘 모르는 것 같은데, 우리나라는 동방예의지국이다. 장유유서(長幼有序), 즉 윗사람과 아랫사람 간에는 질서가 있어야 한다는 오륜(五倫)의 덕목도 있단 말이다."

그러나 알렉스는 그의 말을 대부분 알아듣지 못하는 듯 보였고,
선규와 민은 웃음을 참는 듯 어색한 표정을 짓고 있었다. 그들을
보는 승리의 얼굴은 붉으락푸르락이었다.

오늘 처음 만난 이들 앞에서 이게 도대체 무슨 망신인지. 게다
가 앞으로 계속 봐야 할 텐데. 진짜 이 아저씨 죽음이다. 아! 쪽.
팔.려.

그에 아랑곳없이 남자는 계속 말을 이었다.

"설마 오륜이 뭔지도 모르는 건가? 군신유의, 부자유친, 부부유
별, 장유유서, 붕우유신. 정말 몰라?"

허걱! 아예 지식 검색 개그를 해라. 개그를 해.

클럽이 밀집한 젊음의 거리 한가운데서 설교를 이어가는 그와
그의 앞에 혼나는 아이처럼 선 그들에게 오가는 사람들의 재미있
다는 시선이 따라붙는 건 당연했다. 어찌나 부끄럽던지 승리는 두
뺨이 달아오르다 못해 타는 듯한 기분을 맛보았다. 그녀는 행여나
아는 사람이라도 지나갈까 무서워 얼굴을 숨기며 공갈 아저씨의
옷소매를 잡아끌었다.

"저기요, 그냥 가죠?"

"있어봐. 이 친구한테 예의는 가르쳐야지."

도무지 요지부동이다. 그는 오륜에 대해 한참 설명을 하고도 성
에 차지 않는 듯 삼강에 대한 설교까지 줄줄 이어갔다. 그런데 신
기하게도 반창고밴드—이하 이제부터 '창고'라 하자—멤버들은 꽤
나 참을성있게 그 자리를 지키는 것이었다. 보아하니 알렉스는 그
의 입에서 나온 생소한 말들이 신기해서, 선규와 민은 아무 말도

못한 채 당하고 있는 알렉스가 재미있어서 그런 듯했다. 그러나 지켜보는 승리는 그렇게 여유롭지 못했다.

공갈 아저씨가 스스로 그녀의 남자 친구라고 반창고 멤버들에게 뻥을 친 것에 대해 화가 났던 건 어느덧 팍 사그라들고, 이제 남은 건 부끄러움뿐이다. 모른 척 그냥 도망가고 싶지만, 그럼 오늘 맺은 창고들과의 인연이 완전 끝장나 버릴 것 같아 그럴 수도 없었다.

아, 정말 울~고~ 싶~어라. 지나간 유행가의 가사와 지금 그녀의 마음이 너무도 같았다.

"앞으로는 조심하도록 해. 승리야, 가자."

마치 일 분이 육십 분처럼 느껴지는 시간이 지난 후, 완전 기력 상실인 그녀의 팔을 잡아끄는 손길이 느껴졌다. 승리는 남자에게 이끌려 차로 가면서 뒤를 힐끔 돌아보았다. 역시 망연자실한 채 서 있는 반창고 멤버들.

도저히 뭐라 말을 할 수 없는 상황에 승리는 울상을 지으며 조수석에 올랐다. 차가 출발을 하고 한참이 지나도록 그녀는 입을 열지 않았다. 이루 말할 수 없이 화가 났다. 화가 나면 두두다다 쏘아붙이는 그녀였으나, 지금은 그런 수준을 훨씬 넘어서 있었다.

"즐? 그래, 네 말대로 그냥 상관 말고 꺼져 주고 싶은데 보훈이 놈이랑 한 약속이 있어서 그럴 순 없을 것 같다."

뭐야. 완전 노땅인 줄 알았는데, 그래도 '즐'의 뜻도 알고 있었 잖아.

놀란 것도 잠시 운전대를 잡은 남자에게서 '보훈'이라는 이름이 나오는 순간, 승리는 성질을 폭발시키지 않기 위해 깊이 숨을 골랐다. 태풍의 눈. 폭풍 전야의 고요.

"그리고 너 꼭 저 밴드에 들어가야겠어? 차라리 노래가 하고 싶음 전공 살려서 애들을 가르쳐 보는 것이 어때? 너 저렇게 시커먼 놈들 드글거리는 데서 부대끼는 거 알면 보훈이 녀석 좋아하지 않을 게 뻔하잖아."

"아악!"

결국 그만큼이 그녀 인내심의 한계였다. 갑작스레 비명을 지르고서 도끼눈을 한 채로 다짜고짜 운전석으로 덤벼들어 핸들을 꺾어놓는 그녀로 인해 그는 어지간히 놀란 듯했다.

"무, 무슨 짓이야!"

말까지 더듬으며 갓길로 급하게 차를 세운 남자는 그녀를 무섭게 노려보았다. 그 맹렬한 기세에도 승리는 물러나지 않았다. 그가 보훈에게서 그녀의 고무신을 사수할 임무를 명받았다면, 그녀는 그녀 자신의 인생을 사수해야 할 임무가 있는 것이다.

"도대체 남의 인생에 왜 상관인 건데요?"

"넌 나한테 남 아냐."

"웃겨! 동생 여, 여자 친구가 어떻게 남이 아녜요? 진짜 아저씨 웃긴 거 알아요?"

"호국. 권호국."

"예?"

인상을 찌푸리며 되물은 그녀는 마치 이젠 이름을 불러달라는 듯 '호국'이라는 이름을 알려주는 그로 인해, 상황에 걸맞지 않게도 푸웃 하고 웃음을 터뜨리고 말았다. 갑자기 머리를 번뜩 스치는 생각으로 인해.

호국보훈. 붙여서 생각하니 그야말로 가관이었던 것이다. 그녀의 웃음은 '하하' 에서 '깔깔' 로 급기야는 '꺼이꺼이' 로 숨이 넘어갈 듯한 지경에까지 이르렀다.

"뭐가 그렇게 우스운데?"

놀랍게도 그렇게 묻는 호국의 표정은 전혀 불쾌해 보이지 않았다. 그는 마치 그녀를 신기한 동물 보듯 쳐다보고 있었다.

그녀는 줄줄 흘러내리는 눈물을 검지손가락으로 닦아내며 손바닥을 설레설레 내저었다. 지금은 도저히 말을 할 수 없다는 표시였다. 조용한 차 안에 들리는 건 그녀의 기묘한 웃음소리뿐이었다.

잠시 후 조금 겸연쩍어진 그녀는 웃음을 서서히 멈추었다. 그즈음 시야로 회색 빛 체크무늬 손수건이 들어왔다. 그것을 내려다보는 승리의 얼굴에서 완전히 미소가 가셨다. 그것을 따라 시선을 올리자 호국의 여느 때처럼 진지한 얼굴이 보였다.

"닦아."

고맙다기보다 이상하게도 그냥 짜증이 났다.

"됐거든요."

그것을 외면한 그녀는 점퍼 소매 자락으로 눈매를 쓰윽 닦아내며 홀로 중얼거렸다.

"하여튼 이름까지 짜증이야."

그런 그녀의 언행에 눈살을 찌푸리면서도 별다른 대꾸 없이 호국은 손수건을 다시 넣었다. 잠시 동안 흐른 침묵을 먼저 깬 이는 그였다.

"너 내 동생이 왜 그렇게 싫은 거니?"

"그걸 내가 아저씨한테 꼭 말해야 돼요?"

"장래…… 시아주버님이 될지도 모르잖아."

"웃겨, 아주. 시아주버님이 될지도 모른다면서 왜 우리 밴드 멤버들 앞에서 뻥친 건데요? 어떻게 아저씨가 내 남친으로 둔갑한 거냐고요!"

그녀의 악다구니에 호국이 약간 당황한 표정을 지으며 더듬더듬 말을 했다.

"그, 그거야, 그래야 그놈들이 너한테 껄떡대지 않을 거 아냐."

"꺼, 껄떡? 개네들이 무슨 여자한테 환장한 줄 알아요? 도대체 사람들을 어떻게 보고!"

"남자들은 다 똑같아! 믿으면 안 된다고, 나 이외엔. 지금은 보훈이가 없으니까."

"진~짜 똑같다. 어쩜 이렇게 권보훈이랑 붕어빵일까. 이래서 피는 물보다 진하다고 하는 건가 봐."

고개를 설레설레 내저은 승리는 도저히 더 이상 그 자리에 있을 수가 없었다. 이제 정말 호국보훈, 이 망할 형제 이름만 생각해도 치가 떨렸다.

그녀는 차 문을 벌컥 열어젖혔다. 도로로 한 발을 내려놓으려는 찰나 어깨를 잡는 호국의 손길이 느껴졌다.

"어디 가? 데려다 줄게."

"됐거든요?"

"야, 문승리."

"나 지킬 생각 말고, 아저씨 이름대로 나라나 잘 지키세요!"

그를 골리듯 말을 내뱉은 그녀는 혀를 날름 내밀고는 문을 쾅 닫아버렸다. 그리고 그가 미처 내려서기 전, 그녀는 지하철역 입구를 향해 후닥닥 달려갔다. 생각 같아서는 폼나게 택시를 타고 휭 사라지고 싶었으나 수중에 천 원밖에 없는 백조 신세로서는 어림도 없는 일이었다.

역 계단을 내려가 지하철이 들어온다는 방송이 귓가에 들려올 때야 승리는 안도의 한숨을 내쉬었다. 보훈이 자식을 자신의 인생에서 떨궈낸 지 얼마 되지 않아 그 형이 나타나다니. 정말이지 비극이 아닐 수 없었다. 그녀 인생의 암흑기는 보훈과 함께한 이 년이면 족했다. 또다시 그런 인생은 사절이었다.

머리 속에 가득한 상념을 비워내려 했지만 그녀의 생각은 어느새 삼 년 전 봄날로 돌아가 있었다.

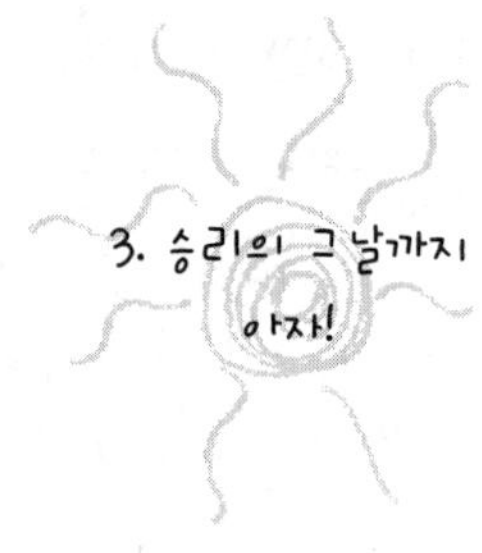

비록 엄마의 기준에 적합한 대학은 아니지만 어쨌든 대학
문턱은 밟았다는 것에 승리는 만족하기로 했다. 신입생인 그녀에
게 새롭게 열린 세상은 아름답기만 했다. 꽃피는 3월의 캠퍼스도,
오래된 학교 건물도, 젊음을 물씬 풍기며 지나가는 선배들도.

가정 형편으로 인해 그녀보다 공부는 훨씬 잘했지만 장학생으
로 이 학교에 온 미숙과 승리는 늘 같이 붙어 다녔다. 그러나 사람
사귀는 일보다는 혼자 공부에 더 매진하는 미숙이었기에 그녀와
맞지 않는 부분도 있었다.

지난 삼 년 동안 공부 때문에 그렇게 스트레스를 받아놓고는 또
공부냐.

미숙과 달리 '대학만 들어가면……' 이라고 벼르고 별렀던 승리

는 책 따위에 신경 쓰고 싶지 않았다. 오직 그녀의 목표는 하나. 킹카를 찾아라!

스무 살 그 시절엔 누구나 그렇듯―누구나 그렇진 않나? 어쨌든―이성에 대한 맹렬한 호기심은, 게임 외에는 컴퓨터에 관해 아는 것이라고는 없던 그녀가 컴퓨터 동아리 'DECOM'에 가입하도록 하는 가장 근본적인 이유가 되었다. 즉 선배들이 지나는 말로 그 동아리에 남자가 무진장 많다고 해서 절대 가입 안 하겠다는 미숙까지 설득해 함께 가입 원서를 쓴 것이었다.

하지만 누군가 그랬던가, 양보다는 질이라고.

데컴엔 골키퍼 있는 골대가 대부분에, 남은 골대는 속이야 부식되었든 어쨌든 겉이라도 멀쩡하면 좋으련만. 대부분, 아니, 전부! 다 쓰러져 가기 일보 직전이었다. 아무리 남자가 궁하다 한들 사비 들여 보수 공사까지 해가며 데리고 다니고 싶진 않았다. 게다가 그녀가 바라는 남자는 그냥 남자가 아니라 말 그대로 '킹카'가 아니었던가 말이다.

그렇기에 가끔 고백을 해오는 무~난한 성격과 외모의 동아리 선배나 동기가 있었지만 기쁘다기보다 황당했고, 그런 일이 계속 반복되자 짜증도 났다.

확 동아리 탈퇴해 버릴까 보다!

빈말이 아니라 정말 1학년 말에는 진지하게 고민을 했었다. 자신이 컴퓨터라는 놈에 관심이 있어 딱히 배우고 싶은 마음이 있는 것도 아니고, 차라리 이럴 거면 여자만 득실대도 노래 동아리에 들어갈 걸 그랬다고 후회했다. 그러다가 이럴까 저럴까 고민하다가 2학년 때 망할 동아리 부회장에 추대(?)되면서 데컴에서 발을 빼는 건 또 일 년 보류. 그러다 3학년 땐 동아리 회장이라는 직책을 울며 겨자먹기로 넘겨받아 완전 데컴의 안방마님으로 굳어지고 말았다.

그 즈음, 그녀에게 차인 몇몇으로 인해 문승리의 눈은 이마에 달렸다는 소문이 동아리 내부를 돌아 학교 전체에 퍼졌던 모양이다. 입학을 하자마자 그 괴소문을 듣고 카사노바계의 신성 권보훈이 가입을 했으니 말이다. 신입생 환영회 전서부터 그녀를 졸졸 따라다니며 귀찮게 굴던 놈이 술자리에서 한 말이 가관이었다.

"도전해 보고 싶었거든, 하나하나 정복해 갈 때의 그 쾌감. 너 모르지?"

버릇없는 놈의 새끼. 두 살이나 많은, 그것도 동아리 회장님한테 '너'라며 반말 찍찍이라니! 뭐, 정복? 웃겨. 내가 비록 킹카 밝힘증이 있긴 하지만, 너 같은 바람둥이한테 잡혀줄 의향은 전혀 없다 이거야.

"왜, 보훈이 얼마나 괜찮아. 잘생겼지, 키 크고, 몸매 죽여. 게다가 성격까지 싹싹해. 너 학교에 개 좋다고 쫓아다니는 기집애들이 얼마나 많은 줄 아니? 늙은 너 좋다 그러는 거 나 정말 이해 안 된다."

재수없는 보훈이 놈에 대해 욕을 좀 했더니, 맞장구는커녕 미숙은 모니터에서 시선을 떼지 않으며 심드렁하니 말을 했다.

이년 친구 맞아? 젠장, 내가 늙긴 또 뭐가 늙었어. 아직 스물두 살 꽃다운 나이인데.

그녀의 구시렁거림에도 미숙은 절대 컴퓨터를 붙잡고 놓지 않았다. 아무래도 최미자만큼 컴퓨터를 하려면 저 정도는 해야 하나 보다.

칫, 나 때문에 억지로 가입했다 툴툴댈 땐 언제고. 완전 컴순이 다 됐네, 최미자.

갑자기 전투욕이 확 사라진 승리는 자리에서 일어나 동아리 방을 나왔다. 저렇듯 열심히 하는 미숙을 보면 자신은 여기 들어와 뭘 했나 하는 자괴감이 들기도 했다. 아무리 생각을 해봐도 오직 그녀가 배운 것이 있다면 철저한 음주가무의 정신. 그것이 다였다.

"하이."

헛, 이 느끼한 음성은!

고개를 번쩍 쳐든 승리는 동아리방 앞 복도의 벽에 기대선 길쭉한 실루엣을 발견하고는 흠찔 뒤로 물러서고야 말았다. 놈의 손에 어김없이 들린 것은 250㎖짜리 우유 한 통.

우유는 체질적으로 싫어하는 승리인데, 그렇게 알아듣게 얘길 했건만 놈은 그녀를 만난 이후 하루에 한 통씩 저걸 들고 쫓아다니고 있었다. 우유를 안 먹어서 키가 안 큰대나 어쨌대나.

"야, 권보훈. 넌 귓구멍이 귀지로 아예 콱 막혔냐? 나 우유 싫어! 먹으면 설사 한다고!"

"그건 안 먹어 버릇해서 그런 거야. 자꾸 먹으면 괜찮아. 160㎝도 될랑말랑 해가지고 어떻게 내 여친 하려고 그러냐? 내 키가 185㎝다."

"이 미친! 누가 네 여친이래? 미쳤어? 난 네 광빠년들한테 맞아 죽기 싫거든?"

"내가 동방신기냐. 그런 게 어딨어. 물론 내가 좀 잘생기긴 했지만."

티격태격 두 사람의 말싸움은 하루 이틀이 아니었다.

그 후로도 보훈의 스토커적인 쫓아다님은 계속되었고, 곧이곧대로 파르르 반응을 해대던 승리는 종래엔 결국 놈을 피해 다녀야만 했다. 똥이 무서워서 피하냐, 더러워서 피하지라는 말을 중얼거리며.

솔직히 보훈이 싫은 건 아니었다. 하지만 그건 어디까지나 재미있는 후배 선에서였다. 그냥 그랑 함께 있으면 즐겁고 편할 뿐 도저히 그 이상의 감정은 생기지 않았다. 사랑에 빠진 친구 년들 말마따나 심장이 떨린다든지 입술이 바짝바짝 마른다든지 하는.

그러고 보니 그녀가 찾던 건 그냥 킹카만은 아니었던 모양이다. 고쳐 말해, 그녀의 가슴까지 설레게 하는 그런 킹카여야 했다.

아씨, 그런데 이러다 눈이 아예 천장에 붙었단 소문까지 돌겠네, 젠장. 그래도 뭐, 좋아하지도 않는 저런 유아틱한 애랑 사귈 수는 없는 거니까. 어쩔 수 없다.

그러나 보훈의 저돌적인 대시 앞에서 강경한 자세를 취하는 그녀에게 매일같이 날아드는 짱돌은 꽤 아팠다.

"어머머, 얼굴도 안 생긴 데다 늙은 아줌마가 왜 저런대니?"

"글쎄 말야. 거울도 안 보고 사나 봐. 제 주제를 알고서 저 킹카를 허구한 날 차대는 거래?"

캠퍼스를 지나다닐 때마다 사정없이 귓가를 파고드는 수군거림, 그리고 마치 잡아먹을 듯 노려보는 수많은 눈동자들.

쾌활하고 대중 앞에 나서길 좋아하는 문승리 그녀가 나중엔 대인 공포증까지 걸릴 지경에 이르렀으니. 정말 사태를 이렇게까지 만든 권보훈 이 인간을 삶아 먹고 구워 먹어도 분이 안 풀릴 것 같았다. 그녀의 성격이 여느 가녀린 여자들 같았다면 이미 병이 나드러눕거나 자포자기하듯 그놈이랑 사귀고 있을 테지. 하지만 그녀는 문승리였다. 사람들이 그럴수록 그녀는 이를 악물었고, 마음 속에서 권보훈에 대한 거부감은 커져 갈 뿐이었다.

그러다 그녀가 회장을 맡은 후 첫 신입생을 받은 기념 M.T를 충주호 방면으로 가게 되었다. 데컴들은 낮에는 근방의 드라마 세트장과 충주호 유람선을 타며 시간을 보냈고, 날이 저물자 으레 M.T를 가면 그렇듯 부어라 마셔라 타임을 가졌다.

승리는 의식적으로 보훈에게서 멀리 떨어져 앉았으나, 술잔이 돌아가고 모두 얼큰하게 취했을 무렵엔 어느새 미숙은 보이지 않고 곁에 놈이 척하니 와 있었다.

거머리 같은 놈. 어딜 붙어!

동아리 회장이라고 선후배들이 한 잔씩 준 술을 다 마셔서인지 취기가 오른 가운데서도 승리는 비척거리며 자리에서 일어났다. 술자리에서는 끝까지 남는다가 철칙인 그녀였지만 예외도 있는 법이다. 바로 지금.

"얘기 좀 해."

손목에 척하니 와 감기는 뜨거운 손길, 알코올이 들어가서인지 묵직하게 가라앉은 음성에 승리는 비틀거리는 몸을 다시 구들장으로 앉혔다. 주위는 조용했다. 시간이 시간이니만큼 말술과 몇 명 이외에 모두 잠을 자러 방으로 들어가 버린 까닭이었다.

"너, 나랑 사귈래 말래."

저 말, 정말이지 지겹다. 귀에 딱지 앉겠다.

"난 카사노바 권보훈 여자 목록에 이름 올리고 싶지 않거든?"

"넌 왜 매사가 비관적이냐. 나 카사노바 딱지 뗐다. 너 정말 좋아한다고. 모르겠어?"

"모르겠는데? 네가 그랬잖아, 도전 정신이라고."

"젠장! 아냐. 지금은…… 너만 보여. 너도 나 좀 봐주면 안 되겠니? 내가 어떻게 하면 되겠어?"

혀가 제대로 움직여 주지 않았고, 머리 속 사고도 정상적으로 돌아가지 못한 가운데 승리는 보훈과의 대화를 어렵사리 이어갔다. 그러다 보훈의 갑작스런 물음에 그녀가 순간적으로 떠올린 대답이란 취기 어린, 다분히 충동적인 성질의 것이었다.

"맞잔 뜨자."

"엉?"

"누가 먼저 쓰러질 때까지 한번 마셔보자고. 그리고 이긴 사람이 하자는 대로 하는 거다. 깨끗이 승복하는 거야."

지금 생각하면 정말이지 미친 짓이었다. 주량에 아무리 자신이 있다 한들 그런 무모한 대결 따윈 하는 것이 아니었다.

그녀의 제안을 받아들인다는 듯 보훈은 당장 곁에 있던 소주병을 집어 들어 종이컵에 술을 가득 따랐다. 그것을 먼저 원샷한 그는 다시 잔을 채워 그녀의 코앞으로 불쑥 내밀었다. 여아일언중천금. 그것을 승리가 받아 마심으로써 그들의 목숨을 건(?) 내기가 시작되었다.

그 후 그들 사이에 오가는 건 술을 머금어 축축해진 종이컵뿐이었다. 대화도 없었고, 안주도 없었다. 게다가 이제 주위에 아무도 없다는 것도 모른 채 펜션의 거실 한가운데서 그들은 그렇게 댓병 소주와 함께 밤을 불살랐다.

몇 시간을 그러고 있었을까. 해롱해롱하던 보훈이 앉아서 고개를 흔들어대며 졸기 시작하는 것을 발견한 승리는 정신이 혼미한 가운데서도 만족의 미소를 머금었다.

푸하핫, 승리는 나의 것!

그녀는 천근만근은 되는 듯한 팔을 들어 보훈의 등을 툭 하고 쳤다. 완전 마비된 듯한 혀가 그녀의 입 안에서 어렵사리 움직였다.

"야! 니가 진 거다? 내가 이겼다고, 짜샤. 그니까 이제 나 고마 괴롭혀~ 알써?"

그녀의 확인 사살에도 보훈은 괴로운 표정으로 손을 설레설레 내젓더니 자리에 벌러덩 드러누워 버렸다. 금세 놈에게서 코 고는 소리가 들려왔다. 그러자 긴장이 풀려 버린 것인지 승리 역시 취기를 동반한 엄청난 졸음이 와락 몰려와 그만 자리에서 쓰러지고 말았다. 그것이 보훈의 곁이든 어디든 상관없었다. 이 한 몸 뉘일 수만 있다면.

그리고 그녀는 꿈을 꾸었다. 슬프게도 생생한 꿈이었다.

승리는 꿈속에서 친구들과 함께 동네 뒷산으로 쑥을 캐러 다니던 어린 시절로 돌아가 있었다. 초등학교 4학년 즈음이었나. 연필 깎는 커터 칼로 쑥을 캐는 작업도 재미있었지만 진짜 재미는 그런 와중 친구들과 나누는 담소였다. 가끔 잡초를 같이 캐긴 해도 어쨌든 그녀가 집에 쑥을 가져가면 엄마도 좋아하셨기에 승리는 봄이면 그렇게 산을 누비고 다녔다.

그런데 그날따라 오줌이 엄청나게 마려웠다. 길 건너 집까지 뛰어가면 금방인데도 일 분, 아니, 일 초도 참을 수 없을 정도로 급했다. 그녀는 칼과 바구니를 던져 놓고서 풀숲을 헤쳐 안으로 안으로 들어갔다. 그리고 친구들의 시선을 피해 안전해졌다 느낄 즈음 어린 승리는 바지를 내리고 방광 속의 노폐물을 시원하게 쏟아냈다.

쏴아—

오줌이 흙을 적시는 소리가 경쾌하게 들려왔다. 그렇게 참고 참았던 볼일을 해결하고 났는데, 이상하게도 시원한 기분이 들지 않았다. 왠지 모를 찝찝함으로 어쩔 줄 모르던 그녀의 귓가에 그때 굵은 목소리가 들렸다.

"이씨, 뭐야!"

동시에 눈이 번쩍 뜨였다. 미명 속에 펜션의 높다란 나무 천장과 커다란 전등이 희뿌옇게 드러나 보였다. 그제야 자신이 꿈을 꾸었음을 깨달은 승리는 번쩍 몸을 일으켰다. 왠지 꿈이라기엔 미심쩍은 기분이 들었기에. 그러다 그녀는 믿고 싶지 않은 현실과 직면하고 말았다.

기분 나쁘게도 뜨끈하고 축축한 무엇이 자신의 하체를 적시고 있었던 것이다.

아악! 그 꿈이…… 그 꿈이…… 정녕 꿈이 아니었던 것이다. 젠장! 이상하게 너무 생생하더라니. 그러게 문승리, 술은 왜 그렇게 많이 처먹었냐.

정신이 확 들었다. 다른 아이들이 일어나기 전에 어서 이 황당 무계한 상황을 처리해야 했다. 그야말로 완전 범죄. 지금은 혼자만 부끄러우면 되지만 미적거리다가는 정말 부끄럽게 되고 만다.

그렇게 생각하자 마음이 급해졌다. 하지만 어정쩡하기 짝이 없는 자세로 일어나 화장실로 줄행랑을 치려던 그녀의 뒷덜미를 탁 하고 잡는 놈이 있었으니.

"야, 그렇게 가다간 마루에 자국 남는다."

제~엔~장! 하늘이 샛노랗게 변하는 것 같았다. 그럼 '이씨, 뭐야'라며 그녀를 꿈속에서 끌어낸 인간이 바로? 승리는 화끈거리는 얼굴을 어쩌지 못한 채 그 자리에서 굳어버렸다. 계속해서 놈의 목소리가 이어졌다.

"그대로 있어라. 내가 수건 갖다줄게."

이씨, 약점 잡았다 이거냐. 뭐가 그리 좋냐, 미친.

보훈의 목소리에 생기가 넘쳐 났다. 그녀를 지나치는 그 얼굴은 싱글벙글이었다. 부끄러워 미칠 것 같은 건 당연하고, 아주 불길한 예감이 그녀의 등줄기를 관통했다. 왜 하필! 자신의 이런 추한 모습을 본 사람이 권보훈이란 말인지! 정말 하늘은 무심하다 못해 그녀를 죽어라 떠다 밀고 있는 것 같았다.

"걱정 마. 비밀은 지켜줄게."

으~ 완전 악마의 속삭임이다. 달래는 어투의 저 말에 왜 전혀 믿음이 가지 않는 것인지.

어쨌든 그렇게 보훈의 적극적인(?) 도움으로 그날 승리는 일생 최대의 위기를 모면하게 되었다. 하지만 그 후로 그녀는 그야말로 코 꿴 노예 신세가 되고 말았다. 맞잔을 떠 그녀가 이겼고, 그 결과로 그만 쫓아다닐 것을 제안한 것은 이제 옛말…… 아니, 있지도 않은 이야기가 되어버렸다. 되레 그녀의 약점을 잡은 보훈은 그걸 빌미로 협박과 회유의 방법을 번갈아 써대며 사귀기를 종용했던 것이다.

협박.

"내가 강의동 옥상 올라가서 다 불어버리면 어떻게 될까? 너 그 일 소문나면 시집이나 제대로 가겠냐? 응?"

회유.

"승리야, 평생 셧업 마우스 해줄게. 제발 나랑 사귀기만 해줘라. 응?"

결국 막다른 길에 다다른 그녀는 눈물을 머금고 그의 요구를 들어주고야 말았다.

그리고 남은 대학 이 년 동안의 그녀의 학창 시절은 권보훈으로 시작되어 권보훈으로 끝을 맺는 비극으로 점철되어졌다. 놈은 바람둥이가 아니라 스토커였다. 시작부터 정상적이지 않았던 그들의 관계는, 사귀고 나서도 마찬가지였다. 계속 보훈의 일방적인 쫓아다님과 협박, 그리고 마지못한 그녀의 응함이 반복되었다. 눈에만 보이지 않을 뿐이지 그녀는 권보훈이라는 간수가 지키고 있는 감옥에서 살았다.

유난히 소유욕이 강한 보훈은 그녀를 그의 방식대로 바꾸려 했다. 승리는 자신이 원하는 대로 옷을 입을 수도, 머리스타일을 바꿀 수도 없었다. 그 많은 남자 친구들도 마음대로 만날 수 없었다. 심지어 남자한테서 안부 문자라도 오는 날은 '승리 잡는 날'이었다.

그녀가 마음을 열지 않을수록 보훈의 소유욕과 상식 이하의 행동은 점점 더 심해졌다. 그가 약점을 잡고 있어 어쩔 수 없이 웅크리고 있긴 했지만, 성격상 절대 먼저 굽히는 타입이 아닌 승리인지라 그들의 관계는 호전되지 않았다. 하지만 물밑에서 무슨 일이 벌어지고 있든 간에 수면은 점차 잔잔해졌다. 꺼림칙한 평화. 그건 아무리 몸부림을 쳐도 벗어날 수 없다는 것을 깨달은 승리가 한발 물러난 결과였다.

훗, 때를 기다린 것이지. 고무신을, 거꾸로 아니, 고무신을 들고 뛸 그날이 오기만을. 그런데, 그런데 그 오랜 기다림 끝에 오늘과 같은 날이 왔는데! 방해꾼이 나타나다니 도저히 참을 수가 없다.

이후의 일은 도저히 자세히 생각하고 싶지 않아, 승리는 과거의 상념에서 빠져나왔다. 그러고 보니 그녀는 이미 집 앞에 서 있었다.

딩동. 딩동.

짜증스런 표정만큼 벨을 누르는 그녀의 손가락에는 잔뜩 힘이 들어가 있었다. 마치 그것이 호국보훈 형제의 머리라도 되는 듯이 승리는 미친 듯이 누르고 또 눌러댔다.

　말을 내뱉는 속도만큼이나 몸놀림도 빠른 여자다.

　차에서 내려선 그는 승리의 뒤를 쫓으려 해보았으나, 이미 그녀
는 지하철역 안으로 사라진 후였다. 예전 순발력에서는 누구에게
도 뒤지지 않는 그였으나, 무릎을 다친 이후로는 절로 조심하게
되었다. 그는 그녀를 쫓는 대신 그저 고개를 내저으며 다시 차에
오르는 편을 택했다.

　차가 출발하고 자신의 오피스텔을 향해 방향을 틀려는데, 재킷
안의 휴대폰이 울렸다. 그리고 폴더를 열자마자 귀청을 찢을 기세
로 날아드는 포효란.

　[이눔의 쉐끼~!]

　끼익. 그는 다시 차를 멈춰 세웠다.

　젠장할, 이것은 분명 권오준 교장선생님의 목소리다. 안동 권가
삼십오 대손이자 청렴결백한 통일 고등학교의 수장인 동시에 자
신의 아버지. 그런데 또 왜 이렇게 대노하셨을까. 설마…….

　"아버지!"

　[방금 차 감독한테서 전화왔드라. 니가 정신이 돌았드나? 우째
그 자리를 됐다 할 수 있노?]

　아버지와 막역한 선후배 사이인 은사 동철이기에 언젠가는 그
가 전임강사 자리를 고사한 사실이 부모님 귀에 들어갈 것이라 예
상은 했었다. 하지만 그 '언젠가는'이 이리 빠를 줄은 몰랐다.

　[또 뭐라꼬? 세열이 그놈 도장에 나가?]

아버지는 세열을 좋아하지 않으셨다. 아버지의 기준에서 임세열이란 인물은 한심한 삼류에 지나지 않았다. 물론 그 역시 그러하지만. 그가 태권도 선수가 되겠다 했을 때부터 지금까지 아버지의 기준에 미친 적은 한 번도 없었다. 그중 최악은 역시 아시안 게임에서의 부상으로 선수 생활이 좌절되었을 때였다.

"그렇게 부모 말 됐다 카고 시작했으므는, 무라도 짤라야 할 꺼 아니가. 한심한 놈!"

그가 가장 힘들었을 당시 아버지는 도리어 그를 더욱더 벼랑 끝으로 밀어붙였다. 아픈 기억을 떠올리는 호국의 입매가 일그러졌다.

[이제 좀 정신 차리는 갑다 했드만 도대체가 니는 아가 와 그렇노? 그따위로 할끼믄 당장 짐 싸서 안동으로 내리온나!]

"도대체 대학 전임강사보다 태권도장 사범이 뭐가 못하단 말씀입니까? 청렴한 권 교장선생님답지 않으신 발언인데요."

그의 차가운 대꾸에 잠시 전화기 저편에 침묵이 흘렀다. 그와 아버지가 만나면 매사가 이 모양이다. 그는 보훈처럼, 엄격하기만 한 아버지에게 살갑게 굴 수가 없었다. 굽실굽실, 살랑살랑 그런 것은 그의 성격과 거리가 멀었다.

게다가 보훈이 새끼손가락까지 내밀며 자신에게 다짐을 받던 모습이 떠올라 호국의 입을 더욱 무겁게 했다.

"형, 어른들께는 절대 비밀이야. 내가 제대 후에 승리 데리고 가서 인사시킬 때까지는. 승리 타입 얘기했지? 절대 우리 교장 샘 맘에 들 스타일 아니야. 엄청난 개조 작업을 거쳐야 한다고."

[으이구~ 지지리도 못난 놈!]

그가 생각에 잠긴 사이 그 한마디를 끝으로 전화는 뚝 끊어졌다. 한숨과 함께 호국은 휴대폰을 내려놓았다.

정말이지 문승리의 고무신 지키기 참 힘겹다. 왜 자신이 동생을 위해 이렇게까지 해야 하나 싶은 회의가 들었다. 그가 이리 위해 주지 않아도, 보훈은 부모님에게 충분히 귀염받는 금지옥엽 막둥이인데. 이번 일로 자신은 아버지에게 더 미운 털이 박히게 될 것은 뻔한데.

하지만 언제나처럼 호국은 그런 생각들을 털어냈다. 어찌 되었든 자신은 보훈의 형이니까. 형이면 형처럼 굴어야 한다는 언제부터인지조차 모르게 오랫동안 계속되어 온 신념이 그를 붙잡고 놓아주지 않았다.

나참, 오늘은 또 골목 청소라니.

승리는 커다란 대비를 든 자신의 모습이 마치 동화 속에 나오는 마녀, 그중에서도 엉터리 마법을 부려 성에서 쫓겨난 아주 불쌍한 마녀 같다는 생각을 하며 한숨을 푹 내쉬었다. 길을 오가는 동네 아주머니들의 늘어지는 칭찬에도 전혀 기쁘지 않았다. 그저 부끄러웠다. 그리고 자신의 신세를 이렇게 만든 윤 여사가 원망스러워 견딜 수가 없었다.

"이년아, 늦었으면 조용히 기어들어 올 것이지. 동네 부끄럽게 뭔 벨을 그렇게 눌러대! 눌러대길!"

어젯밤 일에 대한 엄청난 잔소리로 아침의 포문을 연 것은 그래, 참는다 이거다. 그런데 왜 그 일이 동네 청소로 이어지는 것이냐고! 도대체 둘 사이에 뭔 상관 관계가 있다는 건지. 어머니 윤 여사의 사고는 정말 이해 불가다.

"으으으!"

그녀는 건성으로 쓸고 있던 대비를 미친 듯이 휘둘러 댔다. 그때 등 뒤에서 들려온 얄미운 클랙슨 소리.

빵빵.

휙 뒤를 돌아보자 은빛 승용차의 운전석에 오롯이 앉은 공갈 아저씨, 아니, 호국이 시야에 들어왔다. 짧은 머리칼과 어두운 카키색 점퍼 차림의 그는 역시 무척이나 차분한 분위기를 풍기고 있었다.

쩝, 역시 샌님 스타일이라니까. 도대체가 권보훈이랑은 얼굴 생김 빼고는 달라도 너무 다르잖아.

승리는 호국을 본체만체하며 새삼 열심히 비를 움직여 댔다. 그러면 그가 말없이 도장으로 들어갈 것이라 생각했다. 하지만 천만의 말씀, 만만의 콩떡이다.

"이봐, 인사는 하고 사는 게 어때?"

가라앉은 목소리가 어찌나 귓가에 가까이 들려오던지 솜털이 쭈뼛 일어서는 기분이었다. 이 사람 순간 이동이라도 하나. 소리도 없이 움직이냐, 움직이길.

놀란 나머지 승리는 하마터면 대비를 놓칠 뻔했다. 그러나 다행히도 그것을 잽싸게 잡아 마치 구명줄마냥 꼭 끌어안은 그녀는 장승처럼 선 남자를 올려다보았다. 아니, 노려보았다는 표현이 맞겠다.

"됐거든요."

"뭐, 그렇게 싫어할 것까진 없잖아."

미소가 맺혀 있지 않다 뿐이지 보훈과 너무도 닮은 얼굴이 자신을 향해 담담히 말을 내뱉고 있는 것을 참아낼 수가 없었다. 불쑥불쑥 그때의 악몽이 떠올랐다.

"아뇨! 난 호국보훈이 정말 싫어! 학교 다닐 때부터 6월 달이 제일 싫었어. 호국보훈의 달이라나 뭐라나. 개뿔. 호국보훈 그리기 할 때마다 얼마나 치를 떨었는데. 호국보훈이라는 말 자체가 증오스러워. 차라리 공산당이 좋아."

유치한 줄 알지만 생각나는 대로 다다다 따발총처럼 내뱉은 그녀의 말에 호국의 표정이 이상하게 변해갔다. 그의 입매에 이는 경련을 바라보며 승리는 빗자루의 손잡이를 단단하게 움켜쥐었다.

설마, 화를 주체할 수 없어서 저러는 건 아니겠지? 혹시 쓸데없이 무력을 쓴다면? 그래, 내겐 이 무지막지한 대비가 있다 이거야.

세워져 있던 대비가 점점 90도 방향으로 뉘어졌다. 정확히 권호국이라는 남자의 복부를 향해 겨눠졌다.

전투 태세 준비 끝.

그러나 그녀의 상승되는 그녀의 전투력을 한 방에 무너뜨린 그의 반응이라니.

"풋…… 하하하!"

저 목석같은, 아니, 돌장승 같은 남자가 웃고 있었다. 그녀의 온몸에서 힘이 쭈욱 빠져나갔다. 뭐야, 이 반응은. 화를 내야 정상 아냐? 혹시 비웃는 거야?

어찌할 바를 모른 채 승리는 숨이 넘어갈 듯 웃고 있는 호국을 멀거니 바라보기만 했다. 그가 웃음을 멈추고 그녀를 정확히 응시할 때까지.

"너 진짜 웃긴 거 알아? 문승리, 넌 가수보다 개그우먼이 적성에 맞을 것 같아."

그의 말에 승리의 두 눈썹이 뒤집어진 시옷 자를 그렸다. 이씨, 이거 비웃는 거 맞네. 내 결단코 문승리의 이름으로 권호국 널! 너라고 하기엔 나이가 좀 많나? 그럼 이 아저씨, 아니, 당신을 용서치 않겠다!

"이얏!"

그녀는 잠시 느슨하게 잡았던 빗자루를 공중으로 들어올렸다. 그것이 휘잉 소리를 내며 호를 그리는 동시에 호국이 뒤로 물러섰다. 젠장, 꽤나 뛰어난 반사 신경이다. 하긴 퇴물이긴 해도 태권도 선수였으니. 칫.

그녀의 헛된 공격 한 방에 호국은 다시 미소를 머금었다. 승리는 어금니를 지그시 깨물며 말을 쏘아냈다.

"웃지 마요!"

"웃긴데 어떻게 안 웃어."

"이씨!"

파르르 떨며 그녀가 다시 대비를 휘두르려는 순간이었다.

"여서 뭐 하는 기고!"

갑자기 그들 사이로 침범해 들어온 걸걸한 목소리에 호국이 흠칫 물러나며 고개를 돌렸다. 그에 표적을 잃어 잠시 휘청거렸던 승리는 흠흠거리며 가까스로 균형을 잡았다. 애써 아무렇지도 않은 척 그녀 역시 호국이 시선을 두고 있는 곳을 바라보았다.

어머머머?

이색적인 광경에 승리의 눈이 휘둥그레졌다. 그들에게서 채 몇 미터도 떨어지지 않은 곳에 짙은 색 두루마기와 역시 짙은 색 중절모를 쓴 노인이 서 있었던 것이다. 그뿐이면 좋으련만, 노인의 오른손에 들린 번쩍이는 나무 단장과 그보다 더 번쩍이는 안광이라니. 마치 늙은 호랑이 같은 그 기세에 어른들 앞에서 생전 긴장하는 적 없던 승리의 어깨가 굳어졌다. 뭐야, 저 할아버지?

그녀는 자신과 호국을 노려보는 그 눈빛에 맞대응하여 스르르 눈살을 찌푸렸다. 도대체 자신이 뭘 잘못했다고 저렇게 바라보시는 걸까. 무슨 일이시냐고 물어보려는데, 갑자기 들려온 호국의 한마디에 그녀의 목구멍이 컥 하고 막혀 버렸다.

"아버지."

뭐, 뭐시라고라? 저 경상도 호랑이 할아버지가 호국보훈의 아버지라고라?

하늘이 노래지는 기분이었다. 보훈과 관계된 인물이라면 그 누구라도 더 이상 만나고 싶지 않은데. 호국으로도 족한데, 하물며 아버지라니. 게다가 저 분위기는, 전혀 호락호락하지 않잖아!

점점 다가오는 노인을 바라보며 승리는 슬금슬금 뒤로 물러날 준비를 했다. 아무리 생각해 보아도 우선은 이 방법뿐이다. 삼십

육계 줄행랑.

이 샌님이 아버지에게 날 소개 안 시킬 리는 없고. 그럼 완전…… '나는 권보훈의 여친 문승리다' 라고 도장 찍히는 거잖아! 으악!

상상만으로도 충분히 매우 끔찍했다. 도저히 그럴 순 없다 생각을 굳힌 승리는 엉덩이부터 뒤로 삐죽삐죽 빠져나가려 했다. 하지만 갑자기 손목에 척 와서 감기는 손길이라니. 그 바람에 들고 있던 대비가 풀썩 떨어져 호국과 그녀의 사이를 갈랐다. 그녀는 자신을 붙잡은 남자를 동그랗게 확대된 눈길로 바라보다 빠져나가려 팔을 비틀어댔다. 하지만 호국은 뱀처럼 꿈틀거리는 그것을 그녀의 옆구리에 가만히 내려놓았다. 가공할 만한 힘으로. 누가 태권도 유단자 아니랄까 봐. 젠장.

"언제, 어떻게 오셨어요?"

"이 아가씨는 누고?"

호국의 물음은 깡그리 무시한 노인은 미심쩍은 눈길로 그들을 번갈아 바라보며 되물을 따름이었다. 승리의 가슴이 쿵덕쿵덕 떡매질을 쳐댔다. 호국의 입술이 열리는 모양을 살 떨리게 지켜보던 그녀는 도저히 참지 못한 채 끼어들고 말았다.

"처음 뵙겠습니다. 문승리라고 합니다."

노인의 시선이 그녀의 손목에 닿아 있는 아들의 손길을 훑어보고 있었다. 그 사실을 깨달은 승리는 억지 미소를 지은 채 이를 갈 듯 호국의 귓가에 속삭였다.

'이씨, 이거 못 놔요?'

'도망 안 간다고 약속하면.'

'진짜 미치겠네. 안 가요. 안 가니까 얼른 놔요.'

그들 사이의 숨죽인 대화가 오가는 모양을 노인이 흥미로운 눈길로 지켜보고 있다는 사실을 호국과 승리는 서로를 견제하느라 바빠서 알지 못했다.

승리의 마지못한 대꾸에야 호국은 그녀의 손목을 놓아주었다.

후훗, 이 샌님 아직 인간 문승리를 잘 모른다. 약속에 '약' 자도 모르는, 작은 기회라도 놓치지 않는 그녀임을 말이다. 아싸! 지금이 기회다!

얼마나 압력이 가해졌던지 얼얼한 손목을 반대쪽 손으로 문지르며 승리는 속으로 그야말로 승리의 쾌재를 불렀다.

"그럼, 전 레슨 할 아이들이 기다리고 있어서 이만."

속으로 비겁하다 욕하는 그의 음성이 들리는 것 같았지만 어쩔 수 없었다. 이 상황에서는 자신부터 살고 봐야 했다.

고개를 푹 숙여 보인 그녀는 그 자리를 잽싸게 벗어났다. 자신을 관찰하듯 바라보고 있는 호국보훈 아버지의 시야에서 멀어지는 순간 숨통이 트이는 것 같았다. 하지만 왜인지 황망한 듯 선 호국의 눈빛이 신경 쓰였다. 전혀 문승리답지 않게 말이다.

노발대발한 아버지가 갑작스레 모습을 드러낸 순간, 호국은 비겁하게도 보훈과의 약속을 저버려야겠다 다짐했다. 아버지에게 승리의 존재를 비밀로 부치겠다는 동생과의 약속 따윈, 저 눈빛 속에 깃든 분노를 잠재울 수 있다면 아무것도 아니라 생각했다.

그래서 도망가려는 그녀를 붙잡았다. 아버지께 정식으로 그녀를 보훈의 여자 친구라 소개하고, 자신이 이 여자의 고무신을 사수하기 위해 이 동네 도장의 사범을 자청한 것이라 털어놓으려 했다. 더 이상 아버지께 못난 놈이 되기 싫었다.

하지만 말문이 쉽사리 떨어지지 않았다. 아버지의 눈빛이 누그러지는 것을 보고 싶은 반면 승리를 아버지 앞에서 인정해 버리기가 힘들었다. 아직은 얘기하지 마라는 보훈의 부탁 때문에? 아니면 이 폭탄을 선뜻 동생의 여자라 소개하기가 부끄러워서? 그것도 아니면? 도대체 이 명쾌하지 않은 감정은 뭘까. 망설이고 있는 자신을 스스로도 이해할 수 없는 가운데 차라리 먼저 나서주는 그녀가, 종래에는 뽀르르 도망을 쳐버린 그녀가 고마웠다. 사라지는 그녀의 뒷모습을 보는 호국의 입술 사이로 안도감인지 실망감인지 모를 깊은 한숨이 흘러나왔다.

"저 아가씨 때문이가?"

갑작스런 아버지의 물음에 호국의 고개가 번쩍 들렸다. 이 무슨 아닌 밤중에 남의 다리 긁는 말씀이신지. 당황한 나머지 굳어버린 그를 향해 권 교장의 결정적인 한 방이 연타로 이어졌다.

"참말로 뜻밖이네. 참한 규수들 줄줄이 대령해도 싫다 카드마는. 하기야 사람은 겪어봐야 아는 일 아니겠나."

흡. 말도 안 되게 전이되어 버린 상황에 기도가 막혀 버린 듯 한동안 호국은 숨을 쉴 수가 없었다. 승리와 자신의 관계를 그렇고 그렇게 오해하신 아버지의 엄청난 상상력에 놀라고, 더 놀라운 건 승리 같은 스타일—한마디로 '날리는' 타입—의 젊은 애들을 보면 대놓고 실눈을 뜨시던 아버지답지 않은 말씀에 더욱 놀랐다. 도대체 무슨 조화인가 싶었다.

그의 입에서 확고한, 당연히 그래야 한다는 신념을 담은 말들이 흘러나왔다.

"저 여잔, 바로 옆 피아노 학원 강사예요. 절대 어떤 관계도 아닙니다."

"뭐, 다들 시작은 그래 한다 아니가. 으흠."

"아버지!"

그의 부름에 아랑곳없이 헛기침을 끝으로 아버지는 지팡이를 짚으며 돌아섰다.

그에 아버지의 뒤를 따르는 호국의 입에서 깊은 한숨이 흘러나왔다. 그것은 안도와 답답함이 반반씩 섞인 성질의 것이었다. 어쨌든 보훈과의 약속을 지킬 수 있어서 다행이다 싶기도 했고, 승리에 대한 아버지의 엄청난 오해를 어떻게 풀어야 하나 싶기도 해서. 그런데 이상하게도…… 그녀가 자신의 여자 친구라는 오해가 그다지 기분 나쁘지 않다. 어찌 된 영문인지.

갑자기 떠오른 그 생각에 놀란 나머지 호국은 고개를 저으며 아버지의 곁으로 다가섰다.

"제 오피스텔까지 모셔다 드릴게요."

"아들 안 가르치도 되나?"

"아직 시간 좀 있어요."

차 문을 여는 그를 아버지는 제지하지 않았다. 특유의 거만한 표정으로 뒷좌석의 문을 열고 자리에 앉은 아버지의 시선이 작고

허름한 세열의 도장을 향하고 있는 것을 호국은 룸미러를 통해 보
았다. 이어 아버지에게서 한탄 섞인 혀 차는 소리가 들려와 시동
을 거는 호국의 귓전을 아프게 때렸다.

"쯧쯧쯧."

뒷말은 안 들어도 뻔했다. 호국의 입술이 한일 자로 더욱 굳어
졌다. 차 안에 불편한, 그러나 이제 습관이 된 침묵이 감돌았다.

당장에 호국이 놈의 목덜미를 잡아채 안동으로 끌고 내려갈 결
심으로 부랴부랴 서울로 입성했다. 차라리 안동에서 그럴듯한 체
육관 하나 차려주고, '관장님' 소리 듣게 하는 편이 낫겠다 싶어
서. 그런데 뜻밖에도 물어물어 어렵사리 찾아온 이 동네에서 소위
말하는 신세대, 즉 '날라리' 처자와 장난을 치며 환하게 웃고 있는
아들을 보았다. 호국답지 않은 그 모습에 놀랐고, 아들을 향해 빗
자루를 휘두르고 있는 그녀가 누군가를 닮아 있어 더욱 놀랐다.

서, 설마 미향이?

사십 년도 훨씬 전의 그의 첫사랑 '마미향'. 문승리라고 자신을
소개한 그 처자는 복장과 머리 스타일을 빼면 완벽한 미향의 재림
이었다.

쿵쾅쿵쾅.

늙어서 이젠 숨 쉬기조차도 버겁다 느꼈던 심장이 뛰었다. 그때
텅 빈 집 안에 울리는 벨소리가 그의 생각을 깨뜨렸다. 그를 오피
스텔에 데려다 준 후 호국은 곧장 나간 뒤라 집엔 그 혼자뿐이었
다.

수화기를 들자마자 삼십 년을 넘게 산 마누라의 화통한 목소리
가 들렸다.

[여보시요!]

평소 같으면 '귀청 떨어지겠다. 기차 화통을 삶아 뭇나' 라는 말
들로 면박을 주고도 남았을 테지만, 괜히 미향을 떠올렸던 것에
대해 가책이 일어 오준은 순순히 대꾸했다. 비록 '내다' 라고 무척
짧긴 했지만. 여전히 미향의 '향' 자만 들어도 파르르 떠는 복희였
으니 말이다.

[잘 도착했는교? 호국이는요? 만나보셨으예?]

그가 혹시라도 아들을 잡아먹진 않았을까 어지간히도 걱정이
되는 목소리다.

"걱정 마라. 내가 다 알아서 처리하고 내리갈게."

[언제 오실 낀데예?]

애초 오늘 당장 내려가려 했던 계획이 변동되었다. 아무리 생각
해 봐도 이렇게는 못 갈 성싶었다. 올라온 김에 호국이랑 강사 자
리에 대한 확실한 매듭도 지어야 했고, 그 날라리, 아니, 승리에
대해서도 좀 자세히 알아보아야 할 것 같았다. 또다시 미향에 대
한 생각이 떠올라 오준은 괜한 헛기침을 했다.

"온 김에 볼일도 좀 보고, 내 며칠 있다가 갈게."

[뭐라꼬예? 평생 경상도 땅을 벗어나 본 적 없는 당신이 서울서
무슨 볼일이 있다꼬. 그라고 학교는 으얄라꼬예.]

복희의 되물음에 할 말이 없어진 오준은 버럭 호통을 쳤다.

"그렇다 하믄 그런 줄 알믄 되지 뭐 할라고 꼬치꼬치 따지쌌노!

전화 요금 나온다! 끊자!"

그의 손 아래 수화기가 요란한 소리를 내며 내던져지다시피 내려졌다. 장남이 노총각으로 늙어가고 있다는 사실에 걱정이 태산이던 마누라였기에, 호국에게 아가씨가 있다고 하면 얼마나 좋아할지 눈에 선했지만 아직은 말할 때가 아닌 듯했다.

호국은 단호하게 어떤 관계도 아니라고 했지만, 세월의 흐름 속에 잘 단련된 그의 직감이 속삭이고 있었다. 아닌 게 아닐 거라고. 분명 뭔가가 있다고.

오준의 눈매에 또다시 번뜩임이 일었다.

창고의 연습실은 홍대 클럽가에서 멀지 않은 곳에 위치한 알렉스의 오피스텔을 개조해 만든 것이었다. 창고의 연습실이니 그렇고 그런 그야말로 '창고' 수준이겠지 싶어 별로 기대하지 않았건만, 뜻밖에도 그곳은 방음 시설과 음향 시설까지 평균 이상으로 갖춘 괜찮은, 아니, 더할 나위 없이 훌륭한 공간이었다.

"알렉스네 집이 '이게' 좀 되거든."

그녀의 얼굴에서 감탄의 기색을 읽은 것인지, 민이 엄지와 검지로 동그라미를 만들어 흔들어 보였다. 양키 놈, 어쩐지 부티가 흐른다 했더니 그랬구나. 쳇.

승리는 선규와 함께 연주를 맞춰보고 있는 알렉스를 힐끗 바라보다 놈이 고개를 들자 홱 시선을 비껴 버렸다.

첫 번째 연습인데도 알렉스는 어찌나 가차없던지, 놈의 힐난을 받으며 연습을 마치고 나자 온몸에 진이 빠져 버렸다. 그렇게 그녀의 자존심을 누룽지 긁듯 긁어댄 놈이니만큼 얼굴을 맞대고 싶지 않아졌다. 그녀가 아무리 꽃미남을 밝힌다 해도, 저놈에겐 호감이 안 간다. 차라리 말이 좀 많고 빡빡이이긴 해도 민이가 낫지.

그러나 놈은 그녀의 그런 속내를 아는지 모르는지 베이스를 내려놓고서 선규와 함께 맞은편의 소파로 와 앉는데, 만면에 느끼한 미소 가득이다. 저런 걸 전문 용어로 병 주고 약 주고라고 하지, 아마?

게다가 갑작스레 하는 말이라니.

"접때 못한 환영식 해야지?"

승리는 카운트다운을 알리듯 똑딱똑딱 잘도 가고 있는 시계 바늘을 돌아보았다. 벌써 아홉 시가 넘어섰다는 것을 발견한 그녀의 머리 속에 괴성을 지르는 윤 여사의 모습이 점점 확대되어 떠올랐다. 레슨도 제대로 마치지 않고서 학원을 도망치듯 빠져나온 데다 늦기까지 한다면, 결과는 뻔했다. 벼 타작보다 더한 죽비 타작만이 기다릴 뿐.

"아, 안 돼. 나 그만 가봐야 해."

"이야, 너 보기보다 되게 범생이다? 일찍 들어가서 일찍 자는 착한 나라의 어린이냐?"

민의 한마디에 가만히 있던 선규가 큭큭 웃음을 터뜨리자 승리의 얼굴은 불탄 고구마처럼 붉어졌다.

"이쒸! 그런데 이것들이 꼬박꼬박 반말이네! 누나라고 불러!"

괜히 무안해진 그녀는 말을 돌리며 빽 고함을 내질렀다. 그러자 이번에 말을 받은 건 선규였다.

"겨우 한 살 차이 가지고 뭘."

헛! 너, 같은 여자끼리 이러기냐고 말을 하려다 선규의 너무도 남성스러운(?) 모습에 승리는 입을 열 수가 없었다. 누가 연선규를 여자로 볼 것인가. 목욕탕에서 선규가 알몸으로 있는 모습을 본다 한들 믿기 힘들 것이다.

"소심 플레이 하지 말자."

"뭐? 소, 소심?"

그녀가 듣기 싫어하는 말 중의 하나였다. 그런데 그 말이 자신의 자존심을 사사건건 뭉개려 드는 알렉스 놈의 입에서 나왔으니! 성질이 파르르 떨렸다.

"좋아, 좋다고! 얼마나 대단한 환영식인지 어디 두고 보자고!"

이렇게 말을 내뱉고 나면 언제나 남는 건 후회뿐이지만, 어쩌겠는가. 소심한 계집애 취급은 죽어도 받기 싫은 걸.

그녀의 승낙이 떨어지기가 무섭게 알렉스와 민은 기다렸다는 듯 현관문을 열고 밖으로 나갔다.

"헛! 쟤네 뭐야?"

"술이랑 안주 사러 가는 거야."

어느새 기타를 집어 들며 선규가 심드렁하니 대꾸해 주었다. 긴 머리를 기타 위로 늘어뜨린 채 손가락으로 기타 줄을 튕기는 녀석의 모습은 제법 그럴듯한 기타리스트 같았다. 아니, 겉모습뿐 아니라 오늘 본 연주 실력도 꽤 수준급이었다. 그것은 선규뿐 아니라 느끼한 알렉스도, 말 많은 민도 마찬가지였다. 자신이 이들의 밴드에 들어와 괜히 수준을 떨어뜨리는 건 아닌지, 문승리답지 않은 소심한 걱정까지 할 정도로 그들은 약간 덜 떨어져 보이는(?) 외모 이면에 괜찮은 음악성을 견지하고 있었다.

다행이지 뭐. 저들의 일상처럼 음악도 유치찬란했음 어쩔 뻔했어.

그렇게 생각을 긍정적으로 바꿔 먹은 승리는 휴대폰을 들고서 자신을 무시한 채 오로지 기타에만 신경을 집중하고 있는 선규를 지나 화장실로 들어갔다. 아무래도 윤 여사에게 전화해 오늘은 늦을 것 같다고 자진납세를 하는 것이 신상에 이로울 것 같긴 한데, 선규에게 자신의 그토록 비굴한 모습은 보이고 싶지 않았기에.

변기에 쭈그리고 앉아 휴대전화의 폴더를 열던 승리는 부재중 전화로 찍혀 있는 낯선 번호에 눈살을 찌푸렸다.

뭐야, 이거.

궁금했지만 백수의 철칙을 잊어버릴 순 없었다. 될 수 있는 한 먼저 전화하지 않는다. 부재중 전화도 마찬가지. 지가 급하면 다시 걸겠지. 게다가 지금은 이런 이름 모를 전화 따위보다 더 중요한 당면 문제가 있었으니.

집의 단축 다이얼을 누른 승리는 쩌렁쩌렁한 윤 여사의 목소리를 예상하고는 손바닥으로 수화기를 막았다. 혹시나 화장실 밖으로 엄마의 고함 소리가 새어나가지나 않을까 싶어서.

[야! 문승리, 너 지금 어디야? 도둑고양이처럼 몰래 빠져나가서는 어디서 전화질이야, 전화질이? 너 당장 안 들어와? 정말 자꾸 이럼 월급 안 준……!]

허걱. 역시 상상보다 더하면 더했지 덜하진 않는 윤 여사의 어택.

“엄마, 너무 급해서 말 못하고 나왔는데. 나영이라고 대학 동창 아버님이 돌아가셔서…… 좀 늦을 것 같아.”

[뭐? 진짜야?]

진중하게 가라앉은 목소리로 꽤나 멋지게 연기를 했다 생각했다. 윤 여사도 어느 정도는 믿는 눈치였다. 그런데 갑자기 밖이 왁자지껄해지더니, 화장실 문을 두드리는 소리에 이은 판을 깨는 커다란 목소리.

“빅토리! 뭐 해? 똥 싸?”

허거걱! 이 미친 양키 새끼!

놀라 숨을 멈춰 버린 그녀의 고막으로 엄마의 날이 시퍼렇게 선 화살촉이 작렬했다.

[이년이! 지금 거기 어디야! 이제 팔아먹을 게 없어서 친구 아버님을 팔아먹어! 네가 그러고도 인간이냐? 응?]

“엄마, 사실은 나 오늘부터…….”

사실대로 털어놓으려고 했다. 하지만 자신의 어머니가 얼마나 대중음악이란 것 자체를 혐오하는지 알고 있는 그녀로서는 쉽지 않은 일이었다. 승리는 결국 또다시 ‘나중에’라는 생각으로 그 상황을 모면했다.

“아냐, 집에 가서 얘기할게.”

[어디가 니 집이야! 그럴 거면 아예 들어오지 마!]

그리고 뚝 끊기는 전화에 승리는 눈을 부릅뜨고 애꿎은 액정화면만 노려보았다. 그야말로 종로에서 뺨 맞고 한강에서 화풀이하는 격이었으니.

"헤이, 빨리 나와. 술 식는다."

바보. 술이 뜨거운 국이냐. 식게.

싸가지가 없긴 해도, 가끔 어법에 맞지 않는 표현을 쓰는 게 쬐금은 귀여워 보이기도 했는데 지금은 전혀 아니다.

승리는 폴더를 툭 덮은 후, 부러 문을 거세게 밀고 화장실을 나갔다. 뭔가가 '퍽' 하고 부딪치는 소리에 이어 알렉스가 이마를 짚은 채 쭈그리고 앉는 것을 그녀는 내심 만족하며 내려다보았다.

"Shit!"

지랄. 영어로 욕하면 누가 못 알아먹을 줄 알고.

"어머머! 괜찮아?"

스스로가 느끼기에도 가증스럽기까지 한 표정과 어투에 그녀를 올려다보는 알렉스의 표정이 팍 구겨졌다. 그에게서 뭔가가 터져 나올 법도 했다. 그런데.

"뭐 해! 술 놔두고 고사 지내라고? 빨랑 와!"

아주 시기적절하게 끼어든 민의 재촉. 승리는 알렉스의 존재 따윈 잊어버린 것처럼 가벼운 걸음걸이로 선규와 민이 차려놓은 환영식 만찬에 참석했다. 등 뒤에서 느껴지는 놈의 시선 따윈 가볍게 무시해 주며.

윤 여사의 엄포가 아주 쬐금 마음에 걸리긴 했지만, 술이 들어갈수록 그녀의 기억에서 위협적인 엄마의 존재도 사라져 갔다.

아버지의 오해는 그야말로 오해일 뿐이다. 그에겐 자신의 책임을 완수해야 할 의무가 있었다. 이제 승리도 그가 누구인지 알게 되었으니 더 이상 가리고 말고 할 게 없었다. 호국은 도장을 나오자마자 입대 전 보훈이 입력해 준 승리의 휴대전화 번호를 눌렀다. 그러나 그녀는 전화를 받지 않았다. 아무래도 예감이 좋지 않았다. 이 고무공―고무공이라기엔 사이즈가 작고…… 그래, 탱탱볼이 적격이다―아니, 탱탱볼이 또 어디로 튀어간 것인지 걱정부터 앞섰다. 이런저런 생각들을 모아보다가 갑자기 머리 속을 스치는 요상한 밴드 멤버들의 영상에 호국의 인상이 구겨졌다.

정말, 이 여자가!

아무래도 〈뮤즈〉라는 그 클럽에라도 가보아야겠다는 생각을 하며 급하게 운전석에 오른 순간 그의 품 안에서 휴대폰이 드르륵 떨렸다. 한 손으로 핸들을 돌려 골목을 빠져나가느라 그는 발신자도 확인치 않고 전화를 받았다.

[와 이래 늦노?]

그제야 귓가에서 휴대폰을 떼어내어 액정화면을 보니 '아버지'라는 세 글자가 깜빡이고 있었다. 마치 조건반사처럼 마음이 묵직해졌다. 돌멩이 하나를 얹은 것처럼.

"주무시지 않구요."

[안에만 있으라 하니까 답답해서 나왔다. 집 앞에 포장마차로 온나.]

"추우니까 들어가 계세요."

[오라믄 온나!]

언제나 자신의 할 말이 끝나면 뒤도 돌아보지 않는 아버지였다. 호국은 한숨을 내쉬며 던지듯 휴대폰을 조수석에 내려놓았다. 이렇게 된 이상 승리를 찾으러 나서는 것은 무리일 듯싶었다. 아버지의 고집이 어느 정도인지, 얼마나 기다리는 것을 싫어하시는지도 잘 알고 있기에 서둘러 포장마차로 향하는 편이 나았다.

오피스텔 지하 주차장에 차를 세워둔 그는 포장마차까지 모처럼 걸었다. 11월의 밤 공기는 제법 차갑긴 했지만, 나름 상쾌했다. 포장마차로 가는 길은 익숙했다. 가끔 귀갓길 출출함을 견딜 수 없을 때 홀로 들러 우동이나 오뎅 따윌 먹곤 하던 곳이니까. 부산 출신인 주인 아주머니의 구수한 사투리도 정겨웠고, 국물 맛도 좋아서 자주 찾았었다.

천막 안으로 들어서자 홀로 소주잔을 기울이고 있는 아버지의 뒷모습이 바로 보였다. 그의 등장에 반색을 하며 다가오던 주인 아주머니는 두 사람을 번갈아 훑어보며 놀란 듯 묻고 또 말했다.

"총각 아버지이신갑네? 아이고, 그라고 보니까네 억수로 닮았데이. 아버지 젊었을 적에는 아가씨들 좀 울리셨겠구마는. 총각이 이래 훤칠한 기 다 아버지 닮아서 그랬네."

그런 호들갑에도 아랑곳없이 호국은 안주라고는 말간 오뎅 국물뿐인 테이블을 묵묵히 내려다보았다. 그리고 시선을 옮기자 자신을 외면하고 앉은 아버지의 등이 어찌나 힘없고 작게 느껴지는지 괜히 코끝이 시큰거렸다. 탄산음료를 마신 것도 아닌데.

"아주머니, 여기 우동 두 그릇 넉넉히 말아주세요. 출출하네요."

"아이고, 배 많이 고픈가 베. 그래, 그래. 다른 사람은 몰라도 총각한테는 많이 주야지. 조금만 기다리소. 내 금방 삶아올게."

아주머니가 등을 돌려 사라지자, 호국은 앉으라는 말도 없고 그를 돌아보지도 않는 아버지의 곁에 앉았다. 다시 자작을 하려는 아버지의 주름진 손에서 호국은 소주병을 빼앗았다. 벌써 반 이상은 비워진 병을 발견한 그는 걱정스레 말했다.

"얼마 전 건강 검진 때 간이 안 좋으니 이제 술은 안 된다는 결과가 나왔다면서요. 그런데 뭘 이렇게 드셨어요."

애주가인 권 교장이었다. 그런데 환갑이 지난 지금 그 죽고 못 살던 술로 인해 몸이 많이 망가져 있다는 진단을 받은 것이다.

"그기 다 누구 때문인데!"

"저한테 뭘 바라세요?"

"이 자슥아! 내하고 니 엄마가 니를 어째 키웠는데! 와 쪼매라도 부모 말은 안 들을라 하노! 한 번이라도 좀 지주문 안 되나?"

거의 부르짖다시피 하는 권 교장으로 인해 포장마차 안의 사람들의 눈길이 그들 부자에게로 집중되고 있었다.

참을 수 없는 갈증으로 목이 깔깔해졌다. 호국은 아버지의 잔을 가져와 술을 따른 후 입 안으로 털어 넣었다. 독한 액체가 식도를 타고 넘어가자 그제야 숨통이 좀 트이는 기분이었다.

"말씀해 보세요, 제가 어떻게 져드리면 되는지."

"대학 강사 자리는 인자 마 물 건너갔다 아니가. 안동으로 내리 온나. 내 체육관 하나쯤은 채리줄 능력은 된다."

안동. 하룻밤 사이에 남의 집 베갯머리송사까지 동네 곳곳에서 회자되는, 아버지 권오준 교장이라면 코흘리개 아이들도 다 아는 그 동네. 어렸을 적부터 얼마나 탈출하고 싶었던 곳인데, 다시 그보고 거기로 들어오라니.

호국의 입가에 희미한 미소가 맺혔다.

"생각해 보겠습니다."

술이 들어가서일까, 오늘따라 절실하게 느껴지는 아버지의 눈길을 외면하며 호국은 비교적 유한 답변을 내뱉었다.

"그 아가씨 때매 그카나?"

잔을 든 호국의 손아귀에서 주륵 힘이 빠져나갔다.

"네?"

생각보다 방정맞게 되물음이 흘러나와 버렸다. 그에 다시 확인하듯 묻는 아버지였다.

"승리라꼬 했나? 그 아가씨가 맴에 걸리서 그카는 거 아니가?"

"무슨 말씀이세요. 정말 아니라니까."

이젠 짜증이 확 끼쳐 왔다. 그녀와 이렇게 엮이는 게 불편했다. 절대 현실이 될 수 없는 일인데, 아버지로 인해 자신이 착각하게 될까 봐 두려웠다. 마치 그녀와 정말 그런 사이기라도 한 것인 양. 우습기 짝이 없는, 말도 안 되는 걱정이었다.

그들의 대화가 좀 더 험악하게 치달으려는데, 호탕한 웃음소리와 함께 우동 그릇이 탁자 위에 놓여졌다. 주인 아주머니의 인심만큼 수북이 담긴 면에 호국은 고개를 들어 감사 인사를 전했다.

"역시 아주머니밖에 없어요."

"그렇제? 어르신도 맛있게 드시이소. 이래 봬도 이 근방에서 우리 집 우동이 제일 맛나다고 소문났다 아입니꺼."

그러고도 바로 옆에 붙어 앉아 한참 이어지는 아주머니의 수다를 반찬 삼아 호국은 우동 한 그릇을 뚝딱 비워냈다. 잠시잠깐 바라보니 맞은편의 아버지도 생각 외로 맛있게 드시고 계셨다. 싸구려 우동으로 그와 아버지와의 힘겨루기는 그렇게 잠시 일단락되었다. 평소 같으면 꽤나 오래 이어졌을 텐데.

튀김이 동동 떠 있는 국물까지 후루룩 비워낸 후 마지막 입가심으로 소주 한 잔을 털어낸 호국은 아버지가 다 드실 때까지 앉아서 기다렸다. 곧 말없이 휴지로 입술을 닦아내는 권 교장을 보며 호국은 얼른 일어나 계산을 마쳤다.

"아주머니, 다음에 또 올게요."

"그래. 살펴가이소."

먼저 밖으로 나간 아버지는 이미 저만치 앞서 걷고 계셨다. 그에 호국은 너른 보폭을 이용해 아버지를 금세 따라잡았다. 나란히 걷는 그들 사이의 침묵을 깨려 그가 입을 열려던 순간, 귀에 거슬리는 시끌시끌한 소리에 호국은 눈살을 찌푸리며 건너편을 바라보았다.

"하이튼 요새 젊은것들은 와 저렇노. 안동보다 서울 것들이 더 하네. 쯧쯧쯧."

길을 건너기 위해 횡단보도 앞에 선 그들의 맞은편에 업고 업힌 두 쌍의 커플이 보였다. 그들은 하하호호 웃으며 거의 고래고래 소리를 치다시피 이야기를 하고 있었다.

그런데 그들의 모습이 왠지 눈에 익었다. 그러자 온몸을 뒤덮는 이 불쾌함이라니. 믿고 싶진 않았지만 그중 긴 머리의 남자에게 업힌 동글동글한 여자는…… 저 카랑카랑한 목청은…… 분명 탱탱볼이었다.

그의 손아귀에 힘이 잔뜩 들어갔다.

신호등에 녹색 불이 들어왔으나 호국은 자리에서 움직이지 않았다. 그런 그를 의아하게 보던 권 교장은, 마치 레이싱을 하듯 한 명씩을 업고 횡단보도를 건너고 있는 두 명의 반창고밴드 멤버들로 인해 후다닥 길가 쪽으로 비켜서야 했다. 기함을 토하는 듯한 표정으로.

"이야! 내가 이겼다!"

"뭐야! 말은 바로 해! 내 왼발이 먼저 인도에 올라섰다고!"

"뭔 소리야! 내 가슴이 먼저 피니쉬 라인에 들어왔는데!"

이쪽 편에 도착해서도 업은 남자 두 명은 커다란 목소리로 계속 실랑이를 벌였다. 그에 참다못한 호국이 앞으로 나섰다.

"야, 긴 머리 네가 이겼어. 그러니까 네 등 뒤의 그 물건은 그만 내려놓지?"

"뭐? 이 아저씨…… 어? 아!"

그제야 그의 존재를 알아본 듯 긴 머리와 빡빡이의 입에서 동시에 깨달음의 감탄사가 흘러나왔다. 그들은 등 뒤에서 깍지 끼고 있던 손을 그야말로 무지막지하게 홱 풀어내 버렸다.

쿵—!

"아야야."

아픔의 단말마와 함께 빡빡이의 등 뒤에서는 노랑머리의 그놈이, 긴 머리의 등 뒤에서는 탱탱볼이 툭 떨어졌다.

"이쒸! 연선규! 너랑 민이 내기에 동참해 줬으면, 그리고 이기게 해줬으면 고마운 줄 알아야지. 이게 뭐냐!"

악에 받친 듯 엉덩이를 문지르며 소리 지르던 그녀의 시선이 이 모든 것의 원흉은 '너'라는 듯한 눈빛으로 호국을 찌릿 노려보았다.

"아저씨랑은 우연이도 참 많이 지나치네요. 그쵸? 이런 걸 머피의 법칙이라고 하나."

비틀거리며 일어나는 승리를 부축하려는 긴 머리를 호국이 밀어냈다. 대신 그녀의 어깨를 사수하듯 감싸 안은 그는 반창고밴드의 멤버들을 쭈욱 둘러보며 야단을 치듯 말했다. 물론 그 대상은 승리였지만.

"도대체 아무 남자한테나 업혀서는 뭐 하는 짓이야, 길거리에서."

"헛! 이 아저씨, 이제 돋보기 끼셔야겠네?"

"뭐?"

"아저씨 눈엔 얘가 남자로 보여? 음, 좀 남자 같긴 하지만. 얘 여자예요, 엄연히 XY 성염색체를 가진!"

당당하게 소리를 치던 그녀의 귓가에 갑자기 들려온 낮은 속삭임은 복민, 아니, 민의 것이었다.

"스, 승리야. XX 염색체거든?"

"흡."

호국이 정말이지 몰랐기를 바랐건만 아무래도 입가를 기울여 피식 웃는 모양새가…… 그러긴 다 틀린 것 같다. 아, 이래서 아는 척을 하면 안 된다니까. 특히 술 들이부은 날엔. 마이 미스테이크다.

“허허, 그 아가씨 참 재미있네.”

혼자 땅굴을 파고 있던 승리는 갑자기 흘러나온 낯선—아니, 불길하게도 왠지 조금은 귀에 익은—음성에 고개를 번쩍 쳐들었다. 그러자 마치 망원경으로 보듯 띠띠 확대되어 들어온 권위 가득한 얼굴이라니. 알렉스 식으로 말하면 그야말로 oh, Shit! 이었다. 그는 다름 아닌 호국보훈의 아버지였던 것이다. 갑자기 아닌 밤중에 홍두깨처럼 나타난 공갈 아저씨 때문에 놀라 미처 발견하지 못했을 뿐. 아마도 지금까지 그들이 대화하는 모습을 모두 지켜보고 계셨던 모양이다. 젠장! 이제 도망치기엔 너무 늦었다는 생각이 승리를 절망으로 몰아갔다.

“지난번에 이름이, 승리라고 했제? 이래 또 만나네. 어쨌든 반갑소. 나는 호국이 애비 되는 사람이요.”

“네.”

그녀는 삐죽삐죽 고개를 숙였다. 그제야 그녀와 호국보훈의 아버지 사이에 감도는 요상한 기운을 느낀 듯 반창고 멤버들은 자세를 바로잡고 침묵을 지켰다. 그 후 계속 자신을 마치 실험 대상처럼 꼼꼼하게 훑고 있는 상대의 눈빛이 느껴져 가히 기분이 좋진 않았다. 그러나 승리는 ‘참자, 참자’를 속으로 되뇌며 성질을 눌렀다.

도저히 열릴 것 같지 않게 굳어 있던 호국 아버지의 입술이 떨어지며 뜻밖의 물음이 흘러나왔다.

“그런데 이 친구들은 누고?”

“아버지!”

호국의 만류에도 불구하고, 노인은 물러날 기미를 보이지 않았다. 끝까지 대답을 듣고 말겠다는 듯 그녀와 반창고 멤버들을 하나하나 뜯어볼 뿐. 공갈 아저씨와 꼭 닮은 무서운 눈동자로 말이다.

선규도, 민이도, 알렉스도 술기운에 정신이 없는 것인지 설마 겁을 먹은 것인지 선뜻 나서지 못했다. 어쩔 수 없이 여전히 술기운에 알딸딸한 와중에도 그녀가 대답을 해야 했다.

"저기, 저랑 같이 밴드 활동을 하는 멤버들이에요."

"밴드?"

기껏 해야 고무밴드나 **밴드 등의 반창고쯤으로 짐작하시는 듯 의아한 표정이었다. 그에 승리는 억지로 웃으며 좀 더 상세한 설명을 늘어놓았다.

"같이 음악 활동을 하는 친구들이에요. 그러니까 예전 같으면 이치연과 벗님들, 보라매 뭐 그런……."

알코올에 마비된 머리를 굴리느라 힘들었다. 가까스로 예까지 들어 보이자 그제야 안동 권가 수장의 찌푸려 있던 얼굴이 스르륵 펴졌다. 그러나 미소 한자락 비춰들지 않은 표정엔 탐탁지 않음이 드러나 있었다. 그는 자신의 아들을 홱 쏘아보며, 딱히 누구에게인지 모를 날카로운 물음을 내뱉었다.

"음악을 한다꼬?"

금방이라도 뭔가 뻥하고 터져 버릴 듯한 분위기였다. 그러다 괜히 자신에게 파편이 튈까 두려울 정도로. 그러나 남인 그녀가 두려워하고 있는 반면 정작 본인인 공갈 아저씨는 자신의 아버지 만만찮게 고집스런 표정으로 입을 꾹 닫고 있었다. 젠장! 결국 또다시 그녀가 나설 수밖에 없었다.

"네."

"음."

잠시 생각에 잠긴 듯한 호국의 아버지는 다시 말을 이었다. 누구도 끼어들지 못하는 가운데.

"가수란 말이제?"

"아직 가, 가수는 아니구요. 그냥 노력하고 있어요."

도대체 왜 저리 꼬치꼬치 따져 물으시는 거지? 설마 공갈 아저씨가 내가 보훈이 여친이라고 다 까발린 거야? 그런 거야?

그리 생각하자 알코올이 들어가 헬렐레 좋아졌던 기분이 나락으로 떨어졌다. 휘릭 호국을 째려보는 그녀의 시선이 '다 당신 때문이야!' 라는 무언의 의사를 전달하고 있었다. 그러나 호국은 그런 그녀를 힐끔이라도 돌아봐 주지 않았다. 오로지 자신의 아버지만 지켜보고 있을 뿐.

이 상황에서도 드는 깨달음이란, 부전자전이라는 사실. 호국이 그녀를 무시하는 것처럼, 노인 역시 아들을 깡그리 무시하며 더욱 황당무계한 제안을 내놓았다.

"그라믄, 승리 양 내한테 노래 한번 들리줄 수 있나? 괜찮제?"

헛! 갈수록 태산이다. 그녀의 얼굴에 그런 생각이 고스란히 드러났던 모양이다, 돌아본 호국이 당황하며 아버지의 팔을 붙잡는 것을 보니.

"아버지, 약주가 과하셨나 봐요. 그만 들어가세요."

보다 못한 그가 나서보았으나, 그의 아버지는 굴하지 않았다.

"자슥아! 취하긴 누가 취해! 내가 소주 몇 잔에 취하드나, 언제!"

호국의 손길을 홱 뿌리치며 호령하는 노인의 기세에 그녀는 몸을 움찔거렸다. 뒤에 선 멤버들 중 누군가에게서는 '흡' 하고 숨을 들이키는 소리도 들렸다. 아마도 민일 것이다.

호국과 권 교장—예전 보훈에게서 아버지가 교육계에 몸담고 계심을 듣고 놀란 적이 있었다. 녀석을 보면 보수적인 집안에서 자랐으리라 전혀 짐작할 수 없었기에. 호국이면 몰라도—의 신경전이 계속되는 것을 지켜보고 있던 승리는 어깨를 두드리는 손길에 고개만 살짝 틀었다.

"우리는 그만 갈게."

소곤거리는 목소리는 민의 것이었다. 놀라 완전히 뒤를 돌아보자 못마땅한 얼굴의 알렉스와 여느 때처럼 무표정한 선규가 보였다.

"야! 가, 같이 가."

그녀의 애원에도 불구하고, 민은 알렉스와 선규를 끌고 놀랍게도 빠른 걸음걸이로 사라져 버렸다. 인사 한자락 없이. 다행히 그들과 반대쪽 어디론가 앞장서 나가는 교장선생님과 교장선생님의 뒷모습을 안타까이 바라보던 호국은 창고들의 부재를 알아차리진 못했다.

한숨을 내쉰 승리는 이제 별다른 선택권이 없는 관계로, 멍하니 선 호국에게로 다가가 귓가에 대고 소곤거렸다. 이를 악물고.

"이봐요. 지금 뭐 하자는 건데요?"

그러자 마치 복화술을 연마한 듯 입술을 움직이지도 않고 말을 하는 호국이었다. 헛, 정말 이 아저씨 완전 '고수' 아니야?

'젠장, 그러니까 나한테 다 보고하고 다니랬잖아.'

'뭐라구요? 내가 왜?'

'따지는 건 그만두고, 얼른 쓰러져.'

그녀의 의아한 표정 앞에 호국의 얼굴에 약간의 다급함이 어렸다.

'그럼 이대로 계속 아버지한테 끌려갈 거야? 얼른! 너 연기 잘하잖아!'

그제야 무슨 말인지 이해가 간 승리는 자신들을 바라보고 있는 교장선생님을 외면한 채 시선이 확 풀리도록 눈동자를 흐트러뜨리는 연습을 했다. 그리고 조금 전까지 멀쩡했던 발음을 꼬며 아마추어적인 연기를 시작했다.

"아, 이제야 술기운이 확 올라오나? 세상이 왜 이렇게 빙빙 돌지? 소주 다섯 병밖에 안 마셨는데? 아이고, 두야. 문승리 죽는다."

그녀는 '다섯' 이라는 숫자를 지극히 강조하며 괜히 오버액션을 해댔다. 그러고 있노라니 애써 억누르고 있던 취기가 다시 몰려드는 것 같기도 했다. 연기인지 실제인지 그녀 스스로도 구분이 가지 않았다.

휘청휘청 흐느적거리던 그녀의 겨드랑이 사이로 남자의 단단한 팔이 들어왔다. 등 뒤에서 받쳐 주는 든든한 가슴에 화들짝 놀랄 겨를도 없이 승리의 몸은 홱 돌려져, 얼굴이 그의 품에 철푸덕 파묻히고 말았다. 진짜 알코올 기운이 올라와서일까. 어색한 연기가 들통날까 싶은 두려움 때문일까. 아니면 남자와 지나치게 붙어 있는 이 자세 때문일까. 얼굴이 화끈화끈 달아오르고, 심장이 미친 듯이 쿵쿵거리는 것이 느껴졌다.

어머머, 내가 왜 이러지? 내, 내가 지금 이 아저씨를 느끼는 거야? 그런 거야? 아냐, 아냐. 그냥 술이 취해서 그럴 거야. 공갈 아저씨가 아니라 알렉스나 민이라도 이랬을 거라고. 그럼! 이 아저씨가 누군데, 보훈이 놈 분신이 아니냔 말이야.

그렇게 자신의 반응을 정당화하며 승리는 그나마 얼굴이 그의 가슴팍에 가려진 것이 천만다행이라고 생각했다. 안 그랬다면 그 버라이어티한 표정을 권 교장선생님 앞에 숨기느라 고생을 했을 테니.

"아버지, 승리가 많이 취했나 봐요."

가슴을 통해 울린 그의 목소리가 그녀의 귓가에 전해졌다. 그러자 더욱 화끈거리는 얼굴. 또다시 뛰기 시작하는 심장. 응? 이거 내 거 맞아? 혹시 이 아저씨 거? 의아함에 그녀가 고개를 들려 하자, 호국이 큰 손으로 머리를 다시 품으로 눌러 버렸다.

윽, 이씨 뭐야!

곧 지팡이 짚는 소리가 섞인 발소리가 가까이 들려왔다.

"그래? 쪼매 전까지만 해도 개안트마는?"

"아버지 때문에 많이 긴장해서 그랬겠죠."

그는 한 손으로 그녀의 팔을 붙잡고, 다른 손으로 뺨을 두드려

댔다.

"승리야? 승리야!"

아악! 이거 뭐야! 왜 이렇게 세게 때려? 완전 감정 실린 거 아냐? 눈을 질끈 감은 채 더는 그를 느끼지 않으려 노력하고 있던 그녀는 그의 손바닥이 얼굴에 닿을 때마다 움찔거리지 않으려 어금니를 깨물었다.

"잠이 든 모양이에요."

그의 단언에 곁에서 지켜보고 있던 교장선생님에게서 한숨이 흘러나왔다.

"그라믄 우짜겠노. 집에 어서 데리다 주고 온나. 노래는 천상 다음에 들어야 되긋네."

"네. 그럼 민저 들어가 쉬고 계세요. 오피스텔 비밀번호 아시죠?"

"오야. 참, 호국아."

다시금 그를 부르는 교장선생님으로 인해 박자를 맞춰 돌아서려던 두 사람의 몸이 굳어졌다. 또 뭐 때문에 저러실까 싶어서 승리는 숨을 죽이고 다음 말을 기다렸다.

"천천히 들어와도 된다. 천~천히 온나이."

응? 저게 무슨 말씀이시지? 승리는 웃음기까지 배인 교장선생님의 간절한 한마디를 되새김해 보느라 여전히 자신이 호국에게 안겨 걷고 있다는 사실을 깨닫지 못했다.

"도대체 몇 잔이나 마신 거야."

그의 차가운 목소리가 들렸을 때야 정신을 차린 승리는 후닥닥 떨어져 섰다. 미쳤어. 미쳤어. 괜히 무안하고 부끄러운 마음에 그녀는 더욱 아무렇지도 않은 척했다. 아니, 되레 고개를 번쩍 쳐들며 따지듯 물었다.

"왜요?"

"너한테서 무지 냄새 나."

헉! 어쩜 저렇게 무지막지, 단도직입적일 수가! 부끄러움에 화끈화끈 달아오르는 뺨을 어쩌지 못하고 승리는 그에게서 홱 돌아섰다. 그녀의 시선이 주위를 두리번거렸다. 껌이라도 사서 씹든지 해야겠다, 젠장. 꼭지가 돌도록 술을 마시고 친구들에게 일부러 '하아~' 하고 냄새 공격을 해대던 문승리답지 않게도 신경이 쓰였다. 곁에 있는 이 남자가 한 말 한마디에 이렇듯 어쩔 줄 몰라 하다니.

그런데 주변엔 편의점은커녕 시퍼런, 아니, 어둠 속이라 시커멓게 보이는 나무들뿐이었다.

"뭐야, 이거."

솔직히 다 귀찮았다. 몸이 나른한 것이, 잠도 오고 그냥 쉬고 싶었다. 게다가 더 괴로운 건 스며드는 추위였다. 그렇게 점퍼 자락을 여미며 서 있던 그녀의 어깨에 묵직한 무엇이 내려앉았다. 그것은 거부할 새도 없이 그녀를 어딘가에 앉혀놓았다. 정신을 차리고 보니 그것은 호국의 손이었고, 어딘가는 바로 벤치였다. 맞은편에 서서 주머니를 뒤적이던 호국은 그녀의 손에 차가운 뭔가를 쥐어주었다.

"일 분 안에 갔다 올게. 만약에 누가 집적거리면, 당장 불어."

그것은 바로 호신용의 작은 호루라기였다. 이런 거 절대 필요 없는데. 당혹스러워 피식 웃던 승리가 고개를 들었을 때 이미 호국은 어디론가 사라지고 없었다. 그의 부재는 그녀를 두렵게 만들었고, 따스한 체온이 사라진 자리를 대신 채우는 추위는 더욱 잔인하게 느껴졌다. 친구들이랑 술 마신 날, 술 깨려고 밤늦은 시간에도 집 앞 대문에 혼자 잘만 쪼그리고 앉아 있던 그녀답지 않았다. 도대체 왜 그의 존재에 이렇게까지 신경을 쓰고 있는 것이지? 승리는 나약해지는 자신을 다잡으려 버릇처럼 큰 소리로 노래를 불렀다. 보통 때 같으면 부끄러워 그냥 흥얼거리는 수준이었을 텐데, 역시 알코올은 우황청심환보다 더한 효력을 지녔다.

"이 세상의 부모 마음 다 같은 마음~ 아들 딸이 잘되라고 행복하라고--"

아버지 문 화백이 좋아하는 노래라 그녀도 좋아하게 된 '아빠의 청춘'을 락 버전으로 부르며 승리는 저도 모르게 자리에서 일어났다. 조금 전까지 추위에 떨었던 몸이 리듬을 타는 것을 주체할 수가 없었다.

"원더풀 원더풀 아빠의 청춘~ 부라보! 부라보! 아빠의 인생~!"

마이크를 잡는 시늉까지 해 보이며 멋들어지게 노래를 마무리 지으려는데, 어디선가 들려오는 박수 소리. 그에 그녀의 의식이 현실 감각을 되찾았다. 명확하지 않은 시야였지만, 분명 저 끝에서 희끄무레하게 보이는 그림자는 권호국 그였다.

당황한 나머지 자리에서 굳어버린 그녀에게 다가온 호국은 들고 있던 병을 따서 내밀며 말했다.

“잘하는데? 우리 아버지 들으셨음 좋아하셨겠다. 애창곡이거든.”

또다시 달아오르기 시작하는 얼굴. 스스로가 생각해도 이상스런 자신의 반응을 무마하고자 그녀의 말투는 퉁명스럽기 짝이 없었다.

“우리 아버지 애창곡이기도 해요.”

그 와중에도 그에게서 병을 받아 든 그녀는 어두워 제대로 그것의 이름을 보지 못하고 이어 물었다.

“이게 뭐예요?”

“술 깨는 약. 설마 그 상태로 집에 들어갈 건 아니지?”

차마 그 앞에다 대고 ‘2차 가려고 했죠!’ 라고는 말을 할 수 없어 승리는 그저 드링크제를 들이켰다. 생각 외로 맛이 괜찮았다.

“여기요.”

빈 병을 쓰레기통에 던져 넣은 그녀는 입술을 손등으로 닦으며 호루라기를 내밀었다. 그의 손가락이 자신의 살갗을 스치는 짧은 순간이 의식되어 승리는 괜히 장난스레 말을 덧붙였다.

“생각해 줘서 고맙긴 한데요. 그런 거 없이도 지금까지 아무 문제 없이 잘살아왔거든요. 괜한 걱정을 하셨네요, 아저씨.”

“알았으니까 좀 앉아.”

그녀의 큰 소리가 술에 취해 하는 객기로 들렸던지, 어깨를 붙잡아 벤치에 앉히는 호국의 손길이 조심스러웠다. 지나치게 고요한 밤, 들리는 건 서로의 숨소리뿐이었다. 침묵 속에서 그녀의 의식이 다시 점점 저물어가려던 차에 날아온 그의 물음.

"왜 전화 안 받았어?"

번쩍 고개를 든 승리는 눈을 껌뻑여 몰려오는 졸음을 털어내려 노력했다.

"네? 무슨 전화요?"

그의 한숨 소리에 승리는 그제야 윤 여사에게 전화할 때 찍혀 있던 낯선 번호가 호국의 것이었음을 깨달았다.

"아아, 그거? 어쩌다 보니 그렇게 됐어요."

"음…… 그래. 그 밴드라는 것은 계속해서 할 건가?"

호국의 물음이 보훈을 생각나게 했다. 그녀가 노래를 하는 것도, 다른 이들과 특히 남자들과 관계를 쌓는 것을 용납하지 못했던. 그러자 가슴이 답답해진 승리는 그만 소리를 높이고 말았다.

"네. 계속할 거예요. 보훈이 놈 형의 자격 어쩌고 하면서 방해 공작을 했다간 봐요, 정말 가만있지 않을 테니까!"

"누가 방해한다고 했나?"

그의 물음에 승리는 말을 하지 못했다. 그는 그녀의 점점 커지는 눈동자를 진지하게 바라보며 털어놓았다. 자신이 조금 전, 그녀의 짧은 공연을 보고 듣고 느낀 그대로.

"좀 전에 보니까 너 노래 잘하더라, 정말. 욕심 같아서는 계속 그렇게 듣고 싶을 정도였어."

"가, 갑자기 왜 이래요?"

승리의 입술이 파르르 떨리고 있었다. 추운 모양이다. 그에 더 생각할 겨를도 없이 호국은 재킷을 벗어 작은 어깨에 걸쳐 주었다. 그의 옷을 꼭 쥔 채 앉은 그녀의 눈빛은 꽤나 당황한 듯했다.

"잘해봐. 꿈을 이룰 수 있는 가능성을 가진 네가 부럽다."

아버지와 간단히 소주 몇 잔을 기울인 탓일까. 속내의 말이 흘러나와 버렸다.

그랬다. 황당하고 어이없는 여자라는 그녀에 대한 편견들이 조금씩 사라져 가고 있었다. 좋게 말하면 그녀는 그저 조금 생기가 넘칠 뿐이었다. 외려 꿈을 향해 적극적으로 나아가는 모습이 보기 좋다는 생각이 들었다. 꿈을 포기해야 했던 그로서는 늘 꿈을 꾸는 사람들이 부럽고, 또 멋져 보였다. 그래서일까. 그다지 예쁘지 않고, 그다지 여성스럽지 않아도 승리가 빛이 나 보이는 것은. 이런 모습을 발견하고서 보훈이 승리를 사랑하게 된 걸까.

보훈이 떠오르자 갑자기 승리를 향하던 호국의 생각에 제동이 걸렸다. 왠지 이렇게 그녀와 이렇게 나란히 앉아 있어도 안 될 것 같은 느낌.

호국은 그만 자리에서 일어나려 했다. 하지만 그 순간 갑자기 무릎을 파고드는 날카로운 통증. 지독히도 그를 붙잡고 놓아주지 않는 상처. 젠장, 내일은 비가 올 모양이다.

손이 절로 왼쪽 무릎을 감싸 쥐었다.

"아저씨, 어디 안 좋아요?"

다급함이 어린 물음이었다. 그의 기색이 심상치 않음을 그녀도 알아챈 모양이다.

"꿈이 사라진 자리에 남은 상처."

"네?"

취했나 보다, 권호국. 그가 중얼거리듯 한 말을 들은 것인지 못

들은 것인지 그녀가 되묻자, 호국은 애써 아무렇지도 않은 듯 고개를 내저으며 말을 돌렸다.

"조금만 더 있다가 일어나자. 너 약 기운이 좀 돌고 나면."

소리를 내지 않고 고통을 참느라 입매에 경련이 일 정도였다.

"음, 약은 나보다 아저씨가 더 필요할 것 같은데. 정말 괜찮아요?"

"훗, 걱정해 주는 건 고마운데, 나한테 유일한 약은 시간뿐이야. 조금 있으면 나아질 거다."

호국은 자신을 바라보는 승리의 눈빛에서 동정이 묻어날까 두려워 고개를 돌리지 못했다. 그저 정면만을 고집스레 응시한 채 그는 그렇게 혼자서 사투를 벌였다. 한번 시작되면 늘 그렇듯 고통은 간헐적으로 날카롭게 찾아들었다.

고통을 견디며 얼마나 지났을까, 그의 어깨에 풀썩 따스한 뭔가가 내려앉았다. 그리고 목덜미를 간질이는 옅은 숨결.

어느새 잠이 든 것일까. 승리의 작은 옆얼굴이 그의 내려뜨린 시야에 들어왔다. 살짝 벌어진 입술에서 그가 잠시 보관했던 그녀의 립스틱과 같은 딸기 향이 났다. 커다란 눈을 덮은 눈꺼풀과 오동통한 뺨은 마치 아기 천사 같았다.

그렇게 멍하니 그녀를 관찰하듯 내려다보는 동안 호국은 본능적으로 움직이려는 손을 가까스로 옆구리에 붙여놓았다. 역에서 꽃분홍빛 재킷을 입고 곁을 스쳐 지나가던 순간부터 그의 그녀는 왠지 시선을 끌었다. 그의 차에 부딪혀 쓰러진 척하던 그녀를 안아 옮겼을 때 이성은 아니라고 했지만 본능은 그녀의 체온을 향기를 느끼고 있었다. 그리고 이제 자신의 어깨 위에 흐트러진 짧은 머리칼이, 저 하얀 피부가 어떤 느낌인지 만져 보고 싶다.

그 생각이 부정한 것임을 알기에 그저 정면에 시선을 둔 채 호국은 승리를 의식하지 않으려 했지만, 숨결로도 모자라 자신의 목덜미에 슬쩍슬쩍 와 닿는 그녀의 분홍빛 입술은 고문이었다. 이제 무릎의 통증 따위는 잊혀진 지 오래였다. 그것보다 더한 고통은 지금 당장 그녀를 만질 수 없다는 것이었다. 저도 모르는 사이 그녀의 뺨으로 점점 손이 뻗어졌다. 그러나,

"권보훈! 너 정말 이럴 거야!"

승리에게서 터져 나온, 마치 실제와도 같은 잠꼬대가 그를 확 밀어냈다.

권보훈. 그 이름 세 글자가 그가 이성을 되찾게 하는 계기가 되었다.

일렁이던 호국의 얼굴빛이 굳어졌다. 조금 전까지 자신은 꿈을 꾸고 있었던 것이다. 절대 이루어질 수 없는 꿈을. 꾸어서도 안 되는 꿈을. 싫든 좋든 그녀는 보훈의 여자 친구였고, 자신은 동생과 약속을 했다. 그녀의 고무신을 수호하기로. 그런데 누구도 아닌 자신이 그런 망상을 하다니.

동생에 대한 미안함은 그에게 다시금 꿈을 잃고 얻은 무릎의 통증을 불러왔다. 통증으로 인한 것인지, 이룰 수 없는 꿈에 대한 열망 때문인지 그의 얼굴이 일그러지고 있었다.

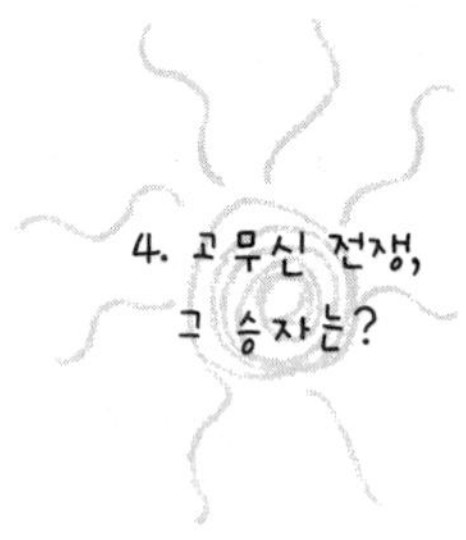

머리가 복잡할 때는 그저 뛰는 게 최고였다. 물론 무릎의 컨디션이 좋을 때라는 전제 조건하에서. 아무런 생각도 하지 않고 근육의 움직임에만 신경을 집중한 채 땀을 흘린 후 집으로 돌아와 냉수를 들이키면 언제나 새로운 에너지를 얻곤 했다. 하지만 오늘 만큼은 그렇지 못했다. 찬물이 돌아 정신이 맑아지자, 되레 쑤셔 박아두었던 그날의 기억이 떠올라 그를 흔들어댔다.

빌어먹을.

이건 다 문승리 그녀 때문이다. 생긴 것과는 전혀 다른 그녀의 달콤한 향기와 부드럽기 짝이 없는 작은 몸, 그리고 마치 그를 시험이라도 하는 듯 벌어져 있던 입술과 예쁜 정수리까지. 무엇 하나 탱탱볼 문승리의 이미지와 맞아떨어지는 것이 없었다.

젠장. 젠장.

호국은 물병을 식탁 위에 거세게 내려놓았다. 그렇게 하면 고무줄처럼 질기게 이어지던 생각이 뚝 끊기기라도 하듯이.

그러나 문승리를 향하던 생각이 멈춘 것은 자신의 그 부질없는 동작 때문이 아니었다. 마침 변기의 물이 쏴아아 내려가는 소리와 함께 화장실에서 나온 아버지 권오준 교장선생님 탓, 아니, 덕이었다. 부엌에 선 그를 발견한 아버지는 헛기침과 함께 신문을 펼쳐 든 채로 소파로 가 앉았다. 그리고 신문 너머로 들려오는 물음.

"오늘은 도장 안 나가나?"

"좀 늦게 가도 돼요. 아침 차릴게요."

타지에서의 오랜 자취 생활로 웬만한 음식은 수준급으로 만들어내는 호국이었다. 보잘것없는 재료를 맛있는 요리로 탄생시키는 과정은 언제나 그의 흥미를 끌었다. 맛있게 먹어주는 사람이 있다면 금상첨화겠지만.

그래도 요 며칠은 아버지가 계셔 그의 작업은 더할 나위 없이 즐거웠다. 입맛이 까다롭기로는 안동 땅 제일이 아니면 서러워할 권 교장선생님께서 그가 만든 요리를 묵묵히 드실 때의 쾌감이란 이루 말할 수 없을 정도였다.

"찌개는 뭐꼬?"

예전엔 '사내 자슥이 앞치마 두르고 뭐 하는 짓이고!' 라는 둥 '거시기 떨어지긋다!' 라는 둥 그가 부엌에 있으라 치면 고래고래 소리부터 치시던 아버지가 메뉴를 묻고 계셨다. 그 변화가 기분 좋은 호국이었다.

"시원하게 미더덕 넣고 된장찌개 끓이려구요."

"음."

별다른 말 없이 신문을 덮은 아버지는 자리에서 일어나 뒷짐을 진 채 그가 있는 부엌으로 천천히 다가왔다. 냉장고에서 대파를 꺼내 들던 호국은 흠칫 놀라 약간 뒤로 상체를 젖혔다. 웬만해서 부엌 쪽으로는 얼씬도 하지 않는 아버지였던 것이다.

"뭐 필요하세요? 물 드려요?"

"내 있을 때, 승리캉 저녁 한번 묵자. 집으로 오라 케라."

아버지의 말을 듣는 순간, 마치 깃대처럼 대파를 들고 있던 그의 손아귀에서 힘이 주륵 빠져나갔다. 그러나 그것이 떨어지기 전 전직 운동 선수다운 몸놀림으로 잡아챈 호국은 인상을 쓴 채 말을 받았다. 괜히 그날의 기익이 떠올라 그는 평소의 그답지 않게 흥분하고 말았다.

"아버지, 도대체 몇 번을 말씀드려요? 아니라니까요. 그 여자는 보……."

보훈이라는 이름이 혀끝에서 맴돌았지만 동생이 했던 당부가 귓가에서 울려대서 그만두었다. 그러나 사실 동생의 여자라고 인정하기에도 괜스레 심술이 나 입을 더욱 굳게 다물었다. 그에 권 교장이 쐐기를 박으려는 듯 입을 열려던 찰나, 고맙게도 전화벨이 울렸다.

자신이 대파를 들고 있는 줄 의식도 못한 채 호국은 약간 굳은 표정으로 거실로 가 울리고 있는 전화기의 발신자를 확인했다. 033. 강원도의 지역 번호였다. 동생이 군복무를 하고 있는 그곳.

호랑이도 제 말 하면 온다더니, 가슴이 뜨끔했다. 그는 아버지의 묻는 듯한 시선을 피해 수화기를 들었다. 애써 덤덤한 어조로.

"네."

[형, 나야. 혹시나 하고 집으로 했는데, 있었구나. 다행이다.]

오랜만에 듣는 보훈의 목소리에서는 생기가 느껴졌다. 아무것도 모른 채 웃고 있는 천진한 어린아이 같은. 하지만 호국은 승리에게 잠시나마 흔들렸던 자신을 질책하느라 웃을 수 없었다. 자신을 온전히 믿고 모든 걸 맡긴 동생에게 미안해 견딜 수가 없었다.

호국은 여느 때와 달리 냉랭한 어조로 되묻고 말았다.

"무슨 일이야?"

보훈이 얼마나 힘들게 전화를 할 짬을 냈을지 뻔히 알면서도.

[어, 그냥. 지금 밖이라 공중전화가 보이길래. 형, 바빠?]

"아니."

그는 곁에서 자신을 뚫어져라 바라보고 있는 아버지의 눈길을 느끼면서 짧게 대답했다.

[음, 저기…….]

머뭇거리는 태도는 전혀 보훈답지 않았다. 예전 같으면 이미 승리의 안부를 묻고도 남았을 타임인데. 침착한 척하려 해도 수화기를 든 호국의 손가락은 제멋대로 움직이고 있었다.

[승리는 잘 지내?]

마침내 들려온 물음에 호국은 한숨 섞인 '응'이라는 대답을 내뱉었다. 며칠 전, 의식을 잃은 그녀에게로 스멀스멀 손을 뻗던 자신의 모습이 떠오르는 것을 지워내며 애써 덤덤하게.

평소와 같은 상황 보고를 기대한 것일까. 그러나 실망감을 드러내는 것치고는 너무도 조용히 보훈은 한숨만 내쉴 뿐이었다. 당장 '그게 뭐야! 자세히 말해봐!' 라고 방방 뛰어야 정상일 텐데.

"보훈이가?"

수화기 가까이에서 갑자기 아버지의 물음이 들려왔다. 그에 호국은 자신을 간절한 눈빛으로 올려다보고 있는 아버지를 외면하지 못한 채 고개를 끄덕이고 말았다. 그러자 권 교장은 그가 미처 보훈에게 설명할 겨를도 없이 수화기를 빼앗다시피 가져갔다.

"보훈아~ 애비다~"

막내 아들에게는 더할 나위 없이 부드러워지는 아버지의 모습에 씁쓸함이 드는 것은 어쩔 수가 없다. 보훈에게 느껴지는 미안함과 더불어. 호국은 그런 자신의 속내를 감추기 위해 대파를 든 손을 늘어뜨린 채 다시 부엌으로 돌아섰다.

'승리' 라는 이름을 입에 담는 것이 괜스레 미안했다.

카사노바 권보훈에게 전혀 어울리지 않는 양심이 고통을 호소해 오고 있었다. 아니, 이건 당연한 거다. 승리는 처음으로 정복욕이 아닌 '좋아한다' 는 감정을 가진 여자, 그의 여자 친구니까. 그런데 왜 나는 승리에게 이렇게 미안한 걸까. 무엇 때문에.

아니, 사실 그는 알고 있다. 자신이 이런 감정을 느끼고 있는 이유를. 자신이 이렇게 흔들리고 있는 이유를. 그것을 알기에 더욱 괴로운 것이다.

호국에 이어 아버지와의 통화를 끝낸 보훈은 망연자실한 표정으로 공중전화 앞에 서 있었다. 잠시 후, 마치 봄바람처럼 따스한 음성이 그의 등에 다가들었다.

“오빠.”

보훈은 얼른 표정을 지우며 돌아섰다. 조금 전 진료를 마치고 나온 사람답지 않게도 해맑은 웃음을 띤 효진은 그에게로 서슴없이 다가왔다. 그녀의 미소에 조금 전까지 흐리던 그의 마음까지 맑아지는 듯했다.

효진이 심장판막증을 앓고 있다는 것은 그녀와의 첫 외출 이후 심 중위를 통해 알게 되었다. 아직은 수술을 해야 할 정도로 심하진 않지만, 사 주에 한 번 정도 항생제 주사를 맞아야 하며 선 소장이 혈관에 좋다는 영양제란 영양제는 모두 구해다 먹이고 있다는.

그렇게 코스모스 같은 외모처럼 여리기만 한 그녀였기에 선 소장을 필두로 모든 공관 내의 군인들은 그녀를 금지옥엽으로 대했다. 그것은 보훈 역시 마찬가지였다.

보통 사람들 같으면 충분히 걸어갈 수 있는 거리임에도, 효진이 간다고 하면 그는 시간이 되는 한 차로 데려다 주려 했다. 그러면,

“고마워요, 오빠.”

라고 웃어주는 그녀의 모습이 그렇게…… 예쁠 수가 없었다.

오늘은 그녀가 주사를 맞으러 병원에 오는 날, 선 소장의 명이 있기도 했지만 그는 괜찮다는 효진의 말을 못 들은 척하며 한사코 병원에 동행을 했다. 그녀를 혼자 보내면 걱정이 되어서 하루 종일 아무 일도 못할 것 같았다.

하얀색 털모자 아래 미소를 띤 작은 얼굴을 내려다보며 보훈은
걱정스레 물었다.

"괜찮아? 안 아팠어?"

"이제 익숙해져서 괜찮아요."

또다시 웃으며 효진은 마치 오래전부터 그랬던 것처럼 자연스
럽게 그의 팔짱을 꼈다. 승리를 생각하면 뿌리쳐야 했지만 보훈은
그럴 수가 없었다. 이렇게 건드리면 쓰러질 것처럼 약한 그녀가
더 아픈 건 싫었다.

나란히 병원을 나서는 그들에게로 지나던 사람들의 시선이 간
간이 머물렀다. 훤칠한 군인과 그에게 매달린 롱스커트 차림의 작
은 여자는 마치 그림처럼 잘 어울리는 선남선녀 커플의 모습을 하
고 있었던 것이다.

주차장에 이른 보훈은 효진을 태우려 뒷자리 문을 열려 했다.
그러나 이내 자신의 팔을 붙잡는 하얀 손에 놀라 그는 옆을 돌아
보았다.

"오빠 옆에 타면 안 돼요?"

커다란 눈동자에 어린 간절함을 그는 언제나처럼 거절하지 못
했다. 보훈은 어렵사리 '그래' 라는 대답을 내뱉은 후 앞문을 열었
다. 그녀를 조수석에 앉히고 그가 보닛을 지나 운전석으로 돌아가
는 동안 효진의 시선이 따라붙고 있다는 것을 보훈은 느꼈지만 모
르는 척 차에 올라 운전대를 잡았다. 괜히 쿵쾅거리는 심장을 질
책하며.

그가 시동을 걸자, 그녀가 다시 말을 이었다.

"오빠, 운전 되게 멋있게 하는 거 알아요?"

으아, 제발 날 시험에 들게 하지 마라. 효진아, 너 정말 왜 이러니.

거의 초인적인 인내심을 발휘해 아무런 대답을 하지 않은 보훈은 차를 출발시켰다. 바깥의 추운 날씨 탓에 금방 차창이 뿌옇게 변해갔다. 마치 주위의 모든 것과 단절되고 효진과 단둘이 남겨진 기분이었다. 그런 생각에 더욱 어색해지고 마는 보훈이었다.

"아까 누구랑 전화했어요? 그 이후로 기분이 별로인 것 같아."

"아냐, 그런 거."

"칫, 거짓말. 오빠는 아닌 것 같은데, 되게 순진하단 말이야. 참말을 하는지 거짓말을 하는지 얼굴에 다 드러난다구요. 지금은 거짓말이야."

이제 갓 스무 살이 된 어린 나이지만 그녀도 여자인지라 육감은 지독히도 발달했다. 보훈은 한숨을 쉬며 고개를 내저었다.

"알았어요. 말하기 싫음 관둬요. 더 이상 안 물을래, 나도."

토라진 듯 차창으로 고개를 돌린 효진은 성에가 낀 창에다가 손가락으로 '권보훈 바보'라는 다섯 글자를 연신 써대기 시작했다. 그녀의 그런 어린아이 같은 행동으로 그의 입매에 미소가 어렸다.

"형이랑 통화했어. 아버지도."

간단하게나마 털어놓자, 그제야 효진은 그를 돌아보았다. 그러나 사실을 알게 되어 그다지 즐거워 보이는 얼굴은 아니었다. 그녀는 마치 혼잣말을 하는 것처럼 조용히 뇌까렸다.

"그녀 때문에 그런 거죠? 그녀가 오빠를 잊어버릴까 봐 불안해서.”

혼자 묻고 혼자 대답하는 효진을 보훈은 내버려 두었다. 그의 기분이 침울한 건 승리 때문은 맞지만, 이상하게도 예전처럼 그녀가 고무신을 거꾸로 신을까 봐 미친 듯이 두려워서가 아니었다. 엄밀히 말하면 이 모든 혼란의 근원은 효진이었다. 그녀와 함께하는 순간이 많아질수록 그는 승리에게 미안했고, 자신이 뭔가를 잘못하고 있는 듯한 기분을 느껴야 했다. 하지만 그 사실을 효진에게 고스란히 털어놓을 수는 없는 일이었다. 별다른 생각 없이 이십이 년을 살아온 그가 최근 너무 많은 상념에 사로잡혀 살았다. 머리가 터져 버릴 것 같았다.

좌우로 움직이고 있는 와이퍼 사이로 가느다란 눈발이 날리기 시작했다.

“차 좀 세워줘요.”

갑작스런 효진의 제안에 보훈은 반사적으로 브레이크를 밟았다. 그녀는 그가 왜 그러냐고 묻기도 전에 벨트를 풀고 차에서 내려섰다. 불안해진 보훈은 허둥지둥 그녀를 따랐다. 하얀 눈 위에 규칙적인 발자국을 내며 효진은 얼어버린 개울 위를 가로지른 다리까지 걸어갔다.

“효진아!”

몸이 약한 그녀가 감기에 걸리면 큰일이다 싶어진 보훈은 얼른 달려가 그녀의 팔을 붙잡았다. 하얀 모자보다 더 하얀 얼굴이 그를 향했다.

“들어가자, 춥다.”

“이 다리 이름이 뭔 줄 알아요?”

그의 말에도 아랑곳없이 눈이 소복이 쌓인, 그 가운데 자동차 바퀴가 지나간 흔적뿐인 다리를 효진이 눈짓으로 가리키며 물었다.

“응? 갑자기 그건 왜?”

“소원의 다리예요.”

보훈은 그제야 그녀의 시선이 머물고 있는 다리를 유심히 보았다. 그냥 부대로 가는 길에 있는 이름없는 다리에 불과하다고 생각했는데. 그리고 보니 아치형으로 굽어진 것이 모양도 제법 그럴싸했다.

“소원을 간절히 빌면서 이 다리를 건너면 반드시 이루어진대요.”

“효진이, 아직 아기네? 그런 걸 믿어?”

웃으며 물은 그의 말에 효진은 더할 나위 없이 진지한 표정으로 고개를 끄덕이는 것이 아닌가. 그에 더 이상 보훈은 웃을 수가 없었다.

“오빠, 나 이 다리 끝까지만 업어줄래요?”

그녀의 부탁에 놀란 것도 잠시, 보훈은 추위에 새파래진 효진의 입술과 차에서 내려서 보니 꽤 긴 다리의 길이를 번갈아 바라보다가 자리에 쭈그리고 앉아 등을 내밀었다. 아무래도 효진의 걸음으로 다리를 건너다가는 이 추위에 그녀가 쓰러지거나, 아님 눈길에 넘어지거나 양단간에 사단이 날 것 같아 불안했기 때문이다.

그러자 즉시 코트에 감싸인 그녀의 팔이 그의 목을 따스하게 안고, 부드러운 몸이 그의 등 위로 겹쳐졌다. 조금 전까지 추위를 참기 위해 어금니를 악물고 있던 보훈의 표정은 저도 모르는 사이 그렇게 풀려졌다.

그의 군화 아래 짓눌린 눈에서 뽀도록뽀도록 소리가 났다. 그의 어깨에 턱을 대고 있던 효진의 따스한 숨결이 귓가에 다가들었다.

"사실 이 다리 건너면서 소원을 빈 적이 두 번 있었어요. 그런데 한 번도 이루어진 적이 없어."

"무슨 소원을 빌었었는데?"

그의 물음에 효진은 잠시 머뭇거리는 듯하더니 조용히 대답해 주었다.

"아주 어렸을 적에는 우리 엄마 아프지 말라고 빌었는데, 결국은 하느님이 엄마를 데려갔어요. 그리고 좀 더 커서는 내 심장 튼튼하게 해달라고 빌었지. 그런데 아직도 이렇게 아프니까. 힛."

그녀는 대수롭지 않은 척 웃고 있었지만 그 말을 듣는 동안 보훈의 가슴은 찢어지는 듯했다. 그는 효진에게 너무도 냉정한 하늘을 원망하며 뿌루퉁하니 물었다.

"그런데 또 빌어?"

"한국 사람은 삼세번이잖아요. 이번에 정말 안 들어주면 나 이 다리 폭파시켜 버릴 거야."

"하하하."

전의에 불타는 듯 효진이 말을 맺자, 보훈은 크게 웃어버리고 말았다. 금지옥엽 외딸이 하는 부탁이라면 들어주고도 남을 선 소장이 전차 부대를 이끌고 이 다리를 폭파시키러 달려오는 모습이 실사처럼 상상되어 그를 웃을 수밖에 없도록 만들었다.

"첫 번째나 두 번째 것처럼 이번 것 역시 너무 무리한 소원이라는 거 아는데, 빌지 않을 수가 없어요. 이렇게 욕심 부리면 벌 받을 거 알지만 그래도, 그만큼 간절해."

그와 함께 웃고 있던 효진은 다리 끝에 거의 다 이르렀을 즈음 진지한 어조로 속삭였다. 돌아선 보훈은 눈길 위에 선명하게 찍힌 자신의 발자국을 다시 밟으며 왔던 길을 되돌아갔다. 어쨌든 차가 선 곳까지는 가야 했다.

"간절하게 원하면 이루어질 거야. 걱정 마."

효진을 고쳐 업으며 그가 말하자 대기 중으로 하얀 입김이 번져갔다. 그 와중 그의 목을 더욱 세게 안는 그녀의 존재가 강렬하게 인식되었다. 그런 자신을 질책하며 보훈은 좀 더 걸음을 빨리 했다.

"사실 이 다리에 감춰진 비밀이 하나 있는데, 그건 내 소원이 이루어지면 그때 말해줄게요."

숨을 헐떡이며 기록적인 속도로 다리를 건넌 그에게 효진이 마지막으로 건넨 말에 보훈은 대충 고개만 끄덕이며 그녀를 차에 태웠다. 그리고 운전석으로 가는 동안 이상하게도 그는 다리에서 눈을 뗄 수가 없었다.

간절한 소원, 그것을 이루어주는 다리. 효진과 더불어 자신 역시 그 다리를 건넜으니 소원을 빌 자격이 된 건가. 예전 같으면 주저없이,

"우리 승리, 고무신 거꾸로 신지 않도록 해주세요."

라고 빌었을 것이다. 그런데 지금 보훈은 망설이고 있었다. 마치 아이스크림과 과자 중에 하나만 사라는 엄마의 말에 고민하는 초등학생처럼.

그러다 그는 차 안에 앉아 어서 들어오라 손짓을 하고 있는 효진을 보았다. 그녀의 작고 창백한 얼굴이 자꾸만 마음에 사무쳤다. 그 순간 마음을 굳힌 보훈이 다리를 돌아보며 빈 소원은,

"효진이, 더 이상 아프지 않게 해주세요."

였다. 운전석의 문을 여는 그의 마음이 가벼웠다. 승리는 그가 빌어주지 않아도 충분히 씩씩한 데다 형이 지켜주고 있지만, 효진인 그렇지 못하니까. 이것은 당연한 거라고 그는 그렇게 부대로 가는 내내, 아니, 그 후로도 스스로에게 변명을 늘어놓았다.

반창고 멤버들과의 나름대로 거나한 환영식을 치르곤 술에 취해 공갈 아저씨의 어깨에 기대어 깜빡 잠이 들었던 그날을 생각하면 아직도 얼굴이 달아올랐다. 코끝엔 여전히 그의 살갗에서 나던 풋풋한 스킨 냄새가 맴돌았고, 어깨엔 그의 옷가지에서 전해지던 체온이 느껴졌다. 보훈의 형이라 그녀의 감시자라고만 생각했던 호국은 생각 외로 다정한 면모를 보여주었다. 그것이 그녀의 방어벽을 약하게 만든 모양이다.

그러나 그날 밤이 마냥 좋은 기억으로 남아 있는 것은 절대 아니다. 친구 아버지가 돌아가셨다는 거짓말까지 하며 늦은 대가로 윤 여사에게 무지막지하게 깨졌던 것이다.

"야, 이년아! 멀쩡하게 살아 계신 친구 부모님을 죽은 사람 만들

고! 그렇게까지 하면서 같이 있었던 그놈은 누구야!"

날아드는 죽비와 호통 앞에 '밴드'에 관한 일을 털어놓으려던 승리는 결국 또다시 '때가 좋지 않다'는 핑계로 후일을 기약해야 했다. 불난 집에 부채질하는 것이 얼마나 멍청한 짓인지 경험상 잘 알고 있기에 그녀는 변명과 대꾸보다는 침묵을 택했던 것이다.

그렇게 나름 무사히(?) 위기를 넘기고 벌써 며칠이 지났다.

그녀가 미루고 미루었던 말을 하게 되는 뜻밖의 기회가 찾아왔다. 괜히 점수 좀 딸 요량으로 부엌에서 저녁상 차리는 것을 돕던 와중 어머니의 물음이 날아들었던 것이다.

"너 도대체 뭘 하고 다니느라 요즘 저녁 외출이 잦아?"

이쒸, 이러니 안 하던 짓을 하는 게 아니었다.

식탁에 숟가락을 놓던 손가락에서 힘이 쭈욱 빠져나갔다. 쨍그랑 하는 날카로운 소리와 함께 숟가락이 식탁 유리로 떨어졌고, 당장에 윤 여사의 찌푸려진 눈매가 그녀를 향했다.

"유리 안 깨졌냐?"

"엄마, 나 사실은……."

평소보다 거의 1/2로 줄어든 음량. 그에 그녀에게로 상체와 함께 귀를 기울이며 어머니는 핀잔을 주었다.

"배고파서 말할 기운도 없어? 쓸데없을 땐 잘만 고함쳐 대더니! 안 들려! 좀 크게 말해!"

"에잇! 나 밴드에 들었어."

"뭐?"

밴드라는 두 글자가 내뱉어지는 순간, 부엌에 휘이잉 찬바람이

불어닥쳤다. 윤 여사의 오른손에 들린 식칼이 마치 자신의 목을 겨누는 검 같아 무서워지는 승리였다. 그녀는 저도 모르게 슬금 뒤로 물러났다.

"네가 말하는 '밴드'가 설마 그 '밴드'는 아니겠지? 이 '밴드'가 아니라."

'그'라 할 땐 턱짓으로 먼 곳을, '이'라 할 땐 자신의 검지손가락에 감긴 반창고를 가리키는 어머니였다. 다그침이 분명한 물음이었지만, 승리는 고개를 쳐들었다. 더는 물러날 데가 없었다.

"내가 얼마나 노래하고 싶어하는지 알잖아요. 고등학교 때 밴드 활동도 엄마 성화에 접었고, 대학도 실용음악과는 엄마 반대에 꿈도 못 꿨어. 하지만 이젠 아니에요. 지금이라도 나 할래. 그냥 이대로 포기해 버리면 죽는 날까지 후회할 거야."

"너, 너!"

그녀를 노려보며 소리치는 윤 여사의 입술이 파르르 떨렸다.

"나 지금 엄마한테 허락 받는 거 아냐. 허락 안 하셔도 난 이제 그만 못 둬. 계속 거짓말하고 다니기 싫어서 사실대로 얘기하는 거예요."

"이 망할 놈의 기집애!"

그래도 칼은 내려놓는 이성이 어머니에게 남아 있어 다행이었다. 하나, 칼보다 더한 고통으로 등짝에 내리꽂히는 윤 여사의 무지막지한 손바닥이라니. 누가 저 솥뚜껑을 보고 피아노를 가르치는 선생님의 손이라 하겠는가.

눈물이 찔끔 날 정도의 극악한 고통은 비명이 되어 터져 나왔다.

"아악!"

등을 흡사 곱사등이처럼 움츠렸음에도 타격은 꽤나 컸다. 그리고도 계속적으로 이어지는 타작에 승리는 마치 쫓기는 닭처럼 후다닥 부엌을 뛰쳐나가야 했다.

"하라는 성악 공부는 안 하고! 뭐? 밴드? 네가 가수가 된다고? 지나가던 개가 웃어!"

술래잡기를 하듯 소파 주위를 빙글빙글 돌면서도 숨도 안 찬지 우리의 윤 여사, 말도 참 잘하시지. 아픈 등을 안 닿는 손으로 계속 휘젓기만 하던 승리는 악에 받쳐 되받아쳤다.

"내가 가수가 되지 안 될지는 두고 봐야 알지! 어떻게 그렇게 단정해?"

"너 정말! 자꾸 했던 말 또 하게 할래? 네가 닭이냐? 닭이야? 가수는 죽어도 안 된다고 너 초등학교 때부터 내가 노래를 불렀잖아!"

"이씨! 나야말로 초등학교 때부터 가수 되고 싶다고 노래를 불렀잖아! 내가 닭이면 엄마는? 엄마는? 닭인 나를 낳았으니 똑같은 닭 아니냐고!"

눈싸움에서도, 말싸움에서도 그녀는 더 이상 윤 여사에게 밀리지 않았다. 하긴 보고 배운 가락이 있으니. 그것에 더 열이 뻗치신 듯 어머니의 얼굴이 붉으락푸르락해졌다. 뿌드득 이 갈리는 소리가 그녀의 귓가에까지 들리는 듯한 착각이 들 정도였다.

얼마간의 조마조마한 침묵 끝에 윤 여사는 손가락 하나를 들어 현관을 가리켰다.

"나가!"

벼락같은 한마디.

어렸을 적, 영재와 무지막지하게 싸우고 한겨울에 홀딱 벗겨져 쫓겨난 이후로 딱 두 번째 퇴출 명령이었다. 제 아무리 잘못했어도 집 밖으로는 절대 쉽사리 자식들을 내돌리지 않는 윤 여사인데.

승리는 등짝의 아픔도 잊은 채 몸을 쭈욱 펴고 멍하니 엄마의 손가락 끝을 바라보았다.

"부모 말을 개 방귀만큼도 안 여기는 너 같은 딸년 필요없어! 당장 나가!"

"진심으로 하는 말이야?"

태연한 척하려 했지만, 목소리기 떨리는 것은 어쩔 수 없었다. 자신은 이제 더 이상 어린아이가 아니니까 맨몸으로 쫓겨나는 일은 없겠지만, 이젠 이대로 나가면 그때보다 들어오기 힘들어질 것이라는 것을 알기에 두려웠다. 스물네 해를 한 번도 부모님 곁에서 떨어져 본 적 없는 자신이 아닌가.

"그럼, 진심이지! 집에서든 학원에서든 뺀질거리는 꼴 보기 싫었는데, 참 잘~됐다!"

후련하다는 듯 소리를 치는 어머니의 냉랭한 표정 앞에서 눈물이 핑 돌았지만 그녀는 이를 악물고 참았다.

"알았어."

단호하기 짝이 없는 그녀의 대꾸를 전혀 예상치 못했던 모양이다(하긴 자신조차도 이러는 자신이 믿기지 않았으니). 윤 여사의 눈빛에 숨길 수 없는 당혹스러움이 묻어났다. 당연히 그녀가 치맛자락이라도 붙잡고 매달릴 줄 알았던 듯.

그러나 천만의 말씀. 승리는 전혀 그럴 생각이 없었다. 자신이 잘못한 것이 없기에 빌고 싶지도, 마지막이 될지도 모르는데 자신의 꿈을 또다시 꺾고 싶지도 않았다.

"나 갈게. 승리 독립 만세! 만세! 만세!"

그녀의 만세 삼창에 황당한 표정을 짓는 윤 여사를 보고 있노라니 쾌감이 물밀듯이 밀려들었다. 자신이 생각해도 정말 당당한 선언, 멋졌다 이거다. 그런데 문제는 순간의 감정을 이기지 못해 앞뒤 생각도 하지 않고 무조건 트레이닝복 차림에 운동화를 찔찔 끌고 집을 나와 버렸다는 데 있었다.

정신을 차려보니, 초겨울의 차가운 바람을 맞으며 버림받은 강아지마냥 자신이 꼭 닫힌 대문 앞에 서 있는 것이었다. 어딜 가려 해도 수중에 돈 한 푼 없었고, 짐은 당연히 챙겨 나오지 못했으며, 심지어 바람을 막을 소박한 외투 하나 가지고 있지 않았다.

'으아악! 너 미쳤지? 정녕 미친 게 틀림없어.'

그제야 지나치게 오버한 자신을 질책하고 또 질책하는 승리였다. 배는 고픈 데다 추워서 뼈까지 오돌오돌 떨렸다. 그녀는 두 팔로 자신을 안고 있다가 조금이라도 추위를 막아보려 대문 앞에 쭈그리고 앉았다. 그렇게 단 오 분도 지난 것 같지 않은데 결심이 파스락 소리를 내며 갈라지려 했다.

'지금이라도 잘못했다고 빌고 들어갈까?'

그녀는 자신을 유혹하듯 점점 시야로 확대되어 들어오는 초인

종을 올려다보았다. 그 위로 저녁상에 올려진 먹음직스런 고기 반찬이 어른거렸다. 그러나 다음 순간, 득의양양한 윤 여사의 얼굴이 떠올라 그녀는 홀로 도리질을 쳤다.

'안 돼! 그럼 넌 정말 오늘로서 목줄 차는 거라고, 영원히 벗을 수 없는.'

생각만 해도 끔찍한 일이었다. 그렇다면 앞으로 어떻게 해야 하지? 그러자 순간 그녀의 머리 속을 스친 깨달음. 아직 아버지 문화백이 귀가 전이라는 사실이었다. 승리의 표정이 밝아졌다. 그래도 이 집 안에서 자신의 편이 되어줄 유일한 사람이 바로 아버지였기에. 어쩌면 아버지 등에 숨어 다시 집으로 들어갈 수 있을지도 모른다는 기대감이 들었기에. 그러자 그녀의 입가에 미소까지 걸렸다.

하나, 그것은 점점 시간이 가고 바람이 거세어져 감에 따라 쉽사리 사그라들 참으로 미약한 것이었다. 조금이라도 추위를 잊어보고자 승리는 주머니에 손을 찔러 넣은 채 앉아 토끼뜀을 뛰었다. 학창 시절, 선생님들에게서 벌로나 받아보았던 그 토끼뜀을 말이다. 그럼으로써 그녀는 일석이조의 효과를 노렸다. 체온을 올릴 뿐 아니라 자꾸만 떠오르는 생각을 잊어보고자.

아, 오늘따라 아버지가 늦으신다. 아! 배가 고프다 못해 아프다. 으아악! 날씨는 왜 이렇게 추운 거냐!

하지만 부질없었다. 그 세 가지 생각들은 끊임없이 오토 리버스되고 있었다.

훌쩍. 이제 감각도 없어진 코였지만, 그래도 그 아래 고인 물기가 느껴져 그녀는 그것을 들이마셨다. 젠장, 정말 비참했다. 코 닦을 휴지 한 장 없다니.

그때 마치 구원처럼 자동차의 엔진 소리가 멀리서부터 들려왔다. 반색을 하며 그녀는 언 다리를 가까스로 일으켜 세웠다. 헤드라이트 불빛에 가려 제대로 보이지 않았지만 승리는 믿고 싶었다. 분명 아버지일 것이라고. 마녀에게서 자신을 구해줄 단 한 사람일 것이라고.

그.러.나. 시동이 멈추고, 헤드라이트가 꺼진 차체는 아버지의 흰색 중형차가 아니었다. 그건 요상하게 눈에 익은 은빛 승용차. 헉, 게다가 운전석에서 내려선 사람은 고, 공갈 아저씨, 아니, 호국이었다. 그녀는 손등으로 코 아래를 쓸어내며 그의 반대편으로 휙 돌아섰다. 부디 호국이 자신을 발견하지 못했기를 간절히 바라며.

그러나 그것이 얼마나 우매한 행동이었던지는 다음 순간 등 뒤에서 들려온 그의 놀라움 어린 음성으로 인해 철저히 깨닫게 되었다.

"뭐 해? 더워서 바람 쐬러 나온 건가?"

젠장, 눈은 더럽게 좋네. 그리고 뭐? 바람? 내가 미쳤냐. 내가 이 추위에 바람을 쐬게.

아, 그런데 저 사람은 왜 아직 이 동네에 있는 거야? 뭐야? 또 날 감시하고 있었던 거야? 좋게 생각하려고 했는데, 안 되겠네? 이런저런 생각으로 짜증이 치밀어 오른 승리는 고개만 삐질 돌려 그를 노려보았다.

"그냥 가시죠? 여기 우리 집 앞이거든요. 내가 우리 집 앞에서 뭘 하든 무슨 상관이래요?"

"설마 쫓겨난 거야?"

그녀의 악다구니에도 아랑곳없이 호국은 무릎이 나온 얇은 트레이닝복과 구겨 신은 운동화를 훑어 내린 후 믿기지 않는다는 듯 물었다. 그냥 가라는데도 뭐야. 도대체 뻔뻔한 건지 무딘 건지 알 수 없는 남자다. 그런데 더 웃긴 건 그의 물음에 화가 나면서도 코끝이 시큰해지는 자신이었다. 바보처럼 자꾸 눈물이 나려 했다. 추운 데 너무 오래 있었나.

"이씨, 그래요. 쫓겨났어요. 어쩔 건데요?"

악에 받쳐 소리치던 말이 끝맺음에 이르러서는 거의 울먹임으로 바뀌어 있었다. 저도 모르는 사이에. 정말 기지 중에 상거지 신세로 전락한 기분이었다. 춥고, 배고프고, 거기다 원치 않는 구경꾼까지.

"으어어엉!"

마치 세 살배기 어린아이처럼 승리는 울음을 터뜨리고 말았다. 황당한 표정이 되어 주위를 살피는 호국의 모습 따위는 눈물로 얼룩진 그녀의 시야 속엔 들어오지도 않았다.

"이봐, 탱…… 아니, 문승리. 그렇게 울 것까진 없잖아."

"이제 나 우는 것까지 아저씨한테 간섭당해야 해요?"

울음 섞인 목소리로 그녀는 톡 쏘아준 후 더 크게, 더 서럽게 울었다. 동네에 보는 눈과 듣는 귀가 많다는 사실도 지금 자신의 처지에 대한 비관론에 빠져 버린 승리로서는 인식할 수가 없었다.

"뚝 해."

저것도 위로라고.

딱히 슬퍼서가 아니라 우는 행동 자체로서 감정 해소의 쾌감을 느끼며 더욱더 큰 소리로 울어대던 그녀는 속으로 무뚝뚝하기 짝이 없는 호국의 말투를 비웃었다. 그러던 와중 마치 더 이상은 못 들어주겠다는 듯 그녀의 손목에 척하니 와 감기는 손길. 놀란 나머지 승리의 입이 딱 벌어졌다. 더는 눈물도 나오지 않는 눈동자가 튀어나올 듯 휘둥그레져 자신을 다짜고짜 차로 끌고 가는 호국의 뒤통수에 고정되었다.

"뭐, 뭐 하는 거예요?"

조수석에 밀어 넣어지기 전 가까스로 물은 말이었다. 문 앞에서 안 들어가려고 안간힘을 쓰고 버티며.

"쫓겨났다며. 그 차림으로, 여기 계속 있다가 얼어 죽고 싶어?"

그의 진지한 물음에 승리는 고개를 가로로 내저었다. 그러자 또다시 물음이 이어졌다.

"이 뱃고동 소리, 네 배에서 나는 거지?"

이번에 그녀는 고개를 세로로 끄덕였다.

"그럼 됐어. 춥지도 않게, 배고프지도 않게 해줄게. 됐니?"

그의 그 말은 진흙 구덩이에 빠진 불쌍한 영혼에게 던져진 구명줄과도 같았다. 채워지지 않는 본능—이를 테면 식욕 같은—으로 미칠 지경이었던 그녀로서는 더 이상 생각할 여유 같은 것도 없었다. 유일한 희망, 아니, 어쩌면 희망이 아닐지도 모르는 아버지를 기다리기엔 이제 너무 지쳐 있었다.

승리는 눈물이 말라붙어 당기는 뺨을 손바닥으로 쓱 쓸어내며 조수석에 가만히 올랐다. 히터가 틀어져 있던 차 안에 들어서자 꽁꽁 얼었던 피부가 녹아내리는 듯한 기분이었다. 그 순간이 주는 나른한 편안함이 너무도 만족스러워 승리는 깊은 숨을 내쉬었다. 이십사 년 인생 첫 가출이 서막을 열었다는 희미한 깨달음도, 곁에 앉은 공갈 아저씨도 지금 그녀의 안락함을 깨뜨릴 순 없었다.

가까운 식당으로 가자고 해도, 굳이 동네는 싫단다. 마녀의 레이더망에 잡힌다나 어쨌다나 이상한 소리를 늘어놓으며. 배에서 나는 저 이상한 소리로 보아 한시가 급할 것 같은데, 쯧쯧.
그러나 그녀의 고집에 어쩔 수 없어진 호국은 차를 몰아 그 동네를 빠져나왔다. 그제야 내내 뭐라 뭐라 구시렁거리던 뱅뱅볼이 잠잠해졌다. 따뜻한 차 안에는 그가 틀어놓은 발라드 음악 소리만 가득했다.
“뭐 먹고 싶은 거 없어?”
대답이 없다. 이게 소위 말하는 ‘쌩까는’ 건가.
운전을 하는 와중 그는 잠시 그녀를 돌아보았다. 그러자 맞대한 광경이라니.
고개를 비정상적인 각도로 꺾은 채 입을 헤 벌리고 자고 있는 그녀는 과연 문승리다웠다. 그런데 이상한 건, 눈물 자국이 얼룩진 데다 화장기라고는 없는 그 얼굴이 귀여워 보인다는 것이었다. 아무래도 그날 밤, 뭐가 잘못되어도 단단히 잘못된 모양이다. 호국은 더 이상 이어지려는 생각을 털어내려 고개를 저었다.

혼란스러운 머리 속에 이렇다 하게 떠오르는 음식점도 없었을 뿐더러, 정신을 차려보니 벌써 자신의 오피스텔 앞이었다. 습관적으로 늘 다니던 길로 차를 몰았던 모양이다. 시동을 끄려던 호국은 좀처럼 잠에서 깨어날 줄 모르는 승리로 인해 키로 손을 가져가지 못했다.

그렇게 그는 한동안 어색하게 자리를 지켰다. 그러다 혹시라도 그녀가 아까 밖에서 너무 떨어 감기에 든 건 아닌지 걱정이 된 호국은, 쿠션 담요를 집어 들려고 상체를 뒷좌석으로 숙였다. 그 와중 고개를 기울이던 그의 뺨에 승리의 머리칼이 와 닿았다. 그렇게 느껴보고 싶었던 머리칼의 감촉을 뜻하지 않던 순간 느끼게 된 것이다. 짧고 삐죽삐죽한 머리칼은 보기와 달리 부드러웠다. 팔을 뒷좌석에 걸친 채 그는 눈을 감고 잠시 동안 그녀의 향기를 음미했다. 그러다가.

"이씨! 망할!"

갑작스런 그녀의 고함 소리에 호국은 후닥닥 담요를 놓으며 몸을 바로 하고서 창밖을 바라보는 척했다. 깼으면 깼다고 말을 하지. 문승리, 은근히 약았군.

그는 도끼눈을 하고 자신을 노려보고 있을 그녀를 떠올리며 소리없는 한숨을 내쉬었다. 곧 들려올 그녀의 악다구니를 각오하고 있었다. 그런데 아무리 기다려도 침묵뿐이다.

설마, 또다시 잠꼬대인가? 슬그머니 돌아보니 역시나. 이 여자 아까보다 더 크게 입을 벌리고 자고 있다. 저러다 조금만 고개가 기울어지면 침이 한 됫박은 쏟아지겠군. 그나저나 탱탱볼은 꿈도 참 전투적으로 꾼다.

그렇게 승리를 바라보며 이런저런 생각을 하던 호국은 갑자기 푹 떨어진 그녀의 고개가 유리창을 박는 것을 미처 막지 못했다.

"아야야!"

이마를 쓰다듬으며 마침내 승리가 잠에서 깨어났을 때, 호국은 괜히 CD를 고르는 척 시선을 내려뜨렸다. 그러고 들려온 그녀의 중얼거림은 전혀 뜻밖의 것이었다.

"엉? 여긴 양키 놈 집 앞이잖아?"

호국의 미간이 팍 구겨졌다. 그는 갑자기 고개를 홱 돌리고 그녀에게 물었다.

"여기에 그 알렉스인가 뭔가가 살아?"

"헛! 뭐예요, 갑자기. 놀랐잖아요. 예. 여기 알렉스 집 겸 우리 연습실인데."

그렇게 말을 한 후 승리는 의구심 가득한 눈으로 그를 위아래로 쓸어보았다.

"설마, 나 연습실에 갖다 놓으려고 그러는 거예요?"

"미쳤어!"

갑자기 고함을 지른 호국은 이내 자신이 잠시 이성을 잃었음을 질책했다. 말도 안 되게 알렉스의 품에 안겨 야릇한 표정을 짓는 탱탱볼이 상상되었던 것이다. 헛기침과 함께 그는 시동을 끄고 그녀에게 내리라는 손짓을 했다.

허구한 날 무게 잡는 척하더니, 목청 한번 좋네. 승리는 떨어질 뻔한 귀청을 후벼 파며 호국을 따라 차에서 내렸다. 차가운 바람을 맞노라니 그제야 정신이 좀 드는 듯했다.

"근데 여긴 진짜 왜 온 건데요?"

"밥 먹여주려고."

그러면서 그는 그녀의 어깨 위에 자신의 점퍼를 올려놓았다. 그러자 추위로 덜덜 떨리던 몸에 조금 전까지 점퍼에 닿아 있었던 호국의 체온이 고스란히 전해졌다. 그날 밤과 같다. 그렇게 생각하자 온몸과 얼굴이 달아올랐다. 그런데 이 남자, 진짜 옷 벗어주는 거 좋아한다. 아무 여자한테나 이렇게 친절한 걸까? 지나친 비약이라고 생각하면서도, 그렇게 여기자 주책맞던 마음이 가라앉았다. 승리는 고개를 떨군 채 작게 중얼거렸다. 평소의 그녀와 다른 소극적인 자세였다.

"난 괜찮은데."

"들어가자, 추워."

승리는 조용히 그를 따랐다. 점퍼에서 호국의 냄새가 났다. 묘하게도 그것은 든든한 느낌을 주었다. 뭔가에 보호받고 있는 듯한.

너무도 당당하게 엘리베이터의 버튼을 누르는 호국으로 인해 승리는 그에게 다시 한 번 물음 가득한 시선을 던졌다. '도대체 어디 가는 건데요?' 라는.

그러자 호국이 명료하게 대답했다. 너무도 그답게.

"식당은 싫다면서? 내 집으로 가는 거야."

아, 이 아저씨도 여기 사는구나. 칫, 그럼 진작에 그렇게 얘길

할 것이지.

엘리베이터는 알렉스가 사는 십오층을 지나 이십층에서 멈춰 섰다. 그를 따라 복도를 걷던 승리는 갑자기 이건 아니다 싶어 호국을 불렀다.

"저기요."

주머니에서 열쇠를 꺼내 든 그가 그녀를 돌아보았다.

"외간 남자 혼자 사는 집에 가기도 좀 그렇구요. 그냥 돈만 좀 빌려주시면, 친구 집에……"

그러나 그녀의 말을 탁 잘라내고 마는 호국이었다.

"미래의…… 시아주버님이 될 수도 있잖아. 마음 편하게 생각해. 그리고 곧 아버지도 오실 거야."

시, 시아주버님. 지 호칭을 들을 때마나 그녀가 얼마나 숨이 막히는지 그는 모를 것이다. 게다가 호국보훈의 아버지라니. 그는 그녀를 안심시키기 위해 한 말인지 몰라도, 승리는 당장에라도 도망치고 싶은 것을 점퍼를 쥔 손에 힘을 주며 가까스로 참았다.

그래, 갈 땐 가더라도 내 불쌍한 위장은 채우고 가야지.

그녀는 이 상황에서도 배고픔이라는 감정에 굴복하고 마는 자신을 질책했다. 그러나 본능은 언제나 이성보다 앞서는 법. 호국이 열어주는 문으로 쏙 들어간 그녀는 보이는 식탁 의자에 털썩 주저앉았다. 그런 자신에게 어이없다는 듯 달라붙는 호국의 시선에도 아랑곳없이.

"메뉴는 뭔데요?"

옆 의자에다 호국의 재킷을 걸쳐 놓으며—사실 별로 벗고 싶지 않았지만, 그런 자신의 감정이 티날까 무서워서—승리가 물었다.

"재료가 별로 없어. 오므라이스나 만들어볼까 하는데?"

대수롭잖게 대답을 하는 호국으로 인해 승리의 입이 쩍 하니 벌어졌다. 그녀의 머리 속에서 도대체 초절정 무술 고수 호국의 모습과 프라이팬을 휘두르는 호국의 모습은 겹쳐지지가 않았다.

"마, 만들어본다구요? 아저씨가요?"

사뭇 거만하게 고개를 끄덕인 그는 셔츠 소매를 팔꿈치까지 걷어 올렸다. 그의 팔은 우람하지도, 가늘지도 않았다. 근육으로 적당하게 균형이 잡혀 있었다. 마치 감상을 하듯 그의 팔을 뚫어져라 바라보던 승리는 그런 자신의 이상 행동에 놀라 고개를 털어냈다. 너 변태니? 왜 이렇게 남자 팔뚝에 집착을 하는 건데? 게다가 저 사람은 보훈이 놈 형이라고!

"그런데 말야."

야채와 달걀, 고기 등을 냉장고에서 차례로 꺼내며 호국이 말을 건넸다. 그에 승리는 고개를 번쩍 쳐들었다. 혹시 내가 소리 내어 중얼거린 건 아니지? 그렇지? 승리가 두려움 가득한 시선으로 호국의 너른 등을 바라보았다.

"그 아저씨란 호칭 좀 어떻게 할 수 없을까?"

컥, 뭐야. 전혀 그런 것 따위 신경 쓰지 않을 것 같은 사람이 이토록 조심스레 묻는 게 신기하기도 하고 우습기도 했다. 막힌 듯했던 목구멍 사이로 스멀스멀 웃음이 새어나왔다.

"큭큭."

억눌려 나온 기묘한 그녀의 웃음소리에 놀란 듯 호국이 뒤를 돌아보았다. 마침 양파 등등의 야채를 써느라 그는 식칼을 들고 있었는데, 그것이 호국의 커다란 손 안에서 마치 장난감처럼 보였다.

"왜 웃지?"

정말 유머없긴. 웃는데 무슨 이유가 있나. 왜 항상 진지한 거냐고.

"그냥 웃겨서요. 아저씨를 아저씨라고 부르지 뭐라고 부르냐."

그녀의 혼잣말과 같은 중얼거림에 호국이 다시 진지하게 대꾸를 했다.

"뭐, 많잖아. 흠, 호국 씨라든지."

"풋! 호국 씨요?"

그건 왠지 연인들 사이에서나 어울릴 것 같은 호칭이다. 어찌나 닭살스러운지.

그녀의 극히 부정적인 반응을 읽은 듯 호국이 얼른 말을 덧붙였다.

"그럼 오빠도 있어."

"오빠? 음, 아저씨 몇 살인데요?"

호국이 서른한 살이라고 짧게 대답을 하자, 승리는 그들의 나이 차를 계산했다. 일곱 살. 뭐, 그러고 보니 아저씨라고 불릴 정도의 차이는 아니네.

"좋아요…… 공갈 오빠."

선뜻 그녀가 승낙을 했을 때 일순 밝아진다 싶던 그의 얼굴이 '공갈'이라는 말이 나오자마자 찌푸려져 뭐라 반박할 거라 생각했다. 하지만 이어 나온 '오빠'라는 말 때문인지, 프라이팬이 지직 소리를 내서인지 그는 덤덤한 표정으로 조리대를 향했다.

야채를 순식간에 볶아 접시에 담아낸 호국은 키친 타올로 프라이팬을 닦고서 잘 풀어놓은 달걀을 그 위에 부었다. 그 후 놀랍게도 그녀가 그야말로 TV를 통해서만 보았던, 프라이팬 묘기가 시작되었다. 주부 경력 이십오 년인 자신의 어머니 윤 여사조차도 쉽사리 할 수 없는 공중에서 계란 지단 뒤집기. 호국은 한 팔로 그것을 너무도 멋지게 해내고 있었다.

아! 승리는 프라이팬을 휘두를 때마다 그의 팔 근육이 꿈틀거리는 것을 넋을 놓고 지켜보았다. 남자가 요리하는 것을 본 적도 거의 없지만, 이렇게 멋있어 보이리라고는 상상도 못했다.

그녀가 멍하니 있는 사이 어느새 야채와 밥이 볶아진 모양이다. 곧 계란 옷을 예쁘게 입고 소스까지 바른 오므라이스가 자신의 눈앞에 놓아지자, 승리는 호국을 돌아보았다.

"아저, 아니, 공갈 오빠 건 없어요?"

그러자 그가 똑같은 접시에 담긴 오므라이스를 보이며 살짝 웃었다. 그 작은 미소에 왠지 심장이 후들거리는 것을, 승리는 부러 음식에 시선을 박으며 숨겼다. 그가 그녀의 맞은편에 자리하는 것이 느껴졌다.

"먹어봐."

그의 말이 떨어지자마자 승리는 숟가락을 들고 푹푹 입 안으로 밥을 떠 넣었다. 멍한 정신에 별생각없이. 그러자 호국이 말을 이었다.

“국물이랑 같이 먹어. 그러다 체해.”

어느새 놓아둔 것인지, 오므라이스 그릇 옆에 맑은 된장국이 보였다. 그제야 목이 막히는 것을 느낀 그녀는 가슴을 쿵쿵 두드리며 그것을 후루룩 들이켰다. 다행히 국물은 아주 뜨겁지 않았다.

“후.”

숨이 트인 승리는 자신을 희한하다는 듯 쳐다보고 있는 호국에게 어색한 웃음을 지어 보였다.

“맛있네요, 아주.”

그녀의 솔직한 평에 그의 눈빛이 약간 반짝인다 싶었다. 그러나 호국이 이내 오므라이스 그릇으로 시선을 떨구는 바람에 자세히 살필 수는 없었다. 이어 침묵 속에서 자신의 숟가락과 그릇이 부딪치는 소리, 음식 씹는 소리만 너무 확대되어 들려 승리는 괜한 물음을 던졌다.

“교장선생님은 어디 가셨어요?”

“오랜만에 서울 사는 동창 분들 만난다고 나가셨어.”

“안동 안 내려가세요?”

“아마 곧.”

그의 지체없고도 단출한 대답에 승리는 더는 말을 잇지 못했다. 마치 뭘 던지면 곧장 튕겨 나오는 초강력 쿠션 같았다.

뜻밖에도 그 적막함은 오래가지 않았다. 호국이 그녀에게 직격탄 격의 물음을 던졌기에.

“왜 쫓겨났지?”

“그게 왜 궁금한데요? 저번에 술 깨는 약 사주고, 오늘은 먹여

주었으니까 알 권리 있다 이거예요, 뭐예요?"

엄마와의 전쟁이 떠오르자, 절로 말이 삐딱선을 탔다. 그러면서
도 끝까지 숟가락만은 놓지 못하는 승리였다.

"대충 짐작은 가. 밴드 때문…… 맞지?"

헛, 이 아저씨 자리 깔아도 되겠네.

놀란 속내를 애써 숨기며 아닌 척했으나 자신의 눈빛에 감정이
고스란히 드러난다는 것을 승리는 모르고 있었다.

"그렇게 가수가 되고 싶니?"

또다시 흘러나온 물음에 그녀는 즉각적으로 대답했다.

"네. 어렸을 적부터 가수가 되겠다는 꿈을 한 번도 버린 적 없어
요. 잠깐 접어두고 있었을 뿐이지. 왜 오빠도 그랬잖아요. 꿈을 이
룰 가능성이 있는 내가 부럽다고. 그런데 나 궁금한 게 있는데, 그
때 왜 꿈이 사라진 자리에 상처가 남았다고 그랬었잖아요. 얼핏
들었던 거 같아서. 무릎을 감싸 쥐면서 되게 아파했었고. 왜 그랬
는지 물어도 돼요?"

그녀의 직설적 어투에서도 그는 그다지 불쾌한 기색을 내비치
지 않았다. 되레 생각에 잠긴 듯 앉아 있다가 조용히 대답할 뿐.

"대충 짐작하고 있지 않니?"

"뭘요? 꿈꾸기엔 오빠, 아니, 아저씨가 너무 늙었다는 거?"

너무도 진지한 분위기를 무마하고자 던진 농담은 썰렁하기 짝
이 없었다. 당황한 나머지 어쩔 줄을 모르는 승리를 바라보며 호
국은 기계적으로 말을 했다.

"말 그대로야. 무릎을 다치면서, 꿈을 포기해야 했으니까. 엄밀

히 말해 꿈을 꾸긴 했었지."

태권도 선수 시절 이야기를 애써 아무렇지도 않게 하는 호국을
보며, 승리는 그제야 보훈이 했던 말을 기억해 낼 수 있었다. 자신
의 형이 부상 때문에 선수 생활을 접고 유학을 떠났다는.

거기까지 생각이 이르자 승리는 스스로를 질책했다. 오래된 상
처를 캐묻다니. 게다가 비웃기까지.

"미, 미안해요."

누구에게 사과의 말을 건네는 것이 익숙하진 않다. 그러다 보니
바보처럼 말을 더듬고 말았다. 승리는 눈동자만 들어 그를 올려다
보았다. 그런데 그에게서 나온 말은 뜻밖이었다.

"괜찮아. 이미 오래전 일이야."

호국의 시선이 그녀를 똑바로 응시했다. 이렇게 가까이에서 그
의 얼굴을 정면으로 본 건 처음이다. 음, 반듯하니 참 잘생겼다.

상황에 맞지 않게도 그런 생각을 하던 승리의 귓가에 믿기지 않
는 속삭임이 들려왔다.

"난 실패했지만…… 넌 꼭, 꿈을 이룰 수 있길 바랄게."

그녀는 호국의 진지한 눈길 앞에서 벅찬 기분을 맛보았다. 마치
든든한 내 편이 생긴 듯했다. 고맙다고 말을 하려는데, 마침 현관
에서 벨이 울렸다. 심장이 덜컥 내려앉는 듯했다. 드디어 권 교장
선생님의 등장인가.

호국이 문을 열러 나가는 동안, 승리는 접시에 남은 밥을 대충
비워냈다. 그리고 된장 국물까지 원샷을 한 그녀는 현관으로 들어
서고 있는 노신사에게 고개를 꾸벅 숙여 보였다.

들어선 순간, 그녀를 보고 어지간히 놀란 듯 권 교장선생님은 입술만 벙긋거리셨다. 그러나 곧 자신의 장남과 그녀를 이상한 눈길로 번갈아 바라보며 흐뭇한 어조로 말씀을 하시는 게 아닌가.

"둘이 있는데, 늙은이가 주책맞게 방해한 거 아니가?"

엥? 이게 무슨 말씀? 설마했었는데. 정말 나와 공갈 아저씨를 얼레리한 사이로 보시는 거야?

당연히 호국이 자신을 보훈의 여친이라고 소개했을 줄 알았던 승리는 어이가 없어 권 교장의 곁에 선 호국을 바라만 보았다. 왜 그는 진작 말을 하지 않았을까. 그러나 그는 그녀의 시선을 피하고 있었다. 마치 일부러 그러는 듯.

정말 같은 판으로 찍어낸 것처럼 닮았다.

가까이서 본 승리는 열여덟 그 시절, 미향의 모습과 꼭 같아서 오준을 옛 기억의 바다 속으로 풍덩 빠져들 수밖에 없도록 만들었다.

미향의 집안과 오준의 집안은 대대로 주종 관계였다. 즉 마미향, 그녀는 오준의 집 머슴을 살던 마 씨의 외동딸이었다. 그는 주인집 아들, 그녀는 머슴의 딸. 그럼에도 비슷한 나이대로 함께 자랐기에 그들은 자연스레 남매처럼 가까워질 수 있었다. 우정으로 시작된 감정은 성인이 되어감에 따라 점차 연정으로 바뀌어갔다. 어쩌면 '죽어도 안 되는 사이' 라는 것을 알기 때문일까, 서로를 향한 그들의 마음은 더욱 애틋했다.

"오빠야, 내 돈 벌러 서울 간다."

철이 들고서부터 미향은 그를 향해 잘 웃어주지 않았다. 게다가 왠지 그녀가 자신을 피하는 기분에 혼자 동동거릴 무렵, 동네 뒷산 그들만의 아지트에서 미향이 상경의 뜻을 밝혔다. 초등학교를 졸업한 후 그녀는 내내 마 씨와 함께 그의 집안일을 거들어왔었다. 그러나 언제나 그녀는 좀 더 넓은 세상을 꿈꾸었고, 여기서는 더는 발전이 없다는 것에 우울해했다.

언젠가는 이런 날이 올 것임을 어렴풋이 예감하고 있던 오준은 순순히 그녀를 보내주려 했다. 그의 그런 무덤한 반응에 미향의 예쁜 얼굴 가득 들어찼던 서글픔. 그리고 오열.

"오빠야, 니 내 이래 보낼 끼가? 내 이제 가믄 다시는 안 온다! 그래도 괜찮나?"

그럼에도 오준은 그녀를 붙잡지 못했다. 그러기엔 그를 둘러싼 인습과 법도의 벽이 너무 높았다.

며칠 있지 않아 미향은 서울행 기차에 몸을 실었고, 역까지 나간 오준은 떠나는 그녀를 숨어서 보아야 했다. 자신을 찾는 것인지 연신 주위를 두리번거리는 미향을 보며, 그는 홀로 숨죽여 울었다.

그 후 사범대학을 졸업하고 교편을 잡고 있던 그는 집안 어른들의 혼인하란 압박에 못 이겨, 오래전부터 혼담이 오가던 이웃 마을 서 부자집 둘째 딸과 혼인을 치렀다. 그의 나이 이십칠 세 때였다.

신부는 서복희, 그녀와는 동네를 오가며 얼굴을 익혀온 사이라 별다른 생각 없이 혼인을 받아들일 수 있었다. 그때의 그는 미향이 아니라면, 그 누구와 결혼해도 상관없다고 생각을 했다. 미향과 헤어져 소식이 끊긴 지 팔 년이 지났지만 그는 여전히 그녀를 잊지 못하고 있었다.

"당신 마음에 누가 있는지 다 압니더. 그래도 인자는 나의 지아비가 되었으니까네 우리 가정에 충실해 주이소."

복희는 그와 미향의 사이에 대해 대충 알고 있었다. 결혼 첫날밤, 그녀의 그 말은 참으로 당당하고 멋지게 들렸다. 그걸로 삼십 평생을 우려먹을 줄은 정말 몰랐다. 마미향이라는 이름은 그야말로 그의 치부였다. 복희가 걸핏하면 그 이름을 들먹이며 괴롭혀 대는데, 정말 이제 넌더리가 나는 오준이었다. 충분히 아름다운 첫사랑으로 남을 수 있었는데. 서복희가 완전 초를 쳐버렸다.

지금도 가끔 미향의 소식이 궁금하긴 해서 그녀를 찾아보고 싶다는 생각을 하기도 했지만, 그 사실이 만약 복희의 귀에 들어갔다가는 그날로 그의 인생 완전 쫑을 칠까 봐 그러지도 못했다.

생각이 그쯤 이르자, 오준의 입에서 절로 한숨이 터져 나왔다.

"죄, 죄송합니다. 이렇게 불쑥 남의 집에 오는 게 아닌 걸 알면서도……."

더듬더듬 흘러나온 말에 그는 고개를 쳐들었다. 어느새 찰랑이는 단발머리에 핀을 꽂고 있던 미향의 얼굴이 헝클어진 머리칼에 감싸인 승리의 얼굴로 바뀌어져 있었다. 그제야 오준은 자신이 생각에 잠겨 있느라 본의 아니게 젊은 아가씨의 마음을 불편하게 만들었음을 깨닫고 손을 휘휘 내저었다.

"아니, 그기 무슨 말이고? 남이라이. 편안~하이 생각해요. 편안하게."

“저기, 말씀 낮추세요.”

아이고, 어찌 저리 소탈한지.

오준은 화장기 없는 얼굴에서부터 소박하기 짝이 없는 트레이닝복 차림의 승리를 흐뭇하게 훑어보았다. 귀걸이를 주렁주렁 매달고 있던 모습도, 이 모습도 모두 신선해 보이기만 하는 오준이었다. 그는 자신의 잣대가 승리에게만은 유독 관대하다는 것을 인정하지 못했다.

“허허, 그라믄 그럴까?”

그리고 오준은 곁에 선 호국에서 단장과 두루마기를 넘겼다. 아들 놈이야 뭘 하든 개의치 않고서 그는 어정쩡하게 선 승리를 거실로 이끌었다. 그는 그녀를 곁에 앉혀놓고서 궁금했던 물음을 던졌다.

“그란데 진짜 무신 일이고, 이 시간에?”

“아버지, 식사는 하셨어요?”

마치 대답할 겨를을 주지 않으려는 듯 끼어든 호국의 물음. 그것에 오준의 눈살이 찌푸려졌다.

“당연히 묵었지, 이놈아. 지금 시간이 몇 신데.”

“그럼 과일이라도 드려요?”

“됐다! 내 지금 승리 양이랑 얘기한다 아니가. 말시키지 마라.”

호국을 향해서는 날카롭기 짝이 없었던 권 교장선생님의 시선은 그녀에게 돌려지는 순간부터 180도로 달라졌다. 그것이 고마우면서도 부담스러운 승리였다. 마치 괜찮으니 어서 대답해 보라는 듯한 눈빛으로 교장선생님은 그녀를 보고 계셨다.

사태가 도대체 어떻게 돌아가고 있는 것인지, 생각 같아서는 당장 호국을 잡아채 밖으로 데리고 나가 묻고 싶었다. 그러나 어쨌든 자신에게 호의를 보이고 계신 교장선생님께 실망을 드리고 싶지 않다는 마음에 그녀는 비교적 솔직하게 대답했다.

"저기, 집을 잠시 좀 나왔어요."

"뭐라꼬? 집을 나와?"

그녀는 맞은편에 앉는 호국의 존재를 느끼며, 그의 아버지의 물음에 고개를 끄덕였다.

"와?"

교장선생님이랑 그러고 있는데 그냥 마음이 편안했다. 여느 때 같으면 '무지하게 참견 심한 노인네' 라고 생각했을 텐데, 그러긴커녕 자신에게 관심을 가져 주는 호국의 아버지가 고맙기까지 했다.

승리는 마치 아버지처럼 굽어 살펴주는 교장선생님의 눈길에 힘을 받아, 자신의 꿈 이야기서부터 시작해 엄마의 막무가내적인 반대와 오늘의 퇴출 사건까지를 그야말로 구구절절하게 털어놓았다. 초등학교 시절부터 지금까지 거의 십 년을 넘게 이어져 온 이야기는 자신이 생각하기엔 눈물없이는 들을 수 없는 한 편의 인생 극장이었다.

그래서 말을 마쳤을 때 저도 모르게 울컥해진 그녀였다. 승리는 하마터면 또 터져 나올 뻔한 눈물을 틀어막았다. 그런 그녀의 손등을 교장선생님이 토닥거려 주었다.

"거참, 승리 양 어무이도 너무하시네. 요즘 와 '꿈은 이루어진다'고 안 케샸드나. 그런데 와 그래 쌍심지를 켜고 반대만 해샸는고? 그라고 이 추븐 날, 이르치 예쁜 딸내미를 대문 바끝에 내쫓는 기 말이 되나?"

헛. 예, 예쁜…… 그냥 해보시는 말씀인가 했더니, 그녀의 얼굴을 안쓰럽다는 듯 바라보는 교장선생님의 눈길은 진지하기 짝이 없었다. 괜히 무안해져 시선을 돌리다 호국과 눈이 마주쳤는데, 그는 꽤나 떨떠름한 표정을 짓고 있었다. 그에 승리는 '불만있음 말해요!' 라는 뜻을 꽉꽉 담아 눈을 부라렸다.

그러다 여전히 자신을 안쓰럽게 바라보고 계신 교장선생님의 시선을 깨닫고 그녀는 얼른 표정을 가다듬었다. 미소 쌩긋. 스스로 생각해도 참 가식적으로 느껴졌다. 그런데 그런 그녀의 모습에 마음이 더 기운 것인지 교장선생님이 하신 말씀이라니.

"호국아, 서재 방에 불 때아라."

"예?"

헛, 이게 뭔 소리냐. 승리는 굳어진 표정의 호국과 교장선생님을 번갈아 바라보았다.

"니는 아가 우째 그리 매정하노. 그라믄 이 여리여리한 아가씨를 춥고 어둡은 바끝에 내쫓겠단 말이가? 집 나왔다 안 하나. 어여 불 넣어라!"

그제야 상황을 이해한 그녀는 얼른 두 팔을 내저으며 끼어들었다.

"아, 아니에요. 전 친구 집에 가면 되……."

그러나 말을 마칠 수도 없었다. 빽 내질러진 고함에 놀란 나머지.

"퍼뜩!"

그러자 어슬렁어슬렁 다용도실로 나가는 호국이었다. 좌절감으로 그 뒷모습을 지켜보던 승리는 자신의 등을 토닥여 주는 교장선생님의 손길에 어색한 웃음을 머금었다. 젠장, 이러다 입가에 경련 일어나겠네.

"이 집구석에 방이 없는 거도 아이고, 저놈아 혼자 있는 것도 아이고 나도 있으니까네 며칠 동안 같이 있다고 머라 칼 사람 하나 없다."

며, 며칠?

생각만으로도 아찔한 기분이 되었다. 당장이라도 공갈 아저씨, 아니, 오빠에게 미숙의 집으로 데려다 달라 부탁하고 싶어서 입이 간질거렸다. 아무리 생각해 보아도 갈 곳은 미숙의 오피스텔뿐이었다. 미숙은 아버지가 미국 대학에 교환 교수로 가신 다음부터 혼자 생활하고 있었던 것이다.

호국이 다시 거실에 모습을 드러내자 승리는 이리저리 눈치를 살피다 자리에서 일어났다. 그리고 너무 심하게 오버하지 않으려 조심하며 손을 이마에 얹은 채 비틀거리는 시늉을 해 보였다. '아!' 라는 고통의 단말마를 잊지 않았음은 물론이다. 연기. 이것도 한번 해보고 나니 익숙한 게 습관성이 된 듯하다.

뜻밖에도 바로 곁에 앉아 계신 교장선생님보다 조금 떨어져 서 있던 호국의 동작이 더 빨랐다. 승리는 자신의 어깨를 뒤에서 잡아주는 호국의 손길을 느끼고 또다시 불편해지는 마음을 어쩌지 못했다.

"괜찮아?"

"네, 저기 그냥 좀 피곤해서."

그러자 마치 기다렸다는 듯 일어나 그녀와 호국의 등을 떠미는 교장선생님이셨다.

"추븐 데 오래 있어가 감기 걸린 거 아니가? 퍼뜩 승리 양 이불 깔아주라."

거의 반강제적으로 그들은 서재까지 밀려갔다. 그리고 그들의 뒤에서 문이 닫히기 전, 으흐흐 웃음기마저 배인 교장선생님의 말씀이 마지막으로 날아들었다.

"그라믄 잘 자요, 승리 양~ 호국아, 니는 천~천히 나온나. 밤새도록 있다가 나와도 된다이~"

저 '천~천히' 라는 말은 지난번에도 들은 기억이 난다. 그녀를 데려다 주라며 집에 천천히 들어와도 된다고 하셨지.

그제야 그 말에 깃든 속셈을 깨달은 승리의 얼굴이 달아올랐다. 거기다 책만 그득 쌓인 공간에 남자와 단둘이 남겨지자, 그녀는 더욱 어색한 기분이 들어 호국을 홱 밀쳐 냈다. 찌릿 노려보는 그녀의 시선에 호국이 어깨를 으쓱하며 물러났다.

"도대체 어떻게 된 거예요? 교장샘이 그러니까…… 왜 우리를 요상하게 보시는 건데요?"

"아니라고 말씀드려 봐도 믿질 않으셔."

"그럼 보훈이랑 내 이야기는?"

"안 했어. 못했지."

"왜요?"

그녀의 물음에 호국은 잠시 뜸을 들였다. 그의 시선이 그녀를 향하고 있다가 비켜났다.

"녀석이랑 약속을 했어."

그러자 왠지 모르게 가슴속에 들어찼던 바람이 쑥 빠지는 느낌이었다. 승리는 입술을 삐죽이며 대꾸했다.

"권보훈이 완전 법이네. 진짜 대단한 형제애네요, 공갈 오빠."

그가 피식 웃었다. 공갈이라고 했음에도 이젠 그리 신경도 쓰지 않는 듯했다. 그런 호국의 의연한 태도에 더욱 부아가 치솟는 승리였다.

"나 지금 갈 거예요. 밥 준대서 왔지, 누가 여기서 잔댔나?"

"어디로 갈 건데?"

"건 알아서 뭐 하게요?"

"설마, 알렉스라는 녀석한테 갈 건 아니지?"

전혀 뜻밖의 물음이었다. 승리는 어이가 없어 호국을 노려보았다.

"뭐예요? 설마 질투는 아닐 테고, 지금 나랑 알렉스 사이를 의심하는 거예요? 날 뭘로 보고!"

그러자 호국의 안색이 변했다. 그냥 지나치는 말이었음에도 호국은 '질투'라는 단어에 엄청 민감한 반응을 보였다.

"질투란 사랑이라는 감정을 기반으로 해서 생기는 거다. 그런데 너랑 나 사이엔 사랑이란 감정이 존재할 수 없으니, 질투를 한다는 것도 말이 되질 않지."

어쩜 저리 또박또박 맞는 말만 골라할 수 있는 건지.

그런데 그 순간 화가 치밀었다. 싫어하는 보훈이라 해도 지금은 엄연히 그의 여자 친구이니 호국과는 결코 사랑할 수 없다는 걸 안다. 하지만 그 말을 그의 입에서 직접 듣노라니 너무 기분이 나빴다.

혼자 씩씩거리던 승리는 주위를 두리번거리다, 책상 위에 놓인 전화기를 발견하곤 집어 들었다. 그녀의 손가락이 절로 미숙의 휴대전화 번호를 누르고 있었다. 오피스텔 번호는 외우고 있지 못했기에.

[네에.]

오밤중에 체조라도 하고 온 것인지, 미숙은 상당히 숨이 가쁘게 전화를 받았다. 뭔가 수상쩍은 느낌이었지만, 부탁하는 입장이었기에 승리는 될 수 있는 한 친구의 기분을 건드리지 않으려 노력하며 말을 했다.

"나야. 뭐 했어?"

[어? 승리구나. 그, 그냥 있어.]

어라, 더듬기까지. 마치 전화선 저편을 투시하기라도 할 듯 승리는 눈매를 가늘게 만들었다. 그녀의 입에서 마침내 핵심 용건이 흘러나왔다.

"한 며칠 네 신세 좀 져야겠다."

[뭐?]

"나 집 나왔거든. 지금 가도 되지?"

[아, 안 돼!]

갑자기 빽 고함을 지르는 미숙으로 인해 승리는 수화기를 귀에서 멀찍이 떼어놓았다. 그리고 다시 가까이 가져올 즈음 친구의 어조도 많이 누그러져 있었다.

[저기, 오늘은 내가 좀 그래. 우리 팀 사람들 불러서 놀고 있거든.]

변명 같은 말을 미숙이 주절주절하고 있는 와중 갑자기 들려온 목소리란.

[자기야, 나 섰는데.]

헛! 굵직한 남자의 목소리에 승리의 입이 쩍 벌어졌다. 서? 서긴 뭐가 서?

"야! 최미자!"

요상한 장면이 퍼뜩 상상되는 순간 꼭지가 확 돌아버린 승리는 조금 전 미숙보다 더 앙칼지게 소리를 내질렀다. 그런 자신을 흥미진진한 눈길로 호국이 관찰하고 있다는 것도 모른 채.

"남자랑 재미 본다고 친구를 버리냐? 야, 이년아! 그래, 너 혼자 양기 빨아먹고 잘살아! 나한테는 녹색 추리닝이나 소개시켜 준 주제에! 열라 재수 뿅이다!"

[스, 승…….]

더듬더듬 미숙이 자신을 부르는데도 승리는 수화기를 던지다시피 내려놓았다. 쿵 소리가 서재 안을 날카롭게 울렸다. 불규칙적인 그녀의 거친 숨소리가 이어지는 가운데, 흥미로운 기색이 고스란히 드러난 호국의 물음이 들려왔다.

"싫든 좋든 오늘은 여기서 자야겠군?"

지그시 깨문 승리의 어금니 사이로 '으으'라는 못마땅함 가득한 무성음이 흘러나왔다.

정말 인간 문승리 갈 곳이 이다지도 없나 싶어서, 정녕 이 집에서 신세를 져야 하나 싶어서 서글프고 원통해서 견딜 수가 없었다. 반짝이고 있는 호국의 눈동자가 왠지 '고거 고소하다'고 말을 하는 것 같아 말이 곱게 나오지 않았다.

"이불이나 깔아주시죠, 이왕 인심 쓰시는 김에? 두툼한 놈으로다가 깔아주세요. 나 추위 많이 탄다구요."

그에 고개를 설레설레 내젓더니, 호국이 서재 문을 열고 나갔다. 밖에서 뭐라고 호통을 치는 교장선생님의 목소리가 들렸으나 승리는 신경 쓸 기분이 아니었다.

철저하게 버림받은 기분에 그녀는 곁에 놓인 의자에 털썩 주저앉았다.

"으흐흐흑."

바보처럼 주루룩 흘러내리는 눈물을 승리는 손등으로 훔쳐 냈다. 그렇게 한바탕 울고 나자 온몸에 기운이 쭉 빠지며 나른함이 밀려왔다. 방 공기도 따스하니 그녀의 지친 심신을 감싸주고 있었다.

못난 놈처럼 여자 하나 감싸주지 못한다고 아버지에게 한바탕 잔소리를 듣고 나서, 호국이 이불을 들고 서재로 돌아왔을 때 승리는 탁자에 엎드린 채 잠이 들어 있었다. 호국은 아직 자신이 한 번도 덮지 않은, 어머니가 손수 지어 보내주신 두툼한 솜이불을 바닥에 깔아두고서 승리를 깨우러 다가갔다.

그런데 탁자와 그녀의 뺨에 말라붙은 눈물의 흔적이 그가 손을 다시 거둬들이게 만들었다.

"이럴 거면서, 강한 척은."

그렇게 중얼거린 호국은 차마 그녀를 깨우지 못하는 대신, 두 팔로 작은 몸을 안아 바닥에 눕혀놓았다. 그리고 일어나려 했으나, 승리는 그의 품을 자꾸만 파고들었다. 차마 그녀를 뿌리칠 수가 없어 무릎을 굽히고 상체를 숙인 어정쩡한 자세 그대로 호국은 한동안 자리를 지켜야 했다. 그녀에게서 이젠 익숙하게 느껴지는 딸기 향이 났다.

눈을 감은 채 음미하던 중 노크도 없이 갑자기 문이 열렸다. 그 틈으로 아버지의 물음이 들려왔다.

"손톱깎이 어딨노?"

놀란 나머지 승리의 팔을 뿌리치며 후다닥 몸을 일으켜 보았으나, 이미 때는 늦었다. 자신을 바라보는 아버지의 '그럼 그렇지'라는 음흉한 시선만은 피할 수가 없는 호국이었다.

그리고 그는 나중에야 깨달았다. '밤에 손톱 깎으믄 등창 걸린다' 며 수시로 말씀하시던 아버지가 그 야밤에 손톱깎이를 필요로 하실 일이 없었다는 것을. 순전히 그와 승리가 얼마나 진도를 뺐는지(?) 확인해 보려는 몸짓에 불과했다는 것을 말이다.

해가 서쪽에서 뜰 일이었다. 문승리 그녀가 새벽 여섯 시에 기상을 하다니.

밤새 윤 여사에게 쫓기는 꿈을 꾸다 번쩍 눈을 떴는데, 여느 때처럼 다시 잠이 들긴 왠지 껄끄러운 기분이 들었다. 그러다 점점 자신이 어디에 있는지 인식이 된 승리는 마치 강시처럼 벌떡 일어나 앉았던 것이다.

공갈 오빠! 교장선생님! 그래, 여긴 우리 집이 아니었지.

혹시라도 교장선생님이 일어나 계시지 않을까 싶어서 그녀는 조심조심 일어나 무선 전화기를 집어 든 후 이불 속으로 숨어들었다. 포근한 솜이불 안에서 그녀는 동생 영재의 휴대전화 번호를 꾹꾹 눌렀다. 제발 받아라. 받아.

벨이 한참 동안 울리길래 안 받으면 어쩌나 하고 무지 쫄아 있었는데, 다행히도 짜증 섞인 동생 녀석이 목소리가 들려 승리는 안도의 한숨을 내쉬었다.

[네.]

"조용히 하고 내 말만 들어."

마치 무슨 첩보 영화에나 나오는 듯한 낮은 음성으로 그녀는 경고의 메시지를 날렸다.

[엉? 누나? 으이구…… 안 그래도 왜 연락이 없나 했어. 스물넷이나 먹어서 가출은 무슨 가출이야? 언제 철들 건데?]

하여튼 이 애늙은이 자식. 전화기를 향해 입술을 삐죽거린 승리는 최대한 자신의 감정을 절제하며 빠르게 할 말을 읊어댔다.

"아직 윤 여사 일어나기 전이지? 너 지금 잽싸게 내 방 가서, 휴대폰은 당근이고 내가 즐겨 입는 옷들이랑 속옷이랑 뭐 기타 등등 알지? 그런 거 다 챙겨놔."

[헛! 정말 안 들어올 거야? 엄만 몰라도 아버지는 걱정하셔.]

"내 꿈을 인정해 주실 때까진 목에 칼이 들어와도 안 들어가. 삼
십 분 후에 내 짐 들고 나와."

[누⋯⋯.]

영재의 부름이 이어지기 전에 승리는 전화를 끊었다. 이제 어떻
게 집까지 가느냐 그것이 문젠데. 땡전 한 푼 없는 처지에 혼자서
이 집을 나갈 방법이 도무지 떠오르지 않았다. 하지만 이렇게 좁
은 방만 서성여 봤자 해답이 나오지 않음을 알기에 승리는 이부자
리를 개어놓고, 대충 손가락으로 머리를 빗어 내린 후 거실로 나
갔다. 아직은 미명에 감싸인 그곳은 고요했다. 지나치게 고요해서
인기척이라고는 느껴지지 않았다.

안 되면 공갈 오빠에게 SOS라도 쳐야 하는데. 설마? 아무도 없
는 건 아니지?

실례인 줄 알지만, 지금 자신이 처한 처지도 처지인지라 그녀는
침실로 보이는 방문을 노크 없이 빼꼼이 열어보았다. 아니나 다를
까, 커다란 침대는 휑하니 비어 있었다. 허물처럼 침대에 벗어진
옷가지들로 보아, 부자는 아침 운동을 나간 듯싶었다.

기회다!

물론 잘못된 짓인 줄 너무나도 잘 알고 있다. 그러나 승리는 '누
가 떼어먹는데?' 라는 말로 양심의 아우성을 틀어막고서 의자에
걸쳐진 호국의 재킷 주머니를 뒤적였다. 그리고 얼마 안 있어 손
가락 끝에 와 닿는 가죽의 느낌. 빙고!

지갑에서 빳빳한 배춧잎 두 장을 꺼내 들고서 승리는 그 집을
뛰쳐나왔다. 자유롭게 살아오긴 했지만, 여태 허락없이 남의 물건

에 손을 댄 적은 없는 그녀였기에 불안하고 두려웠다. 그러나 지금은 그런 작은(?) 일에 얽매일 때가 아니다. 대사(大事)를 이루려면 어쩔 수 없는 법!

오피스텔 앞에서 평소 같으면 꿈도 꾸지 못할 초고급 교통수단인 택시를 잡아탄 그녀는 내내 전자시계만을 바라보았다. 삼십 분 이내에 꼭 가야 한다. 무슨 일이 있어도. 그런데 문영재, 그냥 쌩까 버리면 어쩌지? 그랬단 봐라, 다 죽었어!

택시가 집 앞에 이르렀다. 그 바쁜 와중에도 그녀는 기사에게서 거스름돈을 빠짐없이 챙겨 받아 내렸다. 그때 엔진 소리가 들린 것인지, 골목을 향하고 있는 일층 방 창문이 드르륵 열렸다.

헉! 혹시나 싶어 벽에 등을 딱 붙이고 서 있던 승리는 '야, 문승리'라는 동생의 버릇없는 부름이 들려오자 안도의 한숨을 내쉬며 창가로 다가갔다. 동생 놈이 멋대로 그녀의 이름을 불렀다는 데서 오는 불쾌함보다 지금은 나타난 사람이 윤 여사가 아니라는 데서 오는 안도감이 더 컸던 것이다. 교복을 입고서 팔짱을 낀 채 선 영재는 그녀의 몰골을 위아래로 훑어보며 혀를 끌끌 찼다.

"노숙자가 따로 없네. 웬만해서 그냥 지금 들어오는 게 좋을 것 같다, 누나?"

"됐거든? 얼른 짐이나 가지고 나와."

그녀의 윽박지름에 영재는 커다란 종이 가방을 들어 보였다. 그리고 약 올리듯 공중에서 흔들기까지.

"이씨! 빨리 안 가지고 나와!"

"내가 이거 갖다주면, 뭐 해줄 건데? 하기야 누나가 뭐 다른 집 누나들처럼 번듯한 직장이 있어, 돈을 잘 벌어. 해줄 수 있는 게 없지. 에휴, 내가 왜 새벽같이 일어나 이 짐을 다 쌌나 몰라. 무슨 부귀영화를 누리겠다고."

"이 얍삽한 새……."

'끼' 라는 한 자만 내뱉으면 더 완벽했을 테지만, 승리는 지금 당장 처한 상황을 되새김하며 겨우 입을 다물었다. 최대한 비굴 모드. 참는 자에게 복이 있나니. 스스로에게 그렇게 충고를 늘어 놓은 승리는 미소를 띠며 말했다. 진심을 담아.

"내가 가수로 성공하면, 친필 사인 해줄게."

"헉!"

"뭐야, 너 그 표정은? 내가 가수 될 걸 불확신한다는 거냐, 아님 내 사인은 받기 싫다는 거냐?"

"둘 다다!"

저게 진짜! 확 손이 올라가려는데, 영재가 갑자기 벽시계를 돌아보았다. 그리고 그녀를 다시 향한 동생의 얼굴에 드러난 다급함과 귀찮음이라니. 영재는 그녀와 짐을 번갈아 바라보더니 짜증스레 말을 내뱉었다.

"젠장! 나 지각하면 너 때문이야!"

너? 하여튼 4가지 없는 놈의 새끼. 승리는 뒤돌아 방문을 여는 영재의 등에다 대고 눈을 부라리며 중얼거렸다.

곧 비교적 고요히 대문이 열리며, 교복에 슬리퍼를 신은 영재가 나타나 그녀의 품에 종이 가방을 척하니 안겨주었다. 헛, 그냥 대수룹잖게 봤는데 꽤 무겁다. 그것의 무게에 휘청하면서도 승리는 넘어지지 않으려 온몸에 힘을 주었다.

"건투를 빈다."

격려성의 멘트였으나, 이상하게도 그 말을 듣는데 기분이 썩 좋지 않았다. 오묘하게 눈동자를 빛내며 그녀를 잠시 바라보던 영재는 금방 대문 안으로 쏙 들어가 버렸다. 정말 지독히도 냉정한 녀석이다.

그러나 지금은 그렇게 서 있을 때가 아니었다. 윤 여사의 측근들이 산재한 이곳에서 얼른 사라져야 했다. 주위를 휘이잉 둘러본 승리는 옷 보따리를 들고서 부리나케 좁은 골목길로 숨어들었다. 그녀는 우선 이 구질구질한 트레이닝복부터 갈아입을 만한 장소를 찾아보기로 했다.

"아악! 이 미친 자식!"

좀 논다는 여고생마냥 지하철역 공중 화장실의 좁은 칸에 들어가 옷을 갈아입으려 종이 가방 속 물건을 꺼낸 승리는 비명을 내지를 수밖에 없었다.

그래, 보훈이 녀석의 여친 노릇을 할 시절 입었던 지독히도 여성스러운—순전히 그녀의 기준에서—옷들은 그렇다 치자. 그런데…… 그런데…… 빨갛고 파랗고 노란, 원색의 현란한 색상에다가 가느다란 줄에 손바닥만한 레이스가 겨우 붙은 민망한 T팬티들이라니! 짓궂은 친구 년들이 생일 선물이라며 사준 것을 차마 입지 못하고 옷장 깊숙이 처박아두었었는데, 그걸 영재 이놈이 어느새 보았던 모양이다.

"망할 놈의 변태 새끼! 쬐그만 게 벌써부터 밝히기는. 확 버스 문에 넥타이나 끼어버려라. 아님 버스에서 내리다 엎어져서 잘난 코나 깨져 버리든지."

개중 제일 편한 청바지와 블라우스, 그리고 재킷으로 갈아입으며 오르는 열을 식히지 못한 승리는 쉴 새 없이 문영재를 향한 저주를 퍼부어댔다.

"아이고! 오줌보 터지겠네! 얼렁 나와요, 좀!"

그러다 부술 듯 문을 두드리는 소리와 함께 들려온 웬 아줌마의 아우성에 승리는 지퍼도 제대로 채우지 못한 채 종이 가방을 들고 나와야 했다. 그녀를 위아래로 훑어보는 뽀글 머리 아줌마의 눈총을 있는 대로 받으며.

세면대에서 대충 세수를 하고, 머리를 매만진 승리는 대충 옷가지를 쑤셔 넣어 불룩하니 솟아 있는 종이 가방을 째려보고는 그곳을 벗어났다. 어디로 가야 할지도 모른 채 지하도를 터벅터벅 걸어가는 와중, 재킷 주머니에 넣어두었던 휴대폰이 울렸다. 괜히 심장이 덜컥했다. 발신자는 미숙, 아니, 미자, 아니, 치졸한 배신녀였다.

승리는 받지 않으려다가 그럼 왠지 피한다는 인상을 줄까 봐 어쩔 수 없이 폴더를 열었다. 곧장 친구의 물음이 들려왔다.

[너 지금 어디 있어?]

"어디든 말든 무슨 상관인데?"

[야야, 그러지 말고 나 출근 전에 잠깐 보자. 우리 자주 보던 도

넛 가게 알지? 그리로 와. 기다릴게.]

"야!"

이, 이 뻔뻔하기 짝이 없는.

승리는 버럭 소리쳐 보았으나 미숙은 이미 전화를 끊은 후였다. 조금 전까지만 해도 미숙의 얼굴 따윈 영원히 보고 싶지 않다는 마음이 컸지만, 생각해 보니 여기서 그다지 멀지도 않은 곳이었고 가서 그 '선 놈'에 대해서도 좀 따져 봐야겠다는 오기도 생겨 그녀는 금액이 얼마 남지 않은 교통카드를 꺼내 들었다.

조금이라도 미안하긴 했던 모양이다. 승리가 약속 장소에 도착했을 때 미숙은 먼저 와서 기다리고 있었다. 그녀를 발견하고 창가에 앉아 손을 흔드는 친구를 보자 왠지 더욱 묵직하게 느껴지는 종이 가방을 고쳐 들며 승리는 가게 안으로 들어갔다.

그녀는 미숙의 시선을 부러 외면하며 맞은편 자리에 털썩 앉았다. 그러자 나긋나긋 들려오는 친구의 목소리.

"아침 못 먹었지? 뭐라도 시켜."

"어젠, 재미 좋았냐?"

그것을 깡그리 무시한 승리는 말을 배배 꼬아 물었다. 그리고 찌릿 째려보자, 미숙의 얼굴이 점점 더 붉어지는 것이 느껴졌다.

"미안, 미리 말 못해서. 그런데 현수 씨 만난 지 얼마 안 됐어."

헛, 미친. 만난 지 얼마 안 된 남자랑 침대에서 '응응응'을 하나?

"얌전한 고양이 부뚜막에 먼저 오른다더니. 모범생 최미자가 이럴 줄 누가 알았겠어. 너, 너네 아버지 한국 땅 뜨실 때까지 어떻게 참았니?"

막무가내로 밀어붙이자, 미숙의 얼굴에도 스멀스멀 불쾌감이 피어오르기 시작했다. 저 씰룩거리는 볼살 좀 보라지. 칫.

"그러게 누가 그 멋진 사범님한테 먼저 꼬리치래?"

"뭐? 멋진 사범? 무슨 개뼈다귀 같은 소리야?"

아닌 밤중에 날벼락이 따로 없다. 지금 누가 누구 탓을 하는 거야. 그리고 멋지긴 누가 멋진데?

"너한테 놀이터에서 만나자 어쩌자 했던, 내 차 파킹해 줬던 그 사람 말이야. 딱 내 이상형이었다고. 몸짱에 얼짱! 그런데 너랑 관계가 좀 미묘해 보여서 내가 나설 수가 있어야지. 괜히 싱숭생숭한 마음에 헬스클럽 등록했다가 그 덩어리를 만났잖아!"

헛! 공갈 아저씨, 아니, 오빠를 말하는 거였어? 그런데 이야기가 왜 그리 와전되는 건데!

일방적으로 아래에 깔려 있던 미숙이 순식간에 그녀의 위로 올라온 상황이었다. 승리는 입을 쩍 벌린 채 이어진 친구의 말을 듣고 있을 수밖에 없었다.

"내가 순간 완전 미쳤던 거야. 미끈한 얼굴이랑 왕튼실한 근육에 완전히 꼬여 가지고. 젠장."

"뭐야, 그 후회하는 듯한 뉘앙스는? 그 외엔 별로야? 그럼 왜 만나는데?"

승리의 물음에 순간 당황한 듯하던 미숙은 좀 더 상기된 얼굴로 주위를 살피다 상체를 숙인 채로 속삭였다.

"테크닉이 죽여."

"뭐?"

"너도 감각없는 남잔 싫다고 허구한 날 얘기했었잖아. 패션 감각, 유머 감각, 그리고 마지막 '그' 감각 말야. 내가 경험 부족이라 잘은 몰라도 어쨌든 현수 씬…… 최고야."

"야…… 조, 좀 전까지는 싫다는 것 같더니?"

초점을 잃어가는 미숙의 눈동자를 보며, 승리는 두려워져 물었다. 순진한 친구가 섹스 킹을 만나 성애에 중독된 건 아닌가 싶어서. 그야말로 무슨 삼류 에로 영화에나 나올 만한 설정이었다.

"음, 솔직히 머리로 생각하는 거라고는 먹는 거랑 섹스 하는 것밖에 없는 남자라 후회하기도 하는데…… 현수 씨 없음 이제 못살 것 같아."

"미, 미자야."

그녀의 안타까운 부름에 미숙은 싱긋 웃고 말았다. 그 순간 친구의 얼굴이 어찌나 예뻐 보이던지. 마치 이슬을 머금은 만개한 꽃처럼 싱싱한 생명력이 뿜어져 나왔다. 역시 양기를 받아서 그런가. 아니, 고상한 말로 사랑을 하면 아름다워진다고들 하더니.

내가 미쳤나. 왜 이렇게 미자가 부러운 것이냐. 이상한 상상이 자꾸만 떠올라 승리는 고개를 도리도리 내저었다. 생각을 말자, 생각을 말아.

그 후 그녀는 미숙에게 삐쳐 있던 것은 잊은 채, 친구가 건네주는 도넛과 음료수를 본능적으로 받아먹었다. 역시 이 집 도넛 맛은 죽인단 말씀이야.

침묵 사이로 빨대를 쭉쭉 빨고 있던 그녀에게 미숙의 물음이 날아들었다.

"그 멋진 사범님이랑은 잘되어가? 너도 얼른 고무신 거꾸로 신어야지."

그 말이 떨어지는 순간, 승리의 입술이 헤 벌어지며 빨대가 음료수 컵 안으로 내려앉았다.

친구가 잊고 있던 그녀의 사명을 상기시켜 주었던 것이다. 고무신 거꾸로 신고 달리기. 안 되면 들고 뛰기라도 해야 하는데 최근 권호국이라는 남자한테 휘말려 정말이지 까맣게 잊고 있었다. 게다가 정말 아이러니한 건, 이젠 고무신을 들고 뛰는 일이 그다지 의미있게 느껴지지 않는다는 사실이었다. 언제부터인지는 모르지만.

"고무신을 거꾸로 신긴 신어야지. 그런데 미자야, 그 사람이랑은 힘들어."

어렴풋이 인지하고 있던 사실을 말로 털어놓으니 뭔가 마음속에서 확실해지는 기분이었다. 승리의 입가에 왠지 모를 씁쓸함이 어렸다.

"왜? 유부남이래? 아님 애인 있어?"

"아니, 그것보다 훨씬 더한 거야. 그 사람…… 보훈이 형이야."

그에 휘둥그레지는 미숙의 눈동자를 보며 승리는 피식 웃고 말았다. 잠시 고개를 숙였던 그녀는 얼른 표정을 정비한 후 다시 친구를 마주 보았다. 아무렇지 않은 척 승리는 입술을 삐죽이며 사실을 털어놓았다.

"알고 보니까 보훈이 그놈이 나 감시하라고 자기 형을 붙여놓은 거였더라고. 누가 나라사랑 형제 아니랄까 봐. 동생이 아니라 완전 법전이야. 안 지키면 죽는다, 뭐 이런."

그녀가 어깨를 으쓱해 보이며 말을 맺었을 때, 그나마 미숙의 표정은 누그러져 있었다. 그에 잠시 긴장을 늦춘 사이, 사이를 파고든 물음.

"그런데 넌? 너 정말 보훈이 형한테는 아무런 감정 없어?"

얼굴 근육이 움찔하는 것은 스스로도 어쩔 수가 없었다. 승리는 마음 한구석에서 웅얼웅얼 들려오는 중얼거림을 완전 무시한 채 대답했다. 평소보다는 조금 풀이 죽은 음성으로.

"너 내가 보훈이라면 치 떠는 거 몰라?"

"그렇담 다행이고. 어쨌든 넌 지금부터 고무신 거꾸로 신고 달릴 준비만 해. 내가 멋진 놈들로만 골라서 대령할 테니까."

"이번엔 믿어도 되냐? 설마 이번엔 초록색 새마을 운동 모자 쓴 대머리 아저씨가 나오는 건 아니지?"

"야야. 저번에 녹색 추리닝 사건은 정말 미안했다고 얘기했잖아. 밥까지 샀는데 왜 자꾸 그러냐. 잊어라, 그건 잊어."

그렇게 미숙과 농담 따먹기를 하면서도 이상하게 승리의 마음은 밝아지지 못했다. 그건 끝이 나지 않을 것 같은 이 고무신 전쟁, 마침내 승자가 된 자신의 모습을 상상해 보아도 마찬가지였다. 정말 고무신을 거꾸로 신으면 행복해질 수 있을까. 그런데 왜 호국의 얼굴이 눈앞을 연신 왔다 갔다 하는 걸까.

진정한 해피 엔딩이 뭐고, 새드 엔딩이 뭔지 그녀의 가슴이 혼란을 일으키고 있었다.

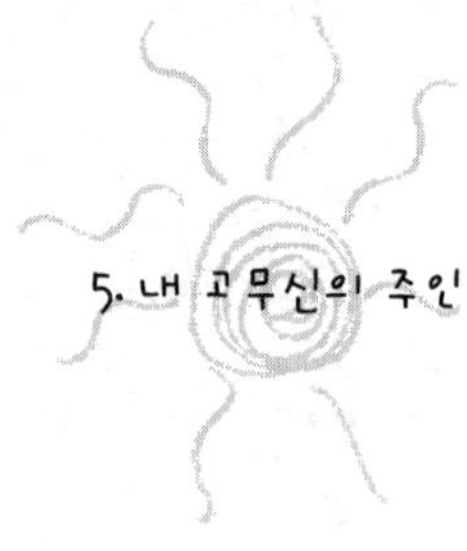

최후의 보루였던 친구 미숙이 현수라는 남자와 거의 동거 상태라는 것을 알게 되었으니 정말 갈 곳이 없어졌다. 암담한 현실이었다.

미숙과 헤어지고, 한동안 방황하던 그녀의 발걸음이 닿은 곳은 반창고밴드의 연습실, 즉 알렉스의 오피스텔이었다. 호국의 집과 지척이라는 생각이 그녀를 약간은 머뭇거리게 했지만 어쩌겠는가, 집 잃은 야옹이 신세인 것을. 이 한 몸 의탁할 데가 있으면 어디인들 못 가리. 비록 잠시뿐이라 해도.

정오가 조금 지난 시간, 오피스텔 문 앞에서 승리는 알렉스에게 전화를 걸었다.

[빅토리?]

잠에 취한 듯한 놈의 목소리가 들리자, 승리는 평소와 다르게 애교가 철철 흘러넘치는 모드로 대꾸했다.

"으응. 지금 연습하러 가도 돼?"

[What? What's the matter?]

이 시간이면 그녀가 학원에 나간다는 것을 알고 있는 알렉스는 놀란 듯 물었다. 역시 영어로 중얼중얼. 안 그래도 극도의 저기압 기류를 형성 중인 승리의 미간이 구겨지며 목소리에 태풍이 불어 닥쳤다.

"야! 뭘 그렇게 묻냐? 어서 이 문이나 열어!"

휴대전화가 끊긴 후 얼마 지나지 않아 문이 열리고 노랑머리가 삐죽삐죽 뻗친 알렉스가 모습을 드러냈다. 그의 황당하다는 눈길이 그녀와 그녀가 안은 짐 보따리를 훑어 내렸다. 그에 애써 당당한 척하려 노력하며 승리는 알렉스를 밀치고 안으로 들어갔다.

그녀는 소파에다 묵직한 종이 가방을 털썩 내려놓았다. 무게도 무게지만, 내내 들고 돌아다녀서인지 그것의 네 모서리는 많이 해어져 있었다. 종이 가방을 바라보던 승리의 시선은 마주 서는 알렉스에게로 향했다.

"Leaving home?"

영어로 묻던 그는 그녀의 눈꼬리가 또다시 샐쭉 올라가자 한국어로 바꿔 말했다.

"집 나왔어?"

"자세히 알려고 들지 마. 다쳐."

그렇게 일축을 한 승리는 알렉스의 시선을 피했다. 잠시 침묵이 흐르는가 싶더니 놈에게서 뜻밖의 제안이 흘러나왔다.

"여기서 지내. I'm OK."

"헛! 뭐?"

소파에 편안히 등을 기대던 승리는 예의 버터 냄새 나는 미소를 짓고 있는 알렉스를 향해 빽 고함을 내지르며 허리를 곧추세웠다.

"됐거든. 곧 나갈 거야!"

그녀는 갈 곳도 없으면서 큰소리를 쳤다.

그러자 알렉스는 더 이상 가출과 그 추후 문제에 대해 그녀에게 뭐라고 얘길 하지 않았다.

그들은 점심을 라면으로 간단히 때우고—이 순간, 호국이 해주었던 오므라이스가 간절히 그리워지는 승리였다. 단 한 번의 효력이 꽤 컸던 모양이다—알렉스가 새로 작곡한 곡을 연습하며 시간을 보냈다. 역시 음악을 하는 동안 알렉스는 평소의 흐물흐물한 버터가 아닌 냉동 버터로 돌변했다.

"No!"

노래를 끝까지 부를라치면, 당장에 날아오는 저 한 단어! 감정을 좀 더 살리라느니, 거기서 반음을 내리라느니 어쩌고저쩌고 주문을 해대는 알렉스 놈의 주둥이를 콱 막아버리고 싶었다. 오늘 밤 자신의 거취도 확실하지 않은 이 마당에 노래에 제대로 집중이 될 리가 없지.

"안 해! 안 해! 나 안 해!"

승리는 악보를 휙 밀치며 연습실의 두터운 문을 열고 나와 버렸다. 그리고 거실 소파에 풀썩 주저앉는데, 어느새 따라 나온 알렉스는 맞은편에 장승처럼 버티고 서서 그녀를 내려다보았다. 팔짱을 낀 채 그를 외면하고 있는 승리의 귓가에 진지하기 짝이 없는 물음이 날아든 건 곧이었다.

"What is your dream?"

바람에 흔들리는 유리창마냥 심장이 덜컹했다. dream. 꿈. 그것이 주는 쇼크. 승리는 자신이 늘 꿈꾸어왔던, 그래서 집까지 나오게 만든 것이 다름 아닌 무엇인지 알렉스의 물음을 통해 절실하게 깨닫게 되었다.

입술을 깨물며 고개를 숙이고 있는 와중, 이어진 물음은 그녀를 더욱 자극했다.

"코리안 베스트 싱어 아니었어?"

승리는 번쩍 고개를 쳐들었다. 알렉스의 갈색 눈동자는 그녀를 흔들림없이 쏘아보고 있었다.

"I'm your trainer."

반박할 말이 없었다. 가수가 되겠다고 집까지 나온 마당에 자신을 조련해 주겠다는 알렉스마저 걷어찬다면 그녀는 정말 길을 잃게 되고 마는 것이다. 어쩔 수 없어진 승리는 어설프게나마 변명을 늘어놓았다.

"모, 목이 아파서 그랬어. 조금만 쉬었다가 해."

알렉스의 표정이 조금 밝아지는가 싶더니, 고개를 끄덕였다. 그는 부엌으로 발걸음을 옮기며 그녀에게 물었다.

"Water?"

여느 때 같으면 또 영어를 쓴다고 뭐라 했을 그녀지만 이번은 순순히 대답을 해주었다, 'Yes' 라고.

잠시 후, 현관의 벨이 울리며 선규와 민이 등장했다. 같은 대학교의 실용음악과에 재학 중인 그들이라 늘 붙어 다녔다. 비록 민이 군대를 다녀와 학년은 한참 아래이긴 해도.

"어! 승리 와 있었네?"

반가움을 드러내며 그녀의 곁으로 다가앉는 민인 반면, 선규는 무뚝뚝하게 기타를 어깨에서 내려놓으며 멀찍이 떨어져 앉았다. 그리고 그녀의 짐 가방을 발견하고서 호들갑을 떠는 민과 반대로 선규는 그들의 이야기를 묵묵히 듣기만 했다.

"그럼 이제 어떻게 할 거야?"

민의 물음에 승리는 어깨를 으쓱하고 말았다. 아직 무엇 하나 어떻게 해야겠다 확실히 결정된 것이 없었다. 그들 사이에 잠시 침묵이 흘렀다.

"정 갈 데가 없으면 내 방으로 와도 좋아."

좀처럼 대화에 끼지 않는 선규의 뜻밖의 제안에 승리는 화들짝 놀랐다. 그건 민과 알렉스도 마찬가지였다.

"오~ 연선규 웬일이냐, 다른 사람이랑 접촉하는 거 무지하게 싫어하는 네가?"

민을 살짝 흘겨보던 선규는 긴 앞머리를 쓸어 넘기며 승리를 응시했다. 마치 대답을 기다리는 듯. 종래에는 반창고 모든 멤버들의 시선이 그녀를 향했다.

승리는 잠시 망설이다가 조심스레 물었다.

"그래도 되겠어?"

아무래도 여자인—보기엔 전혀 그렇지 못하긴 해도—선규랑 함께 지내는 것이, 여기서 알렉스와 미적거리는 것보다는 훨씬 나을 듯하다는 결론을 그녀 나름대로 내린 것이었다.

선규는 짧게 고개를 끄덕였다. 그에 약간 굳어 있던 승리의 입매도 풀려갔다.

퇴근 후 호국은 휴대폰을 들었다 놓았다를 반복하며 오피스텔 앞을 서성이고 있었다.

아침나절, 운동을 다녀와 보니 사라진 승리로 인해 얼마나 놀랐던지 모른다. 게다가 아버지께 꾸지람을 들었던 것을 생각하면 아직도 아찔했다. 오늘 안에 그녀를 찾아 대령하라고 어찌나 잔소리를 해대시는지 귀 근육이 결릴 지경이었다. 그가 할 수 있는 일은 알았다는 대답과 함께 어서 출근을 하는 것뿐이었다.

그리고 그는 도장에 가서야 알았다, 지갑에 돈 이만 원이 빈다는 사실을. 이제 도둑질까지! 역시나 문승리는 첫인상 그대로 맹랑했다. 그런데 맹랑한 여자치고 그녀는 이상스레 밉지가 않다. 오히려 생각만 해도 웃음이 나는 존재였다.

호국은 여전히 침묵을 지키고 있는 휴대폰으로 다시 시선을 두었다. 혼자서 들어갔다가는 아버지의 불호령이 떨어질 것은 뻔한 일. 그렇다고 고맙다는 말 한마디 없이 돈만 가지고 집을 나가 전화 한 통 없는 그녀에게 먼저 연락을 하기도 왠지 자존심이 상해 망설이는 중이었다. 비록 걱정이 되어 죽을 지경이었지만.

그러던 와중 마치 거짓말처럼 등 뒤에서 들려오는 귀에 익은 웃음소리에 호국은 눈살을 찌푸리며 몸을 돌렸다. 아니나 다를까, 그의 예감대로 승리였다. 연습실이 이 근처라더니, 거길 갔던 모양이다. 까맣게 타 들어가는 그의 속도 모르고. 그녀는 또다시 그 시커먼 녀석 세 명을 대동한 채였다. 아니, 한 명은 여자랬나?

호국은 그렇게 중얼거리다가 승리 일행이 버스 정류장 쪽으로 향하는 것을 보고서야 빠른 걸음을 옮겨 그들을 따라잡았다.

"이봐!"

그의 부름에 그들이 동시에 뒤를 돌아보았다. 승리의 얼굴이 창백하게 변해가는 것을 호국은 비교적 여유로운 표정으로 관찰했다.

"어딜 가는 거지?"

"안녕하세요? 승리, 집 나온 건 아시죠? 그래서 당분간 선규 집에서 지내기로 했어요."

민이라는 녀석의 설명에 호국의 눈썹이 잔뜩 일그러졌다. 선규? 탱탱볼이 여자라고 했던 저 장발 녀석?

그의 미심쩍은 눈길이 당장에 선규의 머리끝에서 발끝까지를 훑어보았다. 그리고 역시 호국의 고개가 가로로 저어졌다. 문승리, 나 바보 아니야. 이놈이 어딜 봐서 여자라는 거지?

"안 돼."

그의 안 된다는 한마디에 그나마 승리의 얼굴에 혈색이 돌아왔다. 그런데 그 붉은 기운은 그다지 상서롭지 못한 느낌이었다. 불쾌해 죽겠다는 듯 씰룩대는 콧잔등을 보며 호국은 할 말 있음 해보라는 제스처를 취했다. 그러자 파르르 떨며 달려드는 그녀.

"왜, 왜 안 된다는 건대요?"

"몰라서 물어? 오늘 새벽에 있었던 일, 애기해?"

"아악!"

묘한 뉘앙스로 이야기하는 호국으로 인해 승리는 시선 둘 곳을 잃었다. 선규와 민, 그리고 알렉스까지 자신과 호국 사이를 요상한 눈빛으로 왔다 갔다 하는데 그야말로 미칠 지경이었다.

"새벽? 새벽에 저 맨이랑 함께 있었단 말야?"

믿기지 않는다는 듯 묻고 있는 알렉스의 얼굴을 승리는 외면했다.

"뭐야, 빅토리. 어젯밤에 집을 나왔다면서? 그럼 밤새 저 형이랑?"

거드는 강민, 아니, 강복민! 정말 얄밉다! 거기다 은근히 미소 짓고 있는 저 남자, 권호국! 보기와는 달리 잔머리 굴리는 데 당할 재간이 없다! 더 얄밉다!

그런데 더 미치겠는 건, '사실은 내가 오늘 새벽에 저 사람 지갑에서 이만 원을 살짝 훔쳤거든' 이라고 죽어도 말 못하는 이 빌어먹을 상황이었다. 얼굴이 확확 달아오르는 것을 승리는 어쩌지 못했다.

"우리, 집으로 가자."

성큼성큼 다가온 호국이 그녀의 품에 안긴 종이 가방을 받아 들려고 하자, 승리는 어깨를 뒤틀며 벗어났다.

"우리 집?"

합창을 하듯 묻고 있는 반창고 멤버들이었다. 승리는 고개를 내

저어보았지만, 그것은 가까이 다가온 호국의 어깨에 가려져 그들에겐 보이지 않을 듯했다.

"그거 이리 줘."

"됐거든요!"

종이 가방의 손잡이를 붙잡고 끌어당기는 호국과 아랫부분을 안은 채 놓지 않는 승리의 실랑이가 한동안 계속되었다. 그러다 마침내 두두둑 소리와 함께 종이 가방이 찢어져 버렸고…… 하늘도 참 무심하시지. 혼자 보기에도 민망한 내용물들이 날아올라 아스팔트 여기저기에 떨어졌다.

"헉!"

옷가지 군데군데에서 고개를 내밀고 있는 비즈로 장식된 붉은색 나비와 노란색 코끼리 모양의 야시꾸리한 팬티들에 어찌할 바를 몰라 승리는 자리에서 움직이지 못했다. 그러나 그것은 약과였다.

"Wow! You're so sexy!"

등 뒤에서 들려온 한마디에 고개를 돌린 그녀의 눈에 들어온 건 망사와 분홍색 털로 장식이 된 공작 무늬의 팬티를 손가락에 걸고 돌리고 있는 알렉스였다. 입을 쩍 벌린 채 그 모습을 마치 TV 속에 나오는 한 장면인 양 승리는 물끄러미 바라보기만 했다.

아, 진정 꿈이기를. 그러나 마주 잡은 두 손을 서로 꼬집었을 때 느껴지는 건, 분명한 아픔이었다. 승리의 얼굴이 완전 울상으로 변해갔다.

지나가던 사람들의 킥킥거리는 소리가 귓가를 너무도 아프게 파고들었다. 이 상황을 어떻게 수습해야 좋을지 그녀는 알 수가 없었다. 거의 자포자기 상태였다.

그런 와중 갑자기 재킷을 벗는 호국의 모습이 눈에 들어왔다. 그는 셔츠 차림으로 한쪽 무릎을 꿇고 바닥에 앉았다. 그리고 보기에도 꽤나 값이 나갈 것 같은 자신의 외투를 바닥에 척 깔더니 덤덤한 손길로 그녀의 옷가지와 속옷들을 그 위에 주섬주섬 주워 담기 시작했다. 그의 손놀림은 신속하고 정확했다. 사람들의 수군거림과 우습다는 시선에 굴하지 않고서 그 일을 다 해치운 호국은 훤칠한 몸을 일으켰다. 그의 품 안에 보자기처럼 변한 재킷이 고이 안겨 있었다.

승리는 곧 그것을 호국이 자신에게 넘겨줄지도 모른다고 생각했다. 그런 상상만으로도 주위 사람들의 시선이 의식되어 안절부절못하는 그녀였다. 역시나 자신에게로 다가오는 그. 닥쳐올 암담한 현실에 그녀는 눈을 꼭 감았다.

그런데! 시간이 충분히 지난 것 같은데 아무런 일도 일어나지 않았다. 이상한 느낌에 눈을 뜬 승리는 뒤에서 들려오는 호국의 목소리에 놀라 홱 몸을 돌렸다.

"내놔!"

언제나 느끼는 것이지만, 저 남자 참 크다. 알렉스도 작은 키는 아닌데, 호국은 그를 내려다보고 있었다. 그것도 아주 위협적으로!

공중에서 분홍색 공작의 깃털이 흔들렸다. 스륵 그것을 내미는 알렉스의 동작이 미처 끝나기도 전에 호국이 홱 가로챘다. 그는 그것을 짐 보따리 안에 잘 넣더니, 알렉스를 심각하게 노려본 후 그녀에게로 다시 돌아섰다.

손목에 느껴지는 그의 손길을 승리는 거부하지 않았다. 그녀는 쓸데없이 종이 가방의 남은 조각을 품에 안은 채 호국이 이끄는 대로 따랐다.

다른 사람들과 달리 이런 상황에서도 자신을 비웃지 않는 이 남자, 정말 든든하다. 승리는 너른 등을 바라보며 어느새 그에게 기대고 싶다고 생각하는 자신을 발견하고 고개를 내저었다. 지금 자신의 사명은 고무신을 들고 누군가에게로 뛰는 것. 그런데 그는 그녀 고무신의 주인이 될 생각 따윈 절대 하지 않는 사람이다. 그 생각만으로 더욱 마음이 울적해지는 승리였다.

사실 태연한 척하고 있지만, 호국의 마음속에선 광풍이 몰아치고 있었다. 절대 평범하지 않은 그 속옷들이 시야에 들어오는 순간부터 그의 상상이 미친 질주를 시작했기 때문이다.

불그스름한 조명 아래, 그 빨갛고 파랗고 노란 속옷들을 차례로 걸치고 나타나는 승리의 모습이 머리 속에 어찌나 선명하게 그려지는지. 그녀의 알몸을 본 것도 아닌데. 게다가 탱탱볼이 그의 상상에서처럼 그렇게 쭉쭉빵빵 스타일의 멋진 몸매를 가졌을 리도 없는데. 정말 미치고 폴짝폴짝 뛸 노릇이었다.

그런데 더 미칠 것 같은 건 마치 버림받은 아이처럼 서 있는 승리 때문이었다. 이따위 일로 그녀가 우는 건 참을 수가 없을 것 같았다. 얄밉게도 상황을 더 안 좋게 만드는 저 양키 놈(승리 말마따나)! 그에게 다가가 내놓으라고 말을 하는데 인내심의 한계가 느껴졌다. 그대로 있다가는 자신이 놈에게 무슨 짓을 할지 알 수 없어 호국은 승리를 데리고 서둘러 그 자리를 벗어나야 했다.

엘리베이터에 이르렀을 때야 호국은 승리의 손을 놓았다. 잠시 흐르던 침묵 사이로 그녀의 낭랑한 목소리가 비집고 들었다.

"칫, 누가 고마워할 줄 알아요? 애초에 종이 가방을 찢어놓은 사람이 누군데."

"그럼, 문제를 이렇게까지 만든 건 누구지?"

일곱 살이나 어린 여자와 티격태격 말다툼을 하고 싶진 않았다. 정말로. 그런데 그녀가 남자인지 여자인지 성별도 모호한 녀석(?)의 집으로 가려 했다는 사실을 떠올리자 불쾌해져 되받아치고 말았다.

"아이고~ 또 그놈의 돈 얘기네. 정말 더럽고 아니꼬워서. 갚으면 되잖아요! 이만 원? 그거 며칠 안에 이자까지 쳐서 갚을게요. 이자 얼마면 돼요? 응? 천 원?"

호국은 피식 웃고 말았다. 승리는 나름 진지한데 그는 저렇게 유치하게 따지고 드는 그녀가 그저 귀엽기만 했다. 선규 때문에 기분 나빴던 건 어느새 다 잊고 말았다.

"내 돈에 대한 이자는 좀 비싼데."

100% 농담으로 한 얘긴데, 흥분한 나머지 승리는 알아채지 못하는 것 같았다. 그녀는 시뻘게진 얼굴로 손부채질까지 해대더니, 그의 품에서 옷 보따리를 확 앗아갔다.

"이리 내놔요!"

"내 옷은 줘야지."

빙글거리는 그를 거의 잡아먹을 듯 쏘아보던 승리는 뿌드득 이가 갈리는 소리를 가까스로 내뱉었다.

"이런 노티나는 옷은 줘도 안 가져가거든요? 씨이, 이거 담을 가방이나 하나 빌려줘요. 나중에 이만천 원이랑 같이 돌려줄게요."

생각 같아서는 할 말 다 했으니 다시 돌아서 선규의 뒤를 쫓고 싶었다. 그러나 호국의 외투에 감싸인 그녀의 옷가지들이 발목을 잡는 족쇄였다. 어쩔 수 없이 승리는 그의 집으로 들어가야 했다.

교장선생님의 부담스런 환대를 기대했던 승리는 지나치게 고요한 그곳의 공기에 주위를 둘러보며 거실로 올라섰다. 그것은 호국도 마찬가지인 듯했다.

"어디 가셨지?"

혼잣말처럼 중얼거리던 호국은 탁자 위 전화로 손을 뻗었다. 승리는 그가 심각한 얼굴로 버튼을 누르는 것을 마치 피난민처럼 보따리를 안은 채 지켜보다가, 팔이 아파오자 그것을 내려놓았다.

"아버지? 어디세요?"

호국의 물음을 들으며 승리는 거실의 장식장을 돌아보았다. 어제는 눈여겨볼 겨를이 없었는데, 가만히 보니 그 안에 즐비한 것은 호국이 각종 태권도 대회에서 받은 상패와 트로피, 메달 등등이었다. 그것을 조금은, 아주 조금은 감명 깊게 바라보던 승리는 갑작스레 높아지는 호국의 목소리에 놀라 펄쩍 뛰다시피 그를 향해 돌아섰다.

"네? 아버지!"

그 후 미간을 찌푸린 채 상대의 말을 듣고만 있던 호국의 손에서 수화기가 툭 떨어졌다. 호기심으로 바짝 다가서 있던 승리는 도무지 그가 입을 뗄 기미를 보이지 않자 먼저 물었다.

"무슨 일인데요? 왜 그렇게 인상을 구기고 있어요?"

"미안해."

전혀 예상치 못했던 그의 한마디에 가슴이 덜컥 내려앉는 듯했다. 그녀의 음성이 절로 뾰족해졌다.

"괜히 겁주지 말구요, 무슨 일이냐구요."

"아버지께서 지금 네 어머니를 만나고 계신 모양이야."

"뭐라구요?"

오늘 참 여러 가지가 그녀를 황당하게 만든다. 서 있을 기력마저 잃어버린 승리는 호국의 옆자리에 털썩 주저앉고 말았다.

"도대체, 거긴 왜 가신 거래요?"

"그래도 아버지는 네가 남 같지 않아서 저러시는 거야. 이해해라."

"그건 아는데요. 근데, 우리 엄마 나 여기 있는 거 알면 죽어요. 아마 달려와서 멱살 잡고 끌고 갈걸요? 그럼 가수고 뭐고 이젠 완전 쫑나는 거예요."

"내가 잘 말씀드려 볼게."

승리는 호국의 옆모습을 돌아보았다. 그녀에게서 약한 되물음이 흘러나왔다, '네?' 라는. 하마터면 '왜요?' 라는 말까지 튀어나올 뻔한 것을 승리는 눌러 참았다.

"그리고 이렇게 된 이상 아버지도 가만히 계시진 않을 거야. 네 편이시잖아."

호국의 확신이 담긴 말에 승리의 몸에서 긴장이 조금씩 물러났다. 그러면서도 미약한 실망감이 드는 건 어쩔 수 없었다. 그가 다른 말을 해주길 원했다. 그에게서 자꾸만 뭔가를 바라게 된다. 그녀는 자신의 눈빛에 그런 열망이 드러날까 두려워 호국에게서 애써 시선을 돌렸다. 그리고 아직은 닫힌, 그러나 언젠가는 열릴 현관문을 바라보았다.

호국이 승리와 한창 길에서 신경전을 벌일 무렵, 오준은 승리의 어머니가 운영한다는 피아노 학원 건물을 올려다보고 서 있었다. 주책맞다고 뭐라 해도 어쩔 수 없었다. 승리는 이미 그에겐 남이 아니었기에 어떻게든 부모님과의 일을 해결해 주고 안동으로 내려가야 했다.

미향이랑 똑 닮은 승리. 호국이의 짝지 승리. 눈에 쑤시넣어도 안 아플 것 같은 승리. 승리야, 오야. 이 권오준이가 다 알아서 해주꾸마. 어디로 가삣노. 퍼뜩 돌아온나.

결연한 표정으로 오준은 중절모를 바로 고쳐 쓰며 피아노 학원의 문을 열었다. 경쾌한 피아노 소리를 뚫고 들려온 도어벨 소리에 젊은 여선생 하나가 문을 열고 나왔다. 의아한 눈길을 숨기지 않으며.

"무슨 일이신가요?"

"여, 원장 없소?"

"실례지만, 어떻게 되시는지……?"

"문승리 양의 미래에 대해서 이바구 좀 하러 왔다꼬 전해주소."

낯선 노인의 입에서 '승리'라는 이름을 듣자마자 눈이 휘둥그레진 여자는 '원자~앙님'을 부르며 안으로 달려들어 갔다.

곧 모습을 드러낸 이는 놀랍게도 그의 상상 속에서 늘 그려왔던 중년이 된 미향의 모습을 하고 있었다. 그보다 약간은 쌀쌀맞은 분위기이긴 했지만 말이다. 그를 훑어보는 눈매부터가 삐죽 올라간 것이 승리보다 못한 얼굴이었다. 암~

오준은 훑어보던 눈길을 거두어들이며, 어쨌든 찾아온 사람은 자신이니 신분은 밝혀야겠다 싶어 새치름하게 선 승리의 모친이라는 여자에게 먼저 말을 건넸다.

"내는 권호국이 아비 되는 사람이오."

"네?"

되묻는 모양이 정말 '권호국'이라는 이름이 생소한 듯 보였다. 적잖이 당황을 했지만 어쩔 수 없이 오준은 설명을 덧붙여야 했다.

"옆짝에 태권도장 사범, 권호국이 모르요?"

"아~ 그 아시안 게임 은메달리스트?"

저, 저런 밥맛없는 여자를 봤나. 심사가 뒤틀린 나머지, 목구멍 깊은 곳에서 절로 헛기침이 터져 나왔다. 그래서 뭐 보태준 거 있냐고 확 쏘아붙이려는데, 그런 그를 말리듯 휴대폰이 울렸다.

전화를 건 이는 호국이었다. 뛰어나진 못해도 듬직하긴 한 장남 녀석은 어디냐고 물으며, 승리를 찾았다고 했다. 오준의 입가에 만족감의 미소가 어렸다. 그는 승리의 어머니를 만나고 있다는 말을 남기고 그대로 전화를 끊었다. 전화선을 통해 마뜩찮음을 역력히 드러내는 호국이었지만 개의치 않았다. 아들놈에게 맡겨놓으면 언제까지 질질 끌고 있을지 알 수 없는 일이었기에 자신이 내려가기 전 확실히 매듭을 지어놓아야 했다.

이젠 승리의 소재가 확실히 파악되었으니, 거칠 것이 없었다. 오준은 짐짓 거만한 태도로 용건을 꺼냈다.

"우얏든동 승리 양은 내 아들캉 내가 잘 데불고 있으니까네 걱정하지 마라는 말 할라꼬 왔소."

"네?"

찢어질 듯한 목소리는 여기저기서 울려대고 있는 피아노 소리보다 훨씬 더 컸다. 최소한 오준에겐 그렇게 느껴졌다. 그렇게 그를 뚫어져라 바라보던 승리의 모친은 그제야 사태의 심각성을 파악한 듯 주위를 둘러보다 가까이의 의자를 권했다. 더듬더듬.

"우, 우선 좀 앉으세요."

안 그래도 무릎이 시큰거리던 차에 잘되었다 싶어 오준은 제의를 거절하지 않았다.

"차 한 잔 하시겠어요?"

"냉수나 한 사발 주소."

그에 뒤를 돌아서 정수기로 다가가는 여자를 오준은 물끄러미 바라보았다. 승리를 보았을 때처럼 놀라진 않았지만, 승리의 모친역시 미향과 참으로 닮은 얼굴이었다. 초면에 실례되게도 '마미향이라는 여자, 혹시 모르요?' 라고 물어보고 싶은 충동이 불쑥불쑥 솟아났다.

그러나 그는 물잔을 내려놓는 승리의 모친에게 아무런 말도 하지 못했다.

"승리가 왜 그곳에 있는 거지요?"

먼저 묻는 상대방에게 오준은 어젯밤 일에 대해 아주 자세히, 아주 친절하게 설명해 주었다. 승리의 방에 들어가 호국이 한참을 있었다는 쓸데없는 말까지 덧붙여. 그에 당황한 기색을 감추지 못하는 승리의 모친이었다.

"그런데 내가 못해도 내일은 안동으로 내리가야 되지 싶어가 말이오. 과년한 남녀만 한집에 둣다가 무신 사고가 날지 으째 아요. 그래가 초면에 실례인 줄 알지만 여까지 찾아왔다 아입니꺼."

"네? 그 무슨……?"

"승리 양이 뭐 땜시 집을 나왔는지는 알고 있으요. 내가 참견할 일은 아닌 것 같지만서도 그래도 본인이 저래 좋다 안 하요. 밴든가 뭔가 할 수 있게 허락해 주믄 안 되겠는교? 자식 이기는 부모 없다꼬, 언제까지 다 큰 딸내미 바끝으로 내돌릴 수는 없지 않겠으예?"

점잖은 노신사의 간곡한 요청.

그러나 은옥은 그렇게 쉽게 자신을 꺾을 수가 없었다. 그것은 누구도 아닌 하나뿐인 딸, 승리를 위해서였다. 구박탱이에 철천지 원수 간인 딸이지만, 그래도 열 달을 품고 꼬박 하루를 배 아파 낳은 자식이다. 어찌 자식이 잘못되길 바라겠는가.

은옥은 단호하게 고개를 내저었다.

“그것만은 안 됩니다.”

“허어, 그 양반 고집 씨네. 무조건 안 된다고만 하믄 다 해결되는교? 내 보이 승리 양도, 승리 양 어무이도 다 고집이 보통이 넘네요. 와, 학교 댕길 때 안 배웠으요. 같은 극 자석끼리는 죽어라 서로 밀어내기만 한다꼬. 절대 안 붙는다 아잉교. 뭐 때매 그라는지 모르겠지만서도, 그래 채찍만 휘둘러 쌌지 말고 한 번쯤 당근도 내밀어보소. 방법도 바까가믄서 해야지, 어데 계속 그래사믄 약발이 먹겠소?”

“네? 무슨……?”

은옥은 지혜로 반짝이고 있는 상대방의 눈동자를 들여다보며 물었다. 그녀라고 언제까지 딸과 이런 적대적인 관계를 유지하는 것이 좋을 리는 없었다.

“만다꼬 밴드 하는 거를 그래 반대하는교? 그 이유가 뭔지 승리 양한테 한 번이라도 진심으로 야그한 적 있소?”

곰곰이 생각을 해보니 한 번도 그랬던 적이 없었다. 하긴 그녀가 가수라는 직업을 왜 그렇게 쌍심지를 세우며 반대하는지 남편인 문 화백조차 모르니까. 그 얘긴 시집을 와서 누구에게도 한 적이 없다.

“아뇨.”

“그라믄 먼저 이바구부터 해야지. 대화로 푸는 기 최곤 기라.”

은옥은 눈앞의 노인을 찬찬히 바라보았다. 그냥 집에서 소일거리나 하는 사람 같아 보이진 않는데. 뭐 하는 사람이지?

“내친김에 우리 집으로 가입시다. 어무이가 좋게 나오시믄 승리 양도 집으로 돌아올라 안 하긋으예.”

희망에 찬 태권 사범의 아버지와 달리 은옥의 표정은 그다지 밝지 않았다. 따라나서긴 했는데 승리에게 어떻게 그 일을 털어놓을지 막막한 마음에 발걸음은 무겁기 짝이 없었다. 그런 상념에 사로잡혀 있느라 은옥은 외딸 승리와 그 잘생긴 사범이 어떤 관계인지에 대해서는 물어볼 생각조차 하지 못했다.

뜻밖에도 교장선생님과 함께 온 윤 여사의 기세는 광폭하지 않았다. 아니, 왠지 평소와 달랐다. 그러자 벨소리에 놀라 엉덩이에 불난 송아지마냥 펄쩍 뛰어올랐던 자신의 행동이 무안해지는 승리였다. 그에 호국의 눈치를 슬슬 보는데, 아들의 옷소매를 막무가내로 잡아끌고 있는 교장선생님이 시야에 확 들어왔다. 그녀의 의아한 시선에 호국의 아버지는 나이에 맞지 않게 참으로 천진한 미소를 흘리셨다.

“아, 자슥아…… 책 좀 찾아달라 안 하나.”

그리고 덩치가 훨씬 큰아들을 이끌고 서재로 들어가 버리시는 것이었다. 순식간에 어머니와 단둘이 거실에 남겨진 승리는 곧 호통이 날아들 거라 생각했다. 하지만 뜻밖에도 들려온 목소리는 고요하고도 결연했다.

“정말, 곧 죽어도 대중음악을 해야겠니?”

“나 변덕 많은 애라는 거 엄마도 알지? 그런데 가수에 대한 꿈만은 아니었잖아. 초등학교 때부터 지금까지 변하지 않고 있잖아요.”

"후, 그래. 그런데 너 내가 왜 그렇게 밴드 활동을 반대한다고 생각하니?"

왠지 지쳐 보이는 윤 여사의 물음에 승리는 대답을 하지 못했다. 그저 고개만 설레설레 내저을 뿐. 그냥 정통 음악파로서 대중음악을 천대하는 것이라 여겼었는데, 아니었나?

"엄마의 아버지, 즉 네 외할아버지에겐 여동생이 하나 있었다. 내겐 고모지. 고모는 사범학교를 나온 재원이었는데, 지방에 발령을 받아 갔다가 그곳에 머슴 일을 하던 사람이랑 눈이 맞았대. 어른들의 반대에도 불구하고 부득불 결혼을 한 고모는 불행히도 내가 태어나기도 전 아이를 낳다가 돌아가셨다고 들었다."

정말이지 처음 듣는 이야기였다. 여태 승리는 외할아버지가 외동인 줄 알고 있었던 것이다. 그 시대에 걸맞지 않다고 생각은 했었지만, 이런 비하인드 스토리가 숨겨져 있을 줄은.

"고모가 세상에 남긴 아이는 딸이었다. 내게는 고종사촌언니였지. 그 언니와는 내가 초등학생일 때 처음 만났다. 하나뿐인 딸의 죽음으로 많이 누그러지신 할아버지는 상경한 사촌언니를 거둬주었지. 하지만 지방에서 허드렛일이나 하며 지냈던, 배움이 짧은 언니가 서울서 할 수 있는 일이란 기껏해야 공장에서 재봉틀을 돌리는 것밖에 없었다. 그것이 싫었던 언니는 무던히 방황을 하다가 바람잡이 하나를 만났어."

이야기에 한껏 집중해 있던 승리의 입에서 '아' 라는 감탄사가 터져 나왔다. 그리고 그녀는 저도 모르게 재촉을 하고 말았다.

"그래서요?"

"지금으로 말하면 길거리 캐스팅이라고 하나? 인물도 되고, 노래도 되니 가수를 한번 해보자는 그 작자에 말에 혹한 언니는 모았던 돈을 모두 갖다 바치고 심지어 몸까지 내주었던 모양이다. 할아버지와 우리 식구들이 모든 사실을 알게 된 건, 언니의 돈을 가지고 그 작자가 날아버리고 난 후였어. 그렇게 가수의 꿈을 꾸었던 언니는 식음을 전폐하고 며칠을 앓고 난 후 완전 사람이 달라져 버렸어. 마치 인생을 포기한 사람 같다고 해야 하나? 폐인이 되어버렸지."

가슴이 아팠다. 얼굴도 모르고 이름도 모르는 엄마의 사촌언니. 그 사람의 개인사를 그저 듣는 것뿐인데 남의 일같이 느껴지지 않았다. 같은 꿈을 공유해서일까.

"그리고…… 그 일로 인한 마음고생 때문이었던지 언니는 몇 년 지나지 않아 암으로 세상을 떠났어. 시집도 못 간 처녀귀신으로 구천을 떠돌게 되었으니 우리 미향이 불쌍해서 어쩌냐고 펑펑 우시던 할머니 모습이 아직도 엄마 눈에 생생해."

미향. 이름이 미향이었구나.

승리는 상황에 맞지 않게도 왠지 촌스럽게 들리는 그 이름을 중얼거려 보았다. 그녀는 멍한 시선으로 눈물이 맺힌 어머니의 얼굴을 바라보았다. 그래서 반대를 하셨구나. 이제 조금은 그동안 응어리졌던 마음이 풀리는 것 같았다.

"넌 정말 미향이 언니를 많이 닮았어. 성격도 그렇지만, 생김새까지."

눈가를 손가락 끝으로 닦아내며 어머니가 중얼거렸다. 그에 승리는 조용히 반박했다. 이야기를 듣고 난 지금도, 자신의 꿈을 꺾을 순 없기에.

"엄마, 난 그분이랑 달라요."

그녀의 말이 떨어지기가 무섭게 서재의 문이 요란한 소리를 내며 열렸다. 심장이 후들거릴 정도로 놀란 승리는 휘둥그레 뜬 눈으로 자신을 비켜 어머니를 노려보고 있는 교장선생님을 발견하고 저도 모르게 상체를 뒤로 젖혔다. 마치 그 시선에 닿으면 살갗이 타 들어갈 것만 같은 착각이 들었다.

"아버지!"

호국이 뒤에서 팔을 잡아보았지만, 교장선생님은 강경했다. 그는 아들의 손길을 확 뿌리치며 마치 공포영화의 한 장면처럼 저벅저벅 걸어서 그녀들에게로 다가왔다.

"지금, 마…… 미향이라꼬 했소?"

"네? 네."

너무나도 진지하다 못해 무섭기까지 한 교장선생님의 태도에 천하의 윤은옥 여사도 겁을 집어먹은 듯했다. 도도한 윤 여사가 저렇듯 고개까지 끄덕이며 열성적으로 대답을 하다니. 왠지 상황이 재미있다는 생각을 하는데, 교장선생님이 바닥으로 털썩 주저앉으시는 것이 아닌가! 그리고 아이처럼 터져 나온 흐느낌.

"흐흐흐흑. 아이고, 미향아~!"

달려온 호국이 얼른 부축해 보았지만, 교장선생님의 몸부림을 막을 순 없었다. 마치 속에 감춰둔 뭔가를 다 끄집어내려는 사람처럼 그렇게 우시는 모습에 괜히 승리의 마음까지 슬퍼졌다.

"미향아!"

절규와 같은 부름에 승리와 은옥, 그리고 호국의 눈시울이 절로 붉게 달아올랐다. 한동안 그 공간에 들리는 거라고는 교장선생님의 울음소리뿐이었다.

인연의 굴레란 참으로 오묘하다고 교장선생님의 이야기를 듣는 동안 승리는 생각했다. 오래전 서로 사랑했던 두 사람, 그리고 그들과 연관된 사람들이 사십 년이 지난 후 다시 만났으니.

"미향이가 서울로 가뿌고, 마 씨도 곧 머슴 일 때리치우고 무슨 장사를 한다꼬 떠났지. 그 후로 소식을 알 방법이 없드마는. 그런데 그런 일이 있었는가 베…… 그랬는가 베."

회한이 가득 담긴 목소리와 멍한 눈동자는 보는 이들의 마음을 아프게 했다. 사랑했던 연인의 관계를 떠나 그토록 오랫동안 알고 지냈던 사람이 죽었다는데 그 속이 어떠랴.

"다 내 탓이다. 내가 그때 붙잡았시믄……."

"그런 말씀 마세요. 어떻게 그게 어르신 탓이에요. 언니 명이 그것밖에 안 된 거지요."

윤 여사의 말에 호국의 조용한 한마디가 따라붙었다.

"돌아가신 분께는 죄송하지만 아버지, 그런 말씀은 어머니와 저희를 부정하시는 겁니다. 그러지 마세요."

착한 형인 줄만 알았더니, 엄청나게 효자이기도 한가 보다. 그의 어조에서 어머니에 대한 사랑이 절절하게 느껴져 승리는 그렇게 생각을 했다.

"그래, 미안타. 늙은이가 옛날 생각이 나가 주책 부릿다고 생각해라."

한숨을 푹 내쉬시는 교장선생님을 두고 부엌으로 갔다가 돌아온 호국의 손엔 물 잔이 들려 있었다. 아들이 내민 그것을 받아 든 교장선생님은 물을 충분히 들이키셨다. 원기가 그나마 회복된 듯 잔을 내려놓고 승리를 돌아보는 눈빛에 결연함이 넘쳐 났다.

"인자 내가 모든 사실을 알게 된 이상 가만 못 있는다. 미향이가 못 이룬 꿈, 꼭 승리 양이 이루어야 한데이."

"어머머! 그게 무슨 말씀이세요!"

팔까지 휘휘 내저으며 끼어드는 윤 여사에 아랑곳없이 교장선생님은 그녀의 어머니가 더욱 기함을 토할 말을 술술 내뱉으셨다.

"인간 권오준이가 힘 닿는 대로 지원할 테이니까네, 언젠가는 대한민국 최고 가수가 될 수 있을 끼라."

"이것 보세요! 얘기가 왜 자꾸 그렇게 흘러가는 거죠!"

"허어!"

거의 삿대질까지 해대는 어머니에게 교장선생님은 불쾌하다는 낯빛을 숨기지 않으며 눈을 부라리셨다. 그에 어른께 자신의 버릇없음을 순순히 인정하며 깨갱 꼬리를 내리는 윤 여사였다. 하지만 작은 목소리로 말을 덧붙이는 것만은 잊지 않으셨다.

"대리만족 따위로 내 딸을 전장으로 내보낼 순 없다고요."

오랜 세월 뿌리 깊게 이어져 온 엄마의 가수에 대한 잘못된 인식을 어떻게 바꾸어놓아야 할지 승리는 암담했다. 생각에 잠겨 있던 승리의 귓가에 희미한 벨소리가 들렸다. 휴대폰이 내는 소리였다. 반짝이는 '양키' 라는 두 글자. 무슨 일이지?

고개를 갸웃거리며 폴더를 열자마자 잔뜩 들뜬 놈의 목소리가 귀청을 파고들었다.

[Congratulations!]

전화기를 귓가에서 멀찍이 떼어놓으며 눈살을 찌푸리는 그녀에게로 윤 여사, 교장선생님, 호국의 시선이 줄줄이 따라붙고 있었다. 승리는 통화음을 살짝 줄이며 퉁명스레 대꾸를 했다.

"누구 약 올리니?"

당연히 이 상황을 모르는 알렉스인데도, 승리는 괜히 그랬다. 그렇게 심드렁하니 있는데 갑자기 들려온 알렉스의 선언에 그녀의 눈이 휘둥그레지며, 목구멍으로 침이 꿀꺽 넘어갔다.

[마로니에 파크에서 공연한다.]

분명 여기서 마로니에 파크라 하면 마로니에 공원을 말하는 거지? 그렇다면 그 야외 공연장? 생각이 이어질수록 승리의 얼굴이 희열로 붉게 달아올랐다. 그녀는 자리에서 벌떡 일어나며 소리쳤다.

"정말? 야, 너 정말이지?"

[그럼. 좀 전에 음…… 그래, 전화 '열락' 받았어.]

민에게 물어 서툴게 한국어 발음을 하는 알렉스였다. 아이고! 귀여운 놈! 기쁨에 들뜬 나머지 승리는 혼자 그렇게 중얼거리기까지 했다.

좀 더 자세히 물어보고 싶었지만, 길게 통화를 할 수 없는 지금 상황으로 인해 '내일 보자' 며 전화를 끊는데 어찌나 윤 여사의 찌릿찌릿한 시선이 느껴지던지. 휴대폰을 접은 승리는 조용히 자리에 앉아야 했다.

"무슨 일인데 그렇게 난리법석이야?"

"우리 공연하게 됐어. 작은 클럽 같은 데서 다른 밴드랑 합동으로는 해봤어도, 우리 밴드 독자적으로 하는 건 처음이거든."

"공연?"

아니꼬운 기색이 역력한 어머니의 물음에 승리는 다급하게 설명을 더 늘어놓았다. 이 기회를 절대 놓치면 안 된다는 일념하에.

"엄마, 나 들어오고는 처음이란 말이야. 잘하고 싶어요."

매달리다시피 하는 그녀에게 윤 여사의 마뜩치 않은 시선이 따라붙었다. 그 뒤로 마치 구원처럼 들려온 건 교장선생님의 목소리였다.

"기회도 한 번 안 주보고 반대만 해가 되겠는교. 이번 공연으로 가능성이 있나 없나 보고, 허락을 하든 말든 해도 안 되겠소?"

"맞아. 나 잘할 자신 있어. 엄마가 공연을 보고 판단해 줘요."

합동 공략에 윤 여사의 방어벽이 거의 허물어졌다 느껴질 즈음 호국의 진지하기 짝이 없는 말이 결정타가 되었다.

"승리의 안전 문제라면 걱정 마십시오. 제가 시간이 되는 한은 곁에 있을 테니까요."

두근. 미친 심장이 또다시 쿵덕대기 시작했다. 그의 시선을 애써 피한 승리의 시야에 함박웃음을 머금은 채 호국을 응시하고 있는 윤 여사의 모습이 들어왔다.

아이고, 하여튼 대한민국 아줌마. 총각이라면 정신 못 차리기는. 음, 하긴 공갈 오빠가 여느 총각들보다 좀 잘났긴 하지? 그렇지? 흐흐.

혼자 흐뭇해하던 승리가 자신이 그럴 권리가 없다는 것을 깨닫는 데는 몇 초도 걸리지 않았다. 조금 센티해진 표정으로 그녀는 어머니의 대답을 기다렸다.

"그럼, 처음이자 마지막 기회야."

"엉?"

절대 기대하지 않았다, 언제나 안 된다고만 했던 윤 여사였기에. 그러다 보니 뜻밖의 OK 답변은 승리를 환호하게 만들기에 충분했다.

"앗싸!"

그런 자신에게 호국의 흐뭇한 눈길이 따라붙고 있다는 것을 기쁨에 도취된 나머지 그녀는 알지 못했다. 그가 꺼낸 말에 고개를 돌릴 때까지는.

"캐리어 백 꺼내줄게."

그의 따스한 시선에 기분이 묘해진 것도 잠시, 그녀는 소파에 둘둘 뭉쳐져 있는 옷가지들을 홱 돌아보았다.

"헉!"

윤 여사가 그 요란한 내용물을 본다면? 생각만 해도 끔찍했다. 지금의 이 좋은 분위기가 깨어질 것은 자명한 일.

승리는 후닥닥 속옷 뭉치를 안아 들고서 호국의 뒤를 따랐다. 거의 비명을 지르다시피 하며.

"가, 같이 가요!"

의아함을 담은 어머니와 교장선생님의 눈빛을 받으면서도 승리
는 호국과 함께 그의 침실로 들어가 문을 쾅 닫았다. 그제야 안도
의 한숨이라도 내쉴 수 있게 된 그녀였다.

"왜 이래?"

"아까 봤잖아요, 당신 옷 안에 든 이것들. 어떻게 거기서 꺼내
요. 이쒸, 문영재 이 자식! 잡히면 죽었어!"

씩씩대는 그녀와 달리 호국의 얼굴엔 희미한 미소가 어렸다.

"재미있어요?"

침대 위에 보따리를 내려놓고 팔짱을 낀 채 승리는 그를 노려보
았다. 그러나 전혀 아랑곳없이 벽장에서 가방을 꺼내고 지퍼를 여
는 등 일련의 행동을 하는 호국이었다. 그녀가 옷을 챙겨 넣을 수
있도록 가방을 침대 위에 올려놓은 그가 허리를 폈다.

"이른 감이 있지만, 축하해."

"네?"

"어머니께서도 너 노래하는 거 보고 나시면 생각이 달라지실
거야. 잘해봐."

진심 어린 그 격려에 어쩔 줄을 몰라 승리는 멍하니 서 있기만
했다. 그의 무조건적인 신뢰가 부담스러우면서도 고마웠다. 가슴
한 켠이 찌릿거렸다.

"성공해서 꼭 이만 원, 아니, 이자도 쳐준댔나? 어쨌든 갚고."

그녀가 지나치게 얼어 있는 것을 알아챈 듯, 호국이 장난스런
말을 덧붙였다. 눈시울에서 따끔거리며 솟아오르던 액체 대신 승
리의 눈가엔 미소가 어렸다.

"당근이죠. 그리고……."

마주 선 그와 더불어 그제야 곁에 놓인 거대한 침대가 한눈에 들어왔다. 여기는 다름 아닌 권호국, 그의 침실이라는 것이 새삼 의식되었다.

"흠흠, 고마워요."

그 다음 연속으로 떠오르는 야릇한 상상에 붉어진 얼굴을 들지 못하면서도, 승리는 하려던 말을 마무리 지었다. 그런 그녀의 정수리에 마치 속삭임과도 같은 그의 숨결이 닿았다.

"뭐가?"

"그냥 다요."

재워주고, 먹여주고, 속옷 구덩이에서도 구해주고. 그러고 보면 호국이 자신을 구해준 건 이번뿐만이 아니다. 어머니의 몽둥이에서부터 그녀를 빼내준 접촉사고와 촌스런 녹색 추리닝과 킹콩을 차례로 격파해 준 소개팅 데이의 일, 술 깨는 약과 호신용 호루라기에 얽힌 창고의 환영회 날의 기억이 그녀의 머리 속을 주마등처럼 스쳤다.

"다…… 고마워요."

처음엔 공갈죄 어쩌고저쩌고한 그 사건도 그랬고, 이어 밝혀진 보훈과 형이라는 가족 관계 때문에도 호국이 무작정 싫었다. 미웠다. 그녀에겐 '권보훈=권호국'이었다. 그런데 정말이지 언제부터인지 모르게 호국은 그녀의 마음속에서 '좋은 사람'이 되어가고 있었던 모양이다. 그의 집을 떠나야 하는 지금, 이토록 아쉬움마저 드니 말이다.

승리는 점점 약해지는 마음을, 그를 향하는 생각을 멈추려 살며시 고개를 내저었다.

기나긴(?) 1박 2일간의 가출을 끝내고 집으로 돌아온 그녀를 아버지 문 화백은 마치 외출에서 돌아온 딸을 대하듯 덤덤하게 맞아 주었다. 그것이 되레 맘 편한 승리였다.

"그만 쉬어라."

그리고 방으로 가려는데, 자신의 방에서 빼꼼이 고개를 내밀고 있는 얄미운 녀석의 얼굴이 그녀의 눈길을 확 사로잡았다. 문영재! 이 새끼 변태자식!

"너!"

주먹을 들어 보이며 그쪽으로 돌진하려는데, 혀를 날름 내밀며 방으로 쏙 들어가 버리는 영재였다. 탁 하고 문고리 잠기는 소리에 그 방향으로 전진 태세였던 승리의 온몸에서 기운이 쭉 빠져 버렸다.

"이 원수는 잊지 않고 갚아주마."

방으로 들어간 승리는 호국이 준 캐리어 백을 조심스레 문 앞에 내려놓고서 곧장 침대로 뛰어들었다. 이래서 집이 좋은 것인가 보다. 익숙한 베개와 이불에 몸이 닿는 순간 피로가 확 그녀를 덮쳤다. 엎어진 그 자세 그대로 승리는 잠이 들고 말았다.

그렇게 얼마나 잔 것일까. 연신 울리는 시끄러운 소리에 그녀는 배시시 눈을 떠야 했다. 그녀는 재킷 주머니에 손을 넣어—재킷을 벗는 것조차 잊고 잠이 들었던 모양이다—소음의 근원을 집어

들었다.

"여보세요오~"

잠에 취해 거의 흐느끼다시피 휴대폰을 열었는데, 들려온 목소리는 생기가 흐르다 못해 넘치는 호국이었다.

[아직 자는 거니?]

믿을 수 없다는 듯한 물음에 벌떡 자리에서 일어난 승리는 고개를 좌우로 흔들어 잠기를 몰아냈다. 뭐야, 뭐. 벌써 아침인 거야?

"당연 아니죠. 여태까지 자는 게 사람이냐."

양심의 화살이 가슴을 콕콕 찔러댔으나, 무시하며 그녀는 대답했다. 지금 이 경우가 자신이 그토록 싫어하던 '내숭'이라는 것도 모른 채.

[그럼 지금 집 앞으로 데리러 갈게. 좀 나올래?]

뭐, 뭐야. 이 오빠 지금 나한테 작업 거는 거야? 그런 거야?

동생을 끔찍하게 위하는 형인 호국이 동생의 여친—엄밀히 말해 그렇게 오해하고 있는—인 자신에게 그럴 가망성은 거의 제로에 가깝다는 것을 알고 있으면서도 승리는 얼토당토않은 상상을 해보았다. 그러나 역시 다음 순간 이어진 말은 기대감으로 부푼 그녀의 가슴을 폭 터뜨리고 말았다.

[지금 아버지 모시고 터미널로 가려는데 굳이 네 배웅을 받고 싶다고 하시네.]

"교장선생님…… 내려가세요?"

[응, 그냥 부담 느끼지 말고 나와라.]

호국이 보지 못할 것을 알면서도 승리는 고개를 끄덕였다. 호국이든 보훈이든 연관되어서가 아니라, 자신을 유독 어여뻐해—이젠 왜 그랬던 것인지 이유를 알지만 그래도 주시고—자신의 일에 발 벗고 나서주신 교장선생님이기에 원하시는 대로 배웅해 드리고 싶었다. 아직은 능력없는 백조라 딱히 해드릴 수 있는 일도 없었기에.

"그래요."

[삼십 분쯤 후에 대문 앞에서 보자.]

전화가 끊기자마자 승리는 후닥닥 침대에서 일어나 문을 열고 욕실로 직행했다. 모처럼의 주말, 여유롭게 거실에 앉아 차를 마시고 있던 윤 여사의 휘둥그런 시선이 너무도 날쌔게 사라지는 딸의 뒷모습을 쫓은 건 당연지사였다.

머리에 수건을 감고 그녀가 다시 거실에 모습을 드러냈을 때, 어머니의 놀랍다는 물음이 들려왔다. 시계와 그녀를 번갈아 흘끔 거리며.

"너 설마 지금 외출하려는 건 아니지?"

"맞는데?"

승리는 다시 쌩하니 방으로 들어갔다. 그건 일요일 아침부터 이른 외출을 말리는 게 아니라 놀라움이 가득한 뉘앙스였다. 주말이면 열두 시까지 퍼자기가 일쑤인 그녀였으니 말이다.

머리를 말리고 대충 왁스로 손질한 승리는 쫄바지에 치마를 레이어드해 입고, 점퍼를 걸친 후 현관으로 나갔다. 호국이 말한 삼십 분이 다 되어가고 있었다. 학교 다닐 때도 이렇게 칼같이 시간을 맞춰본 적 없는 그녀인데, 왜 이렇게 다급한 마음이 드는 건지 스스로도 알 수 없는 노릇이었다.

"밥도 안 먹고 가?"

엄마의 물음에 승리는 목이 긴 운동화에 발을 집어넣으며 '노, 땡큐' 라는 대답을 건넸다. 훗, 아무래도 알렉스 녀석이랑 너무 많이 논 모양이다.

"누구 만나러 가는데?"

"오늘 교장선생님 안동 가신대. 아, 그 아저씨 아버님 말야."

"앗! 그분이 교장선생님이셨어?"

짧게 고개를 끄덕이고 사라지려는데, 옷소매를 무지막지하게 잡아끄는 어머니였다.

"너 그런데 정말 그 미남 사범이랑 무슨 사이야? 보훈이는 어쩌고?"

아직 호국과 보훈이 형제인 줄 눈치 채지 못한 어머니셨다. 하긴 보훈이 군대 가기 전에도 한두 번 스치듯 본 것이 다였으니까. 몇 번 전화통화를 하긴 했어도. 그나마 모르시는 게 다행이었다. 만약 호국과 보훈이 형제라는 걸 어머니가 아시는 날엔…… 생각만 해도 끔찍했다.

그건 교장선생님의 경우도 마찬가지였다. 공식적인 그녀와 보훈의 관계를 알게 되신다면…… 지금껏 자신에게 무조건적으로 우호적이시던 교장선생님의 마음이 시베리아 벌판처럼 얼어붙는 건 시간문제였다.

생각만으로도 머리가 지끈거려 승리는 버럭 고함을 치고 말았다.

"보훈이랑은 정말 아무 사이도 아니었다니까!"

"그럼 지금 그 사범이랑은 진지해?"

"모, 몰라!"

그대로 현관을 나온 승리는 대문 앞에서 호국을 기다렸다. 오늘의 날씨는 비교적 맑음. 그러고 보니 11월의 마지막 날이다.

"내년 1월 17일, 보훈이가 백일 휴가 나오는 날이다."

호국이 했던 말이 갑자기 번뜩 떠올라 승리의 심장을 압박해 왔다. 이제 정말 한 달하고도 절반밖에 남지 않았다. 그녀의 입에서 한숨이 절로 터져 나왔다.

그때 부드러운 타이어의 마찰음이 들리며 골목 어귀에 호국의 승용차가 모습을 드러냈다. 승리는 애써 표정 관리를 하며 자신의 곁에 멈춰 선 차의 뒷좌석 문을 열려 했다. 하지만 이미 그곳을 사수하고 있던 교장선생님은 손가락으로 조수석을 가리키며 미소를 머금으셨다. 왠지 호국의 곁에 가까이 있어야 한다는 것만으로도 마음이 불편해지는 승리였지만, 어쨌든 인사와 함께 그녀는 떨떠름한 기색을 감추고 조수석에 자리했다.

"미안해서 으짜꼬. 피곤한 사람, 자는 거 깨운 거 아니가? 오늘이 주말이라가 퍼뜩 출발 안 하믄 차가 밀릴 것 같아가 말이제."

"아니에요. 안 그래도 일어나서 뭐 할까 심심해하던 차였어요. 호호호."

애써 손바닥으로 입을 가리며 웃던 그녀는 호국의 믿기지 않는다는 시선이 자신을 향해 내려앉자 그를 살짝 흘겨본 후 교장선생님과 즐거운 대화를 이어갔다. 동서울터미널까지 가는 동안 이야기를 한 사람은 거의 그녀와 교장선생님이었고, 호국은 몇 마디 하지 않았다. 그러나 그 존재감이라니. 교장선생님과 말을 하면서도 승리는 안 보는 척 호국을 관찰하는 자신을 느꼈다. 계속 그러다 가자미눈이 될지도 모른다고 생각을 하던 차에 차는 터미널에 도착을 했다.

그녀와 교장선생님에게 먼저 내리라고 한 호국은 주차를 하고 오겠다며 차를 몰고 어디론가 사라져 버렸다. 승리는 교장선생님을 모시고 터미널 입구로 가 호국을 기다렸다.

"표는 예매하셨어요?"

"그라믄. 어저께밤에 호국이가 인터넷으로 했다 카대."

역시 권호국다웠다. 승리는 고개를 끄덕이며 시선을 사람들이 오가는 터미널 광장을 향해 두었다.

"내 아들이라서가 아니고, 저놈아 참 개안타. 넘 배려할 줄도 알고, 은근하이 고집도 있고. 그 고집 때매 내캉 싸우기도 억수로 했는데 으짜겠노, 저리 생기 묵을 거를. 그래도 아마 한 사람을 맴에 담으므는 끝까지 갈 끼라."

은근한 눈빛으로 그녀를 내려다보며 말씀하시는 교장선생님의 시선을 승리는 똑바로 쳐다보지 못했다. 교장선생님이 생각하시는 대로의 일은 일어나지 않을 것이라고 말할 용기도 없었고, 자신의 눈에 그 가질 수 없는 것에 대한 열망이 드러날까 두렵기도 했기에.

"이거, 받아두라."

고개를 숙이고 있던 그녀의 시야로 사람이라면 누구나 좋아할 진녹색의 종이가 들어왔다. 백조 생활에 접어들고 나서 구경하기가 하늘에 별 따기가 되어버린 만 원권 지폐가 교장선생님의 손에 두둑하니 들려 있었다. 커다랗게 확대된 승리의 눈동자가 교장선생님에게로 고정되었다.

"곧 공연도 하고 바빠질 거 아니가. 이거 가꼬 예쁜 옷도 사 입고, 맛난 것도 사 묵고 해라."

"아, 아니에요. 제가 도리어 표를 끊어드려야 하는데."

절대 거부를 하며 손을 빠르게 내저었지만, 노인네 특유의 고집을 이길 수는 없는 법. 이리저리 술래잡기하듯 몸을 피해보았지만 결국 교장선생님은 그녀의 점퍼 주머니에 지폐를 푹 찔러 넣어주셨다. 그것을 승리가 다시 꺼내려는데 진지하기 짝이 없는 눈길이 동작 그만을 외쳤다.

"참말로! 꼴랑 얼마 된다꼬 자꾸 그래샀노! 승리 양 자꾸 그래사믄 내 화낸데이!"

이러지도 저러지도 못한 채 서 있던 승리는 갑자기 목소리를 낮추는 교장선생님으로 인해 어쩔 수 없이 주머니에서 손만 빼냈다.

"호국이 온다. 온다."

"그럼, 감사하게 잘 쓸게요."

그들 사이에 숨죽인 말들이 오간 후 때를 맞춰 호국이 인파 속에서 모습을 드러냈다. 가죽 재킷과 청바지 차림의 그는 오늘따라 조금은 멋지고, 조금은 젊어 보였다. 아니, 사실은 아주 많이.

커다란 가방을 든 채 그는 그녀와 교장선생님의 가운데로 와서

섰다.

"들어가세요. 출발 십 분 전이네요."

〈안동〉이라고 적힌 출구까지 이르렀을 때 호국은 간이 의자 위에 가방을 내려놓고서 '잠시만'이라는 말만 남기고 매표소로 뛰어갔다. 아마도 표를 끊어올 모양이다.

그에 주위를 두리번거리다 편의점을 찾아낸 승리 역시 교장선생님에게 같은 양해를 구하고 자리를 비웠다. 그녀는 어른들이 좋아하실 만한 간식거리를 찾다가 구운 달걀과 바나나 우유를 사서 얼른 교장선생님이 꼿꼿하게 서 계신 곳으로 달려갔다.

"이거, 차에서 출출하실 때 드세요."

"이기 뭐꼬? 말라고 이런 거를 사. 세 시간만 가믄 되는데."

"그래도 점심때 다 돼서 도착하실 테니 허기지실 거예요."

제 부모에게도 이리 잘한 적 없는 그녀였다. 참 잘났다, 문승리. 그렇게 자신을 질책하면서도 승리는 교장선생님이 남같이 느껴지지 않는 데 놀랐다. 바나나 우유와 달걀을 가방에 고이 넣으시는 교장선생님께 승리는 결연한 어조로 선언했다.

"저 꼭 잘할게요."

교장선생님의 첫사랑이자 엄마의 사촌언니가 이루지 못한 꿈 꼭 이룰 거라는 말은 속으로만 중얼거리는 승리였다.

"오야."

붉어진 눈시울로 그녀를 하염없이 쳐다보던 교장선생님은 결국 감정을 억누르지 못한 듯 손을 마주 잡아왔다. 주름진 손에서 전해지는 온기로 더욱 기운을 얻던 승리는 다가오는 발자국 소리에 교장선생님이 물러나자 호국을 돌아보았다.

"가세요."

표와 가방을 들고 호국은 교장선생님과 함께 출구를 나섰다. 승리는 그 뒤를 가만히 따랐다.

"전화 드릴게요. 그리고 터미널에 내리시면 꼭 택시 타세요."

버스에 올라 가방까지 넣어주고 내린 호국은 제일 앞좌석에 자리를 잡고 앉은 아버지에게 신신당부를 했다. 마치 자신이 아버지인 양. 참 이리저리 가족에겐 끔찍한 남자다. 그 뒤에서 눈으로만 인사를 하던 승리에게 교장선생님은 미소를 남기고 떠나셨다.

안동행 버스가 터미널을 나가는 것을 승리와 호국은 한동안 바라보고 서 있었다.

"가자."

먼저 몸을 돌린 호국이 앞서 나갔다. 마치 그녀의 존재를 무시하듯이 쳐다보지도 않고. 그에 괜히 심술이 난 승리는 후닥닥 달려가 그의 어깨를 톡톡 두드렸다. 생각하고 말고 할 것도 없었다.

"저기요."

그러자 무슨 일이냐는 듯 시선을 잔뜩 내리깐 채로 돌아보는 호국의 콧구멍 바로 아래 승리는 보란 듯 이만천 원을 내밀었다. '교장선생님도 자신의 아들한테 진 빚을 갚는데 이 돈을 쓴 걸 알면 용서해 주실 거다'. 그렇게 자위하며.

"분명히 갚았어요, 이자까지 쳐서. 뭐, 이 정도 돈이야 '성공' 안 해도 금방 갚을 수 있다구요."

황당하다는 눈빛으로 그녀를 코끝으로만 내려다보는 그였다.

도대체 받을 생각이 있는 건지 없는 건지. 인내심이 바닥이 난 승리는 내려뜨려진 그의 손을 잡고 뒤집어 손바닥 위에 척하니 돈을 올려놓은 후 당당하게 그 자리를 벗어…… 나려 했다. 헛! 벗어나야 하는데, 팔을 잡은 단단한 손은 그녀가 헛된 제자리걸음만 하도록 만들었다. 그러다 그가 손을 휙 놓아버리자 관성의 법칙에 의해 앞으로 튕겼다 넘어질 뻔했다.

"이씨! 왜요!"

"어차피 받을 생각 없었는데. 공돈이 생긴 셈이군. 이걸로 선물 사줄게. 가자."

그의 그 눈빛에, 아무 의미도 없을 말들에 승리의 심장이 방망이질을 쳤다. 아무래도 심장내과 전문의를 찾아가 보든지 해야지, 원.

"무슨 선물이요?"

그녀는 그런 속내를 숨기려 괜히 틱틱거렸다.

"공연할 때 입을 옷이나 있어? 너 보니까 쇼핑한 지 좀 된 거 같은데?"

완전 정곡을 콕콕 찌르는군. 입술을 삐죽이며 승리는 반박의 말을 늘어놓았다.

"뭐, 공연을 옷발로 하나? 노래발로 하지. 그냥 있는 거 아무 거나 입음 되거든요?"

사실 걱정을 하고 있긴 했었다. 또 윤 여사한테 손 벌려야 하나 싶어서, 그 날아오는 잔소리 폭탄을 또 어찌 맞고 있을까 싶어서. 그런데 뜻밖에도 호국이 이렇게 나오는데 덥석 미끼를 물고 싶었지만 자존심이라는 놈이 괜히 발광을 해대고 있다.

그런데 그녀가 더 이상 버틸 수 없도록 다행히도 그가 적절한 다음 행동을 취해주었다. 무작정 잡아끌기. 못 이기는 척 그에게 이끌려 가면서 승리는 홀로 회심의 미소를 지었다. 그의 차에 올라 벨트를 하며 승리는 못마땅하다는 듯한 한마디를 중얼거리는 것도 잊지 않았다.

"가서 할 일도 많은데, 무슨 쇼핑이람."

"바쁘면 다음에 가든지."

헉. 굴러 들어온 복을 걷어찰 순 없다. 그녀는 태연한 척 대답했다.

"아니에요. 평일엔 더 바쁘거든요."

"명동으로 갈까?"

뭐야, 내 말 씹힌 거야? 승리가 그를 찌릿 노려보는데 호국은 거의 아무렇지도 않은 듯 눈짓으로 묻고 있었다. 그래도 이 남자, 오호. 니뽄삘 나는 옷이 어디 많이 파는지 그런 것쯤은 알고 있잖아? 센스가 있네? 그래, 조금 씹은 건 봐주자.

"좋아요."

호국이 라디오를 켜자, 강원도 지역에 폭설이 내리고 있다는 기상 예보가 들려왔다. 순간 밝았던 승리의 표정도, 호국의 손길도 그대로 굳어버렸다. 두 사람의 머리 속에 동시에 들어찬 한 사람의 존재, 권보훈.

얼른 라디오를 끈 호국은 CD를 플레이시켰다. 잔잔한 피아노 연주곡이었다. 여느 때 같음 재미없다고 얼른 다른 걸로 바꾸라고 난리를 쳤을 승리였건만, 그녀는 지금 나오고 있는 음악의 장르가 무엇인지도 모를 정도로 혼자만의 생각에 빠져 있었다. 그것은 아마 호국도 마찬가지인 듯 명동으로 가는 내내 두 사람 사이에는 고요한 음악만 흘렀다.

아마도 인근의 주차장에다 차를 세워두고, 쇼핑을 할 것이라 생각했다. 그런데 호국이 갑자기 백화점의 주차장 입구로 차를 밀어 넣자 놀란 승리는 핸들을 돌리려는 그의 손길을 제지했다.

"잠깐만요! 지금 어디 가는 건데요?"

"백화점."

당연한 걸 왜 묻냐는 그의 어이없다는 표정에 승리는 그럼 그렇지, 라는 뜻을 담은 한숨을 내쉬었다. 내가 바보였지. 이 남자가 니뽄 패션에 대해 알 리가 없잖아.

"저기요, 눈이 있음 보세요. 내가 입고 다니는 옷들이 백화점에 팔 것 같은지."

"그냥 여기서 사. 싼 거 사면 오래 못 입고 안 좋아."

"뭐야! 완전 강압적으로! 그럼 안 살래. 그냥 갈래요."

그렇게 서로를 노려보며 실랑이를 벌이던 두 사람은 뒤차가 빵빵거리는 소리에 어쩔 수 없이 정면으로 시선을 두어야 했다. 묵묵히 운전을 해 주차장까지 들어가는 호국에게 승리가 다시 볼멘소리를 늘어놓으려는 찰나 그의 한마디가 들려왔다.

"그럼 다시 나가자."

출구를 찾아 차를 다시 끌고 백화점을 나가는 그를 흘끔거리며 승리는 조금은 미안하고도 고마운 마음이 들었다. 그녀는 괜히 씩씩한 목소리로 말을 했다.

"대신 주차비는 내가 낼게요."

들었는지 못 들었는지 그는 또 대답을 하지 않았다. 승리는 숨을 훅 들이켰다. 참을 인 자 몇 번이면 살인도 면한다고 하잖아. 그래, 참자. 근데 참을 인 자 진짜 몇 번이더라?

그렇게 생각을 하는 와중 차는 주차장에 이르렀고, 두 사람은 명동 땅에 발을 내디뎠다. 그런데 참 어색한 것이 손을 잡기도, 팔짱을 끼기도, 그렇다고 어깨에 손을 두르기도 뭐한 그들의 관계였다. 뚝 떨어져 걷다 보니 키가 작은 그녀가 사람들에 치여 그에게서 획 멀어졌다가 다시 뛰어 따라잡길 여러 번. 그런 인력 소모에 승리가 지쳐 갈 즈음 커다란 손이 그녀의 손을 감싸왔다.

"그러다 미아 되겠어."

돌아보며 호국이 한 말에 승리의 얼굴이 화끈 달아올랐다. 그녀는 괜한 헛기침으로 자신의 그런 반응을 무마하려고 노력하며, 반대편 손가락으로 자신이 즐겨 찾곤 했던 상점의 간판을 가리켰다.

"저기 들어가요."

검은색 간판과 지브라 무늬로 꾸며진 내부 인테리어에 신기하다는 눈빛을 감추지 못하며 머뭇거리는 호국을 이번엔 승리가 이끌었다. 그들이 들어서자 매장의 물건을 정리하고 있던 주인 언니가 반갑게 맞아주었다.

"오랜만이네? 그런데 이쪽은 누구? 설마 남친?"

스타일이 전혀 다른 그들이었기에 '설마' 라고 묻는 것이 어쩌면 당연한지도 모른다. 그리고 사실 남친도 아니고.

"아니에요. 그냥…… 오빠예요."

어느새 떨어진 그들의 손처럼, 그들은 아무 관계도 없는 사이였다. 그녀는 자신을 내려다보는 호국의 시선을 피하며 괜히 심각하게 물건을 고르는 척했다. 그래, 이런저런 생각 하지 말고 이렇게 된 이상 쇼핑에만 집중하자.

그렇게 마음을 먹자 마치 지킬 박사와 하이드의 하이드와 같은 본성이 그녀에게서 확 튀어나왔다. 쇼핑 애니멀다운 본성이.

"와! 이거 너무 예쁘다! 새로 나온 건가 봐요?"

그녀는 각종 피어싱 귀걸이들이 장식된 곳으로 가 이것저것을 귀에 걸어보고, 코에도 걸어보았다. 기함을 토할 것 같은 호국의 낯빛을 즐기며.

그리고 가게에 있는 옷 중 신상품은 거의 다 걸쳐 보고 나서야 그녀는 레이스가 레이어드 된 치마 하나만 달랑 골랐다. 그때쯤 돌아본 호국의 얼굴에는 지루해 미칠 것 같은 기색이 그득했다. 언제나 별다른 표정이 없는 사람이 말이다.

괜스레 즐거워진 승리는 그를 향해 치마를 들어 보이며 소리쳤다.

"다 됐어요, 계산."

치마 가격은 사만오천 원이었다. 저가형 매장인데도, 감이 두터워서인지 가격이 좀 됐다. 얼른 사만오천 원 빼기 이만천 원을 머리 속으로 해본 승리는 차액 이만사천 원을 꺼내려 했다. 그러나 그런 그녀를 슬쩍 밀치며 호국이 카드를 꺼내 들었다.

주인 언니의 흥미로운 눈길을 느끼며 승리는 뒤에서 폴짝폴짝 뛰어보았으나, 계산대를 척하니 막아선 덩치 큰 그를 제치긴 무리였다. 아무리 뛰어봤자 주인 언니와 연신 시선만 마주칠 뿐 그 아래는 보이지도 않았다.

"많이 파세요."

현란한 무늬의 가방을 들고서 그녀의 손을 다시 찾아 쥐는 그를 승리는 흥미롭게 바라보았다. 그 언밸런스한 조화가 그녀를 즐겁게 했다. 그런 그의 모습에 넋을 놓고 있다가 그녀는 가게를 나서기 전 주인 언니에게 가까스로 인사를 할 수 있었다.

밖으로 나온 승리는 호국이 왔던 길로 다시 자신을 이끄는 것에 큰 소리로 그를 불렀다.

"저기요! 어디 가는데요?"

"주차장."

"네?"

"너 원하는 대로 해줬으니까 이번엔 내가 하자는 대로 해."

알 수 없는 말이었다.

곧 주차장에 이른 그가 주차비를 계산하려는데, 자신이 한 말에 책임은 져야겠다 싶어 승리는 앞으로 척 나섰다. 그런데 부르는 요금이라니! 명동 땅은 뭐 금으로 깔아놨냐? 무슨 주차비가 이렇게 비싸다냐? 절대 남이 들을 수 없게 혼자 욕을 해대며 승리는 차에 올랐다. 주차 요금에 대해 구시렁대느라 정신이 없던 그녀를 호국이 데려간 곳은 처음의 그 백화점이었다.

헛, 그 말이 이 말이었어? 그녀는 호국의 옆얼굴을 멍하니 바라보았다.

상대의 뜻에 따라주는가 싶더니, 결국은 자신의 원하는 바를 이루고 마는 이 남자 권호국…… 진정 대단하다며 승리는 혀를 내둘렀다.

로맨틱, 엘레강스, 럭셔리 하다 못해 부담스럽기까지 한 핑크색 원피스를 침대에 올려놓은 채 승리는 벌써 삼십 분째 노려보고 있었다. 도대체가 알 수 없는 사람이다. 어쩌자고 전혀 이런 스타일의 옷을 입어본 적도, 소화할 자신도 없는 자신에게 0이 몇 개나 붙은 고가의 선물을 한 것인지. 공연할 때 이런 공주 옷을 입을 수 있을 리 만무하고. 설마 날 약 올리려고?

호국이 어찌나 몰아붙이는지 대충 입어보고 골라 나오긴 했는데, 지금 승리는 고민 중이었다. 진정 이것을 교환해야 하나 말아야 하나. 하긴 현금으로는 바꿔주지 않으니, 바꾸나마나였다. 그 매장 안에는 그녀가 입을 만한 옷이 하나도 없었으니 말이다.

"진짜 미치겠네. 경매 사이트에 확 팔아 버려?"

그렇게 커다랗게 중얼거리는 와중, 갑자기 집으로 오는 길 그가 살포시 물었던 말이 생각나 그녀를 더욱 새삼 열불 터지게 만들었다.

"그런데 말야. 평소에도 그런 거…… 입어? 지금도?"

아악! 뭔 말인가 했더니, 그 망할 놈의 속옷을 이야기하는 것이었다. 그의 시선이 그녀의 가슴과 아랫부분을 번갈아 향한 걸 보면 말이다. 거참, 은근히 엉큼하다! 안 그래도 짜증 만땅이었던 그

녀는 팔꿈치로 그의 옆구리를 강하게 가격하고서 차에서 내려 집
으로 뛰어들어 왔다. 그에게 이 공주틱한 원피스를 반납하려던 애
초의 계획은 모두 잊고서.

"미쳐! 내가 정말!"

그리고 완전 부담덩어리가 된 그것을 홱 밀쳐 내려던 승리는,
가격을 생각하고는 조심스레 옷걸이에 걸어 벽장에 넣어두었다.

승리와 헤어져 돌아온 집은 고요하다 못해 적막하게 느껴졌다.
그에 이상한 허전함을 느끼며 재킷을 벗은 호국은 소파에 앉았다.
멍하니 벽을 바라보고 있던 그의 시야에 분홍빛 원피스를 입은 승
리의 모습이 펼쳐지고 있었다.

"우쒸, 이런 거 정말 체질상 안 맞는데."

그렇게 험악하게 말은 하면서도 원피스를 입어 보이는 그녀의
모습은 그의 눈에 예쁘게만 느껴졌다.

사실 그녀에게 그런 선물을 하기까지 꽤 망설였었다. 자신이 과
연 '무슨 자격으로' 라는 물음이 내내 머리 속을 가득 메웠지만, 결
국 호국은 '보훈의 대신' 이라는 말로 마음의 소리를 외면하며 그
녀를 백화점으로 데리고 갔다. 보훈이 있었다면 분명 공연을 앞둔
자신의 여자 친구에게 이런 선물쯤은 사주었겠지. 아니, 녀석은
그녀의 밴드 활동을 용인하지 못했을 테니, 선물도 없었으려나.

생각이 혼잡했다. 아니, 복잡할 것도 없었다. 간단히 말해 자신
은 보훈의 대타였다. 그리고 승리의 고무신 수호자였다. 그러나
점점 더 자신이 없어지는 호국이었다. 언제까지 자신이 그 역할을

성실히 행할 수 있을지. 그리고 만약…… 애초 승리의 계획대로 보훈을 대신할 만한 고무신의 주인이 나타난다면 어떻게 해야 할지.

앞으로 한 달 반. 자신이, 그리고 승리가 잘 버텨주기를 바랐다. 그러면서도 또다시 원피스 차림의 승리를, 어쩌면 옷 아래에 입고 있을 그날의 속옷까지도 떠올리는 자신임을 호국은 깨닫지 못했다.

평탄한 하루하루가 흘러갔다. 그녀는 학원 일과 연습을 병행하며 바쁘게 시간을 보냈다. 빵빵한 스폰서를 문 알렉스 덕에—그것이 알렉스의 아버지임을 모두 알고 있었지만, 입을 다물었다—굳이 일일호프나 뭐 그런 걸 하지 않아도 공연에 관련된 자금 조달은 쉬웠다.

대신 놈이 연습에 더 열을 올리는 게 문제라면 문제일까. 하지만 승리뿐만 아니라 민과 선규 역시 쉴 새 없이 알렉스의 호통에 시달리면서도 누구 하나 불평하지 않았다. 완벽한 공연을 위해서는 어쩔 수 없는 일이라는 것을 모두들 잘 알고 있었기 때문이다.

공연을 일주일쯤 앞둔 어느 날, 승리와 민, 선규는 알렉스가 불쑥 내민 악보에 연습을 준비하던 움직임을 멈췄다.

"새로 썼어."

그리고 혼자 베이스를 만지작거리는 알렉스를 두고 민과 선규, 승리는 악보를 들었다.

"Victory?"

민의 물음처럼 곡명은 〈빅토리〉였다. 각자 곡을 흥얼거려 보던 그들의 시선이 동시에 들려졌다. 모두들 말은 하지 않았지만, 서로의 눈에 깃든 흥분이라는 감정을 통해 알 수 있었다. 이 곡······ 꽤나 느낌이 좋다는 걸.

누가 먼저랄 것도 없이 각자의 자리를 찾아간 그들은 연주를 시작했다. 승리는 마이크를 들었다. 공연 날짜가 다가올수록 두렵던 마음속 가득 노래를 하는 동안 막무가내의 자신감이 솟아났다. 어쩌면 잘될지도 모른다는 희망, 아니, 반드시 성공할 거라는 확신이 그녀 안에서 자라나고 있었다.

바로 곁에 있음에도 호국은 승리의 앞에 모습을 드러내지 않았다. 그저 조용히 지켜보는 편이 그의 마음이 편했다. 사실 코앞에 닥친 공연에 신경을 쓰느라, 그녀가 고무신의 주인을 찾겠단 생각 따윈 한동안 못할 것이라는 것을 알기에 그가 딱히 나설 일이 없었다고 하는 게 맞겠다. 자신은 고무신의 수호자 이외엔 아무것도 아니었으니까.

"너 요즘 왜 그러냐?"

퇴근 시간, 같이 도장을 나서던 세열의 물음에 호국은 피아노 학원을 쳐다보던 시선을 거두어들였다.

"애들 가르치는 거 힘들지? 이놈의 자식들, 말도 안 들어먹고."

"아냐."

"어차피 너 임시직으로 여기 와 있는 거 아는데, 나 안 붙잡는다. 좋은 자리 있음 가라. 넌 나랑은 다르잖아."

대답없이 호국은 속으로만 중얼거렸다.

그래, 그냥 이 동네 떠나서 다시는 안 보면 차라리 나을 텐데. 그럴 수 없으니까 답답하다. 자꾸만 신경 쓰이고 이러는 게 단순히 내가 지켜야 할 대상이라서만은 아니라는 걸 이제는 아는데. 그걸 알면서도 곁에 있어야 하니까 미칠 지경이다.

"술이나 한잔할래?"

세열의 제안에 호국은 '다음에'라는 말만 남기고 차에 올랐다. 그에 돌아서 가는 노총각 선배의 등을 물끄러미 바라보며 그는 미안함을 느꼈지만, 자신의 마음도 제대로 추스르지 못하고 있는 마당에 세열까지 배려해 줄 여유가 없었다.

시동을 걸고 차를 출발시키는데, 벨소리가 울렸다. 혹시나 하는 기대감이 들었다. 곧 '저기요!'라는 카랑카랑한 목소리가 들려오지 않을까 하는. 하지만 액정화면에 뜬 번호는 낯선 것이었다. 푹 떨구어지는 실망감.

"네."

[야, 권호국!]

왠지 귀에 익은 여자의 목소리에 기억을 더듬느라 호국의 미간이 찌푸려졌다.

"누구…… 시죠?"

[어머머! 그동안 내 목소리도 잊었어? 나야, 나. 송경주!]

오랜만에 듣긴 했지만, 그 특유의 허스키한 음성은 그러고 보니 분명 태권도과 동기 경주였다. 유학을 갔다더니 돌아온 모양이다.

"잘 지내지?"

[무뚝뚝한 건 여전하네. 나 안 보고 싶었어?]

대학교 때부터 지치지도 않는지 쉴 새 없는 파도처럼 부딪쳐 오던 그녀였다. 우정이라는 경계선을 긋고 언제나 한발 물러나려던 그와 달리 경주는 조금이라도 가까이 다가오려 노력했었다.

[이 송경주, 완전히 귀국했거든. 내일 보자.]

거의 반강제적으로 약속을 정하는 건 경주다웠다. 하지만 내일은 곤란했다. 벌써 오래전부터 달력에 표시를 해두고 기다렸던 내일은 승리의 공연이 있는 디데이였기 때문이다.

"내일은 안 돼."

[뭐야. 너 혹시 나 없는 사이에 우렁각시라도 생긴 거야?]

"아니, 중요한 공연이 있어서 가봐야 해."

[공연? 너 그런 것도 보러 다니냐?]

경주의 물음에 뭐라고 대답해야 좋을지 잠시 망설이던 호국은 어렵사리 대답을 했다.

"아, 아는 동생이 첫 공연을 하는 날이야."

아는 동생.

그 말이 그와 승리 사이에 굵은 줄을 치고 지나갔다. 도저히 건널 수 없는. 건너서도 안 되는. 그에 그러냐며 함께 가자고 호들갑을 떠는 경주의 말이 이어졌지만, 호국은 건성으로 듣고 있었다.

별달리 신경을 쓰지 않는 듯 보였는데, 뜻밖에도 부모님은 그녀를 공연장까지 차로 손수 태워다 주셨다. 어머니는 웬일로 그녀의 짙은 눈화장과 주렁주렁 달린 귀걸이, 그리고 검은색 일색이지만 어른들 눈에는 너덜너덜해 보일 수 있는 옷차림에 대해 태클을 걸지 않으셨다. 다만 관중석으로 가기 전, 그녀의 손에 뭔가를 꼭 쥐어주셨을 뿐이었다. 그 손에서 미세한 떨림을 감지한 승리는 그제야 어머니가 자신보다 더 떨고 있음을 깨달았다.

손바닥을 펴자 드러난 것은 굵직한 청심환 한 알.

순간 코끝이 시큰해지며 눈물이 터져 나오려 했지만 승리는 눈을 깜빡여 털어냈다. 어떻게 한 공연용 화장인데 망칠 순 없다고 생각하며. 그리고 그녀는 별로 떨리지 않았지만 어머니의 마음을 생각하며 청심환을 꼭꼭 씹어 삼켰다. 그러노라니 정말 속이 든든해진 것 같은 기분이 들었다.

"빅토리, 왔네?"

대기 장소로 가자 덤덤한 알렉스와 더 덤덤한 선규와 달리 민은 비 맞은 강아지마냥 바들바들 떨고 있었다. 이럴 줄 알았으면 청심환 절반은 민을 줄 걸 그랬다. 이러다 완전 공연 종 치는 거 아닌가 몰라.

"야! 강복민! 너 쫄았냐?"

하지만 그녀의 걱정은 기우였다. 역시 민에겐 선규였다. 갑작스런 선규의 도발에 축 처져 있던 민이 고개를 벌떡 쳐들며 일어났던 것이다.

"누가 쫄아! 누가!"

"뭘, 쫄았구만. 그러다 무대에서 오줌 쌀라. 조심해라."

"이씨! 넌 입이 걸레냐? 아무리 유전자만 여자라지만, 어떻게 입이 그렇게 거냐?"

"그럼 조금 전까지 벌벌 떨던 넌 모양새만 남자니?"

두 사람의 살벌한 입씨름이 계속되었다. 그제야 안심이 된 승리는 허리춤에 송신기를 차고, 마이크를 확인했다. 그리고 간단한 발성 연습까지.

"Victory, Are you ready?"

알렉스의 물음에 승리는 결연하게 고개를 끄덕였다. 오늘 그들이 준비한 곡은 알렉스의 자작곡 세 개와 대중적으로 알려진 팝송 세 곡이었다.

심호흡을 하고 무대로 올라가기 전, 승리는 갑자기 고개를 빼 무대 건너편의 관중석을 바라보았다. 아직 다 채워지지 않은 플라스틱 의자들 사이로 그녀는 자신이 찾는 사람이 누군지 알고 있었다. 그러나 그의 모습은 아직 보이질 않았다. 아니, 어쩌면 오늘 오지 않을지도 모른다.

그렇게 생각하자 이 모든 것이 부질없게 느껴지는 것에 승리는 놀랐다. 자신의 모든 것이었던 꿈으로 이제 한 발짝 내디디기 시작했는데. 언제부터 자신이 이렇게 권호국이라는 사람에게 신경을 쓰게 된 것인지.

그녀는 어서 무대에 오르자는 알렉스의 제스처에 걸음을 옮겨 놓으면서도 그에게로 흐르는 생각을 막을 수가 없었다. 박수갈채 속에서 멤버들과 함께 무대에 오른 승리의 시야에 관중들의 얼굴은 보이지 않았다. 그가 사준 치마를 입은 그녀의 눈에는 모든 이들의 얼굴이 호국으로 보였다.

그제야 승리는 깨달았다. 꿈을 향해 나아가고 있는 지금의 자신이 바라는 또 다른 하나가 있다면, 그건 바로 그가 고무신의 주인이 되어주었으면 한다는 것. 그것이 불가능하다는 것을 알기에 그 마음은 더욱 간절하고도 애달팠다.

공관 내의 아침 공기가 왠지 평소와 달랐다. 지나치게 고요함은 평화롭다 느껴지긴커녕 불길하기 짝이 없었다.

보훈은 차 위에 밤새 쌓인 눈을 털어내며, 사단장 부녀가 머물고 있는 건물을 연신 힐끔거렸다. 이제 활짝 웃으며 아침 인사를 건네는 효진의 모습이 너무도 익숙해졌는데, 그녀는 어제부터 이상스레 보이지 않고 있었다. 그것이 그를 초조하게 만들었다.

거의 건성으로 차 내부를 정리하고 있던 그의 신경을 잡아끈 것은 현관문이 열리는 소리였다. 고개를 번쩍 쳐들자 심각하기 짝이 없는 심 중위의 얼굴이 시야로 들어왔다. 습관적으로 크게 경례를 붙이며 보훈은 다가오는 상관을 바라보았다. 그를 발견한 심 중위의 표정은 이제 심각함을 넘어 무시무시하기까지 했다. 언제나 사람 좋은 웃음을 짓고 있던 상관이 아니었다.

"무슨 일 있으십니까?"

그의 물음이 끝나기 무섭게 바로 앞에 선 심 중위에게서 억눌린 욕설이 흘러나왔다. 전혀 예기치 못한 반응이라 당황했다.

"뻔뻔한 새끼."

"네?"

되묻는 와중 복부에 와 박히는 둔중한 통증. '헉' 하는 고통의 신음을 삼킨 보훈은 배를 움켜쥐며 허리를 굽혔다. 눈물까지 찔끔 비집고 나온 가운데, 보훈은 몸도 펴지 못한 채 원망스레 심 중위를 올려다보았다.

"도대체 왜 이러십니까."

"어떻게 너 따위가……!"

"중위님?"

"효진이가 아픈데…… 그렇게 아픈 와중에도 네 이름을 불러. 내가 바로 옆에 있는데!"

배를 잡고 있던 보훈의 손에서 힘이 주르륵 빠져나갔다.

"효진이가 아, 아픕니까?"

"원래 좋지 않던 심장이 너 따위 자식 때문에 더 나빠질까 봐 걱정이다."

잇새로 말을 내뱉은 심 중위는 휙 돌아서 공관을 나가 버렸다. 또다시 서서히 내리기 시작한 눈발 아래 홀로 남겨진 보훈은 상관이 한 말에 충격을 받은 나머지 자리에서 움직이지 못했다.

효진이 자신을 찾는다니. 심 중위의 연인이라고 생각해, 가끔씩 가슴까지 전해지는 그녀의 눈빛을 '혼자만의 착각'이라고 여겼는데. 아니, 그러면서도 그 눈빛에 은근한 기대를 품고 있었는데. 전혀 아니라고는 생각하지 않았지만, 놀라웠다. 그리고 염치없지만 고마웠다. 자신에겐 승리가 있다는 것을 뻔히 알면서도, 아픈 효진에게 마음이 쓰여 견딜 수가 없었다.

누군가를 좋아하고도 보답받지 못하는 마음이 어떤 것인지 잘 아는 그로서는, 이대로 그녀를 모른 척하는 것은 인지상정이 아닌 듯싶었다. 그렇다고 해서 선 소장이 버티고 있는 현관을 정면 돌파할 자신은 없고. 보훈은 그저 아린 배를 움켜쥔 채 닫힌 창문을 올려다볼 뿐이었다.

"어험!"

하는 헛기침 소리와 함께 선 소장이 모습을 드러낼 때까지.

경례를 한 후, 얼른 운전석으로 걸어가면서도 보훈은 뒤를 돌아보고 또 돌아보았다. 마치 그곳에 효진이 있기라도 한 것처럼.

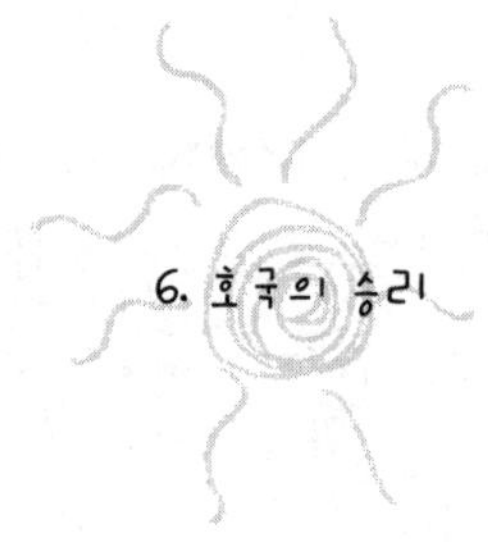

경주를 픽업해 오느라 호국은 제시간에서 조금 늦고 말았다. 마로니에 공원의 야외 공연장에 이르렀을 때 사람들의 환호성과 주위를 쾅쾅 울리는 음악 소리, 그리고 앰프에서 터져 나오는 낯익은 목소리가 호국의 발걸음을 바쁘게 만들었다. 공연 시작 시간인 네 시 삼십 분에서 벌써 십 분이나 지나 있었다.

"뭐가 그렇게 바빠? 천천히 가자."

뒤에서 팔을 잡아끄는 경주의 존재가 짜증스레 느껴질 만큼 호국의 온 신경은 공연장을 향해 있었다. 그렇게 미친 듯 서둘러 대던 그는 무대 근처에 이르러 생각 외로 많은 관객들이 의자를 가득 메우고 있고, 자리가 없어 그 주위를 빙 둘러선 사람들도 꽤 되는 것을 보고서야 안도할 수 있었다. 게다가 그들의 얼굴에 가득

한 즐거움이란. 휘파람까지 불어대며 열광을 하는 사람들의 반응
에 그의 가슴이 다 뿌듯했다.

무대에서는 새로운 노래가 시작되려는 것인지 잔잔한 반주가
흘러나오고 있었다. 호국은 시선을 들어 마이크를 잡고 있는 승리
를 바라보았다. 짙은 화장과 검은색 일색의 복장이 마치 승리가
아닌 듯 보였지만, 저렇듯 천진하게 웃고 있는 건 분명 그가 알고
있는 탱탱볼 문승리, 천방지축 문승리, 날라리 문승리였다. 그런
데 무대 위에서의 그녀는 참으로 크게 보였다. 그녀를 만난 이후
자신이 작게 느껴진 건 이번이 처음이었다.

"이번 곡은 밴드 리더인 알렉스의 야심찬 자작곡입니다. 제목
은 Victory!"

승리가 직접 곡명을 소개하는데, 미소를 짓고 있던 호국의 얼굴
이 점점 구겨져 갔다. 알렉스 녀석, 도대체 무슨 의도로 저런 제목
을 붙인 거지? 설마?

그의 생각 틈으로 경주의 믿을 수 없다는 듯한 물음이 들려와
신경을 긁어놓았다.

"동생이 누군데? 설마 저 일본 펑키족 같은 여자 보컬?"

"외양만 보고 함부로 판단하지 마. 그런 애 아냐."

그의 날카로운 반응에 놀란 것일까. 경주는 말을 잇지 못했다.
그런데 호국은 그것이 차라리 다행이라고 생각했다. 승리의 노래
를 조용히 경청할 수 있게 되었으니.

그저 고음이라고만 생각했던 그녀의 목소리는 노래를 하는 동
안 꽤나 변화무쌍하게 바뀌었다. 끊어질 듯 가늘게 이어지다가 힘

있게 뽑아내기도 하고, 부드럽게 감정을 싣고 흔들리다가 폭발하듯 터뜨리기도 했다. 절제와 무절제, 감정과 이성이 묘하게 조화된 그녀의 노래는 아주 잘한다기보다 듣는 사람의 심장을 건드렸다.

그녀는 노래의 느낌을 살릴 줄 아는 사람이었다. 그뿐 아니라 주위의 관객들 대부분이 어느새 승리가 부르고 있는 후렴구를 따라하고 있었다.

"……내 인생은 패배 그 자체였지. 꿈도 꾸지 못하는 내 현실은 비극 자체였어. 그랬던 내가 널 만나면서 희망을 꿈꾸게 되었어. Victory! 우리 함께 달려나가! Victory! 우리 함께 그곳으로!"

다분히 유치하고 뻔한 가사였지만 쉬운 멜로디와 승리의 호소력있는 목소리 탓에 노래가 모두의 가슴에 스며든 모양이다. 하긴 가사가 유치한 건 한글도 서툰 저놈이 지었으니 어쩔 수 없는 것이긴 하다. 호국은 승리의 곁으로 와 베이스를 두드려 대는 알렉스를 못마땅한 눈빛으로 바라보며 생각했다. 그래도 뭐, 작곡은 잘한 것 같네. 아주 자질이 없진 않아.

그 후로도 팝송과 자작곡을 몇 곡 더 섞어 부른 그들의 공연의 마지막 곡은 마이클 런스 투락의 〈Take Me To Your Heart〉라고 했다. 한국 가수와 듀엣으로 부른 버전을 승리와 다름 아닌 알렉스가 함께 부르는데 꽤나 화음이 좋았다. 그것이 더 더욱 못마땅한 호국이었다. 놈이 저렇게 노래를 잘할 줄 미처 몰랐다. 게다가 승리와 함께 선 모습이 꽤나 그림이 좋다. 호국은 당장이라도 무대에 올라가 놈과 승리를 떼어놓고 싶다는 생각을 했다. 태어나

처음 느낀 낯선 감정. 그것이 남자의 '질투'임을 그는 알지 못했
다.

Take me to your heart. Take me to your soul.

Give me your hand and hold me.

Show me what love is be my guiding star.

It's easy (It's easy) take me to your heart.

나를 당신 마음에 데려다 주세요. 당신 영혼으로 데려가 주세요.

당신 손을 내밀어 저를 붙잡으세요.

사랑이 뭔지 보여주세요 나를 안내하는 별이 되어주세요.

당신 마음에 데려다 주는 것은 쉬운 일입니다.

호국은 승리를 빤히 바라보며 후렴구를 애절하게 부르고 있는
알렉스를 노려보느라 공연이 끝난 줄도 몰랐다. 공연이 모두 끝나
자 그 자리에 있는 사람들 모두가 기립하여 박수를 쳐주었다. 사
람들의 열광적인 반응에 호국은 그제야 승리의 노래가 남긴 여운
에서 벗어날 수 있었다. 그 후로 두세 곡이나 더 앙코르 송을 부르
고서야 반창고밴드는 무대 뒤로 사라졌다.

그제야 자리를 뜨는 관객들은 십대에서 중년들에까지 다양했는
데, 나이 지긋한 분들은 보통 감탄을 하며 집으로 돌아가는 것이
보통이었지만 젊은애들은 굳이 사인을 받겠다며 무대 뒤로 뛰어
가는 것이 호국의 눈에 보였다. 그네들의 눈에도 저들의 가능성이
충분히 보였던 모양이다. 그에 또다시 흐뭇해지는 호국이었다.

어쨌든 이제 공연이 끝났으니 준비해 온 꽃다발은 승리에게 주고 가야 할 듯싶은데. 호국은 오른손에 그것을 들고 자리에서 한동안 망설였다. 그러던 중 귀에 익은 목소리가 들려 그는 고개를 들었다. 잔뜩 상기된 표정, 승리의 어머니 윤 여사였다.

"봤나? 봤어? 우리 승리 이미자 뺨치게 잘하지 않나? 아이고! 굼벵이도 구르는 재주가 있다더니. 저 사고뭉치가 저런 끼를 감추고 있을 줄 누가 알았겠나?"

그리고 눈물, 아예 콧물까지 코트 소매로 찍어내는 윤 여사였다.

예전과 확연히 달라진 반응이었다. 그러나 그는 그 사실에 흥미로워할 겨를도 없었다. 그 곁에 흐뭇한 미소만 짓고 서 계신 승리의 아버지와 그를 흥미롭게 훑어보고 있는 승리의 남동생에게 차례로 인사를 건네느라. 아버지께는 고개를 숙여서, 누나만큼 맹랑해 보이는 동생에겐 손을 들어서.

"어서 가보세."

윤 여사의 재촉에 못 이겨 무작정 무대 뒤로 가느라 호국은 자신의 뒤에 경주가 따르고 있다는 것도 깨닫지 못했다.

새로운 팬들에게 손수 사인을 해주고 있는 승리와 반창고밴드 멤버들의 얼굴엔 12월의 찬바람에도 불구하고 너나 할 것 없이 땀이 맺혀 있었다. 공연을 하는 동안 에너지를 모아 폭발시키고, 그만큼 긴장했기 때문이리라.

"아이고! 승리야! 우리 딸!"

윤 여사는 다짜고짜 돌진을 해서 십대 아이들의 사이를 뚫은 뒤

딸을 품에 안았다. 그에 미간을 찌푸리면서도 승리 역시 그리 싫은 기색은 아니었다.

"많이 힘들었지? 이 땀 좀 봐! 영재야, 뭐 하니? 어서 누나 얼굴 좀 닦아주지 않고!"

"응? 으응."

떨떠름한 표정으로 영재는 주위를 돌아보다가 마침 와 있던 승리의 친구 미숙이 건넨 손수건을 받아 들고서 승리의 얼굴을 닦아주었다. 그녀의 흐뭇한 표정을 보아하니 그것을 은근히 즐기고 있는 듯했다.

"미자, 아니, 미숙이 왔구나!"

승리의 아는 척에 미숙은 꽃다발을 내밀며 축하한다는 말을 건넸다. 그리고는 자신의 곁에 선 풍선 같은 근육을 자랑하는 남자를 소개했다.

"전에 말했지? 현수 씨야, 오현수."

미숙의 말에 승리의 표정이 미묘하게 어색해지는 것을 호국은 보았다. 친구의 연인에게 예의 건네는 그런 대화를 하고 있는 그녀를 보며, 그는 이제나저제나 자신이 나설 타이밍을 기다렸다. 그런 와중 윤 여사가 무작정 앞으로 그를 끌어당겼다.

"승리야~ 사범님 오셨다~"

미숙에게 자신의 딸이 뒤지지 않는다는 사실을 입증하기 위한 윤 여사의 보여주기식 행동에 일순 거부감이 확 끼치면서도 호국은 그냥 이때다 싶어 승리의 앞으로 나섰다.

'사범님'이라는 한 단어에 피로로 희미해졌던 시야가 밝게 트이는 듯했다. 승리는 제대로 표정 관리도 못한 채 환한 미소로 꽃다발을 들고 선 호국을 바라보았다. 진밤색의 코르덴 재킷을 입은 그는 여느 때보다 단정해 보였다. 그리고 멋있어 보이기도 했고. 고무신의 주인이 그였으면 하는 자신의 간절한 마음을 깨달은 직후라서 그런 것일까.

"잘하더라."

단출하기 짝이 없지만, 그래도 그에게서 칭찬임에 분명한 말이 나오자 승리는 하늘 저 높이로 붕 떠오르는 듯한 기분이었다. 게다가 그가 그녀가 제일 좋아하는 꽃인 프리지아 한 다발을 안겨주었을 때는 안 그래도 헤벌어져 있던 입매가 더욱 크게 벌어지고야 말았다. 그.런.데. 그 행복한 시간을 더욱 길게 음미할 겨를도 없이 판을 깨는 낯선 여자의 낯선 목소리라니.

"나한테는 동생 소개 안 시켜줘?"

도, 동생?

승리는 지금까지 용케도 호국의 뒤에 모습을 숨기고 있던 어깨가 떡 벌어진 여자를 노려보았다. 비교적 선량한 인상이었지만 왠지 비호감이다. 게다가 초면에 왜 자꾸 빙글빙글 웃는 건데! 내가 그렇게 웃기게 생겼어!

"아, 이쪽은 내 대학 동기 송경주. 그리고 이쪽은…… 문승리."

송경주? 어디서 굴러온 개뼈다귀야. 그리고 권호국, 뭐야. 난 자기랑 아무런 관계도 없는 사람이란 말이야, 뭐야. 그냥 문승리라니. 하긴 '동생'이니 뭐니 라고 말을 했으면 가만히 있지 않으려고 했다.

"반가워. 호국이 따라온 보람이 있었던 것 같아. 오늘 공연 정말 좋았어."

"고, 고마워요."

절~대 진심이 아닌 말을 승리는 더듬더듬 내뱉었다. 그런 평온한 겉모습과 달리 그녀의 속생각들은 바쁘고 격하게 움직이고 있었다.

아! 저 여자 도대체 왜 자꾸 공갈 오빠한테 딱 붙어서 실실 쪼개는, 아니, 웃는 건데! 정말 기분 나쁘다!

성질난 승리의 시선이 이제 엄한 호국을 향했다. 그런데 그는 경주라는 저 개떡 같은 여자만 돌아보고 있는 게 아닌가. 승리의 가슴에서 타닥 불길이 일기 시작했다. 거기다 경주인지 제주인지의 뻔뻔스런 한마디는 그것에 기름을 말통으로 들이붓는 격이었다.

"그럼 동생이랑 인사도 했으니까, 오랜만에 둘이서…… 어때?"

그러면서 여자는 누구나 그것이 '한 잔'이라는 뜻인 줄 눈치 챌 수 있는 대한민국 공통의 제스처를 취해 보이는 것이 아닌가. 엄지와 검지로 동그라미를 만들어 입 안으로 털어 넣는—재수없게도 눈에 익은—시늉을 말이다. 저도 모르게 어금니를 악문 승리의 손 안에서 꽃다발의 아랫부분이 팍 구겨졌다.

승리는 주위 모든 사람들이 소리없이 시선만 움직여 그들을 주시하고 있다는 것도 모른 채, 음산하기 짝이 없는 목소리를 냈다. 오로지 권호국만을 무섭게 노려보며.

"미자야."

시선은 호국을 향하고 있지만, 말은 미숙을 향해서였다.

"응?"

승리에겐 사람들로 인해 주변이 얼마나 시끌벅적한데 이렇게 빨리, 그리고 쉽게 친구가 대답을 해온다는 것에 이상하게 여길 정신이 없었다. 그리고 그녀가 그토록 싫어하는 별명을 불렀음에도 친구가 잠잠하다는 것도.

"나 남자 소개시켜 줘라. 이제 안 가린다. 무조건!"

무대 주변이 떠나갈 정도의 큰 목소리로 선언을 한 승리에게 그제야 놀라움과 불쾌감을 담은 호국의 시선이 돌려졌다. 그에 일말의 만족감을 느끼는 그녀였다. 미쳤냐며 곁에서 쿡쿡 팔을 찌르는 어머니였지만, 혼자만의 상상에 빠져 있느라 승리는 그것조차 깨닫지 못했다.

홀로 입매를 기울여 웃으며 그녀는 호국이 얼른 무릎을 꿇으며 잘못했다고 싹싹 비는 유치 빤하고도 행복한 상상을 해보았지만, 현실은 참으로 뜻밖이었다. 그녀의 인생이 늘 그러했듯. 생각지도 못했던 복병이 승리의 뒤통수를 홱 후려갈겼다.

"안 돼!"

날카로우면서도 왠지 어색한 발음.

모두의 시선이 민과 선규의 가운데에 서 있다가 그들에게로 마치 영화의 주인공처럼 무게를 잡으며 걸어나오는 알렉스에게로 향했다. 그의 눈빛은 너무 이글거려서 자신의 기름기를 다 녹여버릴 정도로 타오르고 있었다. 시선을 오직 그녀에게만 고정하고 있는 알렉스에게 승리는 미간을 찌푸려 보았다. 저 녀석 왜 저래?

정말 왕부담이네.

"I love you, Victory."

엉? 뭐? 아, 알러뷰? 저거 사, 사랑한다는 뜻 맞지? 설마, 혹시 내가 잘못 들은 거야?

그런데 분명 80년대 로맨틱 영화에서나 나올 법한 구닥다리 프로포즈, 즉 한쪽 무릎을 꿇은 채로 놓은 꽃다발—아까 선규가 받은 것을 뺏는 걸 다 봤다—을 내미는 것이 아닌가. 그래도 믿기지가 않아서 승리는 꽃을 쓰윽 밀쳐 내며 물었다.

"너 장난하니?"

"No! I want to make love with you."

헛! 또 러브란다. 놀리는 것도 아니고 애 도대체 뭐야.

"아이고! 지금 얘가 뭐라는 거니? 러부 러부 해대는데…… 설마?"

무릎을 꿇고 있는 알렉스를 황망하게 내려다보기만 하던 승리의 팔을 붙잡으며 끼어든 이는 역시 우리의 윤 여사였다. 알렉스의 노랑머리부터 귀걸이, 다분히 십대스러운 패션까지 못마땅하게 훑어본 어머니는 마치 수호하듯 그녀의 앞을 막아서셨다. 그리고 하는 말씀이라니.

"Don' t touch. 내 딸이다!"

"엄마!"

승리는 윤 여사에게서 비껴서 알렉스에게로 몸을 굽혔다. 원래 하지 마라고 하면 더 하고 싶은 법이다. 게다가 저 공갈 아저씨 속을 뒤집어놓을 수만 있다면 뭐 더한 짓이라도 할 수 있다.

"알렉스!"

헛, 너 왜 그래. 무슨 말을 하려고. 본인 스스로도 스스로가 불안한 그녀였다. 마치 엇나가기로 작정을 한 청소년처럼 그녀는 호국이 보란 듯 알렉스의 이름을 불러 젖혔다.

말이 이어지기도 전에 그녀의 손목을 낚아챈 이는 호국이었다. 늘 진지한 사람이었지만, 이토록 무서운 표정은 처음이었다. 그가 이렇게 많은 사람들 앞에서 자신을 마치 푸대 자루처럼 질질 끌어낼 줄은 짐작도 못했던 승리는 놀란 나머지 반항 한 번 제대로 하지 못했다.

"호, 호국아!"

"어머머머!"

경주와 미숙, 그리고 가족들과 멤버들의 부름과 놀라움의 목소리들이 뒤에서 들려왔지만 호국은 걸음을 멈추지 않았다. 그리고 나중에 생각하니 괘씸한 건 그녀가 이렇게 끌려가는데도 누구 한 사람 막아주지 않았다는 거였다.

그렇게 한참을 끌려가던 승리는 인적이 드는 주차장에 가까워져서야 정신을 차렸다. 이러다 한도 끝도 없이 저 남자의 페이스에 말려들겠다 싶어진 그녀는 팔을 마구 잡아 흔들다가 그래도 안 되자 고개를 숙여 그의 팔을 있는 힘을 다해 꽉 물어버렸다.

"아악!"

그러자 곧장 손을 놓으며 호국은 기함을 토하는 표정으로 물린 곳을 부여잡은 채 그녀를 바라보았다.

"너, 너! 동물이냐?"

"동물은 그쪽이잖아요! 곰같이 힘만 세면 다예요?"

"내가 그렇게 할 수밖에 없도록 네가 만들었잖아!"

놀랍게도 그의 언성이 높아지고 있었다. 늘 무슨 도인처럼 초연하고 침착했던 권호국이 말이다. 그에 잠시 당황을 했던 승리는, '방귀 뀐 놈이 성낸다' 는 속담을 떠올리며 이를 앙다물고 대꾸를 했다.

"내가 도대체 뭐 어쨌는데요?"

그러자 뭐라고 열리려던 호국의 입술이 다시 꾹 다물렸다. 그의 얼굴이 왠지 붉게 상기되어 보이는 건 차가운 바람 탓일까. 승리는 자신의 시선까지 피하는 남자를 미심쩍게 노려보았다.

알렉스 녀석이 마치 탱탱볼이 제 여자라도 되는 양 사람들 앞에서 'love' 라는 단어를 떠벌리는 순간 꼭지가 홱 도는 듯했다. 다른 생각은 아무것도 떠오르지 않았다. 오로지 저 늑대 같은 놈에게서 승리를 떼어놓아야겠다는 일념 하나! 그것만으로 그는 알렉스에게로 마치 승낙의 대답을 할 것처럼 몸을 숙이고 있는 그녀를 낚아채 왔다.

그렇지만 막상 자신을 다그치고 있는 승리의 앞에서는, 화가 나서 그랬다라는 말을 할 수가 없었다. 왜 알렉스를 매몰차게 거절하지 않았냐고 호통을 칠 수도 없었다. 마음은 굴뚝같았지만.

호국은 꿀 먹은 벙어리처럼 멍하니 선 자신이 얼마나 바보 같을지 생각을 하며, 애써 헛기침을 하여 막혔던 목을 뚫어놓았다. 붉어지는 얼굴을, 당혹스런 이 마음을 감추기 위해서 그는 생각나는 대로 변명을 늘어놓았다.

"고, 고무신 거꾸로 신지 말랬잖아."

그러자 화장을 해서 더욱 커다랗게 보이는 그녀의 눈동자에 파란 독기가 이는 것 같았다. 말을 더 이으려 했지만 정강이에 날카롭게 파고드는 엄청난 고통으로 인해 호국은 어금니를 질끈 깨물며 자리에서 펄쩍 뛰어오르고 말았다.

"흡!"

그러고도 억눌린 신음 소리와 함께 정강이를 감싸 안으며 그는 몇 번이고 뱅글뱅글 돌았다. 젠장! 그는 자신에게 이런 고통을 안겨준 무지막지한 통굽 구두와 승리를 번갈아 노려보았다. 그러나 그의 그런 시선에도 역시나 그녀는 아랑곳하지 않았다. 되레 의기양양하게 팔짱을 낀 채 자신의 할 말만을 소리 높여 늘어놓을 뿐.

"내가 도대체 알렉스랑 어쨌게요? 그리고 우리나라 법에 고무신 거꾸로 신으면 안 된다고 명시되어 있어요? 왜 자꾸 사사건건 내 일에 참견인 거예요? 남친의 탈을 쓴 놈의 형이면 그럴 권리가 있는 거예요? 내가 진짜 누구 말대로 콧구멍이 두 개라 숨을 쉰다, 쉬어."

그녀의 말을 듣는 동안 호국의 인상은 점점 구겨졌다. 그는 다리의 아픔도 잊은 채 승리가 한 말 중 마음에 걸려 넘어가지 않는 그것을 다시 되씹어보았다.

"남친의 탈을 쓰다니?"

"그렇게 사랑하는 당신네 동생, 권보훈이한테 직접 물어봐요! 물론 그놈이 제 입으로 실토할 리 없겠지만. 그리고 다시는 내 눈앞에 나타나지 마요! 꼴도 보기 싫으니까! 평생 그놈 뒤처리나 해주면서 살라구요!"

돌아서기 전 잠깐이나마 본 그녀의 동공이 흔들리고 있었다. 씩씩거리며 그에게서 멀어지고 있는 그녀에게 저도 모르게 다가서던 호국은 승리의 팔이 얼굴로 올라갔다 다시 떨궈지는 모양을 보며 자리에 멈춰 서고 말았다.

역시나 그녀는 울고 있었다.

언제나 지나치게 밝고, 아무 생각 없는 사람처럼 퉁퉁거리던 문승리가 우는 건 호국에게는 너무나도 낯선 일이었다. 그녀가 왜 우는지, 어떻게 달래줘야 하는지 아무것도 모르는 그로서는 다가설 수가 없었다. 그저 멀어져 가는 승리의 뒷모습을 멀거니 바라볼 뿐.

혼자 남겨진 호국 역시 한없이 우울해졌다. 이제 정말 고무신 수호자의 역할을 그만둘 때가 된 모양이다.

마로니에 공원에서의 공연을 비교적 성공리에 마친 이후, 그녀에 대한 가족들의 태도가 달라졌다. 언제나 그녀를 못 잡아먹어 안달이던 어머니는 못 챙겨줘 안달이 나셨고, 그녀를 식충이 취급하던 영재 놈은 조금은 누나 대접을 해주었다. 게다가 속옷 사건에 대해서 정중히 사과―그런데 이건 아무래도 보복이 무서워서 선수를 친 것 같다는 생각이……―를 하기까지 했다.

어머니의 변화 중 가장 반가운 것은, 그녀의 레슨 타임을 줄여주셨다는 것이다. 그로 인해 연습 시간을 벌 수 있었고, 클럽 등지에서 공연을 하는 시간도 확보할 수 있었다. 그렇게 매일 매일을 승리는 집과 학원, 연습실과 클럽을 오가며 보냈다. 이제 그들의 공연을 나서서 잡아주는 클럽도 꽤 되었다. 밴드가 조금씩 인지도와 경험을 쌓아가고 있으니 더할 나위 없이 만족스런 상황인데도 뭔가가 빠진 듯 마음이 공허한 그녀였다.

눈물과 함께 털어내려고 그토록 노력했던 그 사람이…… 자꾸 생각났다.

"휴……."

그녀의 한숨에 탁자에 놓여 있던 악보가 날아가 바닥으로 떨어졌다. 그것을 주워 들고 앞에 앉는 알렉스를 승리는 무심하게 바라보았다. 마로니에 공원에서의 고백 이후 놈은 그녀에게 끊임없이 러브콜을 보내고 있었다. 난 영어도 지지리도 못하고, 냄새 나는 청국장이랑 김치랑 무지 좋아하고, 뜨끈뜨끈한 찜질방에 환호하는 전형적인 한국 여인네라 너랑은 절대 안 된다고 그렇게 알아듣게 타일렀음에도.

"빅토리, 우리 오디션 보자."

"응?"

그녀의 물음에 알렉스는 명함 한 장을 내밀었다.

"어제 너 먼저 가고 난 다음에, 클럽서 받았어."

〈WA 엔터테인먼트.〉

승리의 두 눈이 그 작은 종이에 적힌 글자를 몇 번이고 훑어 내렸다. WA 엔터테인먼트라면 비교적 실력 있는 가수들만 키워내고 있는 국내에서도 몇 손가락 안에 드는 기획사였다. 그걸 깨닫는 순간, 조금 전까지 풀려 있던 그녀의 눈에 생기가 돌았다.

"선규랑 민이도 알아?"

고개를 끄덕이는 알렉스에게 승리는 곧장 대답을 날렸다.

"그럼 뭘 망설여. 해보는 거지."

"OK!"

그리고 하이파이브를 하자는 듯 팔을 치켜드는 알렉스를 외면하며 승리는 자리에서 일어났다. 가수의 꿈을 향해 성큼 다가섰는데도, 그다지 기쁘지가 않았다.

"나 그만 갈게."

"뭐? 연습은?"

계속된 강행군에 지친 걸까, 오늘은 이만 쉬고 싶었다. 승리는 '쏘리' 라는 한마디를 남기고 문을 나서려 하였으나, 뒤에서 들려온 알렉스의 물음이 그녀를 잡아끌었다.

"내가 불편해?"

돌아보자 여느 때보다 진지한 알렉스의 까만 눈동자가 그녀를 향해 있었다. 그것은 노랑머리와 대비되어 더욱 짙어 보였다.

"네 사랑을 멈출 수 없는 것처럼, 내 사랑도 그래. 그러니까 그냥 봐줘."

평소의 알렉스답지 않게 사뭇 진지했다. 게다가 미소를 지으며 하는 말인데도 너무 슬프게 들렸다. 그렇다면 알렉스는 그녀의 마음이 어딜 향하고 있는 줄 뻔히 알면서도 그런 고백을 한 것일까.

가슴이 짠하니 아파왔다. 눈시울마저 따가워지는 것을 숨기기 위해 승리는 부러 오버를 했다.

"너 도대체 나 어디가 좋아? 이십사 년을 살면서, 남자라는 종족이 여태껏 나한테 사랑한다고 했던 적은 없었거든? 참…… 취향 독특하다고 하면 완전 내 욕이고, 눈 높다고 해줄게."

"너 예뻐. 특히 노래할 때. 그리고 그날…… 네 란제리에 반했는걸?"

미소를 머금고 있던 승리의 입매가 스르르 굳어졌다. 여기 또 변태 녀석 하나 있었네.

알렉스를 말없이 노려보며 그녀는 잠시나마 저놈을 동정했던 자신을 질책했다. 그리고 그녀는 태연하게도 거짓말을 늘어놓았다.

"그 란제리 내 거 아냐. 내 친구 미자 거야. 공원에서 공연한 날 봤지? 근육맨이랑 같이 온 애."

당황스러워하는 알렉스를 두고 집을 나온 승리는 닫힌 문에 대고 중얼거렸다.

"란제리에 반해? 미친 놈."

엘리베이터를 기다리는 동안 어느덧 승리의 생각은 연습실에서 머지않은, 아니, 오층만 위로 가면 있는 그의 집을, 그를 향하고 있었다. 오므라이스를 능숙한 솜씨로 해주던, 길가에 흩뿌려진 민망함의 결정체들을 쓸어주던, 쑥스러운 듯 프리지아 꽃다발을 내밀던 최근 그의 모습이 차례로 떠올라 승리의 머리를 어지럽혔다.

"정신 차려라, 승리야."

엘리베이터의 문이 열리는 순간, 소리 내어 자신을 타이른 그녀는 그것에 올라탔다. 그러나 저도 모르게 혹시나 하는 기대감을 품고 그 안에 탄 이들을 훑어보는 승리였다. 실망스런 결과가 다가올 것을 알면서도.

지하철역까지 외로움을 곱씹으며 홀로 터벅터벅 걷던 그녀는 거리의 나무를 장식하고 있는 황금빛 전구들과 여기저기서 반짝이는 오색찬란한 장식물들을 보며 '아, 크리스마스구나' 라는 깨달음을 얻었다. 예수님의 탄신일이기도 하지만, 바야흐로 연인들의 날인 크리스마스…… 홀로 방바닥이나 긁어야 하는 그녀로서는 정말 싫은 날이기도 한 그날이 다가오고 있었다. 생각만으로도 슬퍼져 미간을 찌푸리던 승리의 귓가를 어디선가 들려오는 은은한 캐럴이 적셔들었다.

울면 안 돼. 울면 안 돼. 산타할아버지는 우는 아이에겐 선물은 안 주신대~

초등학교 때 유난히 좋아했던 곡이었다. 습관적으로 그것을 따라 흥얼거리던 승리는 그 소리에 섞여 들려오는 이질적인 멜로디에 주머니에서 휴대폰을 꺼내 들었다. 미숙이었다. 그녀는 부러 쾌활한 척 전화를 받았다.

"오~ 최미자! 웬일? 애인이랑 깨 볶느라고 친구는 버린 줄 알았더니?"

[내가 어떻게 널 버리냐? 문고리 없음 문도 못 여는데.]

헛, 이런 썰렁한 농담을.

승리는 휴대폰에서 귀를 떼고 그것을 한동안 노려보다가, 미숙의 말소리가 들려오자 얼른 그것을 원위치에 놓았다.

[이런 전화 하기 솔직히 좀 망설였어. 호국보훈 형제에다 알렉스인지 머시기인지까지 최근 들어 워낙에 남자관계가 복잡한 너 아니냐. 참내…… 입은 비뚤어졌어도 말은 바로 하랬다고 학교 다닐 적에 내가 너보다 훨씬 인기 많았잖아. 그런데 다 늙어서 문승리, 무슨 복인지 모르겠다. 흠흠, 어쨌든 너 분명히 그날 나한테 남자 소개시켜 달랬지?]

"엉?"

그래, 떡대가 남산만하긴 해도 어쨌든 여자인 송경주를 데려온 그 남자 때문에 화가 뻗쳐 막말을 하긴 했었지.

[크리스마스이브 어때?]

푸헛. 얘 정말 약속 잡아놨나 보네.

여기서 그녀가 OK하는 경우 두 가지 상황을 유추해 볼 수 있다. 진짜로 상대가 마음에 들어서 룰루랄라 해피한 크리스마스를 보낼 수도, 녹색 추리닝보다 더한 놈이 나와 그녀의 크리스마스를 확 망쳐 놓을 수도 있는 것이다. 그렇기에 승리는 잠시 망설였다.

[이번엔 정말 보증수표다. 걱정 마라. S대 나온 재원에, 집안 빵빵하고, 몸매 좋고, 잘생겼어. 사실 우리 회사 팀장님이라 나이는 좀 많아. 서른넷. 그런데 정말 사람 괜찮아. 네 얘기 했더니 당장 만나보고 싶다고 난리다, 아주.]

그럼 네가 하지? 그렇게 되쏘고 싶었다. 그런 그녀의 마음을 읽은 듯 수줍게 속삭이는 미숙이었다.

[솔직히 현수 씨 만나기 전에는, 내가 어떻게 해보려고 했었어.]

"칫. 오현수란 남자, 죽이긴 죽이나 보다."

콩깍지가 쓰인 친구가 버겁기도 하고, 조금은 부럽기도 했다.

[꼭 그래서만도 아니다 뭐.]

이제 와 황급히 상황을 무마하려던 미숙은 여의찮은 것을 깨달았는지 버럭 소리를 내질렀다.

[아, 그래서 할 거야, 말 거야?]

"그래! 하자! 하자! 됐냐?"

승리도 같이 목청을 높였다. 자신을 생각해서 남자를 소개해 주려는 친구인데, 괜히 이 상황이 마음에 들지 않고 친구가 얄밉기도 하고 그랬다. 고무신도 혼자 거꾸로 신을 능력 안 되는 이 내 신세여!

[너 그런데 하나만 묻자. 그 사람…….]

"응?"

가슴이 덜컥했다. 친구가 누구를 묻고 있는지 눈치를 챘으면서도 승리는 모르는 척 물었다.

[잘생긴 사범 말야, 권호국 씨. 정말 마음에 없어? 그날 보니까 둘이 분위기가 심상치 않던걸?]

"마음은 무슨. 설마 있었어도 이제 접을 거야."

저도 모르게 본심을 담아 내뱉은 그녀의 말에 놀라움을 숨기지 못하는 미숙이었다.

[역시! 그런 거였구나! 너! 어쩌려고 그래?]

"뭘? 그냥 나 혼자 땅 판 거야. 그 남자는 제 동생, 제 가족밖에 몰라. 내 마음 따위 어디로 기우는지 저얼대 모를걸. 그러니까 됐어."

아주 잠깐의 대화의 단절. 그것의 뒤를 승리는 애써 밝은 음성으로 이었다.

"최미자, 내 크리스마스이브 망치지 마라? 기대하고 있으마."

[괜찮겠니?]

"야, 내가 누구야? 짝사랑, 혼자 실연 전문 문승리 아니냐. 이번에도 마찬가지야. 시간이 지나면 나아져. 멋진 남자를 만나도 나아지겠지, 흐흐."

억지 웃음을 흘리며 고개를 든 승리의 시야에 지하철역이 보이고 있었다.

"그럼, 장소 정해서 나중에 연락 줘. 지금 길게 통화하기 그렇다."

[응. 문고리! 기운 내!]

"칫, 난 언제나 기운 넘치거든? 기운은 네가 내야지, 현수 씨 정력 받아내려면. 키키."

미숙이 뭐라 뭐라 하는데 승리는 폴더를 닫아버렸다. 친구에게 자신만만하게 했던 말과 반대로 요즘의 그녀는 스스로가 생각하기에도 기운이 없었다. 한마디로 무기력증이었다.

거리 한가운데 우뚝 멈춰 서 흘러나오는 캐럴 송을 듣는 승리의 표정은 그저 멍했다. 크리스마스이브에 소개팅이라. 그것이 잘한 짓인지, 미친 짓인지 모르겠다. 극도의 우울함이 판단 능력까지 상실하게 만든 걸까.

승리는 고개를 내저으며 지하철역 아래로 발걸음을 내디뎠다.

다행히 아직 퇴근 시간 전이라 지하철은 복잡하지 않았다. 자리에 등을 대고 앉자마자 언제 생각이 복잡했냐 싶게 승리는 고개를 끄덕이며 잠에 빠졌다. 항상 느끼는 거지만, 그런 잠시잠깐의 잠은 정말 달다.

그렇게 얼마나 잤을까. 심하게 흔들리던 고개가 아래로 푹 처박히는 바람에 침을 쓰윽 닦으며 눈을 부스스 떴을 때는 지하철이 그녀가 내릴 암사역에 막 들어서고 있었다.

후다닥 가방을 들고 내려선 승리는 지하철역을 나와 집까지 또 뚜벅이 행진을 시작했다.

잠이 덜 깨인 그녀는 몸에 와 부딪치는 바람이 차가운 줄도 모르고 무덤덤하게 걷고 있었다. 그렇게 몽롱하던 그녀의 의식은 동네의 어귀에 이르러 한 장면을 보는 순간, 너무도 맑게 걷혀갔다.

마주치지 않으려고 그렇게 노력했건만 익숙한 승용차 앞에 선 그 남자, 그리고 덤으로 그 남자 앞에서 웃고 있는 송경주, 저 둘이 함께 있는 꼬락서니를 딱 마주할 게 뭐람!

매일이 공허한 그녀와 달리 더 멀끔해진 모양새로 보아 그는 아주 잘 지내는 듯했다. 쳇! 나타나지 말라고 진짜 안 나타나더니, 연애질에 바빴던 모양이다.

왜, 왜! 잔잔한 호수에 돌을 던지는 건데! 왜 가만히 있는 사람 속을 확 뒤집어놓는 거냐고!

냉정하게 모른 척 그냥 지나가고 싶었다. 이 모퉁이만 돌면 집이라는 대피처가 있다. 그런데 그것이 생각처럼 쉽지가 않았다. 승리는 경주와 함께 차에 오르는 그에게서 시선을 뗄 수도, 걸음을 옮겨놓을 수도 없었다.

가슴이 답답하고 아팠다. 낯선 고통.

그것을 이를 악물며 참아보던 그녀는 결국 그들이 자신을 남겨두고 그 자리를 벗어나기 전, 먼저 돌아섰다. 경주와 함께 멀어져 가는 호국을 보아낼 인내심이 아직 자신에겐 없는 듯해서.

그래서 그녀는 보지 못했다. '미안! 미안!' 하는 표정으로 도장에서 헐레벌떡 달려나오는 세열을, 뒷좌석에 앉아 호국과 경주 사이에 둥그런 얼굴을 밀어 넣는 그를 말이다.

"크리스마스이브 날 별 할 일 없지? 그럼 전화할게."

평소 별달리 '특별한 날'이라는 것에 대한 개념이 없던 호국이었지만, 며칠 전 태권도학과 졸업생 모임에서 경주가 했던 말이 은근히 그를 신경 쓰이게 만들었다. 할 일이 없어 그렇다고 말을 하긴 했지만, '왜?'라고 묻기도 전에 경주가 자기 할 말만 하고 확 돌아서서 가버릴 줄은 몰랐다. 크리스마스이브라고 해서 그에겐 특별할 것도 없었지만, 왠지 경주랑 단둘이서 보낸다는 건 좀 그랬다.

아무래도 오늘 밤 전화를 해서 미안하다고 안 될 것 같다고 이야기를 해야겠다 생각하며 호국은 도장을 나섰다. 그러면서 그는 습관적으로 피아노 학원을 돌아보았다. 다시는 자신의 앞에 나타나지 말라고 소리치며 그녀가 자신에게서 멀어져 갔던 그날 이후,

무의식적인 버릇이 되어버렸다. 자신도 모르는 사이에.

호국은 옅은 한숨을 내쉬며 차에 올랐다. 날이 쌀쌀했지만, 그는 창을 조금 내려 찬 공기가 차 내부로 들어오도록 만들었다. 그래야 점점 미쳐만 가는 자신의 머리가 조금이라도 식을 것 같았다.

그러나 한쪽 팔꿈치를 창턱에 올린 채 한 손으로 운전을 하는 동안, 그의 생각은 어느새 승리와의 기억을 더듬고 있었다. 그의 차에 부딪혀 기절한 척하고, 그에게 전투적으로 빗자루를 휘둘러대던 그녀는 확실히 어디로 튈지 모르는 성격의 소유자이다. 함께 있으면 그를 즐겁게 만들었다. 그러면서도 가끔 상처 입기 쉬운 면모를 드러내는 나약한 여자이기도 했다. 그것은 길가에 널브러진 민망한 속옷에 이러지도 저러지도 못하고 서 있던, 마른 눈물 자국을 고스란히 드러낸 채 그의 서재에서 잠들었던 그녀의 단편적인 모습들을 통해 알 수 있었다. 거기다 최근엔 울기까지 하였으니.

그 생각만으로도 호국의 마음은 불편해졌다. 무슨 일이 있어도 여자는 울리지 말자라는 신조로 살아온 그였는데. 게다가 그녀는 그냥 여자가 아닌, 자신이…… 사랑하는…….

'사랑'이라는 단어가 머리 속을 스치는 순간, 호국은 하마터면 차도 한가운데서 브레이크를 밟을 뻔했다. 그래, 한없이 문승리 그녀가 신경 쓰이고, 무슨 짓을 해도 밉지 않은 건…… 사랑하기 때문이었다. 서른한 해 동안 한 번도 사랑이라는 감정에 빠져 보지 않은 그로서는 그 감정을 깨닫기까지 이리도 오래 걸린 것이 어쩌면 당연한 건지도 모른다.

사랑하는 여자.

그러나 연인은 될 수 없는 여자.

환희에 들떴던 그의 얼굴 표정이 다시 침울하게 가라앉아 갔다. 덩달아 그의 기분도 더욱더 침몰해 갔다. 게다가 오피스텔 앞에 이르러 뜻밖의 광경을 보는 순간, 침몰은 파멸로 이어졌다. 알렉스와 너무도 다정하게 웃으며 오피스텔 안으로 들어가는 그녀, 문승리. 연습실로 가는 것이라 자위를 해보아도 불쾌감과 미칠 듯 너울대는 질투는 사라지지 않았다.

그렇게 다른 남자와 함께 있는 그녀를 보는 게 미칠 만큼 힘들면서도, 자신과 그녀가 그들 앞에 떳떳이 나설 수 없는 현실이 원망스러웠다.

핸들을 잡은 그의 손아귀에 잔뜩 힘이 들어가 잔 떨림을 토해냈다.

크리스마스이브, 보훈은 독실한 교인인 선 소장을 사단 밖의 교회에 모셔다 드렸다. 크리스마스 전야행사 참석을 위해. 매년 아버지와 함께 크리스마스를 교회에서 보낸다고 했던 효진은 아직도 몸이 그다지 좋지 않은 관계로 공관에 머물러 있어야 했다.

교회는 사단 안에 있는 작은 규모의 교회와 비할 바가 못 되었다. 현란하게 반짝이고 있는 크리스마스 장식들과 삼삼오오 무리를 지어 들어가고 있는 교인들의 모습에 보훈은 '아, 크리스마스구나'라는 것을 새삼 깨달을 수 있었다. 운전석을 나서자마자 은

은한 캐럴송이 들려왔다. 괜히 아이처럼 마음이 설레는 것을 느끼며 보훈은 뒷좌석의 문을 열었다. 선 소장이 내려서자마자 커다란 목소리가 들려왔다.

"어이! 선통일!"

헛. 그에게는 하늘과도 같은 선 소장의 이름을 대수롭잖게 불러 젖히는 이는 복장으로 보아 교회 목사쯤 되는 것 같았다. 상대를 향해 환한 미소를 머금어 보인 선 소장은 부랴부랴 목사에게로 걸어갔다. 보훈의 경례도 받아주는 둥 마는 둥 하며.

홀로 남게 되자, 잊고 있던 다급함이 그를 집어삼켰다. 비열하다고, 무능력하다고 이성이 비웃고 있었지만 어쩔 수 없었다. 선 소장이 자리를 비운 지금이 효진을 찾아볼 절호의 기회였다.

교회로 선 소장을 모시고 갈 때와 달리, 공관으로 돌아가는 운전 속도는 전혀 안정적이지 못했다. 마치 액션 영화의 한 장면인 양 지면에 '끼이익' 타이어 마찰음을 일으키며 보훈은 주차를 했다. 그리고 돌아서는 순간, 그는 뜻밖에도 너무 쉽게 효진을 만날 수 있었다.

그들이 처음 만났던 그날 밤처럼, 하얀 원피스에 긴 카디건만 걸친 채 그녀가 눈보다 더 창백한 얼굴을 한 채로 눈이 쌓인 공관 뜰에 서 있었다. 그러면서도 그녀는 그를 향해 여느 때보다 환한 미소를 지어 보였다. 그러나 보훈은 마주 웃어줄 수가 없었다.

아직 완쾌되지도 않았는데, 이리 밖에 나와 있다가 더 악화되는 건 아닌지 걱정이 앞섰기 때문이다. 자연히 효진에게로 다가가는 그의 표정은 굳어 있었다.

“선효진, 너?”

“걱정 말아요, 조금 전에 나왔으니까.”

그가 더 뭐라고 할 수 없도록 효진은 수줍게 체크무늬의 종이 가방을 내밀었다. 그것을 멀거니 바라보던 보훈은 질문을 던졌다.

“이게 뭔데?”

“오늘 크리스마스이브잖아요. 오빠는 산타한테 선물 받을 나이는 지났으니까, 내가 주는 거예요. 선물.”

가슴이 철렁 내려앉는 것만 같았다. 언제나 승리에게 자기 방식대로의 선물을 먼저 건네고 보답을 강요했던 지난날의 자신의 모습 위로, 효진에게서 뜻밖의 선물을 받고 있는 지금 자신의 모습이 겹쳐서 떠올랐다. 크리스마스인데도 자신은 효진에게 줄 선물의 ‘선’ 자도 생각하지 못했는데. 언제나 주는 입장이었던 자신이 받는 입장이 되고 보니 그다지 마음이 편하지만은 않다는 생각이 들었다.

“나 팔 아픈데, 안 받을 거예요?”

효진의 물음에 그제야 정신을 차린 보훈은 더듬더듬 그것을 받아 들었다.

“열어봐요. 잘 맞으려나 모르겠어요.”

기대감이 서린 그녀의 표정을 외면할 수 없어 그는 종이 가방의 여밈을 풀어보았다. 그곳에서 빼꼼이 고개를 내밀고 있는 것은 하늘빛의 스웨터였다. ‘와~’ 라는 감탄사와 함께 보훈은 그것을 꺼내 자신의 몸에 대보았다. 색깔도 사이즈도 적절하니 좋았다.

“네가 뜬 거야?”

“그럼요.”

효진의 대답 앞에 보훈은 뭐라 말을 해야 좋을지 몰랐다. 이렇게 정성이 듬뿍 들어간 선물을 받은 건 처음이었기에, 마음이 벅찼다. 그저 고맙다며 받기엔 염치가 너무 없는 것 같다 생각될 정도로.

“그동안 아팠으면서 언제…… 그리고 나는 너를 위해 준비한 게 아무것도 없는데.”

면목이 없어진 그는 스웨터를 접어 팔에 걸친 채 그렇게 중얼거리다시피 말을 했다. 그럼에도 그녀의 얼굴엔 작은 실망감의 빛조차 어리지 않았다. 예전 승리에게 답례를 강요했던 자신과는 달리, 효진은 그저 웃으며 대답했다.

“꽤 오래전부터 조금씩 떠두었던 거예요. 훗, 그리고 오빠한테 뭘 원하고 주는 선물 아니에요. 그냥 예쁘게 입어주면 족해요.”

“효진아.”

이제 스무 살에 불과한 어린 여자아이였음에도 효진은 그보다 훨씬 어른스러웠다. 어머니가 병으로 일찍 돌아가시고, 자신 역시 아프면서 인생에 대해 많이 생각해 보아서일까. 보훈은 그녀의 너무도 성숙한 태도에 감탄을 금할 수가 없었다.

“몸은 좀 괜찮아? 춥지 않아?”

안쓰러움이 깃든 그의 물음에 효진은 고개를 내저었다. 하지만 그녀의 새파래진 입술을 보면서 안심할 수 없는 보훈이었다. 스웨터를 가방에 다시 넣은 그는 다른 팔로 그녀의 어깨를 감싸주었다. 흠찔 놀라는 효진이 느껴졌다. 그 어색한 분위기도 무마할 겸,

고맙다는 마음도 전할 겸 보훈은 말을 이었다.

"내가 푸른 색 계통 좋아하는 줄 어떻게 알았니? 그리고 사이즈는? 어쨌든 너무 마음에 들어. 잘 입을게."

"그냥 오빠에게 하늘색이 잘 어울릴 것 같았어요. 그리고 사이즈는…… 그때 사, 아니, 소원의 다리를 업혀서 건너는 동안 대충 가늠해 봤어요. 나 엉큼하죠? 훗."

서로를 바라보는 두 사람의 눈 속에 같은 미소가 자리했다. 그만 효진을 들여보내야 한다는 것을 알면서도, 조금만 더 이대로 있고 싶은 보훈이었다. 그의 마음을 읽은 듯 효진이 어깨에 살며시 기대어 오며 소곤거렸다.

"사실은 나도…… 선물 받고 싶은 게 있는데."

"응?"

효진이 무리한 것을 요구할 아이가 아니란 걸 알면서도, 보훈은 불안했다. 일개 사병의 신분으로서 자신이 해줄 수 있는 일이 많지 않다는 걸 잘 알기 때문이었다. 그의 물음에 절로 그런 속내가 스며났다.

"오빠, 나……."

"네 이노옴~!"

효진의 작은 입술이 달싹이던 순간, 갑자기 들려오는 그야말로 포효에 두 사람의 휘둥그런 시선이 동시에 뒤를 돌아보았다. 상대가 누구인지 두 눈으로 확인하는 순간, 효진을 안고 있던 보훈의 팔에서 힘이 쭉 빠져 버렸다. 심장이 두세 배 속도로 뛰는 것으로 모자라 종래에는 멈춰 버린 듯했다.

도대체 언제, 어떻게 교회에서 돌아온 것인지. 성난 멧돼지와 같은 기세로 서 있는 선 소장과 그 곁에 마치 '어디 혼 좀 나봐라' 라는 듯 의기양양한 표정을 짓고 있는 심 중위를 번갈아 바라보며 보훈은 침을 꿀꺽 삼켰다.

"설마 설마 했는데…… 네 녀석이 내 뒤통수를 쳐?"

그리고 득달같이 달려드는 솥뚜껑과도 같은 손바닥. 차마 피할 생각도 하지 못한 보훈은 곧 닥칠 고통을 생각하지 않으려 노력하며 눈을 질끈 감았다.

퍽!

"아악!"

살과 살이 부딪치는 둔중한 소리에 이어 들린 고통의 단말마. 그러나 여전히 아무렇지도 않은 자신이었기에, 의아한 생각이 든 보훈을 눈을 슬며시 떴다. 그의 시야에 넘어진 효진이 모습이 보였다. 얼굴을 감싸 쥔 채. 젠장! 그가 보지 못한 사이, 그녀가 자신의 아버지와 그 사이로 뛰어들었던 모양이다.

금지옥엽 외딸을 자신이 때렸다는 데 충격을 받은 듯 석상처럼 선 선 소장을 밀어내며 보훈은 효진의 곁에 무릎을 꿇고 그녀의 얼굴을 감싸 들었다. 커다란 눈에 고인 눈물을 맞대하는 순간, 가슴에서 뭔가가 울컥 치밀고 올라오는 듯했다. 그의 떨리는 손이 그녀의 붉어진 뺨을 쓰다듬었다.

"이 바보야."

그의 떨리는 한마디에 효진은 그저 웃었다. 그러나 그녀의 웃음은 다가서는 아버지를 올려다보는 와중 깨끗이 사라졌다.

"그만, 그만 하세요. 보훈 오빠 때리지 마요."

"효진아, 너 왜 이러니. 너 지금 심 중위 앞에서 무슨 짓이야! 심 중위가 널 어떻게 생각하는지 다 알면…….."

"그건 아버지 바람이지, 난 아니에요."

애원하다시피 하는 선 소장을 외면한 채 냉랭한 대답을 돌린 효진은 보훈에게 의지해 몸을 일으켰다.

"정말…… 사단장님만의 바람이라고 생각해?"

보훈을 거의 강제로 돌려 세우려 하던 효진이었다. 그만 이 자리를 벗어나자는 의미가 분명한 몸짓이었다. 그러나 들려온 심 중위의 물음은 그들이 그렇게 간단히 무시할 수 있는 성질의 것이 아니었다.

"내가 너 좋아하는 거 몰랐다는 거야? 널 처음 본 그날부터 좋아했는데."

너무도 갑작스런 심 중위의 고백에 일순 정적이 흘렀다. 그 말을 듣는 순간, 불쾌해지는 심기를 어쩌지 못한 채 보훈은 효진을 내려다보았다. 가만히 서 있기만 하는 그녀가 그때만큼은 조금 원망스러웠다. 당장 '아니다'라고 말해주길 바라는 자신이 우습기도 했고.

"좋아해."

효진이 속삭이듯 내뱉은 말에 보훈은 하마터면 바보처럼 휘청일 뻔했다. 자신이 역시 과한 욕심을 부렸던 모양이다. 그랬던 모양이다.

쓸쓸함에 멍하니 섰던 그를 올려다보는 그녀의 눈길은 다정하기 짝이 없었다. 그리고 이어진 말이란. 이번엔 정말, 들고 있던 종이 가방을 떨어뜨리고 만 보훈이었다.

"내가 좋아하는 사람은, 보훈 오빠야."

머리 속이 완전 공황 상태였다. 어찌 된 정황인지 정리가 되지 않았다. 그러나 자신을 향한 심 중위의 이글거리는 시선 앞에 보훈은 점차 이성을 차릴 수 있었다. 효진은 자신을 좋아한다. 그리고 자신 역시 효진이 싫지 않다. 아니, 그녀가 자신을 좋아한다는 사실이…… 기쁘다. 하지만 무작정 기뻐할 수만은 없었다. 그녀의 마음이 고맙고 소중한 만큼 자신이 그것을 넙죽 받을 자격이 있는 인간인지 보훈은 다시금 생각해 보게 되었다.

"권 이병, 너도 내 딸이랑 같은 마음인 거냐?"

잠긴 듯한 선 소장의 물음이 들려와 보훈을 잠시 망설이게 했다.

열을 줘도 하나를 돌려받기 힘들었던 승리와 아무것도 주지 않아도 늘 자신이 먼저 챙겨주려 하는 효진이 대비되어 떠올랐다. 이제야 보훈은 자신이 왜 그렇게 승리에게 집착할 수밖에 없었던 것인지 깨닫게 되었다. 늘 확실하지 않는 관계가 불안했기 때문이다. 그러나 효진은 다르다. 그녀를 안 지는 얼마 되지 않았지만, 함께 있으면 마음이 편했다. 그녀는 언제나 자신을 좋아해 줄 거라는 확신이 있다고 해야 하나. 효진과 함께라면 승리 앞에서처럼 시시콜콜 따지고 드는 조잔한 남친이 아닌, 든든하고 멋진 남친이 될 수 있을 것 같았다.

그때, 자신을 간절한 시선으로 올려다보는 효진과 시선이 마주

쳤다. 보훈은 그녀의 눈을 바라보며 저도 모르게 입술을 움직여 대답했다.

"네."

그러자 효진의 작은 얼굴 가득 들어차는 기쁨의 빛이 그의 마음까지 환희로 물들게 만들어주었다. 표정을 일그러뜨리며 비틀거리는 심 중위와 미소 짓는 딸을 허탈하게 바라보는 선 소장은 보훈의 안중에도 없었다. 그는 오로지 효진을 내려다보며 미소를 지었다.

묵직했던 짐을 내려놓은 듯 홀가분한 기분이었다. 그러면서도 여전히 조금은 찜찜했다. 갈림길에서 고민을 하던 보훈은 방금, 한 가지 길을 선택하여 길을 떠났다. 이제 나머지 길은 잊어야 했다.

그렇게 생각을 하자 그의 얼굴에 비장함이 감돌았다. 더 늦기 전에, 또다시 망설임이 일기 전에…… 전화를 해야겠다.

승리는 전신 거울에 자신의 모습을 비춰보았다.

평소와 같은 일본풍 레이어드룩이 아닌 단정한 원피스와 코트를 입고 머리까지 깔끔하게 정리한 그녀는 스스로가 보기에도 다른 사람이 된 것 같았다. 호국이 첫 공연 선물로 사준 고가의 원피스로 이렇게 꾸미고 보니 조금 어색하긴 해도 제법 잘 어울렸다.

"누가 사준 게 뭐가 그렇게 중요해, 그냥 잘 입으면 장땡이지."

옷을 보며 자꾸만 그를 떠올리는 자신을 향해 중얼거린 승리는 거울에서 물러났다. 코트의 단추를 여미고 크로스 백을 맨 그녀는 방을 나섰다. 그런데 발걸음이 왜 이리 무거운 것인지. 킹카를 소개받는 자리에 나가면서, 설레지 않는다니 문승리답지 않았다.

"어머! 얘가 누구야? 내 딸 맞아? 오늘 왜 이렇게 예뻐?"

그녀의 기척이 느껴지자마자 부엌에서 나온 어머니의 칭찬에도 승리의 기분은 나아지지 않았다.

"아, 이브고 하니까 데이트하기로 한 거야?"

어머니는 아직도 호국과 보훈의 관계를 모르고 계신다. 하긴 잘생긴 사범의 이름이 권호국이라는 것도 모르고 계시니.

"응."

괜히 '아니다. 소개팅 하러 가는 거다' 라는 말을 해 소란을 일으키고 싶지 않아 그녀는 간결하게 대꾸를 하고 말았다. 그에 어머니의 안색이 더욱 환해졌다.

"아이고, 화해한 모양이네. 잘했어."

예전 보훈을 거의 사윗감으로 여기시는 것 같더니, 교장선생님의 막강 파워에 완전 호국 쪽으로 마음이 돌아서 버린 어머니였다. 하긴 집안 좋겠다, 인물 좋겠다, 성품 반듯하겠다, 한 분야에서 능력도 있겠다. 어머니의 마음에 하나 들지 않을 만한 게 없었다.

"잘 다녀와."

어머니의 다정한 배웅을 받으며 승리는 동네를 나섰다. 평소 잘 신는 운동화도, 통굽 구두도 아닌 굽이 가느다란 힐을 착용해서 그런지 걷는 데 힘이 들었다. 발목이 삐끗거릴 때마다 몸이 좌우로 위태롭게 흔들렸다.

"젠장!"

크리스마스이브 오후의 고요함이 내려앉은 골목길에서는 그녀의 숨죽인 욕설도 유난히 크게 들렸다. 구두가 짜증나는 건지, 얼굴도 모르는 남자를 만나서 앞으로 하하호호 웃어야 하는 상황이 짜증나는 건지 모르겠다.

승리는 적막감이 감도는 태권도장을 애써 외면하며 지하철역으로 걸음을 옮겨놓았다.

종업원이 그녀를 안내한 자리에 앉아 있는 남자는 그야말로 판타스틱, 퍼펙트, 핸섬가이였다. 꿈속에서도 만나보지 못한 초절정의 미남. 게다가 그녀를 바라보며 짓는 그 미소는 마치 오뉴월의 햇살처럼 따스했다.

"반가워요, 이순철입니다."

풋, 참으로 순박한 이름이다. 저 도시적인 외모랑 어디 저 이름이랑 어울린단 말인가.

"문승리예요."

승리는 간단히 자신을 소개하며 자리에 앉았다. 그녀가 앉자 그제야 자리에 앉는 남자를 승리는 찬찬히 훑어보았다. 이번에는 미자가 제대로 다리를 놓은 듯했다. 남자는 그녀의 상상 그 이상이었다.

"식사 전이시죠? 뭐 드실래요? 이 집은 랍스터가 괜찮아요."

헛! 바, 바닷가재? 오, 부의 상징인 그 음식을?

어차피 다른 메뉴에 대해서 잘 알지도 못하는 그녀였기에 그저 그가 권하는 대로 고개만 끄덕였다. 솔직히 이럴 때 아니면 저 비싼 걸 언제 먹어보나 싶은 마음도 있었다.

종업원을 우아한 동작으로 부른 그는 능숙한 솜씨로 음식을 주문하고서 그녀를 다시 바라보았다.

"미숙 씨한테 들었던 것과는 이미지가 좀 다르시네요. 이런 말 하기 뭐하지만, 거의 날라리 수준으로 외모를 묘사하던데."

'평소엔 그래요'라고 대답을 하려던 승리는 그저 조용한 웃음으로 대신했다.

"미숙 씨가 나에 대해서는 뭐라고 하던가요?"

그녀가 물어주길 바랐던 듯, 순철이 약간 머뭇거리다 물음을 건넸다. 그러고 보니, 늘 미팅 자리에서 분위기 메이커 역할을 했던 문승리답지 않게 오늘 너무 말이 없다. 그런데 도무지 흥이 나질 않는다. 저런 초특급 킹카가 앉아 있는데도.

승리는 억지 미소를 지으며 대꾸했다.

"정말 괜찮은 분이라구요."

"그래요? 미숙 씨가 내 칭찬을 했단 말이죠? 허구한 날 괴롭히는 팀장인데 뭐 예쁘다고?"

우리는 미남한테 약하답니다. 속으로만 중얼거린 승리는 또다시 방긋 미소를 지었다. 다분히 의식적인.

코스대로 나오는 음식을 먹으면서도 얘기를 한 쪽은 거의 순철이었고, 승리는 오로지 요리에 올인했다. 그냥 눈앞의 이 남자가 신경 쓰이지 않았다.

마침내 메인 요리인 랍스터까지 쓱싹 해치우고 있는데, 곁에서 느껴지는 인기척에 승리는 음식 접시에 처박았던 고개를 들었다. 남자 종업원의 친절한 눈매가 그들을 번갈아 훑어보고 있었다.

"혹시 3456 차주 되십니까?"

"네, 접니다."

양복 자락을 여미며 순철이 일어났다.

"손님 차로 인해 뒤차가 빠지질 못하는 모양입니다. 주차 빌딩에 안 넣으시고, 길가에 세워두셨더라구요."

"아, 죄송합니다."

종업원과 문화시민답게 대화를 나누는 순철을 보는 승리의 머리 속에 지금과 다르면서도 또 비슷한 장면이 스쳐 지나갔다. 상상이 실현되는 순간 눈앞의 멋진 남자는 초록색 추리닝으로, 하얀 와이셔츠를 입은 종업원은…… 권호국 그 남자로 바뀌어 있었다.

"아저씨, 자전거 저기 세워뒀죠? 누가 가져가는 것 같던데요?"

그 말로 호국은 소개팅 자리에 나온 추리닝을 당황하게 만들어 쫓아내 주었었다. 승리의 입가에 스르륵 미소가 맺혔다. 그러느라 잠시 자리를 비우겠다는 말과 함께 순철이 레스토랑을 나서고 있다는 것도 그녀는 깨닫지 못하고 있었다. 그녀를 사로잡고 있는 건 그날의 기억, 그와의 추억이었다. 그래, 그로부터 얼마 후 호국은 공갈죄 어쩌고 해서 그녀를 화나게 만들긴 했지만 지금 생각해 보면 그게 다 추억이다.

그러자 승리의 마음속 깊은 곳에서 피어오르는 열망.

이대로 그와의 기억이 온전히 추억으로만 남겨지는 건 싫다. 추억은 현재가 아니니까. 지금 현재 그녀는 그가 필요했다. 다시는 내 앞에 나타나지 말라고 큰 소리를 치긴 했지만, 그를 보지 못하는 지금이 더 괴롭다. 보고 싶다. 아마도…… 어느새 사랑하게 되어버린 모양이다.

생각이 거기까지 이르자, 승리는 아직 절반 이상이나 남은 랍스터에 완전히 흥미를 잃어버렸다. 그녀는 마치 귀신에 홀린 사람처럼 멍한 시선으로 자리에서 스르륵 몸을 일으켰다. 그리고 터벅터벅 입구로 걸음을 옮겨놓는데, 다급한 목소리가 자신의 이름을 부르며 팔을 잡는 것이 느껴졌다.

걱정스런 표정의 순철이었다. 멋지긴 해도, 그녀로 하여금 고무신을 거꾸로 신고 싶다는 열망을 전혀 느끼지 못하게 하는 사람. 그건 그 누구라 해도 마찬가지일 것이다. 단 한 사람만 빼고.

"승리 씨, 왜 그래요? 어디 안 좋아요?"

"미안해요."

"네?"

"순철 씨 정말 멋진 사람인 거 아는데, 내가 정말 미쳤나 봐요."

그녀의 눈을 들여다보는 남자의 눈동자에서 맥이 탁 풀리는 기운이 느껴졌다. 그녀의 팔을 붙잡고 있던 손이 아래로 스르륵 떨어졌다.

"정말 미안해요."

미자야, 미안하다, 파투 내서.

속으로 뒷말까지 덧붙인 승리는 후다닥 레스토랑을 나왔다. 원래도 번화가인데다 날이 날이니만큼 거리는 인파로 발 디딜 틈이 없었다. 여기서 호국의 오피스텔이 멀지 않은 관계로다가 큰맘을 먹고 택시를 타려 했던 승리는 움직이지 않는 자동차의 행렬을 보고 어쩔 수 없이 지하철역으로 돌아섰다. 그를 만나 무슨 말을 할지, 어떻게 해야 할지 모르면서 무작정 돌격이었다. 급한 마음은 그녀가 사람들 사이를 헤치며 뛰도록 만들었다.

모처럼 도장이 쉬는 날, 여유로움을 즐기고 있던 호국은 예고도 없는 불청객을 맞아야 했다. 전화로 그렇게 알아듣게 타일렀음에도 경주는 장까지 봐서 오피스텔로 들이닥쳤다. 검은색 롱코트와 스커트로 멋을 낸 그녀였지만, 호국은 그에 감탄을 하기보다 제멋대로인 그녀의 행동에 화가 났다.

"맛있는 거 해줘라. 너 요리 잘하잖아. 크리스마스이브에 혼자 밥 해먹으려니 처량해서 왔어."

"다음에 보자고 했잖아."

"야, 피차 혼자 사는 처지 다 알면서 뭘 그렇게 야박하게 구니."

바라보는 눈동자에 어린 외로움에 그는 더는 싫은 내색을 할 수 없었다. 그래, 어차피 차릴 밥상이었고, 숟가락 하나 더 올리는 거니까.

부산스레 재료들을 냉장고에 정리해 넣는 경주를 구경만 하기 뭐해 호국은 그녀를 도왔다. 그러던 와중 울리는 핸드폰 벨소리에 그의 심장이 잠시 두근거렸다. 뭘 기대하는 건지 알 수 없지만. 전화를 받기 위해 거실로 간 호국은 부러 번호도 확인하지 않고 수화기를 들었다.

"네."

[형, 나야. 이븐데, 집에 있었네? 혼자야?]

보훈의 목소리를 듣는 순간, 반가움보다 실망감을 느끼는 자신을 그는 질책했다. 그러노라니 가슴이 갑갑해졌다.

"아, 아니."

호국은 부엌 의자에 코트를 걸쳐 둔 채 집안 여기저기를 구경하고 다니는 경주를 힐끔 보며, 동생에게 덤덤히 대답했다.

[누구?]

"그냥, 친구."

그에 그를 슬쩍 노려보는 경주를 피해 호국은 침실로 들어가 문을 닫았다.

[형한테 할 말이 있어서, 더 늦기 전에 전화했어.]

너무도 심각하게 동생이 말문을 열자, 긴장이 된 나머지 그는 침대에 걸터앉았다. 지금의 보훈은 그가 아는 권보훈답지 않게 진지해 불안했다.

[형, 이제 문승리 고무신 지키는 일, 이제 그만둬도 돼.]

"뭐? 그게…… 무슨 말이지?"

휴대폰이 마치 보훈인 양 노려보며 호국은 저도 모르게 그것을 거세게 움켜쥐었다.

[미안해, 형. 이럴 줄 알았으면 형 그냥 전임강사로 들어갔어도 됐을 텐데. 내가 괜히…….]

계속해서 화제를 겉돌고 있는 동생으로 인해 짜증이 확 치밀어

올랐다. 이상스레 마음이 다급해진 호국은 언성을 높였다.

"권보훈, 똑바로 얘기해. 도대체 왜 그러는지 정확하게 설명하란 말이다!"

[아, 말하기 어렵다. 젠장. 승리한테 고무신 거꾸로 신으면 가만히 안 둔다는 둥 난리쳐 놓고 이게 뭔 꼴인지 몰라…… 형…… 나 군화 거꾸로 신었다.]

뒤통수를 누가 거세게 가격을 했다 해도 이보다 더 머리가 멍하진 않을 것이다. 사고 회로가 완전 엉켜 버렸다. 그저 입만 벙긋거릴 뿐 호국은 뭐라 말을 할 수가 없었다. 사실 동생이 한 말에 화가 나는 것인지, 기쁜 것인지 스스로도 도무지 감을 잡지 못하고 있었다.

[승리는 나 없어도 씩씩하게 잘살 것 같은데. 얜 내가 지켜줘야 할 것 같아. 그렇게 약하면서도, 심지가 굳어. 예쁘고 착해.]

"더 듣고 싶지 않다."

승리에 대한 보훈의 말에 그의 심기가 상했다. 저렇듯 아무렇지도 않게 이야기를 하는 동생에 대한 실망감과 분노로 호국은 말을 잘라 버렸다.

[형, 화난 거야?]

"그래."

[전임강사 자리까지 포기하게 만든 건 정말 미안해.]

"내가 화가 나는 건…… 그렇게도 '승리, 승리' 하던 네 사랑의 나약함과 지금까지 지지부진하게 이어온 네 우유부단함 때문이다."

지금에서야, 말을 하다니. 지금에서야…… 진작 알았다면 모두들 힘들지 않았을 텐데.

[효진일 만나기 전엔 나…… 정말 몰랐어. 승리를 사랑하는 줄 알고 있었다구.]

동생의 말에 더 이상 대꾸할 기분이 아니었다. 지끈거리는 이마를 짚은 채 호국은 소리없는 한숨을 내쉬었다.

[형, 더 길게는 통화 못하겠다. 다음에 또 전화할게.]

달그락거리며 보훈이 수화기를 내려놓으려는 와중, 호국은 마지막으로 생각난 말을 덧붙였다.

"승리, 네가 생각하는 것만큼 그렇게 강한 애 아니다. 걔도 누군가의 그늘을 필요로 해."

잠시 숨소리만 이어지던 전화는 그렇게 끊겼다. 전화기를 던지듯 내려놓은 호국은 벽을 바라보고 멍하니 앉아 있었다. 말간 벽지 위로 울고 있던 승리의 뒷모습이 떠올랐다.

이제 보훈에게 더 이상 양심의 가책을 느끼지 않아도 되는 상황이긴 했지만, 보훈이 군화를 거꾸로 신었다는 사실을 승리가 알게 된다면 혹시나 그녀가 받을 상처에 신경이 더 쓰였다. 그녀는 보훈을 '남친의 탈을 쓴 놈'이라고 하며 이를 갈긴 했었지만.

그렇게 얼마간을 앉아 있었을까. 똑똑 노크 소리에 이어 경주가 침실로 고개를 쏙 내밀며 물었다.

"뭐 해? 요리 안 해?"

그는 기계적인 동작으로 친구를 향해 시선을 돌렸다. 경주가 자신의 공간으로 들어오는 것에 거북한 기분이 든 호국은 어쩔 수 없이 몸을 일으켜 부엌으로 나갔다. 그러자 뒤를 따르며 물어오는 그녀였다.

"재료를 그냥 막 사 와서 걱정이네. 메뉴는 뭐로 할 거야?"

"근데 메뉴는 뭔데요?"

그 순간, 마치 어제 일처럼 너무도 생생한 기억이 떠올라 그의 가슴을 후려치고 지나갔다. 뒤를 돌아보자 식탁 의자에 앉아 그를 올려다보고 있는 이는 송경주가 아니라 문승리였다. 예의 그 심드 렁한 표정. 호국은 그 모습을 멍하니 바라보며 물었다. 보이는 대 로…… 경주가 아닌 승리에게.

"오므라이스 좋아해?"

그녀의 놀라움 가득한 표정이, 그의 가슴을 자긍심으로 부풀게 했다. 그때처럼.

그러나 풍선처럼 커지고 있던 그 감정은 카랑카랑한 음성이 아 닌 낮고도 허스키한 음색 앞에 푹 사그라들고 말았다.

"역시! 권호국이야! 기대가 어긋나지 않았다 야, 하하."

경주 특유의 웃음소리. 호탕해서 듣기 좋다고 생각했었는데 지 금은 귀에 거슬렸다. 더 이상 그의 시야에 승리는 없었다. 당당하 게 의자를 차지하고 앉은 여자는 송경주였다.

그러자 도저히 감당할 수 없을 정도로 밀려드는 실망감을 넘어 선 절망감이라니. 맛있게 먹어주는 사람이 있다면 기꺼이 즐겁게 요리를 하자는 주의인 호국이었지만, 지금은 도통 그럴 기분이 나지 않았다.

"왜, 왜 그래?"

혼자 웃고 있던 경주의 얼굴도 그의 굳은 표정 앞에 똑같이 굳어져 갔다. 그러나 현재 친구의 기분 따위에 신경을 쓸 여력이 없는 호국이었다. 그의 마음은 지금 제어할 수 없는 질주를 해대고 있었다. 결국 그의 몸도 마음에 굴복해 버리고 말았다.

평소의 권호국답지 않게 너무나도 비이성적이고 충동적인 결정. 무조건 가야 했다. 문승리 그녀에게.

침실로 가 두툼한 점퍼를 걸쳐 입고 다시 나온 호국은 뜨악한 경주의 시선에도 아랑곳하지 않고 말을 꺼냈다.

"미안하다. 요리는 다음에 하자. 내가 지금은 꼭 가볼 데가 있어."

"호국아!"

돌아서 현관으로 가는 그를 경주가 불렀다. 호국은 걸음을 멈추었지만 돌아보지는 않았다.

"너, 그 애한테 가는 거니? 승리라는?"

그의 침묵을 긍정으로 받아들인 듯 말을 잇는 경주의 어조는 씁쓸하기 짝이 없었다.

"설마 설마 했는데, 훗. 그런데 정말 너랑 걔 안 어울리는 거 아니?"

끝에 이르러서는 심술 돋친 되물음까지. 호국은 굳게 닫힌 현관문을 바라보며 홀로 피식 웃었다.

"알아. 아는데, 그래도 안 되겠어."

자꾸 울음 섞인 그 뒷모습이 떠올라 안 되겠어.

그의 대답에 경주의 깊은 한숨 소리가 들려왔다. 그러나 그것은 호국을 막아설 만큼 강력한 힘을 가지지 못했다. 그대로 그는 경주를 내버려 둔 채 자신의 집을 나왔다.

전화를 하고 돌아오는 길, 온몸에 기운이 쭉 빠져 버렸지만 그래도 마음은 비교적 가벼웠다. 잠시 생각을 정리하고 싶어진 보훈은 곧장 내무실로 들어가지 않고, 공관의 뒤뜰로 향했다. 담에 기대선 그의 귓가에 형이 했던 말이 반복적으로 울려댔다.

[승리, 네가 생각하는 것만큼 그렇게 강한 애 아니다. 걔도 누군가의 그늘을 필요로 해.]

마치 너무도 승리에 대해 잘 알고 있다는 듯한, 그녀를 소중히 여기는 듯한 어조.

마음속에서 끊임없이 고개를 쳐드는 의구심은 쉽사리 비워지지 않았다. 그것은 뽀드득 눈을 밟는 소리에 그의 신경이 집중되었을 때야 자연히 사라졌다. 예감했던 대로, 상대는 효진이었다. 그녀의 눈빛에 걱정이 어려 있었다.

"어디 갔었어요?"

"형이랑 통화했어. 넌 괜찮아? 사단장님이 뭐라고 안 하셔?"

"내가 걱정인가요. 오빠가 걱정이지. 그런데, 형님이랑 무슨 얘기했어요?"

자신을 숭배하듯 올려다보는 커다란 눈동자 앞에서는 거짓말을 하기 힘들다. 그는 마치 맹세를 하듯 엄숙하게 대답을 했다.

"좋아하는 여자가 생겼다고 했어."

그에 효진의 예쁜 입매에 미소가 어렸다. 그녀의 웃는 모습은 보는 이마저 웃게 만들 정도로 환하다. 보훈은 눈앞의 그녀가 너무도 사랑스러워 가만히 얼굴을 쓸어주었다.

"그 다리, 진짠가 봐요."

"응?"

갑작스런 효진의 속삭임에 보훈은 되묻고 말았다.

"사실은 소원의 다리가 아니라, 사랑을 이루어주는 다리거든요. 사랑하는 사람한테 업혀서 그 다리를 건너면 사랑이 이루어진다는. 그때는 정말 기대하지 않았는데……."

믿을 수 없다는 듯 그의 얼굴을 하염없이 바라보며 말을 하는 효진이었다. 그런 그녀의 손을 보훈은 꼭 붙잡아주었다. 너무도 차가운 그 손을 자신의 두 손으로 녹여주며 그는 속마음 그대로를 털어놓았다.

"그 다리 덕분이 아니라, 네가 내 눈을 뜨게 만들어줬어."

내 사랑의 방식이 잘못되었음을. 그런 사랑은 절대 응답받을 수 없음을 말이야. 고맙다, 효진아.

그들은 누가 먼저랄 것도 없이 서로의 품을 찾았다.

어깨와 가슴을 맞댄 채 체온을 나누고 있는 어린 연인의 모습을 먼 곳에서 심 중위는 허탈한 눈길로 바라보고 있었다.

오피스텔 앞 공원에서 얼마간을 서성이던 승리는, 해가 점점 서쪽으로 기울어져 갈수록 기승을 부리는 찬바람에 항복을 하고 말았다. 그녀는 장갑을 껴 둔한 손가락으로 휴대폰의 단축 다이얼을 눌렀다. 예전 창고의 환영회 날, 부재중 전화에 찍혀 있던 그 숫자가 호국의 것이라는 걸 알게 된 후 곧장 입력을 해두었던 그의 번호.

두근두근.

그의 반응이 어떨지 심장이 후들거려 추위가 더 잔인하게 다가왔다. 그러나 잔잔한 음악이 지나치게 길게 들려오자 마음이 조금씩 진정되는가 싶더니, 믿을 수 없게도 불쑥 나타난 여자의 음성에 승리의 양 눈썹이 브이 자를 그렸다.

"누구세요?"

자신이 생각해도 참 당돌했다. 그와 자신이 무슨 관계나 되는 것처럼 추궁하는 어조라니.

[승리 씨네? 나 경주예요, 송경주. 왜 호국이랑 같이 공연 갔었잖아요.]

아니! 이 여자가 그 떡대 큰 여자였어? 그런데 왜 이 어깨가 전화를 받는 거지? 왜 공갈 오빠랑 같이 있는 거냐고!

그러자 마치 그녀의 마음속에서 휘몰아치고 있는 생각을 읽은 듯 경주가 대답을 해주었다.

[나 지금 호국이 집이거든요? 아마 호국이가 서두르느라고 휴대폰을 못 가지고 나간 모양이에요.]

뭐, 뭐? 그 사람 집이라고? 그리고 뭐? 서, 서둘러? 뭐 때문에?

혼자 오만 가지 생각을 다 하며 온몸을 부들부들 떨던—이제 추위 때문이 아니라 인정하긴 싫지만 질투로 인함이었다—승리는 휴대폰이 부서져라 폴더를 닫아버렸다.

그 어깨를 자기 집에 고이 모셔다 놓았단 말이지? 응?

마치 휴대폰이 권호국이라도 되는 양 째려보던 그녀는 발을 구르다시피 걸어서 공원을 나섰다. 추위를 고스란히 견디며 그를 기다리고 있었던 자신이 어찌나 바보처럼 느껴지는지 참을 수가 없었던 까닭이었다.

씩씩거리며 지하철역으로 가던 승리는 폭발할 듯한 속을 진정시키기 위해 마침 근처에 보이는 오락실로 들어갔다. 스트레스 해소에는 술이 최고긴 한데, 아직 해가 지기 전이라 병나발 불긴 그렇고 해서 하는 수 없이 다음 해소책인 ‘오래방에서 소리 지르기’를 택한 그녀였다. 지폐를 동전으로 잔뜩 바꾼 그녀는 마침 비어 있는 자리로 들어가 마이크를 집어 들었다. 그리고 번호를 누른 그녀는 고래고래 소리를 지르기 시작했다.

“그냥 편한 느낌이 좋았어! 좋은 사람이라 생각했어! 하지만 이게 뭐야! 점점 남자로 느껴져! 아마 사랑하고 있었나 봐! 오빠! 나만 바라봐! 바빠! 그렇게 바빠! 아파! 마음이 아파! 내 맘 왜 몰라 줘! 오빠! 그녀는 왜 봐! 거 봐! 그녀는 나빠! 봐봐 이제 나를 가져 봐! 이제 나를 가져봐!”

좁고 어두운 공간에 혼자 쪼그리고 앉아 있다 보니 남의 시선이 의식되지 않아 그런지 시큰거리던 눈시울에서 금방 눈물이 뚝뚝 떨어졌다.

이 노래 가사가 이렇게 슬펐던가? 왜 이렇게 노래 가사가 내 일처럼 느껴지는 거지? 젠장, 사랑을 하면 유행가 가사가 다 내 이야기 같다더니, 문승리 꼴 좋다.

간주가 나오는 동안 그녀는 화면을 바라보며 흐르는 눈물을 닦아냈다. 그리고 2절 부분에서는 더욱더 목이 터져라 악을 써대기 시작했다. 그러면 머리 속에 자꾸만 떠오르는 불길하고 찜찜한 영상을 몰아낼 수 있을 것 같았다.

동네 어귀에 있는 공중전화와 그녀의 집 앞을 몇 번이나 왔다 갔다 했는지 모른다.

휴대폰을 챙겨 나오지 않은 건 자신의 실수라 쳐도, 도대체 전화를 받지 않는 이 여자는 뭐란 말인가. 매번 음성사서함으로 넘어갈 때마다 놀이터에서 기다린다고 메시지를 남겨놓았지만, 그 근방에는 문승리는커녕 개미 새끼 한 마리 얼씬하지 않고 있었다.

몇 시간을 그러고 있다 보니 추위는 익숙해졌다. 하지만 찬바람을 막아보려 어찌나 몸을 움츠렸던지 어깨가 아팠다. 고통을 못 견딘 나머지 호국은 그네에 쭈그리고 앉아 있던 몸을 일으켜 나름대로의 스트레칭을 시작했다. 이런 걸 달밤에 체조라고 하나.

그런 와중 어디선가 희미하게 들려오는 노래 소리에 그의 몸이 먼저 반응을 했다.

"오빠, 나만 바라봐! 바빠, 그렇게 바빠! 아파, 마음이 아파! 내 맘 왜 몰라줘!"

노래라기보다 고함을 지르는 듯한 음성이 왠지 귀에 익었다. 어느새 동작을 멈춘 호국은 점점 가까워지고 있는 사람의 실루엣을 가늘게 뜬 눈으로 지켜보았다.

"오빠 그녀는 왜 봐! 거 봐, 그녀는 나빠! 봐봐, 이제 나를 가져 봐! 이제 나를 가져봐!"

술 마신 아저씨들의 고성방가는 저리 가라였다. 어찌나 목청이 크던지. 절대 저 목소리는 잊을 수 없지. 호국은 여자의—그 쩌렁 쩌렁한 목소리로 보아하건대 분명—얼굴이 가로등 불빛 아래 드러나기 전, 이미 확신을 했다. 저 동네 소음의 주범은 문승리라고.

급한 마음에 호국은 그녀가 자신을 못 보고 지나쳐 버리기 전, 달려가 길을 막아섰다.

"이제 나를 가져…… 엄마야!"

장갑 낀 손을 흔들며 태평스레 노래를 부르고 있던 승리는 그의 갑작스런 등장에 어지간히 놀란 듯 비명을 지르며 뒤로 후다닥 물러섰다. 그녀가 아예 도망가 버리기 전에 호국은 좀 더 밝은 곳으로 나가서며 자신의 존재를 밝혔다.

"다시는 앞에 나타나지 말라더니, 내 얼굴도 지워 버렸어?"

"고, 공갈 오빠?"

그의 목소리를 듣자마자 그래도 알아듣긴 하는 그녀였다. 옅은 코트와 스커트 차림의 너무 단정해 낯선 느낌을 주는 승리를 호국은 열심히 훑어보았다. 그러다 그녀가 코트 안에 입은 원피스가 다름 아닌 자신이 사준 것이라는 사실을 깨닫고 붕 떴던 기분이, 금세 또 그녀가 저렇게 예쁘게 하고 누굴 만나 뭘 하고 온 것인지 의심이 생겨 나락으로 떨어졌다.

속내에서 요동치는 그런 생각들을 감추려, 그의 목소리는 더욱 차가워질 수밖에 없었다.

"정확히 네 시간 기다렸어."

당장이라도 어깨와의 관계를 따져 묻고 싶은데, 다시는 눈앞에 나타나지 말라고 했던 자신의 말도 있고 해서 꾹 참고 절대 모른 척 지나치려 했다. 그런데 그의 말을 듣는 순간 승리의 몸이 뻣뻣하게 제자리에 굳어버렸다. 그럼 어깨 말로 나갔다던 게, 날 만나러?

속에서 치솟는 희열을 억누르며 승리는 새치름하니 되물었다.

"왜요? 추운데 동태 될 일 있어요?"

"사과하려고."

"네?"

정말 아닌 밤중에 홍두깨라더니, 웬 사과? 가로등 불빛에 음영이 드리워져서인지, 왠지 조금은 마른 것도 같은 그의 얼굴을 승리는 물끄러미 바라보았다.

"그날, 내가 좀 말을 함부로 했던 것 같다. 결국 널 울게 만들고. 미안했어."

참내. 할 거면 빨리 할 것이지. 그리고 사실 그의 잘못도 아니었다. 모든 게 자신의 마음 탓일 뿐. 그와 경주에 대한 질투, 보훈이 아닌 그의 곁에 있고 싶다는 열망.

"됐어요. 어차피 그쪽 말이 맞거든요."

승리는 씁쓸하니 대꾸했다. 별다른 호국의 반응을 기대하지 않은 채 그녀는 다시 말을 이었다.

"고무신 거꾸로 신으려고 나 환장했어요."

"그게 무슨 말이지?"

그의 물음 앞에 승리를 고개를 쳐들었다. 마치 반항을 하듯이.

"오늘도 소개팅 갔다 왔어요. 남자 엄청 괜찮더라구요. 잘생겼지, 능력 되지, 집안 좋지. 완전 고무신 거꾸로 신어라 하고 하늘이 준 기회였어요."

그녀의 말이 이어지는 동안 점점 표정이 굳어가는 호국을 보며 승리는 묘한 만족감을 느꼈다. 그러나 입을 꾹 다문 채 자신을 노려보기만 하는 그로 인해 그 만족감은 그리 오래가지 못했다.

"할 말 있음 해요. 뭘 그렇게 째려봐요. 째려보길?"

"참…… 너란 아이는 구제 불능이구나?"

구.제. 불.능.

네 글자가 독화살처럼 심장 깊은 곳을 파고들었다. 그 독화살은 지금까지 펄떡이는 심장을 단단히 조여주고 있던 그물을 확 끊어버렸다. 심장이 제멋대로 날뛰기 시작한 순간, 붉어진 얼굴의 승리는 생각나는 대로 말을 뱉어냈다.

"구제 불능이라구요? 내가 뭘? 권보훈한테서 벗어나려고 하는 게 그렇게 비판 들을 일인가요? 남친의 탈을 쓴 스토커! 당신도 당신 동생 입장에서만 생각하지 말고, 이 년 넘게 그놈한테 시달려온 나도 좀 이해하려 애써보라구요!"

"잠깐, 잠깐만. 안 그래도 그날도 넌 남친의 탈을 썼다느니 어쨌다느니 그런 말을 했었어. 내가 이해할 수 있게 설명해 봐."

"권보훈한테 물어보라니까요! 당신이 어떻게 날 믿을 수 있겠어요? 틈만 나면 고무신 들고 뛰려는 나 같은 애를?"

"문승리!"

버럭 그가 소리를 지르다시피 이름을 부르는데, 참을 수 없는 서러움이 밀려들었다. 승리는 저도 모르게 아이처럼 소리를 내어 울고 말았다. 콧물까지 훌쩍이며. 거기다 땅에 앉아 발길질까지 했다면 세 살배기 아이가 정말 따로 없었을 것이다.

"스, 승리야!"

그녀가 좀처럼 울음을 그칠 기미를 보이지 않아서일까. 당황한 음성으로 다가서는 호국이었다.

"우어어엉! 정말 오늘은 확 고무신 거꾸로 신으려고 했다고요! 당신이 뭐 어떻게 생각해도 어쩔 수 없어요. 그런데…… 그런데……."

푼수처럼 자꾸 눈물이 쏟아져서 말을 맺을 수가 없었다. 그때 눈물로 범벅이 된 그녀의 뺨에 차갑지만 푹신한 느낌이 다가왔다. 그의 점퍼, 그의 품 안. 승리는 등을 토닥여 주는 자상한 손길에 그만 무장해제 되고 말았다.

"우어어엉! 권호국! 당신 정말 나빠! 정말 나쁜 사람이야!"

한참 동안 두 손으로 그의 가슴을 때리며 울던 승리는 결국 그의 허리를 안은 채 기대서고 말았다. 몸에 기운이 쭉 빠져 버렸다. 그러다 그와 자신이 연출하고 있는 묘한 광경을 의식하며 몸을 떼어내려던 그녀를 호국이 다시 단단히 안아버렸다.

그의 행동에 놀란 것보다도 이어진 말에 놀라 눈물마저 말라 버린 승리였다.

"그래, 나 정말 나쁜 놈인가 보다. 이렇게 널 안고 있으니, 다시 놓아주기가 싫어."

너무 놀라서일까. 딸꾹질이 나오기 시작했다. 한 번 시작되면 좀처럼 멈추지 않는 문승리표 공포의 딸꾹질이.

"딸꾹."

못 들은 것인지 호국은 그녀를 안은 채 계속 말을 이어갔다.

"나 절대 좋은 형 아니야. 좋은 형이라면 네가 고무신을 거꾸로 신는다고 하면, 동생 걱정을 해야 하지. 그런데 난 내 감정에 휘둘렸어. 그리고 앞으로는 그 감정에 솔직해질 생각이야."

그가 이런 마음을 감추고 있을 줄은 꿈에도 생각해 보지 못했다. 동생이라면 껌뻑 죽는 권호국이 이런 말을 하고 있다고는 믿기지가 않았다. 그러다 자신의 손목을 살짝 꼬집어본 승리는 이 상황이 현실임을 인정할 수 있었고, 거대한 파도처럼 밀려드는 희열을 감출 수가 없었다. 그의 그 사소한 반응에 용기가 샘솟았다.

그녀는 호국의 품에서 고개를 번쩍 쳐들며 물었다.

"내가 오늘 그 킹카를 왜 딱지 놨는 줄 알아요?"

그저 물끄러미 자신을 내려다보는 그를 향해 승리는 미소를 지으며 대답을 돌렸다. 더할 나위 없이 진지하게.

"내가 고무신을 거꾸로 신고라도 달려가고 싶은 사람은…… 세상에 단 한 명뿐이라는 걸 깨달았거든요. 바로 당신…… 딸꾹!"

스스로도 꽤나 만족한 고백이었는데, 마지막에 초를 치는 망할 놈의 딸꾹질이라니. 승리는 손으로 입을 틀어막아 보았지만 나오는 걸 어쩔 수 없었다. 젠장, 숨을 참고 물을 마시는 게 최고인데.

그렇게 속으로 불평을 해대던 그녀는 갑자기 자신의 손을 잡아 끄는 호국으로 인해 눈을 커다랗게 뜨고 그를 올려다보았다. 그녀의 손을 가둔 그의 체온은 차가웠지만, 그의 눈빛은 여느 때보다 따스했다.

"딸꾹."

그녀가 또 딸꾹질을 하자마자 고개를 내려뜨린 호국은 입술을 점령해 왔다.

처음 느낀 그의 입술은 따스하고 부드러워서 눈물이 날 만큼 좋았다. 저도 모르게 호국의 손아귀에 잡힌 손을 빼낸 승리는 팔로 그의 목을 안았다. 비록 까치발로 서서인들 그렇게 그와 체온을 나누는 행위가 만족스러울 수 없었다. 더 이상 딸꾹질도 나오지 않았다.

마치 오래전부터 이렇게 그와 키스를 나누어온 사이인 양 모든 게 자연스럽게 느껴졌다. 그 순간만은 그들을 제외한 다른 누군가가 머리 속에 들어올 틈이 없었고, 미래에 대한 걱정도 하지 않을 수 있었다.

서로에게 깊이 몰두한 연인들의 주위로 하얀 눈이 떨어지기 시작했다. 마치 어렵게 시작된 그들의 사랑을 축복하듯이.

7. 고무신이 맺어준 인연

크리스마스이브, 서로의 마음을 확인한 이후 호국은 매일 저녁 그녀의 연습실, 즉 알렉스의 오피스텔이나 공연하는 클럽으로 찾아와 집까지 바래다주었다. 그가 등장할 적마다 대놓고 알렉스가 싫어하긴 했지만, 승자의 입장이어서 그런지 호국은 여유만만이었다.

재건의 클럽인 〈뮤즈〉에서 공연이 있었던 날도 호국은 어김없이 모습을 드러냈다. 그에 공연 후 재건과 창고 멤버들끼리 오랜만에 술자리를 가져보려 했던 계획이 무산될 지경에 이르자 알렉스의 화가 폭발해 버렸다.

"또 왔어? Shit!"

"야, 너무 그러지 마. 우리 호국 씨한테."

"우웩!"

승리가 대놓고 호국의 편을 들자, 가만히 있던 선규와 민이 동시에 구역질을 하는 시늉을 해 보였다. 알렉스는 가자미보다 더 옆으로 눈을 찢은 채 그녀를 노려보고 있었다. 그 난리법석 속에서도 호국에게 손을 내밀어 악수를 청하는 재건이었다.

"윤재건입니다. 승리와 같은 과 선배죠."

"권호국입니다."

재건과 나란히 있으니 더욱 빛나 보이는 호국을 흐뭇하게 바라보며 승리는 자리에서 일어났다.

"나 그만 갈게."

"Sit down, Victory!"

커다란 소리로 명령을 하는 알렉스를 승리는 어이없이 내려다보다가, 어깨를 으쓱하며 호국을 향해 시선을 두었다. '얘 왜 이래?' 하는 눈빛으로. 그러자 재건에게 양해를 구한 그는 알렉스가 앉은 자리로 걸어와 그녀의 옆에 나란히 섰다.

"뭐가 문제지?"

그의 물음에 고개를 번쩍 쳐든 알렉스의 눈빛은 여느 때보다 매서웠다. 그렇게 노려보기만 하던 알렉스는 호국을 완전 무시하며 병을 입가로 가져갔다. 무서운 기세로 맥주 몇 병을 줄기차게 들이킨 알렉스는 혀가 완전히 꼬여 알아듣기조차 힘든 영어를 구시렁대더니, 호국을 향해 삿대질을 실컷 해대다가 탁자 위로 툭 고개를 처박고 말았다.

"아이고! 술도 약한 놈이…… 어지간히 달려대더니만 잘한다,

잘해.”

민이 축 처진 친구를 안아 일으키려 하였지만 여의치 않자, 알렉스의 원맨쇼를 지켜보고만 있던 호국이 가까이 다가가 도왔다.

“나와 같은 오피스텔에 산다고 들었는데, 내가 데려가지.”

선뜻 제의하는 호국을 향해 승리는 눈살을 찌푸렸다. 그와의 단둘만의 데이트를 은근히 기대하고 있었는데 뭐야, 뭐. 하여튼 알렉스 저놈은 도움이 안 된다!

“정말 그래 주실래요? 그래 주시면 저야 감사하죠.”

정말 강복민 저놈도 거절이라는 걸 모르는 뺀대다. 그렇게 구시렁거리면서도 알렉스의 짐 가방을 챙겨 호국의 뒤를 따르는 승리였다. 게다가 호국이 한 손으로 힘겹게 건네주는 지갑으로 계산까지! 허걱! 마시고 자빠진 건 알렉스 저놈인데 왜 공갈 오빠가 계산을 하는 건데!

승리는 입을 삐죽이며 재건에게 호국의 카드를 내밀었다. 그러자 음흉하게 웃는 단무지 선배.

“으이구, 지 사람 돈 쓰는 건 어지간히 싫은가 보지?”

“됐으니까, 계산이나 하셔!”

“그런데 문고리, 하나만 묻자. 권호국, 권보훈 무슨 관계냐?”

같이 학교를 졸업한 지라 재건 역시 보훈에 대해 알고 있었다. 그 이름을 듣는 순간 승리는 알렉스로 인해 열이 뻗쳤던 머리에 싸아 하고 찬 물줄기가 쏟아지는 기분을 느꼈다.

“형제지? 무지 닮았어.”

“나 간다.”

그녀의 대답을 기다리지도 않고 짐작해 이야기를 하는 재건이었다. 그것을 못 들은 척하며 승리는 출력된 카드 전표에 대충 '권호국'이라는 이름을 끄적인 후 한 장을 휙 떼어내 서둘러 클럽을 나섰다.

이미 입구에서 대기 중인 호국의 승용차 뒷좌석에는 완전히 의식을 잃은 알렉스가 척하니 자리를 차지하고 있었다. 승리의 눈꼬리가 샐쭉 올라갔다.

"어, 빅토리 나왔네. 그럼, 저희는 그만 가볼게요. 지하철 타면 금방이거든요."

그렇게 민은 선규를 데리고 쌩하니—늘 느끼는 거지만 저럴 때만 동작 참 잽싸다—사라져 버렸다. 호국은 알렉스를 데리고 나오느라 어지간히 기운을 뺀 탓인지, 이마에 맺힌 땀을 옷소매로 닦아내며 그녀에게 타라는 고갯짓을 해 보였다.

"그냥 지하철 타고 가죠 뭐."

알렉스 때문도 때문이었지만, 재건이 한 말로 인해 더욱 시큰둥해진 승리였다.

"늦었어. 타라."

그에 의해 떠밀리다시피 조수석에 태워진 승리는 운전석에 앉는 호국이 들으라고 중얼거렸다.

"나 태워주면 무지 돌아가야 하면서."

"괜찮아."

그렇게 차가 출발을 하고, 운전을 하는 도중 룸미러를 통해 간간이 알렉스를 살펴보는 호국이 느껴져 승리는 그에게 의아한 눈빛을 보냈다.

"왜 자꾸 재 봐요? 관심있어요?"

"훗. 그게 아니라 저 녀석, 실연의 아픔을 겪고 있는 것 같은데?"

"그런 척하는 거예요. 얼마나 변태 같은 녀석인데요. 세상에, 내 속옷에 반했다고 하는 거 있죠?"

"하하하, 그래? 그런데, 이걸 어쩌지? 그건 나도 마찬가지인데."

"뭐라구요?"

경악을 금치 못하며 승리가 그의 팔을 툭 건드리자, 호국은 더욱 크게 웃음을 터뜨렸다. 그의 너무도 천진한 모습에 그녀 역시 덩달아 웃고 말았다.

차 안은 성능이 좋은 히터 때문이 아니라 그들이 만들어내는 행복의 열기로 충분히 따스했다. 승리는 집에 도착하지 않고 이대로 그와 함께 영원히 달렸으면 좋겠다고 생각했다. 아무것도 생각하지 않고, 누구도 신경 쓰지 않고.

마침 토요일이라 학원 강의도 없고 해서, 승리는 눈을 뜨자마자 일어나 호국의 집으로 향했다. 알렉스가 여자도 아니고 맹수도 아니라 호국을 잡아먹을 것도 아닌데, 괜히 그랑 함께 있다는 것이 신경 쓰였다.

오피스텔 앞에 이르러 벨을 누르자 언제부터 일어나 있었던 것인지 생생한 호국의 목소리가 들렸다.

[승리?]

"일어났죠? 문 좀 열어줘요."

문이 열리고 트레이닝복 차림의 호국이 모습을 드러냈다. 그와 함께 들어선 집 안에는 고소한 냄새가 가득했다.

"음, 북어국이에요?"

"응."

"알렉스는요?"

호국이 부엌 쪽을 가리키자 북어국을 맛나게 떠 마시고 있는 알렉스가 보였다. 오호, 양키 놈 한국 사람 다 됐네, 해장도 할 줄 알고? 훗, 놈도 이제 뜨거운 걸 먹고 나서 한국 사람들이 왜 시원하다고 하는지 알게 되겠지.

그녀가 그렇게 흐뭇하게 바라보고 있는 줄도 모르고 국에 거의 얼굴을 처박은 채 먹고 있던 알렉스는 잠시 후에야 고개를 들었다. 그러다 자신의 앞에 선 승리를 보고 화들짝 놀라며 상체를 뒤로 기울이는 알렉스였다. 그 즉시 안 먹은 척 숟가락을 후다닥 놓는 그였지만, 입술에 붙은 푼 계란의 흔적이 그가 북어국 한 그릇을 원샷했음을 증명해 주고 있었다. 비록 본인은 절대 모르고 있는 듯했지만.

"비, 빅토리, 언제 왔어?"

"좀 전에."

그러자 잘 익은 토마토보다 더 붉어진 얼굴로 알렉스는 자리에서 일어났다. 호국의 것임에 분명한 트레이닝복까지 빌려 입고 있던 그는 침실로 달려들어 가 자신의 옷가지들을 주섬주섬 챙겨 나왔다.

"나, 갈게."

그녀를 제대로 바라보지도 못하고 나가려던 알렉스는 신발을 신고 나서 쭈뼛쭈뼛 호국을 돌아보았다.

"호국, 때, 땡큐."

쑥스럽다는 듯 그 한마디를 내뱉은 알렉스는 후다닥 그의 오피스텔을 뛰쳐나갔다. 그 모습을 어리둥절하게 바라보던 호국과 승리는 서로를 마주 보며 웃고 말았다.

"저 녀석, 공갈 오빠 요리 솜씨에 반한 모양이네?"

"그런가?"

"사실 나도 그런데. 그날 오므라이스 정말 맛있었거든요."

"그래? 그런데 어쩌지? 오늘 북어국도 죽음인데."

자신만만한 호국의 발언에 승리는 외투를 벗고 식탁 앞에 앉았다.

"그럴 줄 알고 아침 안 먹고 왔잖아요."

"잘했어."

호국이 떠주는 국과 밥을 받아 식탁에 차려놓으며, 승리는 마치 자신들이 신혼부부 같다는 생각을 했다. 그런 상상만으로 괜히 흐뭇해지는 그녀였다. 마침내 호국이 맞은편에 앉자 승리는 그의 기대에 찬 눈빛을 받으며 국을 입 안으로 떠 넣었다.

"이야, 즉석 북어국 그런 것과는 차원이 다른데요? 직접 북어를 참기름에 볶았어요?"

"그럼."

"정말 오빠는 요리사 해도 되겠다. 난 참 복도 많아. 요리도 잘하고, 싸움도 짱 잘하는 권호국 사범님을 잡았으니까."

"오호? 칭찬? 그럼 나도 복이 많은 건가? 노래도 잘하고……훗, 섹시한 속옷 취향 있는 가수 문승리 양을 잡았으니?"

"어머머!"

그를 향해 나름 위협적으로 먹던 숟가락을 들어 보이던 승리는 갑자기 귓가를 울리는 벨소리에 뒤를 돌아보았다. 그것은 거실의 전화기가 내는 소리였다. 벨소리는 그와의 잠시잠깐의 행복한 순간을 시기하는 듯 날카롭고도 높게 울렸다.

"잠시만. 먼저 먹고 있어."

승리는 전화기 쪽으로 걸어가는 호국을 붙잡고 싶은 말도 안 되는 충동을 느끼고 그를 불렀다.

"오…….

그러나 그녀의 부름보다 호국의 손 움직임이 더 빨랐다. 그리고 호국의 입에서 '여보세요?' 라는 한마디가 흘러나오고 몇 초나 지났을까. 은근한 미소를 머금고 있던 그의 입매가 굳는 것이 느껴졌다. 불길한 예감이 현실이 되는 순간이었다.

[형.]

보훈의 음성이 전화기 건너편에서 들려오는 이 순간이 정말이지 반갑지 않았다. 그는 비겁하게도 들리지 않는 척 끊고 싶은 욕구를 느꼈다. 그러나 자신을 뚫어져라 바라보고 있는 승리가 의식되어 그럴 수가 없었다. 게다가 아무리 미운 짓을 했다고 한들 상대는 하나뿐인 동생이었다, 그것도 군대에서 고생을 하고 있는.

결국 그는 옅은 한숨으로 못난 충동을 다스렸다.

"그래."

그의 무덤덤한 대꾸에 보훈은 아주 일상적인 물음을 던졌다.

[별일없지?]

이렇듯 자주 전화를 하는 동생이 아닌데. 아마 또 무슨 할 말이 있는 것일 게다. 부디 군화의 주인에 관계된 얘기는 아니었으면 했다. 승리가 신경 쓰인 나머지 전전긍긍하며 호국은 괜히 말을 돌렸다.

"어. 거기 눈 안 와?"

[조금씩. 그래도 이젠 추위도 견딜 만해.]

너무도 평이한 대화들이 오갔다. 그렇게 통화가 끝을 맺어주었으면 했지만, 결국 올 것이 오고야 말았다. 지금은 보훈에게서 듣고 싶지 않은 그녀의 이름이, 흘러나왔다. 혹시라도 승리에게 들리지나 않을까 싶어 호국은 몸을 돌려 섰다.

[승리가 혹시…… 아는 건 아니지?]

"응."

상황을 모면해 보고자 호국은 얼른, 짧은 답변을 했다. 그러자 옅은 한숨과 함께 보훈이 말했다.

[다음에…… 내가 얘기할게. 아니, 이제 곧이네.]

그래, 정말 이제 곧이다. 보훈이 휴가 나올 날이 머지 않았다.

그렇게도 기다렸던 동생의 백일 휴가가 이젠 그다지 반갑지 않았다. 보훈에게 어떻게 말을 해야 할지 걱정이었다. 물론 동생에게 좋은 사람이 생겼다는 것은 알고 있지만, 그와 승리의 관계를 알게 되었을 때 어떻게 반응할지 두려웠다. 게다가 승리가 보훈의 변심을 알게 된다면. 생각만으로 그의 표정이 어두워졌다.

그의 침묵을 '그러마' 라는 뜻으로 받아들인 듯 보훈이 말을 이었다.

[휴가 땐…… 안동으로 바로 갔다가, 복귀하기 전에 서울에 들를까 싶어.]

"그래. 몸 조심하고."

[형도 잘 지내.]

전화가 끊겼다. 통화가 끝나고도 한동안 수화기를 든 채 멍하니 서서 호국은 보훈이 서울에 들른다는 이유에 대해 생각했다. 아마도 승리를 만나 자신의 심경 변화에 대해 털어놓으려는 것 같다. 그전에, 자신이 동생에게 먼저 그들의 관계에 대해 이실직고를 해야겠다 싶었다. 생각에 생각을 이어가던 호국은 승리의 부름에 정신을 차릴 수 있었다.

"오빠?"

다가선 그녀는 흔들리는 눈빛으로 물었다.

"보훈…… 이죠?"

"응, 그냥 안부 전화지 뭐. 가서 밥 먹자."

그는 태연하게 웃으며 그녀의 어깨를 당겨 부엌으로 이끌었다. 그녀를 걱정시키고 싶지 않았다. 불행하게 만들고 싶지도 않았다. 자신을 선택한 만큼 행복하게 해주고 싶었다.

"저기……."

살짝 몸을 빼내며 돌아선 승리는 시선을 들어 그를 바라보고 있었다. 호국은 그녀가 말을 잇기를 가만히 기다려 주었다.

"내가 말했었죠? 보훈이랑 나, 남들이 일반적으로 생각하는 그런 연인 사이 아니었다고. 왜 그 애랑 사귈 수밖에 없었는지도. 네, 알아요. 오빠가 보훈이랑 내 관계를 의심하는 게 아니라는 거. 다만 동생한테 죄책감을 느끼고 있는 거잖아요. 그렇죠?"

호국은 말에 부정도 긍정도 하지 않았다. 보훈에게 죄책감을 느꼈던 건 사실이었지만, 이젠 아니다. 고무신보다 군화를 먼저 거꾸로 신은 동생 녀석이었으니. 그런데 승리에게 그 사실을 쉽사리 털어놓을 수 없는 것이 문제다. 지금 당장은 승리의 오해를 바로 잡아 줄 수가 없었다.

"이런 말 한다고 나 너무 못된 애로 보지 말아요. 하지만 한 번도, 지난 이 년 동안 단 일 초라도 내 마음은 보훈일 향했던 적 없어요. 그러니까 그렇게 보훈이한테 미안해하지 않아도 된다고 생각해요. 오빠가 보훈이한테서 날 빼앗은 것이 아니라 내가 택한 거야, 오빠를."

동생을 좋아한 적도 없고, 좋아하지도 않는다고 당당하게 이야기하는 승리가 밉기는커녕, 그녀의 말에 가슴이 주책맞게 두근거렸다. 그의 마음 한구석에서 '혹시나' 했던 과거에 대한 불안감마저 완전 소진되는 기분이었다.

"그러니까 보훈이가 뭐라 해도, 앞으로 무슨 일이 있어도 절대 흔들리지 말아요? 네? 난 소설 속이나 드라마 속에 여느 여자들이랑은 달라서 '당신이 그렇게 힘들면 그만둬도 좋아요', '사랑하니까 떠나는 거예요' 이런 말 따위는 정말 구역질나. 완전 내숭이잖

아. 만약에 나 버리고 도망가면, 나는 오빠 잡으러 갈 거예요? 알
았죠?"

　역시 문승리답다. 굳어 있던 호국의 입매에 피식 웃음이 어렸
다. 그런 그의 목을 승리가 감싸 안으며 너무도 진지한 어조로 왠
지 장난스런 말을 속삭였다. 그러나 다분히 그녀의 진심이 느껴지
는.

　"고무신이 영어로 껌슈즈인 거 알아요? 내 고무신은 완전 특제
껌이라서 한 번 붙으면 안 떨어지거든. 그니까 한 번 고무신 주인
하기로 했으면 끝까지 책임져야 해요."

　"내 사명은 나라 수호가 아니라 승리 수호라는 거 잊었어?"

　그의 대꾸에 그녀가 까르르 웃었다. 그 웃음소리가 어찌나 기분
좋게 느껴지는지 호국은 눈을 감으며 승리와 함께 있는 이 순간의
공기를 들이키고 또 들이켰다. 어느 순간부터 문승리는 권호국의
에너지원이 되어버렸다. 그것을 부정할 수 없는 그였다.

　"오디션이 언제랬지?"

　그의 물음에 대답하는 승리의 음성이 가슴을 통해 전해졌다.

　"다음 주."

　"그럼 그전에 해돋이 보러 갈까?"

　곧 연말이었고, 새해였다. 호국은 문득 어렸을 적 아버지의 성
화에 못 이겨 새벽같이 일어났던 그때 이후, 일출을 본 적이 없다
는 생각에 말을 꺼냈다. 요즘 들어 그는 부쩍 충동적이 되어가고
있었다.

　"새해 보면서 네 오디션 잘되게 해달라고 빌고."

우리, 그리고 보훈이까지 모두가 행복해질 수 있게 해달라고 빌자.

차마 그 다음은 소리 내어 말하지 못한 호국은 승리가 무슨 대답이라도 해주길 바랐다. 그런 그의 두근거리는 마음을 아는지 모르는지 그다지 내키지 않는 듯 웅얼거리는 그녀였다.

"에이, 나 일찍 일어나는 거 취미없는데."

"그래. 늦게까지 공연하고 그럼 피곤하기도 하겠다. 그냥 다음에……."

자신의 생각에만 사로잡혀 승리를 배려하지 못했던 것을 책망하며 호국은 없던 일로 하려 했다. 그러나,

"아, 아녜요. 매일도 아니고 뭐, 흠…… 오빠랑 같이 보는 거니까."

쑥스러운 듯 뒷말을 거의 중얼거리다시피 하며 그의 품속으로 더욱 얼굴을 깊이 묻는 그녀로 인해 해돋이 여행은 극적으로 성사되었다. 호국의 입매에 절로 미소가 맺혔다. 그의 손이 개구쟁이처럼 헝클어져 있는 승리의 머리칼을 쓰다듬었다.

집으로 오자마자 승리는 당장 해돋이 여행을 위한 준비를 시작했다.

부모님께는 미숙과 함께 여행을 가기로 했다고 뻥—아버진 그렇다 쳐도, 어머닌 약간 미심쩍어하는 눈치였다. 그러나 무조건 배 째!—을 치고 미숙에게 미리 전화를 해 말을 맞춰놓았다. 무박 1일의 여행이었지만 오버 대마왕 윤 여사가 사실을 알게 되는 날엔 호국이랑

그녀는 당장이라도 결혼식장에 끌려들어 가야 할지도 몰랐기에. 그런데 이상하게도 그 생각을 하면 괜스레 몸이 배배 꼬이며 기분이 좋아지는 그녀였다.

호국과 입장하는 자신의 모습을 그려보며 저도 모르게 입을 헤벌리며 웃고 있던 승리는 문이 열리는 소리에 후다닥 일어나 보지도 않은 책을 정리하는 시늉을 했다.

"얘가 왜 이렇게 부지런을 떨어? 어울리지도 않게 미숙이랑 일출을 보러 간다고 하질 않나? 너 좀 이상하다?"

참나, 이상한 건 엄마라구요. 승리는 어머니가 쟁반에 가득 담아온 귤을 힐끔 바라보며 속으로 중얼거렸다.

"귤 달짝지근하니 맛나드라, 먹어봐. 그리고 이리 와 좀 앉아."

웃고 있는 윤 여사, 불길하다. 그러나 승리는 침대 위를 두드리고 있는 어머니의 곁으로 가서 앉을 수밖에 없었다.

"네가 그동안 바쁜 것 같고 해서 궁금해도 참았는데…… 옆 도장 사범 말이다. 그 늙은 관장 말고, 네가 만나는 젊고 잘생긴 사람. 이름이라도 알고 해야 할 것 아니냐? 나이도 찰 만큼 찬 것 같던데, 더 깊이 만나기 전에 궁합이라도 좀 보고."

"엄마!"

헉! 우물 가서 숭늉 찾는 격이다. 지나치게 앞서 나가는 어머니를 향해 그녀가 빽 고함을 쳐보았지만 소용없었다.

"지난번에 그 집 아버님이 말씀하시기로는, 이름이 권오국이랬나?"

"권호국."

그 상황에서도 틀린 건 또 고쳐 줘야만 하는 승리였다. 그것도 다름 아닌 사랑하는 그의 이름인데 당연했다. 그러자 이내 찌푸려지는 어머니의 미간을 보며 그냥 가만있을 걸 하는 후회를 해보는 그녀였다. 허나 이미 늦은 후였다.

"호국?"

뭔가를 감지한 듯 가늘게 좁혀지는 눈매. 그리고 당연하게도 흘러나오는 보훈과 관련된 물음에 승리는 소리 없는 한숨을 내쉬어야 했다.

"권호국? 설마 권보훈이랑 뭔 관계인 거 아니지? 내 한두 번 본 거라 보훈이 얼굴이 잘 기억은 안 나도, 권 사범처럼 훤칠하니 미남형이었던 것 같은데?"

"보훈이랑은…… 정말 아무 사이 아니었단 말이야."

"엄마야. 엄마야. 그럼, 정말 호국이랑 보훈이랑 뭐…… 형제라도 된단 말이야?"

"후…… 오빠가 보훈이 형이야."

그러자 어지간히 놀란 듯 쩍하니 입을 벌리고 그녀를 바라보던 어머니가 벌떡 자리에서 일어나 주위를 둘러보았다. 저건 분명 뭐라도 손에 잡히면 무조건 들고 때릴 태세다. 오랜 경험으로 그것을 간파한 승리는 후다닥 문가로 달려나갔다. 그러자 도저히 그녀의 방에서는 몽둥이 대신으로 쓸 무엇을 발견할 수 없음을 깨달은 듯 윤 여사도 맨손으로 뒤를 쫓았다. 비명과 고함으로 얼룩진, 두 사람의 술래잡기가 아주 오랜만에 시작되었다.

"이년아! 네가 미쳤구나! 아주!"

"나 멀쩡하거든?"

"멀쩡한 년이 그럼 이게 뭐 하는 짓이야! 형제 사이에 칼부림 나는 꼴을 네가 진짜 보고 싶어서 그러냐!"

"여자 하나 때문에 칼부림 나는 그런 형제들 아니야!"

아니, 그렇게 믿고 싶은 건지도 모른다.

"네가 어떻게 그렇게 장담을 해! 보훈이 녀석, 군대 가기 전에 너한테 얼마나 목을 맸었는지 내가 다 기억하는데! 그놈이 휴가 나와서, 너랑 지 형이랑 그렇고 그런 사이 된 걸 알면 잘도 가만히 있겠다! 응?"

참 잔인하다. 정곡만 콕콕 찔러대는 어머니의 말에 승리는 도망을 다닐 기운마저 잃고 말았다. 그녀가 스르륵 멈춰 서는 순간, 등짝에 작렬하는 통증은 굉장했지만 승리는 그 고통을 이를 악물고 참았다. 마치 자신이 감내해야 할 형벌이라도 되는 양.

그러자 그녀의 반응없음에 재미가 없어진 것인지, 아님 제 풀에 지친 것인지 윤 여사도 매 타작을 하던 손길을 거둬들였다. 그렇게 한참을 그녀를 노려보기만 하던 어머니는 성큼성큼 거실로 걸어가 어디론가 전화를 거셨다. 어리둥절한 눈으로 그 모양을 지켜보던 승리는 갑자기 살살 녹아나는 어머니의 목소리에 화들짝 놀라 뒤를 쫓아보았지만, 이미 윤 여사의 덫은 놓여진 후였다.

"어머, 미숙아."

그녀의 얼굴은 다년간 부엌일로 단련이 된 윤 여사의 탄탄한 손바닥에 의해 가차없이 밀려났다. 그 타격으로 풀썩 소파 위로 주저앉는데, 어머니는 아무 일도 없다는 듯 미숙과 통화를 계속하고 계셨다.

"우리 승리 때문에, 괜히 너 신경 쓰이게 만들어 미안하다."

헛, 제발. 미자야, 저 올가미에 걸려들지 마라.

그녀의 바람대로, 통 미자가 넘어올 기미가 보이지 않았던 모양이다. 윤 여사가 팍 인상을 쓰는 걸로 보아. 폭주 신호.

"너한테 같이 여행 간 것처럼 해달라고 전화하지 않았던?"

역시, 완전 정면 공격이다.

거실 바닥이 꺼져라 한숨을 내쉰 승리는 패배의 의미로 고개를 풀썩 떨구었다.

그 뒤로 한참 듣기만 하다 가끔씩 '그래. 그래' 라는 추임새만 넣어주던 어머니는 통화가 종료된 후 저승사자와 같은 음산한 목소리로 그녀를 부르셨다.

"내 이럴 줄 알았지. 뭐? 권호국이랑 같이 여행을 가?!"

최미자, 역시 넌 아군의 탈을 쓴 적군이었다. 승리는 뿌루퉁한 목소리로 대답을 했다.

"그냥 무박 여행이란 말이에요. 그리고 내가 뭐 앤가?"

"야, 이년아! 넌 이 상황에도 그렇게 대꾸가 꼬박꼬박 나와? 내가 대충은 짐작하고 있었어. 요것이 아무래도 수상쩍다 하고. 그래, 솔직히 권 사범이랑 같이 가는 거라도 그냥 눈감아주려고 했어. 그런데! 이젠 안 돼! 보훈이랑 형제라는 걸 알게 되었는데, 내가 미쳤니! 이제는 호국이든 보훈이든 절~대 안 돼!"

"엄마!"

바락 악을 쓰며 불러보았지만, 자신의 할 말만을 내뱉는 윤 여사였다.

"너, 앞으로 외출 금지야. 당분간 학원도 나오지 마. 혹시 연습이나 공연 있으면 알렉스보고 전화하고 데리러 오라 그러고 올 때도 집 앞까지 데려다 달라 그래."

왜 그 카드가 안 디밀어지나 그랬다. 공포의 외.출. 금.지.

그래도 그나마 창고들과의 활동에는 지장을 주지 않으려 하시는 어머니였다. 변해도 참 많이 변하긴 했지. 하지만! 지금은 그게 문제가 아니다! 그럼 당장 내일 밤인 호국과의 여행은 어찌하라고! 으아아악! 도저히 해결책이 보이지 않아 미칠 지경에 이른 그녀가 소파에 앉아 두 손으로 머리칼을 거의 잡아뜯다시피 하고 있는데, 현관에서 벨소리가 울렸다.

"당신이에요? 늦으신다더니."

저저, 조금 전까지와는 180도 다른 목소리라니.

쓸데없는 자해를 그만둔 승리는 집으로 들어서는 문 화백의 곁에서 화사하니 웃고 있는 윤 여사를 찌릿 노려보았다. 그 상황을 도저히 견딜 수 없어진 승리는 발걸음도 요란하게 아버지의 앞으로 갔다. 어쩌면 구원군이 되어주실지도 몰랐기에. 그러나 그녀가 입을 벌리려는 순간 눈치 100단인 어머니가 황급히 아버지를 방으로 모셔가는 것이 아닌가. 그리고 함께 방으로 들어가기 전 획 뒤를 돌아본 윤 여사는 입모양만으로 충분히 그녀에게 위협을 가했다.

'아버지한테 권호국이 어쩌고저쩌고하는 쓸데없는 소리를 하면 죽는다!'

단호하게 닫히는 문 앞에서 깨갱 꼬리를 내리고 돌아서야 하는 승리였다. 언제나처럼.

지구가 멸망해도 내일의 해는 뜬다. 아직 이 난관을 극복할 해결책도 찾지 못했는데, 망할 해는 잘도 뜬다.

따가운 햇살에 눈도 제대로 뜨지 못한 채, 잠에서 깨자마자 승리가 한 생각이었다. 정녕 오늘 밤 우리 호국 오빠와의 여행은 이대로 무산되어야 한단 말인가. 생각만으로 우울해진 그녀는 비명을 지르며 다시 이불을 뒤집어썼다.

그렇게 아침 식사도 거른 채 혼자 끙끙거리고 있던 그녀의 귓가에 희미한 벨소리가 들렸다. 분명 휴대폰 소리인데 어디에 두었는지 몰라 이불을 걷고 두리번거리던 승리는 베고 있던 베개와 이불을 다 털어내고, 자리에서 일어나 가방 속까지 다 쓸어낸 다음에야 가까스로 핸드폰을 찾을 수 있었다.

다행히 아직 전화는 끊기지 않았다. 상대가 다름 아닌 호국이었기에, 이건 그야말로 다행이다.

[아직…… 잤어?]

"아니에요. 일어났어요."

[오늘 밤 열 시 기차인 거 알고 있지? 청량리역으로 나올래, 내가 데리러 갈까?]

약간은 들뜬 듯한 그의 목소리. 그것을 들으며 행복해야 할 이 시점에, 그녀는 홀로 괴로움에 몸부림치다 못해 그만 아이처럼 칭얼거리고 말았다.

"히잉, 나 못 갈지도 몰라요."

[왜?]

"원래는 보내준다고 하셨는데, 엄마가 어쩌다 오빠랑 보훈이랑 형제인 거 알아버렸어. 절대 안 된대요."

사실 어쩌다가가 아니라 자신이 술술 불어버린 것이나 다름없었지만, 승리는 차마 그 말까지 호국에게 할 수는 없었다.

[흐음.]

잠시 말이 없는 호국이었다. 설마 화가 난 건가 싶어서 승리 역시 기분이 조금 나빠지려 하는데, 그가 하나의 제안을 내놓았다. 오해한 자신이 미안해지도록.

[그럼 정동진은 다음으로 기약하고, 아차산은 어떠니? 일출을 보는 건 매한가지니까.]

맞긴 맞는 말이지만, 아차산은…… 너무 가깝단 말이다. 그와 함께 있을 수 있는 시간도 너무 짧고. 그런데 이렇듯 아쉬워하는 건 자신만인 것 같아 승리는 그런 내색을 하지도 못한 채 입술만 잘근잘근 깨물고 있었다. 호국이 자신을 '밝히는 애'로 보는 건 싫었다.

그녀의 침묵을 탐탁찮음의 의미로 받아들인 듯 호국이 찬찬히 설명을 늘어놓았다.

[당장이라도 네 부모님 찾아뵙고 정식으로 인사드리고 싶지만, 그건 보훈이 문제가 매듭되고 난 후가 정상적인 수순일 것 같다. 그러니까 내가 하는 말이나 행동에 너무 섭섭해하지 말고. 이해하지, 우리 승리?]

전화선을 통해서 느껴지는 그의 마음에 가슴이 따스해지는 기분이었다. 그가 보지 못하는 것을 알면서도 승리는 저도 모르게 고개를 끄덕이고 있었다.

[오늘은 아무래도 그냥 집에서 쉬는 편이 좋겠지?]

"그래요. 그리고…… 오빠!"

[응?]

"고마워요, 이해해 줘서."

진심을 호국에게 전하는 가운데, 예전 놀이터 앞에서 립글로스를 건네주던 그에게 자신이 고맙다고 했던 순간이 떠올랐다. 그리고 호국이 했던 말도.

"삼세번이군. 당신에게서 고맙다는 말을 듣기까지 말이야."

그것은 그 역시 마찬가지였던 모양이다.

[우리 승리 많이 말랑말랑해졌네. 고맙다는 말도 곧잘 하고.]

"칫. 그때는…… 어쨌든 우리는 첫 만남부터 좀 그랬잖아요."

[하긴, 훗.]

승리는 윤 여사에게 쫓기다 못해, 앞에 오는 차에 부딪혀 쓰러진 척했던 그날의 기억을 떠올렸다. 만약 그때 그 차가 호국의 것이 아니었다면 어떻게 되었을까. 그래도 그와 이렇게 통화를 할 수 있었을까. 이어지던 생각은 호국의 한마디로 끊어졌다.

[내일 새벽에 데리러 갈게.]

그리고 통화를 끝내려는 그를 승리는 다급함이 어린 음성으로 불렀다.

"자, 잠깐만요."

이런 소리 한다면 자신이 너무 유치하고 질투심 많은 아이로 보여질 것 같아 망설여지기도 했지만, 오늘 같은 주말에 그가 혼자 무얼할까 생각을 하는 도중 갑자기 눈앞에 휙 스치는 그 여자의 영상이 승리의 본능을 부채질했다. 어서 말해. 어서 말하라구.

"송경주 씨랑 단둘이 만나지 마요. 알았죠?"

[응?]

"다시는 오빠 차 조수석에 태워주지도 말고, 오빠 오피스텔에 불러서 요리도 해주지 말고, 단둘이 술잔도 부딪치지 말라구요."

[신경 쓰였구나? 알았어.]

'에이, 질투했구나?' 라며 그가 놀리지 않아주어서, 자만심에 찬 웃음을 머금지 않아주어서 정말 고마웠다. 역시 그는 권호국이었다. 승리는 자신의 탁월한 선택에 박수를 보내며, 전화를 끊었다. 그와 그렇게 이야기를 하고 나자 무겁고 답답했던 마음이 한결 가벼워진 그녀였다. 그제야 말할 수 없는 허기가 느껴졌다. 아침을 굶은 게 화근이었다. 주린 배를 움켜쥔 승리는 후다닥 눈곱만 떼어내고서 부엌으로 뛰쳐나갔다.

다음날 새벽 모두들 잠이 든 시간, 추위에 대비해 완전 무장을 하고 도둑고양이처럼 살금살금 집을 빠져나온 승리는 대문 앞에서 대기 중이던 호국의 차에 오르는 순간 너무 좋아 환호성을 내지르며 그의 목을 껴안았다. 그러자 호국도 그녀를 따스하게 마주 안아주었다.

"새해 복 많이 받아."

"오빠도 복 많이 받아요."

서로에게 덕담이 건네졌다. 계속 안겨 있고 싶은 마음이 굴뚝같았지만 해뜨기 전에 산에 올라야 하는 것을 알기에 어쩔 수 없이 승리는 몸을 일으켰다. 그러자 호국은 차를 출발시키며 물었다.

"용케 일어났네?"

사실 거의 못 잤다고 그녀는 대답하지 못했다. 호국이 걱정할 것이 뻔했으니 말이다.

"춥지?"

그렇게 물으며 괜찮다는데도 굳이 그녀 쪽으로 히터의 방향을 돌려준 호국은 한 손으로 운전을 하며 다른 한 팔을 뒷좌석으로 뻗어 집어 든 종이 가방을 승리에게 내밀었다.

"뭐예요?"

"아침도 못 먹었을 거 아냐. 산 오르려면 빈속으론 힘들어."

가방 속에 든 것은 도시락과 보온병이었다. 각각의 뚜껑을 열어 본 승리는 그것들의 정체를 파악했다. 냄새만으로도 그 맛이 얼마나 좋을지 짐작이 가는 볶음밥과 뜨뜻한 국물이었던 것이다.

그것을 내려다보고 있노라니 괜히 코끝이 시큰해진 승리는 다시 도시락을 가방에 집어넣으며 일부러 씩씩한 목소리를 냈다.

"오빠도 못 먹었을 거면서. 그럼 우선 산 입구까지 가서 같이 먹고 올라가요."

그저 웃기만 하던 호국의 손이 그녀의 손을 찾아 쥐었을 때 승리는 놀란 눈으로 그를 돌아보았다.

"손이 차갑잖아."

마치 변명 같은 한마디에 이어 정면으로 시선을 두는 호국이었
다. 미명 속에서 약간 붉어진 그의 귓불을 발견한 승리는 들뜬 기
분을 억누르지 못하고 어깨로 호국의 팔을 툭툭 건드리며 속삭였
다.

"에이, 좋으면 좋다고 하면 될 것이지."

천만다행히도 그녀의 놀림과도 같은 말에도 그는 손을 놓지 않
았다.

아차산 주차장에 이른 그들은 차 안에서 도시락을 나눠 먹었다.
국물까지. 그러면서 웬만한 호텔 레스토랑 주방장보다 그가 낫다
며—호텔이라곤 가본 적도 없으면서—칭찬을 아끼지 않는 승리였고,
호국은 이렇게 그녀가 맛있게 먹어주는 것만으로 좋다며 그녀의
존재의 의미를 피력했다. 누가 듣지 못해 다행이었다. 만약 그랬
다면 대패로 돋아난 닭살을 벅벅 미느라 고생을 했을 테니.

도시락을 깨끗이 비운 그들은 자판기에서 따스한 커피 한 잔씩
을 뽑아 마시고 등산로를 오르기 시작했다. 비교적 평탄한 산이라
오르는데 힘들지는 않았지만, 새해 첫날 해맞이와 그 후에 있을
축제를 보기 위해 정상에 오르는 사람들로 북적여 짜증이 나는 승
리였다. 그와 단둘이었음 하고 바라는 게 잘못은 아니질 않는가.

그래도 그나마 위안받을 수 있는 건 사람들에게 부딪치지 않도
록 어깨도 감싸주고, 자신의 손을 꼭 단단하게 잡아주는 그의 체
온 덕이었다.

그렇게 등산로에 걸린 청사초롱을 따라 한 시간 조금 넘게 걸었
을까. 그들은 해맞이 광장이 있는 정상에 도착해 다른 이들과 함

께 해가 뜨기를 기다렸다. 문승리 인생에서 뭔가에 늦지 않고 기다려 보다니, 참 기적 같은 일이었다. 이것은 다 호국을 만난 덕이다.

"해 보면서 뭘 빌 건데요?"

괭장한 강풍에 칭칭 감아 맨 목도리 속으로 더 얼굴을 집어넣으며 승리가 물었다.

"글쎄."

"얘기 안 해줄 거예요? 칫, 그럼 우리 소원 빌고 나서 나중에 문자 메시지로 가르쳐 주기 해요."

"문자로? 전화로는 안 되고?"

"응. 사실 말로 하기는 좀 그래요."

사실 매우 쑥스럽다고 승리는 속으로 중얼거렸다. 자신이 가수로 성공하는 것은 물론이고, 영원히 그와 함께 있을 수 있게 해달라고 빌 건데 그건 말로는 죽는다고 해도 할 수 없다. 정말 부끄러워 죽을지도 모른다.

"알았어."

장갑 위로 그는 더욱 꼭 손을 잡아왔다.

해맞이 광장에서는 핸드벨과 요들송, 합창 등의 공연이 이어지고 있었지만, 각자의 소원 생각에 몰두한 그들은 그것에 별로 관심이 없었다. 게다가 얼마 지나지 않아 맞은편 산봉우리에서부터 새해가 떠오르기 시작했기에 거기까지 신경 쓸 짬이 없었다.

점점 커다랗게 시야를 메우는 해를 경이롭게 바라보던 승리는 가슴 벅찬 기분을 느꼈다. 그리고 그에게 말을 했던 것처럼 새해가 사라지기 전에 얼른 자신의 소원을 빌었다. 일출 아래 살짝 돌아본 호국 역시 뭔가를 비는 것처럼 해를 뚫어져라 바라보고 있었다.

그 와중에 해맞이 광장의 무대 위에서 시끄럽게 이어지던 신년 축하 메시지가 끝이 나고, 오색의 수많은 풍선들이 하늘 위로 후두둑 떠올랐다. 그것들을 올려다보며 승리는 생각했다. 저것에 자신의 희망과 소원이 담겨 하늘 높이 더 높이 날아올랐으면 좋겠다고. 그것이 하늘에 계신 누군가에게 도착해서 꼭 자신이 바라는 바를 이뤄줬으면 좋겠다고.

초등학교를 졸업한 이후, 참으로 어린아이처럼 천진하게 진실되게 빌어보는 그녀였다.

'이 남자, 영원히 내 것 하게 해주세요' 라고.

효율적인 이동을 위해 이참에 장만했다는 알렉스의 승합차, 소위 말하는 봉고를 타고 창고들은 WA 엔테테인먼트 사무실이 있는 청담동으로 향했다. 오늘은 그들의 첫 오디션이 있는 1월 10일. 겨우 두 달, 짧지만 그래도 꽤 많은 시간을 함께 연습해 왔던 까닭에 그들은 서로를 믿고 있었다.

"결과가 어떻든 너무 실망하지 말자."

운전을 하던 알렉스가 한 말에 모두들 말없이 고개만 끄덕였다. 그런 무거운 분위기를 승리가 먼저 깼다.

"칫, 내 보기에 기대가 제일 큰 건 너야, 알렉스. 머리는 왜 자르고, 염색은 왜 한 건데? 가수가 뭐 외모로 승부하냐?"

"Shut up!"

"뭐? 이게 누구보고 닥치라 마라야?"

거의 자리에서 일어나 알렉스의 머리를 향해 주먹을 휘두르려는 승리를 민과 선규가 막았다.

"야야, 우리가 안 싸우니까 너네가 싸우냐. 그리고 알렉스, 넌 빅토리한테 알러뷰 어쩌고 하더니 뭐야. 싸랑하는 여자가 하는 말에 너무 가시 세우는 거 아냐?"

"이젠 안 사랑해."

민의 물음에 차갑게 대꾸를 하는 알렉스가 어찌나 어이없던지 승리는 자리에 다시 주저앉고 말았다. 완전 제멋대로다. 사랑한댔다가 만댔다가. 아, 누가 지더러 날 사랑해 달랬냐고! 그리고 왜 지가 마치 날 버리는 것처럼 얘길 하는 거냐고! 거 기분 참 더럽네.

"호국의 여자야."

헛, 역시나 그 하룻밤 사이 오빠한테 반한 것이 틀림없다. 그의 요리 솜씨에 반한 걸까. 아님 그의 성격? 몸매? 헛, 그건 나도 아직 본 적이 없으니 잘은 모르겠고. 분명 멋지겠지. 으흐흐흐.

혼자 호국의 벗은 몸을 떠올리느라 조금 전 알렉스의 괘씸한 행동 따위는 금방 잊어버린 그녀였다. 그런 승리의 귓가에 다 왔다는 선규의 조용한 한마디가 들린 건 얼마 지나지 않아서였다.

그들은 마치 커다란 전투를 앞둔 부대의 장병들마냥 숙연한 표정으로 사무실이 위치한 빌딩으로 들어섰다. 오층까지 엘리베이터를 타고 올라, 신분을 묻는 여자에게 알렉스가 나서서 뭐라고

이야기를 하는 동안 승리는 멍하니 서서 세련되게 꾸민 WA 엔터
테인먼트 내부 인테리어를 훑고 있었다.

그렇게 선 그들을 힐끔거리고 지나가는, 젊다 못해 어린 아이들
의 모습이 간간이 보였다. 그들 역시 이곳에서 가수의 꿈을 키워
가고 있는 것이리라. 어리지만 그들에게서 뿜어져 나오는 엄청난
포스에 괜스레 기가 죽는 것을 느낀 승리는 스스로를 격려하며 용
기를 내려 애썼다. 여기까지 와가지고 쫄아서 모든 걸 망쳐 버릴
순 없었다.

"따라오세요."

여자를 따라 그들은 작은 방으로 들어갔다.

"조금만 기다려 주세요."

의자와 테이블이 있었지만, 누구도 먼저 앉지 못했다. 이 순간
제일 먼저 호국이 떠올랐다. 벌써 일주일도 전, 새해 첫날 해를 보
며 빌었던 소원을 아직도 그에게 메시지로 보내주지 못했다는 사
실이 떠올랐다. 이유는 단지 부끄러워서. 그 사실이 지금에 와서
야 마음에 걸린 그녀는 주책없이 떨리는 손을 막아보기 위해서라
는 변명을 하면서 휴대폰을 꺼내 들었다. 그리고 문자 메시지 작
성 메뉴를 선택했다.

〈내 소원이 뭐였냐면······.〉

그까지 입력을 했는데, 문이 열리고 키가 작고 통통한 남자가
들어섰다. 놀란 나머지 승리는 후다닥 폴더를 닫고 휴대폰을 재킷

주머니에 넣었다. 약속이라도 한 듯 그들이 '안녕하세요!' 라고 인사를 하는데, 남자는 알렉스가 아닌 그녀에게 자신의 명함을 내밀었다.

〈프로듀서 안진원.〉

알렉스가 보여주었던 명함 속의 이름과는 또 다른 이름. 수많은 인기곡들의 작곡가 란에 올라 있던 이름. 승리와 어느새 그녀 곁으로 모여든 창고 멤버들의 휘둥그런 시선이 상대를 향했다.

"반가워요. 우리 보컬 트레이너한테서 얘기 들었어요."

아, 그럼 알렉스가 만났던 사람은 그냥 트레이너였구나.

승리는 자리에 앉아 자신들을 훑어보는 남자의 눈길에 슬슬 긴장이 되는 것을 느꼈다.

"그럼, 시작해 볼까요?"

의자에 편안하게 기대어 있던 상체를 일으켜 그는 턱을 손등에 괴었다. 그렇게 그들의 1차 오디션이 시작되었다.

오전에 잘하라고 그녀와 전화통화를 하긴 했지만 하루 종일 마치 자신이 오디션을 받는 양 떨리는 호국이었다. 그렇다고 해서 아직 끝나지 않았을지도 모르는데 먼저 전화를 하기도 그래서 그저 수시로 휴대폰을 확인하는 것이 다였다.

"너 왜 그러냐? 어디 연락 올 데 있어?"

아이들의 모습을 지켜보고 있던 세열이 그런 그를 발견하고는 다가와 물었다. 의구심 가득한 눈빛의 선배 형에게 호국은 아무것도 아니라는 뜻의 가벼운 웃음만 지어 보이고 똑같은 동작을 취하고 있는 아이들을 훑어보는 척했다. 그러다 갑자기 우웅 하고 울리는 진동 소리에 그는 휴대폰을 집어 들고 얼른 도장 밖으로 나섰다. 그러나 아이들의 기합 소리가 문 뒤로 차단되자마자 확인한 발신인은 '안동 집'이었다.

그는 희미한 실망감을 누르며 전화를 받았다.

"네."

[수업 중이가?]

오랜만에 듣는 어머니의 목소리는 왜인지 잔뜩 들떠 있었다. 뭐 좋은 일이 있으신 모양이다.

"괜찮아요. 건강하시죠?"

[그라믄! 억수로 건강하다. 내 걱정은 말그라. 음, 내가 느거 아부지 말씀 듣고도 모르는 척할라 했는데 도저히 못 참아가 전화했다.]

"네?"

[니 데이또하는 아가씨 있다매?]

아, 권 교장선생님. 세상에 다시없이 근엄한 척하시면서, 어찌 그리 입이 가벼우신지.

보훈이 휴가 나올 날이 일주일밖에 남지 않은 지금, 마치 그의 이성 교제 소식에 동네 잔치라도 벌일 기세인 어머니 앞에서 호국은 절망할 수밖에 없었다. 숨을 고른 후 그는 침착하게 대답을 했다. 아니, 하려 했다.

"어머니, 그녀는……."

[니캉 일곱 살 차이라매? 느거 아부지가 그럴 때는 또 윽수로 빠르다 아니가. 으째 알았는지 아가씨 생년월일까지 알아오시가, 궁합을 쪼매 봤다. 아이고! 고마 찰떡도 그런 찰떡이 없드라. 천생 연분이라 카대.]

그가 서른을 넘긴 이후, 수시로 손자 타령을 해오시던 어머니셨기에 만약 승리에 대해 아신다면 어서 빨리 결혼식장으로 그를 못 몰아넣어서 안달을 내실 것으로 짐작은 했었다. 그러나 이 반응은…… 생각보다 훨씬 강력했다.

[그기다가 올해 초에 니가 그 아가씨랑 결혼을 하믄 백년해로 할 수 있는 길일(吉日)이 있다 카드라.]

결혼이니 길일이니 하는 말들을 예전 같으면 남의 일같이 심드렁하게 받아들였겠지만 승리와 연관지어서는 도저히 그냥 흘려들을 수만은 없는 호국이었다. 잠시 어머니의 말씀에 귀를 기울였던 그는 지금 자신의 상황을 떠올리며 '아직은 안 된다' 라는 말을 세뇌하듯 중얼거렸다.

"어머니, 아직 결혼 말까지 오갈 그런 사이 아니에요."

[으쨌든 간에 만나는 아가씨가 있기는 있제?]

"네."

승리의 존재까지 부인할 수는 없어 대답을 하긴 했다. 그러자 잠시 수그러들었던 어머니의 기세가 다시 강력해졌다.

[그라믄 구정 전에 한번 데불고 내리온나. 내가 한 번은 봐야 할 거 아니가.]

“네?”

[니가 안 데리오믄 내가 올라간데이?]

평소엔 아니지만 서복희 여사가 고집 한 번 쓰면 거의 권오준 교장선생님과 맞먹는 수준이라는 것을 호국을 알고 있었다. 그의 얼굴이 거의 사색이 되었다. 승리에게 아버지보다 더하면 더했지 덜하진 않게 달려드실 어머니를 상상하며.

“아니, 제가……..”

그는 어금니에 힘을 주며 말을 이었다.

“데리고 갈게요.”

이렇게 거짓말을 해서라도 최악의 상황은 피해야 했다. 나중에는 혼자만 내려가더라도 일이 생겨 못 왔다 등의 변명으로 무마할 수는 있으나 지금 곧이곧대로 ‘안 된다’ 라고 한다면 당장이라도 올라오실 테니까.

전화를 끊고 나서도 한동안 그의 알았다는 대답에 흐뭇한 표정을 짓고 계실 어머니의 얼굴이 그려졌다.

상황이 너무 안 좋았다.

아마도 이 상태라면 어머니는 동네방네, 게다가 휴가를 나온 막내아들에게 장남의 결혼 예정 소식을 신이 나서 전달하실 테고, 그럼…… 황당함을 넘어 배신감을 느낄 보훈의 얼굴도 쉽사리 그려졌다.

“휴우.”

깊은 한숨을 내쉬던 그는 갑작스레 들려오는 아이들의 소음에 뒤를 돌아보았다. 열린 문 사이로 서서 그를 보고 있던 세열이 문을 닫고 가까이 다가왔다. 그에 호국은 이제는 말을 해야 할 때라고 생각하고 입을 열었다.

"형, 아무래도 안동에 내려가 봐야 할 것 같다."

"갑자기 왜?"

"그건 나중에 일이 다 해결되고 나면 얘기해 줄게."

"휴가 처리해 줄까, 사퇴 처리해 줄까?"

장난스레, 그러나 약간은 씁쓸하게 묻고 있는 세열에게 호국은 진심으로 미안함을 느끼며 대답했다.

"아무래도 후자 쪽이 좋겠어. 미안해."

어차피 고무신을 수호하기 위해 이 동네에 흘러든 것이니까. 보훈의 말대로, 보훈이 휴가를 나오기 전 그만두는 편이 나을 듯했다.

심각한 표정으로 생각에 잠겨 있던 그에게 세열이 두툼한 몸으로 와락 안겨왔다.

"짜식, 우리 사이에 미안하다는 말은 하지 말랬지?"

그리고 마구 몸을 더듬는 선배 앞에서 호국은 더는 생각을 이을 수가 없었다. 그저 으으윽 하는 고통의 비명을 지르며 들돼지처럼 돌진하고 있는 세열을 밀쳐 내는 데 사력을 기울일 뿐이었다.

오디션을 마치고 빌딩을 나서는 창고 멤버들의 눈빛은 하나같이 멍했고, 걸음은 터덜터덜이었다. 그렇게 봉고가 있는 곳까지 걸어간 그들은 차에 올랐다. 그러나 알렉스는 시동을 걸지 않았고, 뒷좌석의 누구도 아직 차가 출발하지 않고 있다는 것을 눈치

채지 못했다. 각자의 생각에 잠겨. 그 불편한 침묵을 깬 것은 역시 민이었다.

"우리 지금 어떻게 된 거야?"

누구에게랄 것도 없이 묻는 물음이었다. 그에 곁에 앉아 있던 선규가 팔을 뻗어 그의 머리를 쥐어박으며 대답했다.

"바보야, 너 신생아냐? 사람 말도 못 알아먹게?"

"이게! 왜 머리를 때려. 난 충격 흡수할 잔디도 없어서, 더 아프 다고!"

자신의 빡빡 민 머리를 쓰다듬으며 민이 발끈했다.

"아참, 그만들 둬. 사장이 출장에서 돌아오는 대로 최종 오디션 보자고 하잖아. 그럼 우선 자기 마음에는 들었다는 뜻 아니겠어?"

프로듀서가 했던 말이 믿기지가 않아서 그때까지 넋을 놓고 있 던 승리는 민과 선규의 소동에 의해 의식을 되찾고서 그들을 중재 했다. 그러자 민은 반색을 하며 그녀에게 얼굴을 들이밀었다.

"그런 거지? 그래, 그런 뜻이지?"

"으이구, 바보."

또다시 선규의 중얼거림. 그러나 그것은 운전석에서 들려온 알 렉스의 고함소리에 묻혀 다행히도 민의 귀에 제대로 들리지 않은 듯싶었다.

"Audition left seven days! 반창고! Fighting!"

생각없이 영어 튀어나온다. 또, 또 흥분했네. 했어.

그러면서도 마냥 즐거운 승리였다. 아직 완전히 확정된 건 아니 지만, 그래도 왠지 절반의 성공을 거둔 것 같아서 들뜬 마음을 주체할 수가 없었다. 그녀는 아까 오디션을 시작하면서 꺼두었던 폰을 꺼내 지금 제일 먼저 생각나는 사람에게 전화를 했다. 그러나 통화 중이라는 기계음만 계속 들렸다. 실망스레 폴더를 닫는 그녀를 민이 바라보았다.

"왜? 형님이 전화 안 받으시냐?"

상대를 쳐다보지도 않고 고개를 끄덕이는 그녀였다. 그러느라 민이 씨익 사악한 미소를 짓는 것도 승리는 보지 못했다.

"음…… 승리야, 난 네가 걱정되어서 하는 소린데 너 어머니한 테 외출 금지 당해서 벌써 일주일 넘게 형님이랑 못 만났다며? 그런데 오늘 같은 날 전화를 안 받는다고? 아이고! 큰일났다, 큰일났어. 내가 같은 남자라서 좀 아는데……."

이번만큼은 민의 말을 못 들은 척할 수 없는 승리였다. 그녀로서는 개뿔도 모르는 남자의 심리에 대해 어쩌고저쩌고하는데 귀가 혹했다.

"남자는 외로움에 아주 약한 동물이거든? 아마도 근 십 일 밤을 홀로 보낸 호국이 형님, 외로움에 바닥을 긁고 울부짖다가 다른 사냥감을 찾아나선 건지도 모른다고. 아니, 나섰을 거야. 확실해."

"이씨! 강민, 아니, 강복민! 우리 호국 오빠 그런 사람 아니거든?"

"문승리! 내 본명 부르지 말랬지! 그리고! 얌전한 고양이 부뚜막에 먼저 오른다는 속담도 모르냐, 넌?"

"이게 진짜! 우리 오빠가 왜 고양인데! 응! 너 그러니까 만날 선규한테 맞는 거야! 그게 지금 내 걱정해서 하는 소리니, 염장 지르는 거니? 계속 그런 쓸데없는 소리 하려거들랑 입 좀 다물어줄래? 아님 벽 보고 얘길하거나!"

두두두 쏘아붙인 승리는 제 분을 참지 못하고 씩씩대다가 운전석을 향해 빽 소리를 내질렀다.

"우리 집으로 가지 말고, 알렉스 네 오피스텔로 바로 가!"

"엉? 네 어머니 기다리실 텐데? 외출 금지. 잊었어?"

분명 알렉스에게 말을 했는데, 또 톡하니 끼어드는 민을 승리를 찌릿 노려보았다.

"너, 입 다물랬지?"

두 손을 들며 항복을 표시하는 민을 외면하며 승리는 알렉스에게만 시선을 두었다.

"알렉스, OK?"

"OK!"

군말없이 대답하는 놈을 보니 역시…… 호국에게 반한 것이 틀림없었다. 젠장, 나 좋다고 할 땐 언제고. 라이벌은 송경주 하나로 족하단 말이다. 그런 생각들로 인해, 오케이 사인을 보낸 알렉스임에도 고이 봐줄 수가 없는 승리였다.

알렉스에게 뒷일을 부탁한 승리는 앞뒤 재보지 않고 호국의 오피스텔로 향했다. 알렉스가 같이 가자고—어차피 같은 엘리베이터를 타면 그녀는 이십층, 놈은 십오층에서 내리면 되니까—뒤에서 소리를 지르는 것이 느껴졌지만 완전 무시하며.

그렇게 우정도, 의리도 내버리고 달려갔건만 그는 집에 없었다.

아무리 벨을 눌러보아도 안에선 응답이 없었다. 기운이 쭉 빠져 버린 승리는 현관 앞에 스르륵 주저앉고 말았다. 콘크리트에서 전해지는 차가운 기운은, 피로감이 돌기 시작한 그녀의 몸을 사정없이 파고들었다.

"으으."

시려운 엉덩이를 들고 일어나면 그만인데, 그럴 수가 없었다. 어찌나 몸이 무거운지. 몸을 공처럼 만 승리는 점퍼에 얼굴을 푹 파묻은 채 그를 기다렸다. 살그머니 잠이 쏟아지려고 했다.

이러다 나 얼어 죽는 거 아냐? 안 되는데, 나 아직 오빠랑 달랑 키스까지밖에 진도 못 나갔다구.

그러는 와중 들려오는 엘리베이터 열리는 소리, 사람의 발소리에 승리는 스륵 고개를 쳐들었다. 흐리멍덩했던 그녀의 눈은 코너를 돌아 모습을 드러내는 남자를 발견하는 순간 확 뜨여졌다. 두 손 가득 뭔가를 들고서 홀로 미소를 지으며 걸어오고 있는 그는 분명 호국이었다.

그렇게 웃음을 머금고 있던 그의 얼굴은 현관 앞에 쭈그리고 있는 그녀를 발견하는 순간 와르르 구겨져 갔다.

"승리야?"

들고 있던 것들을 그녀 곁에 던지듯 놓으며 호국은 무릎을 꿇고 앉았다. 그런 그의 얼굴을 얄밉다는 듯 쏘아보며 승리는 뾰로통하니 물었다.

"어디 갔다 오는 건데요? 그리고 왜 전화 안 받아요?"

"아, 미안. 뭐 좀 산다고. 주위에 사람들이 많아서 안 들렸나 보다. 일어나자."

내밀어지는 그의 손을 그대로 무시할 수가 없었다. 그것을 잡자마자 온몸에 그의 온기가 도는 것 같았다. 기분도 금방 풀렸다.

엉덩이를 털며 그녀는 호국과 함께 오피스텔로 들어갔다. 들고 있던 것들을 부엌으로 가져가 식탁 위에 올려놓은 호국은 서재에서 무릎담요를 가져와 소파에 앉은 승리에게 둘러주었다. 그리고 그녀의 손을 다시 찾아 쥐었다.

"그냥 알렉스네 가서 기다리지. 그리고 어머니 허락은 받고 나온 거야?"

"칫, 오디션 어떻게 됐는지는 하나도 안 궁금한 거예요?"

"설마?"

"그냥 괜찮았는지, 일주일쯤 후에 최종 오디션 보재요."

애써 대수롭지 않다는 듯한 표정을 짓던 그녀는 호국의 안색을 살폈다. 그러자 그녀를 뚫어져라 바라보고 있던 그의 얼굴 가득 믿을 수 없을 정도로 환한 미소가 떠오르는 것이 아닌가.

"난 네가 잘해낼 줄 알았어."

그의 목소리에 스민 자랑스러움에 승리는 순간 세상에서 자신이 가장 위대한 사람이라도 된 듯한 착각이 들었다.

"뭐 아직 완전히 통과한 것도 아닌데요."

괜히 쑥스러워져 한 말에 호국은 단호하게 고개를 내젓더니 손을 놓고 자리에서 일어나며 말을 했다.

"파티 해야지."

오호? 저 사람, 저토록 자신만만할 때는 뭔가를 준비했다는 뜻인데?

그를 따라 부엌으로 간 승리는 아까 호국이 들고 들어온 봉지에서 뭔가를 주섬주섬 꺼내 드는 것을 입을 딱 벌리고 지켜보았다. 커다란 상자, 그 안에서 나온 것은 생크림 케이크도, 초컬릿 케이크도 아닌…… 떡케이크였던 것이다.

"이, 이게 뭐예요?"

"아, 괜찮은 레스토랑을 예약하려다가 그럼 다음에 해줄 게 없어져 버리잖아. 오늘은 조촐하게 케이크 파티 하는 것도 나쁘지 않을 것 같다 싶어서."

"그, 그런데……."

나 떡 별로 안 좋아하는데.

여느 때 같으면 거침없이 자신의 기호를 이야기했을 그녀지만, 케이크 위에 예쁜 초를 세심하게 꽂고 있는 호국을 보며 도저히 그럴 수가 없었다. 그래서 뒷말은 자체 생략되었다.

"이게 웰빙 녹차떡케이크래."

"아, 네. 고, 고마워요."

그에 만족한 듯 웃으며 호국은 손짓으로 앉으라는 시늉을 해 보였다. 곧 불이 붙은 초를 사이에 두고 승리는 그와 마주 보고 앉게 되었다. 호국이 스위치를 내리자 집 안이 희뿌연 어둠 속에 잠겼다. 그러고 있노라니 세상에 그와 그녀 둘만 있는 기분이었다. 눈앞에 놓인 케이크가 떡인지 빵인지는 더 이상 중요치 않았다.

"절반의 성공, 축하해."

"역시 오빠뿐이에요."

이걸 사느라 그랬구나. 이제야 그가 왜 늦었는지 알게 된 그녀의 목소리에 숨길 수 없는 감동이 드러났다. 비록 좋아하지 않는 떡이지만 상관없었다. 호국의 정성이 담긴 것이니까.

"불어."

"같이 불어요."

그렇게 해서 두 사람은 마치 결혼식장의 신랑과 신부처럼 함께 촛불을 불어 껐다. 다시 집 안이 환해지고, 케이크에서 초가 사라졌다. 떡을 썰어 접시에 담아준 호국은 그녀가 맛있게 먹는 모습을 고대한다는 듯 쳐다보고 있었다.

어쩔 수 없어진 승리는 떨떠름한 표정을 감추며 포크로 그것을 찍어 한입 베어 물어보았다. 텁텁할 것이라 예상했건만 뜻밖에도 맛이 괜찮았다. 게다가 향긋한 녹차 향이 입 안에 남는 것이 뒷맛도 깔끔했다.

"좋은데요?"

"그렇지?"

승리의 말이 떨어지자 그는 그제야 포크를 들었다. 잠시 그렇게 떡 맛을 보던 호국이 갑자기 자리에서 일어나 다용도실로 나갔다. 그리고 돌아온 그의 손에는 병 하나가 들려 있었다. 이즈음에서 당연 나와주어야 할 와인…… 이라고 믿고 싶었지만 그러기엔 포장이 너무도 소박했다. 그녀의 의문에 찬 눈빛에 호국이 대답을 했다.

"석류주야. 어머니께서 직접 담그신 거야."

옴마야, 진짜 웰빙이네.

그가 꺼낸 와인 잔에 그것을 담아놓으니, 색깔이 비슷해 마치 진짜 와인처럼 보였다. 잔을 가볍게 부딪친 후 입으로 가져가며 호국이 말했다.

"석류가 여자한테 좋다잖아."

평소 신 것을 좋아하지 않아 석류차나 석류주스 같은 것에는 입도 대지 않는 그녀로서는 또다시 거부감이 확 끼쳤으나 호국의 기대감 어린 시선 앞에 어쩔 수 없이 먹고 말았다. 숨을 꾹 참고서 원샷으로. 그런데 웬걸, 향기도 향기지만 독하지 않은 것이 딱 좋았다. 신맛도 그다지 없었고.

그녀의 긍정적인 반응에 잠시 미소를 짓던 그의 얼굴이 가만히 잔을 들여다보며 점점 심각해지는 것을 승리는 놓치지 않았다.

"왜…… 그래요?"

"아무래도 안동에 가 있어야 할 것 같아…… 보훈이 올 때까지."

보훈이라는 이름이 떨어지는 순간 승리는 잔을 식탁 위에 내려놓았다.

그들 사이에 불편한 침묵이 감돌기 전에, 그녀가 다시 물었다.

"왜 그래야 하는데요?"

그러자 왠지 머뭇거리는 그의 기색이 느껴졌다. 그것을 미심쩍게 바라보던 승리는 그의 대답에 몸속을 돌던 알코올 기운이 확 솟구치는 것 같은 기분을 느꼈다.

"어머니께서 아셨어."

"네?"

"너에 대해 아시고는, 한번 데리고 내려오라고 하시는 거야."

순간 솟구치던 알코올이 다시 역류하는 듯했다. 그것은 목구멍에서 콱 막혀 그녀의 숨통을 막아놓았다.

"컥!"

가슴을 퉁퉁 때리다 못해 눈물까지 맺힌 그녀에게 호국이 어느새 잔에 물을 따라 입에 대주었다. 그것을 허겁지겁 들이키고 나서야 승리는 손등으로 눈물을 훔쳐 내고 그를 제대로 바라볼 수 있었다.

"부담 느끼지 마. 괜찮아. 내가 내려가서 잘 말씀드릴게."

"미안해요. 다음 주에 오디션도 있고."

핑계가 아니라 사실이었다. 이상스럽게 그의 부모님을 찾아뵙는다는 생각을 하면 부담스럽다는 생각보다 설레었다. 그런데 지금 당장은 좀 그랬다. 오디션을 앞두고 밴드 보컬인 그녀가 자리를 비울 수는 없었다.

"알고 있어. 네 결과가 나올 때쯤에 곁에 있어주지 못할 것 같아, 내가 더 미안하지."

그랬다. 일주일 후면 딱 1월 17일. 하필 권보훈이 휴가를 나오는 날이다. 이 사람, 그때까지 안동에 있는다고 했으니까.

마음은 섭섭해 죽을 지경이었지만 그녀는 애써 대범한 척 웃었다.

"괜찮아요, 괜찮아. 요즘 같은 시대에 전화도 있고…… 참, 인터넷도 있잖아요. 우리 화상 채팅해요."

"화상 채팅?"

“응. 혹시 알아요, 채팅하다가 서비스로 내가 속옷 쇼 보여줄 지?”

헛, 여자애가 부끄럼도 없이.

그제야 자신의 실수를 깨닫고 입을 막아보았으나, 엎질러진 물이었다. 마치 그녀의 옷 너머를 투시하는 듯 멍하니 바라보고 있는 호국으로 인해 승리의 얼굴이 확확 달아올랐다. 그러다 그녀가 무의식적으로 옷깃을 여미자, 정신을 차린 듯 헛기침을 하며 석류주를 한 번에 들이키는 그였다.

“흠흠, 인사는요. 다음에 가요. 교장선생님도 뵙고 싶고, 어머님도 뵙고 싶어요.”

말을 돌리는 그녀에게 호국은 웃어 보였지만, 왠지 그 웃음이 어색했다.

“정말이라니까요. 그런데…… 보훈이 만나는 거…… 혼자 괜찮겠어요?”

어느새 진지해진 표정으로 그는 그저 고개만 끄덕하고 말았다. 그를 잘 모르던 그때의 무뚝뚝한 권호국으로 돌아간 듯. 너무도 먼 거리감이 느껴지는 저 표정.

그것이 싫어서 승리는 식탁 위로 손을 내밀었다. 그의 큰 손이 자동적으로 그녀를 감싸왔다.

“우리 오빠, 내가 기운 실어줄게요.”

그의 의아한 눈빛을 받으면서도 뻔뻔해지기로 마음먹은 이상, 끝까지 가야 했다. 너무 부끄럽고, 너무 닭살스러워 쓰러지는 한이 있더라도. 보훈이와의 기싸움에서 그가 이겨낼 수 있도록, 자신의 마음을 충분히 전달해야 했다.

"1월 1일, 우리 아차산 갔던 날. 메시지로 소원 빈 거 말해주기로 했잖아요. 그런데 아직도 못하고 있었는데…… 그때 내가 뭐라고 빈 줄 알아요?"

"아참, 그랬었지. 뭐라고 빌었는데?"

"가수는 오래전부터 꿈꾸어온 것이기 때문에 잘되게 해달라고 빈 건 당연한데, 이상하게 그것보다 더 중요하게 느껴지는 게 있는 거예요."

짙은 눈썹 아래 그의 눈동자가 그녀를 한 치의 흔들림도 없이 바라보고 있었다. 얼굴이 타는 듯 뜨거워지고, 입이 바짝바짝 말랐지만 너무도 꿋꿋이 그녀는 실행했다. 지극히 문승리답지 않게도.

"권호국 씨, 그때 잡은 당신 손 영원히 놓지 않을 수 있게 해달라고, 영원히 문승리의 남자 할 수 있게 해달라고 그렇게 빌었어요."

"그 말 하기가 그렇게 부끄러웠어?"

말을 마치자마자 고개를 푹 숙이고 있던 그녀의 정수리에 그의 물음이 와 닿았다. 왠지 웃음이 깃든 목소리.

"나도 그렇게 빌었는데?"

"응?"

"그냥 말해줄 수도 있었는데, 네가 메시지로 하자길래 뭐 중대한 고백을 하려는 줄 알았지."

뭐야, 뭐. 그녀는 힘들게 한 말인데, 그는 전혀 심각하게 받아들이지 않고 있었다. 슬며시 부아가 치민 승리는 식탁 아래 쭉 뻗어 있는 그의 다리를 퍽 차주며 자리에서 벌떡 일어났다. 덧붙여 그의 손까지 던지듯 놓으며.

"나 갈래요."

외투를 집어 들며 현관으로 나가려는 그녀의 손목에 예의 그 단단한 손아귀의 힘이 느껴졌다.

"예를 들어…… 사랑한다는 말 같은."

잘못 들은 것인가. 옅은 중얼거림에 승리는 그를 돌아보았다. 그녀의 시선이 천천히 자리에서 일어나는 호국의 눈빛을 따라 위로 이동해 갔다. 미소를 머금은 그의 입술이 서서히 움직였다.

"사랑해."

그러자 현기증이 확 일었다. 그를 중심으로 세상이 기우뚱거리는 것 같았다. 승리는 바보처럼 넘어지지 않으려 호국의 팔을 꼭 부여잡았다.

"지금은 사랑한다는 이 말밖엔 해줄 수가 없어."

쓸쓸하게 그가 덧붙인 한마디가 멍한 와중에도 승리의 가슴을 짠하게 만들었다. 울컥. 눈물이 쏟아질 것 같아 그녀는 와락 덩치 큰 그를 껴안고 말았다.

"나, 사랑한다는 게 뭔지 잘 몰라요. 그런데 매일매일 보고 싶고, 겨우 일주일 못 본다는 생각만으로 이렇게 가슴이 텅 빈 것 같고, 보훈이 녀석이 오빠 힘들게 한다면 가만히 둘 수 없을 것 같고…… 그냥 그래요. 이런 감정, 우리 가족들한테도 느껴본 적 없는데."

눈물을 숨기려고 한 포옹임에도, 마음을 이야기하는 동안 승리는 어느새 울고 있는 자신을 발견했다. 그렇게 울먹이면서도 그녀는 말을 이었다.

"아마 내가 권호국 씨 많이 사랑하나 봐."

그녀의 고백이 떨어진 후, 호국은 몸을 떼어냈다. 그는 아무런 말 없이 엄지손가락으로 그녀의 눈물을 하나하나 닦아주었다.

"우리 승리 씩씩한 줄 알았더니, 아주 울보네."

"피이."

"이렇게 약하면, 내가 두고 가기가 힘들어지잖아. 잊었어, 내 사명은 승리 수호라는 걸?"

그에 풋 하고 웃음을 짓는 그녀를 호국이 가만히 내려다보았다.

"그래, 내가 사랑하는 승리는 늘 그렇게 환하게 웃는, 늘 빛나는 사람이야."

곧 그가 다가올 것이라는 것을 알기에 두근거리는 심장. 절로 감겨지는 두 눈. 승리는 기다렸다. 그리고 마침내 그의 입술이 와닿는 순간 그녀는 가느다란 만족의 한숨을 내쉬었다.

이 사람의 체온. 이 사람의 향기. 이 사람의 감촉.

모든 것을 느끼고 싶었다. 그렇기에 승리는 더 대담하게 그에게 몸을 밀착시키며 매달렸다. 입속 곳곳에서 느껴지는 그의 혀만으로는 채워지지 않는 뭔가가 있었다. 그런 그녀의 갈망을 인지한 것인지 키스의 부위를 턱과 목으로 점점 넓혀가던 호국은 그녀의 티셔츠 윗 단추를 하나! 달랑 하나! 풀어낸 후 식탁 위에 앉혀놓았다.

"괜찮겠어?"

"기다리고 있는 거 안 보여요?"

더는 참을 수 없을 것 같은 기분이었다. 제 손으로 옷이라도 벗고 달려들고 싶은 열망에 휩싸여 있었지만, 그럼 호국이 놀라 도망가 버릴까 봐 참고 있는 승리였다. 이번엔 평소와 달리 그가 좀 더 과격하게 키스해 왔다. 그런데 입술이 짓이겨질 정도로 거센 그 행위가 좋기만 한 그녀였다. 나, 매저인 것이야? 오…….

자신의 새로운 면을 발견해 놀라고 있는 와중 자신의 목에 느껴지는 그의 치열에 승리는 숨을 멈추었다. 그리고 드디어 티셔츠의 단추를 다급한 손길로 풀어내기 시작하는 그. 선득한 한기가 맨가슴에 느껴졌지만, 개의치 않았다.

눈을 감은 채 그 순간을 즐기고 있던 승리는 갑자기 호국에게서 아무런 움직임이 느껴지지 않자 눈꺼풀을 하나씩 들어올렸다. 그녀의 가슴을, 아니, 정확히 말해 브래지어를 그는 뚫어져라 바라보고 있었다. 호국이 무슨 생각을 하고 있는지 짐작이 간 승리는 서둘러 변명을 늘어놓았다. 왠지 너무 유아틱한 땡땡이 속옷에 저 남자가 실망을 한 것 같아.

"오늘 이럴 줄 알았으면 음…… 제대로 입고 올 걸 그랬어요."

"괜찮아. 이것도 나름 매력있어."

그리고 입술에 또다시 기나긴 키스를 한—그와의 키스도 좋긴 했지만 더 깊고 진한 진도를 원하는 그녀로서는 조급증이 일었다—호국은 한참 후에야 그녀의 등 뒤로 손을 집어넣어 브래지어의 후크를 풀어냈다. 드디어!

그러나 벌어진 그녀의 다리 사이에 선 호국은 마치 가슴을 경배하듯 내려다보고 서서는 좀처럼 동작을 취하지 않았다. 기다리느라 승리의 입술이 바짝바짝 말랐다. 다행히도 입속까지 마르기 전에 그의 커다란 손이 그녀의 가슴을 찾아 쥐었다. 그 안에서 바짝 일어나고 있는 유두를 내려다보며 승리는 몸속 깊은 곳에서 화르르 타오르는 뭔가를 느꼈다.

"으음."

절로 몸이 배배 꼬였다. 본능적으로 그녀는 그의 머리를 안아 자신의 품으로 끌어당겼다. 그러자 아이처럼 남자는 그녀의 가슴을 빨기 시작했다. 그러자 정점을 통해 흘러드는 미칠 듯한 쾌감이라니. 그의 혀가 둔덕의 주변을 핥는가 싶으면, 또 금방 그의 이가 정상에 잘근잘근 고문을 가했다.

그 부드러움과 강렬함이 반복되는 애무에 정신이 혼미해질 무렵, 귓가에 갑작스레 날카로운 기계음이 파고들었다. 그 소리에 그녀의 품에서 고개를 쳐드는 호국을 승리가 붙잡았지만, 그녀의 손을 밀어낸 그는 승리의 벌어진 셔츠 깃을 정리해 주며 몸을 일으켰다. 아직도 애욕의 늪에서 헤어나오지 못하는 그녀와 달리 그는 전혀 흐트러짐없는 모습이었다.

"쉿, 옷 입어."

아쉬움에 자신의 입술 사이에서 탄식이 새어나오는 것을 승리는 막지 못했다. 현관 부근에서 누구인지 묻는 호국의 목소리가 들렸다. 그리고 잠시 동안의 침묵.

무슨 일인가 의아해진 승리는 식탁에서 내려와 셔츠 깃을 여미며 거실로 살그머니 고개를 내밀었다. 그러자 달칵 소리와 함께 열린 문틈으로 들어온 존재는! 허걱! 다름 아닌 뿔이 있는 대로 솟아오른 윤은옥 여사였다.

"문승리!"

호국을 밀쳐 내며 거실을 가로지르고 있는 어머니를 피할 수 있는 방법을 생각하다 못해 승리는 식탁 밑으로 기어들어 갔다. 아, 도대체 그는 무슨 생각으로 이 상황에서 문을 열어준 걸까. 설마, 일부러?

생각이 거기까지 이르자 식탁 밑에서 발을 동동 구르고 있던 승리의 마음이 묘하게 차분해졌다. 그래, 차라리 그냥 한번 되바라진 딸 되고 말자. 계속 엄마가 쌍심지를 세우고 반대하는 모양을 참아내느니 그 편이 낫겠다.

승리는 여미고 있던 셔츠 자락에서 손을 떼어내며 몸을 일으켰다. 그와 동시에 부엌으로 들어선 윤 여사의 시선이 그녀의 잔뜩 흐트러진 얼굴과 매무새를 훑었다. 그 경악의 눈빛이라니. 핸드백을 툭 떨어뜨린 어머니가 그녀에게로 성난 사자처럼 달려드는 모습을 마지막으로 승리는 눈을 감았다. 곧 머리나 등에 날아들 엄청난 통증을 예상하며.

그러나 한참이 지나도록 그런 일은 일어나지 않았다.

눈을 살포시 뜨자 시야가 꽉 막혀 있었다. 그녀의 앞을 마치 장벽처럼 막아선 건 바로 호국의 등이었다.

"승리 때리지 마세요."

"저리 비켜! 내 딸 내 맘대로 하겠다는데 누가 말려!"

“이제 제 사람입니다.”

너무도 듬직한 호국의 대답에 승리는 홀로 씨익 미소 짓다가 그의 옆구리 쪽으로 고개를 내밀어 어머니의 표정을 살폈다. 붉게 달아오른 얼굴은 끓어 넘치는 주전자처럼 김이라도 내뿜을 기세였다.

“문승리, 너 이리 안 나와?”

호국이 도무지 꺾일 기세가 아니자, 이제 그녀에게로 방향을 급선회하는 어머니였다. 그에 승리는 다시 그의 등 뒤로 몸을 잽싸게 숨겼다.

“너, 외출 금지라는 거 잊었어?”

“엄마, 보고도 모르겠어? 우리 이런 사이야, 아주 찐한!”

눈을 딱 감고 승리는 목청을 높여 소리쳤다.

“이년아! 말만한 기집애가 동네 부끄러운 줄도 모르고! 그게 자랑이니!”

“엄마가 그러면 그럴수록 오빠랑 나랑 더 애틋해진다고! 견우랑 직녀처럼!”

그녀의 대꾸에 윤 여사는 잠시 말이 없었다. 그러자 그녀를 두고 한 걸음 앞으로 나서는 호국이었다. 그에 괜히 횡한 기분이 든 그녀 역시 그를 따라가 다시 등에 붙어 섰다.

“제가 승리 책임지겠습니다.”

“내가 못살아. 정말 못살아.”

한탄조로 중얼거리던 어머니에게서 풀썩 하는 소리가 들렸다. 그에 다시 고개를 내밀어 보니 바닥에 주저앉아 거의 대성통곡을 하는 윤 여사의 모습이 보였다.

"아이고, 아이고."

물론 그녀가 잘했다는 건 아니지만, 어머니의 저런 행동이 다분히 과장된 것임을 알기에 승리는 눈살을 찌푸리며 앞으로 나섰다. 그녀는 윤 여사 곁으로 가 팔을 붙잡아 일으켜 세우려 했다.

"엄마, 왜 이래."

"왜 이러긴! 몰라서 물어? 너 때문에 내 속이 속이 아니야. 호국이든 보훈이든 안 된다고 했더니, 이런 사고를 쳐!"

"내가 사랑하는 사람은 호국 오빠라고!"

그녀의 확고한 대답에도 어머니의 얼굴은 밝아지지 못했다. 그저 딸의 벌어진 셔츠 사이로 드러난 가슴 골짜기와 키스로 립글로스가 엉망으로 번진 입술 등을 바라보다 다시 '어흐흐' 하고 통곡하실 뿐.

"죄송합니다."

호국의 사죄의 말이 이어졌지만, 더 이상은 자신의 뜻대로 어쩔 수 없음을 아는 듯 어머니는 좀처럼 자리에서 일어나지 못했다. 아마도 죽어도 가기 싫은 길인데, 이 길밖에는 길이 보이지 않을 때의 절망감을 겪고 계신 것이리라.

그러나 다행히도 잠시 후, 눈가를 쓰윽 훔쳐 내며 윤 여사는 애써 당당하게 자리에서 몸을 일으켰다. 그녀의 부축도 단호하게 거절한 채.

그리고 어머니가 내뱉은 물음에 승리도 호국도 잠시 동안 입을 다물지 못했다.

“우리 딸, 책임질 수 있나?”

“네? 네.”

“보훈이와의 일로 시끄러운 소리 나오면, 당장 내 그만두게 할 테야.”

“알겠습니다.”

자포자기한 듯한 어머니가 안쓰러우면서도, 그와의 관계를 허락받았다는 데서 오는 기쁨으로 승리는 막춤이라도 추고 싶어졌다. 그것은 호국도 마찬가지인 듯 보였다. 그와 그녀의 웃음 가득한 시선이 맞닿았다. 그것을 못마땅하게 쏘아보던 윤 여사는 버럭 그녀에게 소리를 내질렀다.

“아, 계속 그렇게 벗고 있을 거야! 얼른 옷 입어! 집에 가게!”

그 후 어머니의 손에 이끌려 오피스텔을 나서는 승리의 발걸음은 매우 가벼웠다. 그를 두고 나오는 그녀의 얼굴에도, 그녀를 보내는 그의 얼굴에도 미소가 가득했다. 잠시 동안의 이별도 이제 충분히 견딜 수 있을 것 같았다.

아, 조금 아쉬운 것이 있다면 아까 하다가 만 그것? 도대체 권호국 인체의 신비는 언제쯤 탐험할 수 있게 될 것인지. 휴우.

조금 전까지 전화로 보고 싶다고 칭얼거리던 승리의 목소리가 아직도 귓가에 어른거렸다. 게다가 덤으로 그녀의 생각 외로 섹시한 몸매까지. 이제 그것을 직접 본 탓에 호국은 상상이 더욱 실제 같아져서 괴롭기만 했다.

안동까지 운전을 해가는 동안 그는 몇 번이나 고개를 털어내고 또 털어내야 했다.

야트막한 산비탈에 생성된 마밭(麻田). 그것으로 둘러싸인 고향 마을로 들어서는 순간, 창을 열지 않아도 흙냄새가 코끝에 스며드는 것 같았다. 눈을 감고도 찾아갈 수 있는 좁은 길을 따라 차를 몰던 호국은 푸른색과 초록색 일색의 낮은 지붕들 사이에서 가장 눈에 띄는 순백색의 이층 주택을 발견하고 미소를 지었다. 그가 이십 년을 넘게 자란 고향집.

아니, 정확히 말하면 늙은 어머니가 재래식 부엌에서 고생하는 것이 늘 마음에 걸렸던 호국이 아버지를 설득해 전원주택형의 세련된 내외관으로 바꾼 지 아직 십 년도 되지 못했다. 그 집의 낮은 나무 대문 앞에서 차를 세운 그가 벨을 누르려는데, 높다란 목소리가 들려왔다.

"아이고! 이기 누고! 호국이 아이가!"

볕에 탄 얼굴이 활짝 웃으며 자신의 어깨를 두드리는데, 누군지 도통 알 수가 없었다. 그저 고개만 숙이는 그에게 아주머니는 더욱 짜랑짜랑한 음성으로 자신의 존재를 알렸다.

"내 철희 엄마 아니가. 그 단세 잊아뿌릿나."

"아, 네. 건강하시죠?"

그제야 생각이 났다. 약간 모자란 듯했던 그의 초등학교 동창 철희. 그러나 그 친구의 부모님은 동네에서 가장 넓은 마밭을 소유하고 있는 지역 유지였다. 게다가 요즘은 참마 유통 사업에도 손을 뻗어 돈을 긁어모으고 있다고 어머니께 언뜻 들은 기억이 났다. 그래서인지 아주머니의 옷차림은 예전보다 더욱 부티가 흘렀다. 그렇다고 고생을 하며 살아온 지난날의 흔적이 사라진 건 아니지만.

"니 결혼한다 해사뜨마는, 그래가 왔나? 아가씨는? 같이 안 왔나?"

유난히 튀는 새빨간 립스틱을 바른 입술이 묻는 양을 호국은 멍하니 내려다보았다. 이런, 벌써 서복희 여사의 민첩한 입이 동네방네를 휘젓고 다닌 모양이다.

"아이네? 혼자 왔네? 나는 또 니 왔길래 느거 부모님한테 인사드리러 온 줄 알았드만."

그저 떨떠름한 미소만 짓고 있던 그를 구출해 준 것은 철희네 아주머니의 번쩍이는 핸드백에서 울리는 우렁찬 휴대폰 소리였다. 그 안에서 보란 듯 최신형 휴대폰을 꺼낸 아주머니는 거의 고함을 치듯 전화를 받았다.

"여보시오. 아, 내 간다. 조금만 기둘리라."

그리고 깔깔 통화를 이어가던 철희 아주머니는 그에게 바쁜 척 손을 흔들어 보이고는 엉덩이를 살랑이며 길 저편으로 사라져 갔다. 예의 바르게 그녀에게 고개를 숙여 보인 후, 호국은 이번엔 진짜 벨을 누르려 했다. 그러자 이번엔 반대편에서 들리기 시작하는 경운기 소리. 고개를 돌리자 그것의 시동이 멈추며 그 위에서 허름한 복장의 남자가 뛰어내렸다.

"니 권호국이 아니가? 맞제?"

그가 못 알아보는 것을 눈치 챈 듯 상대남은 얼굴을 가리고 있던 초록색 모자를 벗어들었다. 그러자 이마에 딱 붙은 머리칼 아래로 거무스름한 얼굴이 드러났다. 커다란 입과 툭 튀어나온 광대뼈가 왠지 눈에 익은 이목구비였다.

"주영이? 최주영?"

미간을 찌푸리며 호국이 묻자, 자신을 알아봐 주는 것이 고마운 듯 친구는 고개를 크게 끄덕이며 그를 덥석 안아왔다. 밭일을 하고 온 주영에게서 흙과 바람, 그리고 희미한 땀 냄새가 났다.

"니 대학 강단에 나간다매? 느거 아부지가 그라시드라."

그에게서 몸을 떼고도 여전히 손을 놓지 못하며 주영이 한 말에 호국은 씁쓸함을 느꼈다. 여전히 아버지는 아버지셨다, 자신의 기준에 그를 맞추려 노력하시는.

"그라고 윽수로 예쁜 애인도 있다매? 곧 결혼한다고 동네에 소문이 자자하드만. 같이 안 왔나?"

아, 지금까지 100%다. 동네 주민 두 명을 만났는데, 그 모두의 입에서 그가 결혼한다는 소리가 나왔으니.

게다가 최주영은 학교 때부터 진중하기로 소문난 친구였는데, 그런 주영에게서 저런 말이 나온다는 건 동네 똥강아지까지 다 안다는 뜻이나 다름없었다. 어쩔 수 없이 어머니가 원망스러워지는 호국이었다. 그러면서도 그는 최근 낳은 딸아이 자랑을 늘어지게 해대는 주영의 말을 한참 동안이나 들어주었다.

"아참, 마누라쟁이가 읍내 가가 분유 사 오라 켓는데. 내 정신 좀 봐라. 호국아, 니 며칠은 여 있을 끼제?"

"응, 그래. 다음에 또 보자."

주영이 다시 경운기를 몰고 사라져 간 후에야 호국은 다시 대문으로 돌아설 수 있었다. 이번에는 다행히 그를 붙잡는 육성은 없었다. 인터폰에서 들려오는 어머니의 반가움 어린 음성밖에.

"아이고! 우리 장남 아이가!"

미소로 대답을 대신한 호국이 대문을 열고 정원을 가로지를 때, 이미 현관문을 연 어머니는 플라스틱 슬리퍼 차림으로 나오고 계셨다. 바로 앞으로 와 덥석 손을 잡는 어머니의 희끗희끗한 정수리가 그의 가슴팍까지밖에 닿지 않았다. 못 본 사이 더욱 늙고 작아지신 듯해서 호국의 마음이 짠했다.

이런 어머니에게 어찌 '왜 동네방네 그런 말을 떠벌리고 다니셨어요!' 라고 다그칠 수 있으랴. 다만 작은 어머니의 어깨를 감싸며 호국은 염려 섞인 말을 할 뿐이었다.

"추운데 왜 나오세요."

"춥제? 퍼뜩 드가자. 니 방에 보일라 따땃하이 키났다. 그라고 쪼매 전에 보훈이 전화 왔드라."

"뭐래요?"

현관에서 신발을 벗으며 호국은 애써 태연하게 물었다.

"뭐라카기는, 잘 지낸다 카지. 맞다. 내 준다고 철원에서 유명한 삼지 뭐시라 카드라? 하이튼 무신 풀로 만든 차도 구해놨다 카대?"

"그래요? 음, 그런데 아버진 아직 퇴근 전이세요?"

"와 동네 친구 덕기 아저씨 있다 아니가. 그분 손주가 오늘 돌잔치를 한다 캐가, 좀 늦으신다 카드라."

끙. 결혼식이며, 돌잔치며 무슨 행사 한번 다녀오실 적마다 부러움에 찬 아버지는 그에게 '니는 결혼 안 할 끼가!', '도대체 무신 하자가 있는 기고!', '와 만나는 여자가 없노!' 등등의 잔소리와 푸념을 늘어놓곤 하셨기에, 어머니의 말씀이 전혀 반갑지 않은 호국이었다.

그는 어머니가 저녁을 준비하시는 동안 옷도 갈아입고 좀 씻을 겸 이층으로 올라갔다. 이 집을 지은 게 그가 객지 생활을 시작한 이후라, 말이 '그의 방'이지 이층 방은 무척이나 낯설게 느껴졌다. 침대와 옷장뿐인 매우 간소한 그 공간에서 편한 옷으로 갈아입은 호국은 짐을 대충 챙겨두고 다시 밖으로 나왔다. 그러자 곧장 보이는 건너편 방의 문. 그곳은 보훈의 방이었다. 며칠 있으면 하루에도 몇 번씩 동생의 얼굴을 보게 될 것이다. 모든 것을 털어놓고 불편한 관계를 정리해야 할 때가 올 것이다. 그러자 절로 마음이 무거워진 호국은 그 방에서 시선을 비켜냈다.

드디어 백일 휴가를 나가는 날의 아침이 밝았다.

집과 바깥 세상에 나갈 수 있어 설레는 마음도 있는 반면, 승리를 만날 생각을 하면 절로 가슴이 묵직해지는 보훈이었다. 백일 휴가 나갔다가 애인하고 많이 깨져서 돌아온다더라, 그래서 복귀 안 하는 놈들도 있다더라 이리저리 그를 놀려대는 고참들의 말이 보훈의 가슴에 비수처럼 꽂혔다. 다만 그런 일반적인 상황과 다른 점이라면 자신이 애인에게 차이는 것이 아닌, 애인에게 이별을 고해야 한다는 것.

싫다는 승리를 붙잡아 사귄 사이니만큼, 정말이지 할 수만 있다면 그녀에게 상처 주는 상황만은 피하고 싶은 보훈이었다. 그래서 솔직히 그냥 양다리를 걸칠까 하는 생각도 했었다. 어차피 그와 승리는 다른 세계에 있으니까 들킬 염려도 없을 것 같았다.

하지만 효진을 생각하면 절대 그럴 수 없었다. 그만을 바라보는 그녀의 순수한 눈망울을 속이고 싶지 않았다. 어저께도 그에게 삼지구엽초로 만든 차를 내밀며 그녀가 했던 말이란.

"이거 이래 봬도 진시황이 먹었던 차래요. 휴가 나갈 때 부모님 가져다 드려요."

언제나 그에게 주려고만 하는 그녀를 생각하면 자신이 그런 몹쓸 마음을 먹어선 안 될 일이었다. 크리스마스이브 날 서로의 마음을 확인한 이후에도 그에게 승리와 헤어지라는 말 같은 건 절대 하지 않는 효진이었지만, 그냥 그가 불편했다. 아무래도 한쪽은 정리를 하는 편이 좋을 듯싶었다. 그리고 그것이 효진이 될 수 없는 이유는…….

안동으로 가는 버스 안에서 보훈은 자신의 무릎 위에 놓인 꾸러미를 내려다보았다. 예쁘게 포장된 차 세트. 효진의 마음이 스민. 그래, 언제나 그를 향해 아낌없이 보여주는 그녀의 마음 때문이었다. 그것을 놓치고 싶지 않았다.

홀로 결심을 굳힌 보훈이 이제 서서히 출발하려는 버스 차창을 내다보는데, 제 눈을 의심하게 만드는 광경이 시야 가득 들어왔다. 지켜보는 눈들 때문에 부대에서는 그를 배웅하지 못했던 효진이 터미널 승차장의 입구 저편에서 치맛자락을 휘날리며 달려오고 있는 것이 아닌가.

처음엔 너무 효진의 생각을 하다 보니 환영이 보이는 게 아닌가
싶었다. 그런데 숨을 헉헉거리는 그 모습이 어찌나 실제 같은지,
아니, 실제다 싶어서 그는 자리에서 벌떡 일어나고 말았다. 그리
고 버스 천장을 부서뜨릴 듯 두드리며 운전석으로 거의 달리다시
피 걸어간 보훈은 소리쳤다.

"자, 잠시만요!"

버스 기사가 가자미눈이 되어 자신을 째려보고 있다는 것에 아
랑곳없이 보훈은 문을 열어달라고 당당하게 요구를 하고 차에서
내려섰다. 그러자 그의 품으로 뛰어드는 작은 소녀. 새파래진 입
술로 그녀가 속삭였다.

"가, 같이 갈래요."

"선효진, 너 여기까지 어떻게 왔어?"

"여기서 …… 오빠 그냥 보내면…… 놓쳐 버릴 것 같아…… 그
래서 그냥…… 있을 수가 없었어요."

숨을 헐떡이며 그녀가 한 대답에 보훈은 가슴을 무엇이 툭 치고
지나가는 듯한 충격을 느꼈다. 그녀의 간절한 마음이 와 닿은 것
일까.

"같이 갈래요."

창백해진 얼굴이 앵무새처럼 똑같은 말을 내뱉었다. 그와 동시
에 뒤에서 들려온 짜증스런 물음.

"아! 안 탈 기라요?"

'나 참을성없소' 라고 써 붙인 버스 기사의 표정으로 보건대 금
방이라도 그를 두고 출발할 태세였다. 이러지도 저러지도 못하고

있는데, 그를 지나쳐 먼저 버스에 오르는 효진이었다. 얼떨결에 덩달아 보훈도 그 뒤를 따랐다.

선 소장, 자기 외딸 없어진 걸 알면 안동까지 정말 전차 부대를 출동시킬지도 모르는데. 게다가 몸도 약한 효진이 안동까지 장거리 여행을 버텨낼 수 있을까?

효진과 나란히 자리에 앉으면서도 이런저런 걱정으로 표정이 도무지 밝아지지 않는 보훈이었다. 무리하게 뛴 탓인지 그다지 안색이 좋아 보이지 않던 그녀는 약을 먹고 잠시 휴식을 취한 후에야 다시 원래의 안색을 되찾았다. 그제야 그가 안고 있는 삼지구엽초 보따리를 발견한 효진의 얼굴에 흐뭇함이 어렸다.

"그런데 효진아."

그의 부름에 그녀는 고개를 떨구며 화제를 돌려 버렸다. 무슨 말이 나올지 다 짐작하고 있는 것이리라.

"출출하죠? 삶은 계란이랑 음료수 어때요?"

손가방을 뒤적이고 있는 그녀를 보며 보훈은 소리없는 한숨을 내쉬었다. 그녀는 돌아갈 생각이 전혀 없는 듯했다. 그렇다면 자신 역시 계속 전전긍긍할 필요 없이 좋은 쪽으로 생각을 하자고 보훈은 스스로를 달랬다.

그래. 어쩌면 잘된 건지도 모른다. 부모님과 형, 그리고 승리에게 효진을 소개하고 이 무거운 마음의 짐을 털어버리는 거다. 물론 나쁜 놈이라고 욕은 들어먹겠지만 그 한순간만 견디면 된다.

효진이 건네는 삶은 계란을 무의식 중에 받아먹으면서도 보훈은 내내 그런 생각들뿐이었다.

　　WA 엔터테인먼트의 대표 이준은 90년대 초를 평정했던 탑 가수였다. 최근 자신의 기획사 소속의 가수들이 속속히 일본 진출에 성공하면서 그는 음반 제작자로서도 성공 가도를 달리고 있었다.

　　그런 이준의 앞에 서니 지난번 오디션 때와는 비교할 수 없을 정도로 떨리는 승리였다. 그것은 비단 그녀뿐만이 아닌 듯싶었다. 슬쩍 돌아보니 알렉스도, 민도, 그리고 선규도 잔뜩 굳은 표정들이었다.

　　"보컬부터…… 들어보고 싶은데."

　　예전 이준의 열렬한 팬이기도 했던 그녀로서는 그의 목소리를 이렇게 실제로 듣고 있다는 것을 믿을 수가 없을 정도였다. 지나치게 긴장을 한 탓에 대답도 제대로 하지 못한 채 승리는 평소 즐겨 부르던 노래와 창고의 창작곡을 이어 불렀다.

　　주눅이 들어 시작은 제대로 하지 못했으나, 금방 적응을 하는 그녀의 성격 덕에 뒤로 갈수록 노래는 제 페이스를 찾아갔다.

　　"그만."

　　도무지 표정을 알 수 없는 얼굴로 정지 신호를 보내는 이준이었다. 그에 숨이 멎을 것 같았으나, 다행히도 사장의 시선은 알렉스들은 향하고 있었다.

　　"연주 실력도 봐야 하고, 녹음도 해봐야겠으니 지하 녹음실로 가지."

　　녹음을 해서 보겠다는 건 어느 정도 마음에 들었다는 소리로 해석을 해도 좋을까.

하나같이 두근두근한 마음을 품고 승리들은 사장의 뒤를 따랐다. 그런 와중 어제저녁, 화상채팅을 하며 자신에게 파이팅을 외치던 호국의 나름 귀여운 모습이 떠올라 정말 기운이 솟는 승리였다. 그녀는 얼른 오디션이 끝나고, 그를 진짜로 볼 수 있었으면 좋겠다고 내심 바랐다.

거실의 한 켠에 놓인 컴퓨터는 보훈이 대학 시절 쓰던 것이었다. 그 컴퓨터 배경화면에 깔려 있던 사진은 개나리를 배경으로 어색하게 웃고 있는 어린 승리였다. 그가 모르는 시절의, 보훈의 그녀였던.

못난 질투심으로 호국은 그 사진을 지워 버렸다. 이제 모니터는 푸른빛만 가득 내뿜고 있었다. 그 빈 공간을 볼 적마다 괜히 껄끄러웠다. 그에 시선을 비켜낸 그는 PC 카메라, 소위 말하는 캠을 바라보았다. 이것을 사려고 인터넷 검색을 했다가 떠오른 야시시한 사이트들에 어찌나 놀랐던지.

몸캠, 야시시한 만남, 훔쳐보기. 게다가 하나같이 홀딱 벗은 사진들까지.

멍해 있다 이층을 올라오는 어머니의 발소리에 놀라 얼른 화면을 껐던 기억이 떠올라 호국은 피식 웃고 말았다. 그래도 이렇게 힘겹게 산 그놈이 멀리 있는 승리의 얼굴을 그에게 보여주니 고맙기도 했다. 안 그랬다면 그냥 전화상의 목소리만으로 모든 것을 전달해야 했을 텐데.

그러자 어제저녁, 승리에게 두 팔을 쳐들며 파이팅을 외쳤던 자신의 행동이 새삼 떠올라 쑥스러워지는 호국이었다. 하지만 그 후 무척이나 즐거워하던 승리를 보며 그럴 만한 보람을 느끼기도 했었다.

오늘 오디션은 잘 보았을까.

시계를 보며 승리의 결과를 궁금해하던 호국은 갑자기 들려오는 어머니의 목소리에 놀라 튕기듯 자리에서 일어났다. 설마.

"호국아, 보훈이 왔다!"

이렇게 일찍 도착할 줄은 몰랐다. 동생이 첫 휴가를 나왔음에도 선뜻 움직이지 못하고 섰던 그는 어쩔 수 없이 천천히 계단을 밟아갔다. 그리고 거실에 완전히 내려섰을 때, 그는 예전보다 살이 좀 붙은 듯한 보훈을 볼 수 있었다. 그들은 역시 한핏줄, 한형제였다. 승리의 일은 제쳐 두고라도 그냥 동생이 반가웠다.

아버지와 어머니에게 둘러싸여 서 있는 보훈에게로 다가간 호국은 예전보다 더 넓어진 듯한 어깨를 두드려 주었다.

"그동안 고생 많았지?"

"오, 우리 형 더 멋있어졌는데?"

농 섞인 소리를 잘하는 건 보훈다웠다.

"마실 것 좀 내오께."

아들의 얼굴에서 시선을 떼지 못하던 어머니는 그제야 정신을 차리신 듯했다. 보훈이 됐다는데도 굳이 부엌으로 들어가시는 어머니였다.

"앉그라."

자리를 권하며 잡아당기는 아버지로 인해 비척비척 걸음을 옮기면서도 왠지 머뭇거리는 동생이 이상했다. 현관문을 연신 돌아보는 동생의 시선에 그가 의아함을 느끼고 있는데, 보훈이 진지한 어조로 말을 꺼내는 것이 아닌가.

"소개해 줄 사람이 있어."

"응?"

아버지와 그가 거의 합창을 하듯 묻는데, 보훈이 현관 쪽으로 걸어가더니 문을 열고 밖을 향해 말을 하는 것이었다, '들어와' 라고.

그러자 현관 입구에 모습을 드러낸 하얀 얼굴의 여자. 하얀 코트와 하얀 모자에 둘러싸인 그녀는 마치 눈의 요정 같았다. 호국은 그녀가 누구인지를 금방 알아챘다.

그의 어이없는 눈빛과 아버지의 묻는 듯한 표정 앞에서 여자가 고개를 숙여 보이자, 긴 머리가 얼굴을 완전히 가려 버렸다. 동생의 생각없는 행동에 당황스러움을 넘어서 화가 났다. 도대체 무슨 생각으로 저 여자를 데리고 온 것이란 말인가. 호국은 여자에게서 시선을 돌려 동생을 노려보았다. 너무도 태연한 저 표정.

"이쪽은 선효진. 내가 모시는 사단장님의 딸."

"반갑소. 나는 보훈이 아비 되는 사람이오. 들어와요."

여전히 의구심을 느끼고 있으면서도 먼저 인사를 건네는 아버지와 달리 호국은 그러지 못했다. 언제나 이성적이고 예의 바른 권호국, 그가 거실로 올라서는 보훈과 여자를 막아섰다.

"너 제정신이야?"

"호국이 니, 와 이카노! 니야말로 제정신이가!"

아버지의 부름이 들렸으나, 개의치 않았다. 보훈이 선뜻 입을 열지 못하는 가운데 참으로 당돌하게도 여자가 그들 사이에 끼어들었다.

"죄송해요. 제가 오빠한테 데려가 달라고 졸랐어요."

그는 거의 잡아먹을 듯한 시선으로 동생을 자신이 노려보고 있다는 것을 알지 못했다. 그에 미약하게나마 변명을 하듯 보훈이 대답했다.

"전화로 얘기했었잖아."

"그렇다고, 이렇게 막 나가도 된다는 거야!"

동생의 멱살이라도 잡아 흔들고 싶어 다가서려는데, 부엌에서 어머니의 환호성이 들려왔다.

"음마야! 우리 보훈이가 만나는 아가씬갑네?"

그리고 음료수를 탁자 위에 올려놓은 어머니는 다짜고짜 여자의 손을 덥석 부여잡는 것이 아닌가.

"안녕하세요, 선효진입니다."

그곳에서 웃음을 띠고 있지 않은 사람은 호국과 보훈뿐이었다. 그의 뒤에 서 있던 아버지는 어느새 앞으로 치고 나와 어머니와 함께 효진을 둘러싸고 계셨다. 그리고 마치 보물인 양 여자를 고이 소파로 데려가는 것이었다. 그 후 효진이 들고 있던 보따리에서 차 세트를 탁자 위로 내어놓자 부모님은 감탄한 기색을 감추지 못하셨다.

동생의 말대로 좋은 여자 같긴 했다. 자신이 승리와의 행복한 미래를 꿈꾸는 것처럼 그들 두 사람도 잘되었으면 했다.

하지만 마냥 기뻐할 수만은 없는 호국이었다. 그동안 보훈으로
인해 승리가 힘들었던 것을 생각하면, 그리고 자신이 죄책감에 사
로잡혀 미적거렸던 것을 생각하면 역시 그냥 넘어갈 순 없었다.

"잠시 나 좀 보자."

먼저 정원으로 나가 기다리던 그의 뒤에서 곧 보훈의 기척이 느
껴졌다.

"나중에 얘기하면 안 돼? 부모님이랑 효진이 처음 보는 건데,
내가 없음 불편하잖아."

그 말에 간신히 지탱하고 있던 그의 인내심의 끈이 뚝 끊어져
버렸다. 평소 함부로 주먹을 휘두르지 않는 것을 신조로 삼고 있
던 호국이었는데, 보훈의 뻔뻔스런 얼굴 앞에서는 그것을 도저히
지킬 수가 없었다. 그는 그만 동생의 잘난 뺨을 거세게 후려치고
말았다.

"뭐? 효진이가 불편해? 너 어떻게 그런 말이 술술 나와? 불과
몇 달 전까지만 해도 네가 나한테 무슨 부탁을 했는지 잊었어?"

그로 인해 내가 얼마나 힘들었는데.

절로 그의 턱 근육이 부들부들 떨렸다. 자신이 잘못한 것을 아
는 양 그의 한방에 나가떨어진 보훈에게서는 어떤 변명도 들리지
않았다.

"형이랑 승리한테는…… 미안하게 됐어."

그 사과에 잔뜩 힘이 들어갔던 호국의 주먹이 풀어져 버렸다.
자신이 힘들었든 어쨌든, 보훈에게 사과를 해야 할 결과를 만들어
냈으니 피장파장이라는 생각이 스쳤던 것이다.

"승리한테도 곧 얘기할 거야."

피가 배인 입술을 닦아내며 보훈이 한 말에 생각에 잠겼던 호국의 의식이 깨어났다. 그는 저도 모르게 소리치고 말았다.

"아니!"

좋아했든 아니든 승리가 보훈으로 인해 심정이 상하는 것은 싫었다. 그러자 그를 보는 동생의 의아한 눈빛이 느껴졌다. 그것을 외면하던 호국은 갑자기 열리는 현관문에 순간적으로 쓰러진 보훈을 막아섰다. 그리고 보훈 역시 아버지가 완전 밖으로 나오시기 전에 벌떡 일어났다. 마치 아무 일도 없었던 양.

"뭐 하냐, 손님 계시는데."

"네, 들어갈게요."

거의 동시에 대답을 한 그들은 서로를 잠시 바라보다가 아버지를 따라 집 안으로 들어섰다. 그 짧은 순간에도 호국은 호국대로, 보훈은 보훈대로 생각이 많았다.

녹음까지 해본 후, 그들에게 아주 흔쾌히는 아니더라도 잘해보자고 손을 내민 이준 사장을 떠올리는 승리의 입가에 배시시 웃음이 맺혔다. 이제 정말 기획사 소속 '가수'가 된 것이다.

그녀의 오디션 합격 소식에 집은 거의 아수라장이 되었다. 환호성과 포옹에 이어 어머니는 친척들과 친구들 집 여기저기로, 동생인 영재는 친구 녀석들에게로 전화를 돌리느라 정신이 없었다. 게다가 저녁은 값비싼 레스토랑에서 외식까지.

호국이 있었다면 하는 아쉬움이 들었지만, 그에게도 사정이 있으니 어쩔 수가 없다고 승리는 스스로를 타일렀다.

그래도 전화 정도는 줄 수 있잖아.

받지도 않고, 울리지도 않는 휴대폰을 원망스레 내려다보며 승리는 컴퓨터 앞에 앉았다. 혹시라도 그가 메신저에 접속 중이지 않을까 싶어서. 너무나도 보고 싶었다.

그러나 역시 오프라인이었다. 실망감을 감추지 못하며 침대에 털썩 누워버린 승리의 귓가에 마치 구원처럼 벨소리가 들렸다. 덥석 휴대폰을 집어 든 그녀는 발신자가 다름 아닌 호국임을 알고 순간 ‘신밧드!’ 라도 외치고 싶은 기분이었다. 그러나 그런 감정을 교묘히 숨기며 그녀는 폴더를 열었다.

[전화했었지?]

서운함과 반가움이라는 자신의 감정에 사로잡혀 승리는 그의 목소리가 깊이 가라앉아 있다는 것도 느끼지 못했다.

“그럼요. 오늘 나 오디션 엄청 잘 봤다고 이야기해 주려고 몇 번이나 했었는데.”

[그랬구나. 미안해. 보훈이가 와서.]

그의 대답에 승리는 뒷목을 얻어맞은 듯한 충격을 느꼈다.

아, 맞다. 어떻게 잊고 있었을까. 오늘 보훈이 휴가를 나오는 날이라는 걸. 자신의 일에 바빠 정말 까마득히 잊고 있었다. 이 남자, 왜 진작 일깨워 주지 않았을까. 이렇게 미안하게 만들다니. 당황한 나머지 말이 제대로 나오지 않았다.

“모, 몰랐어요.”

[너 바빴잖아.]

"괜찮아요, 보훈이랑? 얘긴?"

뚝뚝 끊기는 그녀의 물음을 용케도 알아듣는 호국이었다.

[아직 얘긴 못했어. 그런데 너무 걱정 안 해도 될 것 같아.]

"그래도……."

[걱정 말고 쉬어.]

"저기, 오빠."

전화를 끊으려는 호국을 승리가 붙잡았다.

"얼굴 보고 싶은데, 오늘 밤에."

그녀의 말뜻을 이해한 듯 잠시 망설이는 기색을 보이던 그에게서 다행히도 '그래'라는 승낙의 대답이 떨어졌다.

전화를 끊자마자 홀로 생각에 골몰한 승리는 후다닥 자리에서 일어났다. 기운없는 그의 목소리에 기운을 실어주고 싶었다. 아니, 그냥 웃게라도 만들어주고 싶었다. 그녀는 옷장 깊숙한 곳을 뒤적여 아스팔트에 굴렀던 그 영광의 속옷들을 후두둑 꺼냈다. 그중에서도 가장 야한 속옷을 골라든 그녀의 눈빛이 반짝였다.

여린 몸으로 장거리 여행을 견딘 것으로 모자라, 어머니를 도와 저녁을 준비하는 둥 이리저리 힘들었을 것이다. 보훈은 이층 소파에서 꾸벅꾸벅 졸고 있는 효진을 안쓰러이 바라보다가 어깨를 두드려 깨웠다.

"효진아."

그의 부름에 고개를 든 그녀의 눈이 퀭해 보여 마음이 아팠다.

"내 방에 자리 봐뒀어. 들어가서 자라."

“네.”

군말없이 방으로 들어가는 것으로 보아 정말 피곤하긴 피곤했던 모양이다. 위태롭게 흔들리는 그녀의 뒷모습을 지켜보던 보훈은 문이 닫히고 나서야 형의 방을 향해 돌아섰다. 호국과 불편한 관계를 형성하고 있긴 하지만 지금은 별다른 선택권이 없었다.

그가 들어서자 침대는 비워져 있었고, 바닥에 자리를 깔고 앉아 책을 읽고 있는 형이 보였다.

“형이 침대에서 자지 그래.”

“됐어.”

그리고 다시 보던 책으로 고개를 떨구는 호국이었다. 머쓱해진 보훈은 침대로 올라가 누웠다. 너무 편안한 자리가 왠지 낯설어 피곤함에도 쉽사리 잠이 오지 않았다. 그래도 눈을 붙이려고 애쓰던 중 호국에 의해 방의 불이 꺼졌다. 그리고 형이 자리에 누울 거라 생각했으나, 달칵 하고 문이 열리는 소리에 보훈은 이불을 젖히고 몸을 일으켰다. 어둑한 방에는 그 혼자뿐이었다.

침대에 몸을 뉘인 뒤 이리 뒤척 저리 뒤척거리던 보훈은 도저히 잠이 온 것 같지 않자 다시 벌떡 일어났다. 찬바람이라도 쐬야겠다 싶어 방문을 열고 나간 보훈의 눈에 어둑한 거실 한 켠에서 뿜어져 나오고 있는 희미한 빛이 들어왔다. 그가 예전에 쓰던 컴퓨터가 켜져 있었다. 형이 그랬나? 그런데 주위를 둘러보아도 호국의 모습은 보이지 않았다. 잠깐 화장실이라도 간 모양이다.

그리고 그대로 돌아서려던 보훈을 유치한 호기심이 잡아끌었다. 저도 모르게 컴퓨터 앞으로 간 그는 화면에 보이고 있는 낯익

은 여자의 모습에 놀라 눈을 가늘게 뜨며 얼굴을 더 가까이 가져
갔다. 그녀는 그가 잘못 보지 않았다면 분명 승리였다.

뇌쇄적인 눈빛으로 잠옷의 한쪽 어깨를 내리고 이리저리 부산
하게 움직이고 있던 그녀는 갑자기 나타난 그를 보고 사색이 되어
숨어버렸다.

도대체 무슨 해괴한 일인가 싶었다. 설마 승리가 형이랑 화상
채팅을? 둘이 뭐야? 몸캠을 하는 사이였단 말야? 불쾌감이 넘실
거리는 것을 어쩌지 못하고 보훈은 더듬더듬 헤드셋을 찾아 썼다.

"문승리, 나와."

그의 명령에도 화면엔 여전히 빈 책상과 의자밖에 보이지 않았
다. 모두들 잠이 든 시간인 줄 알면서도 잔뜩 흥분한 보훈은 목소
리를 높였다.

"나오라고!"

그러자 이번엔 아예 점퍼로 몸을 둘둘 만 승리가 불쑥 나와 소
리를 내질렀다.

[나왔다! 왜!]

"너 지금 우리 형이랑 뭐 하는 짓인데?"

[그러는 넌 뭐 하는 거야. 우리 오빠 어디 간 사이에 염탐이나
하고!]

그녀의 말에 어이가 없어져 보훈을 코웃음을 치고 말았다.

"훗, 우리 오빠?"

그런 와중 갑자기 귀가 떨어져 나갈 정도로 거세게 헤드폰이 머
리에서 벗겨져 나가며, 보훈은 책상 뒤로 휙 밀려났다. 드디어 문

승리의 오빠! 권호국이 등장한 것이다.

"지금 뭐 하는 짓이지?"

헤드폰을 집어 던진 호국이 그를 향해 성큼 다가와 다그쳤다. 어둠 속에서 번뜩이는 안광이 흡사 맹수 같다. 하지만 절대 주눅 들 수 없는 보훈이었다. 아니, 분명 지금은 그가 추궁을 하고, 호국이 깨갱 해야 할 상황이 아닌가 말이다!

"형이야말로 어떻게 된 일인지 말해봐. 대충 때울 생각하지 말고."

"보는 대로야."

고개를 뻣뻣이 쳐들고서 전혀 미안한 기색을 보이지 않는 형에 대한 배신감으로 보훈의 온몸이 후들후들 떨렸다. 그러면서도 너무도 급작스런 구도 변화에 차근차근 상황을 정리해 보는 보훈이었다.

"뭐야? 내가 지금 제대로 듣고 있는 건가? 승리 고무신 거꾸로 신지 못하게 지켜달라고 형에게 부탁했는데, 그런 형이 승리의 고무신을……? 맞아?"

"그래."

역시 권호국답다. 지극히도 고지식한 그의 형, 거짓말이라고는 할 줄 모르는.

보훈은 아까 정원에서 호국이 그랬던 것처럼 자신의 형을 향해 주먹을 날렸다. 그는 있는 힘을 다했지만 운동으로 단련된 사람답게 호국은 약간 비틀거릴 뿐 그대로 자리를 지켰다.

형은 그랬다. 언제나 든든하게 자신의 곁을 지켜주는 존재. 그런데 그런 형이 자신의 믿음을 저버리고, 자신의 여자 친구였던 승리를 차지했다고 저렇듯 당당하게 이야기를 한다. 도저히 믿을 수 없는 현실에 보훈의 분노는 극에 달했다. 그는 미친 사람처럼 호국에게 달려들어 비슷한 덩치의 형을 붙잡고 흔들었다.

"어떻게 형이 나한테 이래? 응? 어떻게!"

"너한테 미안하다고 생각해. 하지만 그동안 나도, 승리도 힘들 었어."

"젠장!"

호국의 팔을 거세게 놓으며 돌아선 보훈의 눈에 모니터에서 다급한 표정으로 뭐라고 입을 벙긋거리고 있는 승리가 보였다. 그녀가 원망스러웠다. 그녀만 아니었으면 호국에게 그런 부탁을 하지도, 그들 형제 사이에 주먹이 오가는 이런 일도 없었을 텐데.

책상 밑에서 달랑이고 있는 헤드폰을 집어 쓴 보훈의 귀에 승리의 악다구니가 고스란히 들렸다.

[너! 권보훈! 우리 오빠 자꾸 건들면 죽어! 나 절~대 가만히 안 있는다고!]

"문승리, 너 참 웃긴다. 나는 죽어도 안 될 것처럼 굴더니, 왜 우리 형은 되는데? 형이랑 나랑 다른 게 도대체 뭔데?"

따지고 드는 그의 팔을 호국이 붙잡았지만, 보훈은 형을 밀쳐 냈다. 그런 그의 귓가에 조금은 가라앉은, 그리고 지극히 차가운 승리의 되물음이 들렸다.

[정말 다르지 않다고 생각해?]

마치 그를 만나기 이전으로 돌아간 듯 짧은 머리와 귀에 주렁주렁 귀걸이를 매단 모습이 보훈의 눈에 들어왔다. 그 모습이 어쩐지 그녀를 자유로워 보이게 했다. 그 모습을 멍하니 응시하며 보훈은 이어질 다음 말들을 기다렸다.

[넌 나를 네 식대로 바꾸려 했지만, 오빠는 안 그래. 그냥 있는 그대로의 날 존중해 줘. 넌 내 꿈을 인정하지 않았지만, 오빠는 인정해 줘. 내가 자랑스럽대. 그리고 오빠는 남의 약점을 가지고…….]

더는 듣고 싶지 않았다. 그녀의 한 마디 한 마디가 폐부를 찌르는 듯했다. 그가 헤드셋을 벗으려는데, 때마침 모니터가 깜깜해졌다. 주위가 어둠에 잠겼다. 옆을 돌아보니 호국이 컴퓨터의 전원 버튼에 손을 올리고 있었다.

은은한 달빛 아래 형제는 한참 동안 서로를 마주 보고 서 있기만 했다. 그래서 그들은 빼꼼이 열린 방문 사이로 슬픈 눈빛을 한 효진이 자신들을 지켜보고 있다는 사실을 알지 못했다.

집에서 택시를 타고 터미널까지 가, 안동으로 가는 새벽 여섯 시 첫차를 잡아탄 순간 승리는 생각했다. 인간 문승리, 정말 사랑 때문에 많이 변했다. 사랑에 모든 걸 걸었다라고.

그야말로 인간 승리였다. 자신이 밤을 꼬박 새고, 꼭두새벽부터 일어나 잠을 설쳐 가며 연인을 만나러 머나먼 길을 떠날 줄이야. 불과 석 달 전까지만 해도 생각도 못할 일이었다. 그랬던 그녀를 권호국이라는 남자가 완전 바꾸어놓았다. 어젯밤 캠 화면 안으로 불쑥 나타난 보훈이 놈이 호국의 잘생긴 얼굴을 후려치는 순간 완전 이성을 상실하는 줄 알았다. 어디 내 남자의 번듯한 이목구비에 손을 대냔 말이다. 게다가 잡고 흔들기까지. 허걱!

생각하는 것만으로도 괘씸해 죽을 지경이었다. 어서 가서 호국의 든든한 기운이 되어주어야겠다 싶어서 그녀는 어젯밤 그 즉시 안동행을 결정했다. 보훈이 녀석이 대학 시절 그날의 약점을 되새겨 또다시 자신을 흔들지도 모른다는 두려움도 있었지만, 비겁하게 호국에게만 모든 걸 맡겨둔 채 숨어 있을 수만은 없다는 생각이었다.

버스에서 보낸 두 시간 사십 분이 마치 이 년 사 개월처럼 느껴졌다. 그러면서도 승리는 호국이 곤히 자고 있을지 모른다는 생각에 그에게 전화도 하지 않았다. 참 열부 났다 싶었다.

버스가 안동 터미널에 도착하자마자 승리는 권 교장선생님 댁을 찾아 삼만 리를 시작했다. 아니, 사실은 애초 호국에게 집의 대충 위치와 주소 등을 알아두었던 터라 찾는 게 그다지 어렵진 않았다.

나지막한 농촌의 민가들 사이로 제법 모양 좋게 선 권오준 교장선생님의 자택 앞에 그녀가 이르렀을 때는 오전 열 시가 가까워진 시간이었다. 벨을 누르려다 생각을 바꿔먹고 호국에게 전화를 하려는데, 현관문이 불쑥 열리며 권 교장선생님이 얼굴을 드러냈다. 방학 중이라 아마도 집에 계셨던 모양이다.

뭐라 불러야 할지 대문 밖에서 망설이고 있는데, 다행히도 먼저 그녀를 발견한 교장선생님이 반색을 하며 달려나오셨다.

"아이고! 이기 누고!"

나무 대문을 때려부술 듯 연 교장선생님은 그녀를 안으로 잡아 끌었다. 손을 다독이며 그녀에게서 눈을 떼지 못하는 주름진 얼굴에서 반가움이 고스란히 드러났다.

"이 먼 데까지 어쩐 일이고? 안 바쁘나?"

호국과 더불어 그녀를 가치 있는 사람으로 여겨주시는 분. 승리는 그 마음이 고마워서 그저 웃어드릴 수밖에 없었다.

"잘 지내셨죠?"

"그라믄. 호국이가 카든데, 요즘 오디션인가 뭐시긴가 때매 바빠가 같이 못 왔다고. 인자 좀 한가해짓나?"

"네."

"잘 왔다. 안 그래도 마누라쟁이가 승리 양을 올매나 보고 싶어 했는지 아나? 참, 호국이 동생도 지금 휴가 나와 있는데, 더 잘됐네. 온 짐에 인사도 하고. 진짜 잘 왔다."

교장선생님이 동생이라는 말을 하는 순간, 승리의 표정이 저도 모르게 스르륵 굳어졌다. 나아쁜 놈! 그리고 그 다음 말에는 굳어지다 못해 얼굴이 아예 일그러졌다.

"진짜로 동네 잔치라도 해야 되긋다. 아들내미 둘이 다 턱하니 짝을 찾아왔으니 얼마나 좋은지 모르겠다."

"……네?"

아침밥도 굶고 동동거렸더니 헛소리가 들리나. 아니, 그것이 실제 소리임을 알기에 그녀의 인상은 더욱 험악해졌다. 그와 반대로 대답을 하는 권 교장선생님의 만면에는 미소 일색이었다.

"아, 우리 둘째도 군대서 참한 색싯감을 데불고 온 거 있제."

이, 이 미친!

권보훈의 여친으로서 그놈에게 괴롭힘을 당했던 숱한 날들과 호국과 자신이 그놈이 마음에 걸려 찌질찌질 진도를 나가야 했던 지난 한 달을 생각하니 견딜 수가 없었다.

완.전. 폭.발.

하려고 했다. 곁의 교장선생님만 아니라면. 아니, 교장선생님이 호국의 아버지만 아니었던들.

앞으로 부지기수로 얼굴을 보아야 할 어른 앞에서 별 좋지도 않은 성질을 뽀록 낼 필요는 없다고 판단한 그녀는 홀로 이를 뿌드득 가는 것으로 자신을 억눌렀다.

"여보!"

집 안으로 들어서자마자 부엌을 향해 큰 부름을 내뱉는 교장선생님으로 인해 승리는 그나마 표정 관리를 할 수 있었다. 그러자 모습을 드러낸 단아한 외모의 서복희 여사, 황당하게도 그녀를 보자마자 미간을 찌푸리셨다. 못 볼 걸 본 사람처럼.

헛. 교장선생님처럼 자신을 무조건적으로 좋아해 주실 거라는 생각도 하지 않았지만, 저렇듯 인상을 그으실 줄도 몰랐기에 일순 당황해 버린 승리였다.

"누군교?"

찬바람이 쌩쌩 도는 목소리였다.

"와, 호국이가 만난다는 그 아가씨다, 문승리 양."

"안녕하세요?"

그녀의 인사에도 아랑곳없이 호국의 어머니는 알 수 없는 말만 남긴 채 다시 부엌으로 모습을 감춰 버리셨다. 들어와 앉으라는 말도 없이.

"흥, 당신이 와 그래 이 아가씨 칭찬을 해쌌는지 인자 알겠네."

어찌할 바를 모른 채 승리는 주위만 멀뚱멀뚱 둘러보았다.

"미향이 때문에 저칸다. 승리 양이 미향이랑 윽수로 닮았다 했다 아니가. 그라니까 승리 양이 우리 복희, 쪼매만 이해해 주라. 벌써 삼십 년을 묵은 기 그르케 쉽게 내리가겠나."

조근조근 안사람의 행동에 대해 교장선생님이 변명을 해주시자, 그제야 '아!' 한 승리였다. 자신이 싫어서가 아니라 마미향이라는 연적을 떠올리게 만들어서라고 하니 그나마 불편했던 마음이 조금 가시는 것 같았다. 풋, 웃음까지 났다. 참, 서 여사님 천진하기도 하시다.

"참, 식사 전이제? 이 시간에 도착할라믄 새벽부터 설치쓸 낀데, 쪼매만 기다리라. 내 안동 간고딩어 맛나게 굽어놓으라 할게."

"괜찮아요."

"괜찮기는! 이래 빼빼 말라 갖고! 근데, 야들은 뭐 한다고 코빼기도 안 비노? 아침 먹고 올라가가 또 자나? 호국아! 보훈아!"

이층을 향해 크게 소리치신 권 교장선생님은 그녀에게 잠시 기다리라는 시늉을 해 보이신 후 부엌으로 들어가셨다. 호국의 말에 의하면 부엌 출입은 거의 하지 않으신다고 들었는데. 그만큼 자신을 생각해 주시는 거구나 싶어서 마음이 푸근해졌다.

"무슨 일이세……."

아버지의 부름에 저렇듯 금방 답을 하며 내려오는 이는 역시 반

듯한 대한의 청년 권호국이었다. 청바지와 셔츠에 감싸인 그의 건장한 몸매가 차츰 드러나는 순간, 승리는 바보같이 헤벌레 웃고 말았다. 소파에 앉아 있는 그녀를 믿을 수 없다는 듯 바라보고 선 호국을 향해 그녀는 두 손으로 브이 자를 그리며 자신의 존재를 확고하게 알렸다.

"나 왔어요. 짠!"

할 말을 잊은 것처럼 서 있는 그의 뒤로 역시 청바지에 푸른색 스웨터를 입은 보훈이 모습을 드러내는 순간 승리의 얼굴에서 미소가 깨끗이 걷혔다.

"연락도 없이 웬일이야?"

보훈의 기척을 느낀 호국이 얼른 그녀에게로 다가와 속삭이자, 승리는 부러 놈이 들으라고 큰 소리로 대답을 했다.

"오빠 지켜주려구요. 어제 맞은 데 많이 아프죠?"

"칫, 진짜 웃기시네."

보훈의 중얼거림이 들리자 승리는 호국의 옆으로 홱 비켜서 놈을 노려보았다.

"너!"

그리고 생각할 겨를도 없이 후다닥 달려간 그녀는 놈의 정강이를 딱 하는 소리가 날 정도로 세게 걷어차 버렸다. 물론 계산도 잊지 않았다.

"이건 내 거."

"윽!"

쓰러지려는 보훈의 반대편 정강이를 그녀는 한 번 더 차주며 앞에 것에 계산을 더했다.

"이건 오빠 거."

"이씨!"

양쪽 다리를 번갈아 움켜쥔 채 눈물마저 맺힌 눈으로 그녀를 올려다보는 보훈을 향해 승리는 음산함마저 감도는 목소리로 말을 했다.

"너 때문에 내가 지난 이 년 동안 얼마나 힘들었는데. 그리고 너 때문에 지난 한 달 동안 우리가 얼마나 힘들었는데! 네가 그거 알면 그렇게 무식하게 우리 오빠 못 때려! 나아쁜 놈!"

"어우! 이게 진짜!"

보훈이 그녀에게 보복을 하려는 듯 다가오는데 앞을 호국이 막아섰다. 게다가 승리의 편은 호국만 있는 게 아니었다.

"웬 소란이냐?"

마침 부엌에서 나오시던 권 교장선생님은 그녀를 향해 치켜들려진 보훈의 손바닥을 보며 거의 기겁을 하며 달려들어 둘째 아들의 등을 연타로 갈겨주셨다.

"이놈아가 미칫나! 니 형수 될 사람한테 이기 무신 짓이고!"

"아버님~"

기회는 십분 활용하자. 승리는 본인이 생각해도 낯간지러운 호칭을 남발하며 교장선생님의 곁으로 가 눈물의 호소를 했다.

"세상에, 호국 씨가 아무리 뭐라고 했기로서니 동생이 형을 때리면 안 되는 거잖아요. 제가 그걸 보고 좀 타일렀더니 도.련.님.이 저러시네요."

"뭐라고? 지 형을 때리?"

도끼눈이 된 교장선생님은 아예 소파에 놓여 있던 쿠션을 들어 체통도 없이 마구 아들을 찍어대셨다. 그에 고소해 혼자 미소를 짓는 승리에게 호국의 어이없다는 눈빛이 와 닿고 있었다. 그에게 승리는 살짝 윙크를 해 보였다. '나 잘했죠?', '나 예쁘죠?' 하는.

생전 아버지에게 맞아본 적 없던 그가 승리의 한마디에 마치 복날 개 잡듯 잡혔다.

늘 형에게 엄격했고, 그에겐 입 안의 혀처럼 구시던 아버지가 몇 달 새 어찌 저리 변하신 것인지 이해할 수가 없는 보훈이었다. 구석으로 몰려 한참을 혼이 난 보훈은 아버지의 부름을 받아 앉아야, 정확히 말해 바닥에 꿇어앉아야 했다. 소파에 아주 당당히 앉아 있는 승리와 형 앞에서.

자존심에 쩍쩍 금이 가는 소리가 들리는 것 같았다.

"잘못했나, 안 했나?"

아버지의 물음에 보훈은 고집스럽게 대답을 하지 않았다. 잘못한 거라면 형과 승리도 만만찮은데, 왜 자신만 이렇게 혼이 나야 하는가 싶어 억울해 죽을 지경이었다.

죽어도 내가 잘못했다고 하나 봐라. 절대 못하지.

그러던 그의 귓가에 언제 이층에 올라가셨던 것인지, 계단을 내려오는 다급한 발소리에 이어 어머니의 새된 목소리가 들렸다.

"엄마야! 효진이가 없다. 승리 왔다꼬 과일이라도 묵으러 내리오라고 얘기하러 드갔드만, 이거만 있대?"

"네?"

어머니가 내민 쪽지를 보는 순간 그의 생각이 올 스톱했다. 승리와 형의 관계에 대해 짜증이 치밀던 것도. 왠지 자신만 억울하게 된 것 같다는 것도. 아버지 앞에서 확 다 얘기해 버릴까 하는 못된 심보도.

자리에서 벌떡 일어난 보훈은 어머니의 손에서 쪽지를 낚아채 펼쳐 보았다. 그것을 읽는 동안 자신의 손이 덜덜 떨리고 있다는 것을 그는 미처 알지 못했다.

〈오빠, 미안해요. 여기까지 너무 내 생각만 하고 온 것 같아요. 그리고 고마워요, 내 마음 거절하지 않아줘서.

하지만 좋아한다고 말은 하지 말지 그랬어요. 안 그랬음 나도 마음 접으려 노력했을 텐데, 눈치없이 매달리는 짓은 하지 않았을 텐데. 하지만 걱정 말아요. 이젠 안 그럴게요. 오빠 부담스럽게 만드는 행동 따윈 안 할래요.

부디, 그분이랑 잘되시길 빌어요.

—효진.〉

마치 젖었다 말린 것처럼 구겨진 종이를 보며, 보훈은 숨죽여 울고 있는 효진의 모습을 쉽사리 상상할 수 있었다. 그때까지 그의 마음속에서 휘몰아치고 있던 형과 승리에 대한 분노와 배신감이 흔적도 없이 사라졌다. 그곳을 대신하여 채운 건 효진에 대한 그리움, 안쓰러움 그리고…… 사랑이었다.

언제부터인지도 모르지만 그는 자신이 효진을 사랑하고 있었다는 걸 깨달았다.

"아버지, 차 키 좀 주세요."

이대로 그녀를 보낼 수 없었다. 그의 머리 속에는 조금 전까지 아버지에게 혼나고 있던 상황 따윈 남아 있지 않았다. 그저 효진을 잡아야 한다는 다급함으로 발을 동동 구를 뿐.

"이놈아!"

"그래요, 잘못했어요! 제가 죽을죄를 졌다구요! 형아, 승리 형수, 미안해요. 됐죠? 그니까 어서 차 키 주세요."

절대 잘못했다고, 미안하다고 말하지 않으리라 다짐했던 조금 전의 생각 따윈 떠오르지도 않았다. 그에게 지금 효진을 잡는 일보다 중요한 건 없었다. 자존심? 그깟 건 문제가 아니었다.

다급함으로 눈이 반쯤 뒤집힌 그를 구제해 준 건 뜻밖에도 호국이었다. 아니, 언제나 형은 그에게 그런 존재였다. 승리의 문제를 빼면.

"여기 있어."

자신의 차 키를 선뜻 내미는 호국에게 보훈은 고맙다는 눈짓을 보낸 후 외투도 입지 않고 집을 뛰쳐나갔다. 부디 늦지 않았기를, 버스가 효진을 태우고 그의 인생에서 멀어져 가지 않았기를 바라며.

교장선생님이 손수 구워주신 간고등어로 아침밥을 맛나게 먹은 승리는 호국과 함께 산책길에 나섰다. 오랜만에 맡아보는 시골의

맑은 공기에 마음마저 맑아지는 것 같았다. 게다가 어제보다, 또 한 달 전보다 훨씬 편안해진 마음으로 그의 손을 잡고 있노라니 세상이 모두 자신의 것 같았다.

비록 지나가던 동네 아주머니와 아저씨, 할머니, 할아버지들 심지어 꼬맹이들까지 모두 호국과 그녀를 알아보고 인사를 해와 수시로 방해를 받긴 했지만 귀찮거나 싫은 건 아니었다. 되레 ‘호국이 색시 아니가!’ 라고 벌써부터 인정을 해주는데 기분이 괜찮았다. 아니, 꽤나 좋았다.

“여기까지 와줄 줄 몰랐어.”

그래도 자신의 동생인 보훈을 그녀가 무식하게 때린 걸 가지고 뭐라고 할 줄 알았더니 그에 대해서는 일언반구도 없고, 되레 호국은 그녀가 온 것에 대해 꽤나 감동받은 듯 말을 해왔다. 자신의 결정에 대해 절로 어깨가 으쓱해진 승리는 대답했다.

“오빠 혼자 싸우게 둘 수 없잖아요, 보훈이 녀석 성질 다 아는데. 음, 그런데 기분이 좀 그렇다. 나 좋다고 그렇게 목을 매더니. 순식간에 변심이네. 칫, 여자의 마음이 갈대가 아니라 남자의 마음이 갈대인 것 같아요. 알렉스도 그렇고, 보훈이도 그렇고.”

그녀의 말이 끝나기 무섭게 호국이 소리를 내어 웃었다. 그가 환하게 웃는 걸 보니 덩달아 행복해지는 승리였다. 그리고 나선 사뭇 삐친 척 묻는 그였다.

“그래서? 섭섭해?”

“아~뇨, 설마. 다른 남자들 한 트럭 갖다줘 봐요. 오빠랑 바꾸나.”

"다행이네. 그런데, 보훈이 녀석이 효진일 못 찾고 그냥 돌아오면 어쩌지?"

"못 찾았다고 그냥 돌아오면 그게 남자예요? 칼 뽑았음 바람 든 무라도 썰어야지. 강원도까지 가서라도 데려오라 그래요."

그녀의 대꾸에 그들 사이에 다시 웃음이 감돌았다. 잠시 동안 말없이 길을 걷던 그들 사이를 호국의 약간 들뜬 목소리가 갈랐다.

"오늘 밤 아마 분명히 동네 잔치가 열릴 텐데, 자신있어?"

그에 승리는 자신만만하게 고개를 끄덕였다.

"당연하죠. 내가 음주가무가 좀 되잖아요. 게다가 아버님의 애창곡도 너무 잘 알고. 히힛. '아빠의 청춘'."

교장선생님이라는 호칭은 자연스레 아버님으로 바뀌어 있었다. 그녀도 모르는 사이.

잡은 호국의 손을 흔들며 박자를 맞추던 승리의 입에서 '아빠의 청춘'이 구성지게 흘러나왔다.

"이 세상의 부모 마음 다 같은 마음~ 아들딸이 잘되라고, 행복하라고~"

노래가 계속되자, 어느새 호국의 낮고 굵직한 음성도 함께 흘러나와 화음을 이루었다. 높낮이와 톤이 전혀 다른 그들의 목소리는 뜻밖에도 꽤나 잘 어울리게 들렸다. 바로 그들처럼.

"브라보!"

그녀가 메기면,

"브라보!"

그가 받았다. 웃음기 가득 배인 시선으로 서로를 바라보던 호국과 승리는 노래의 대미를 우렁차게 장식했다.

"아빠의 인생~!"

그러자 주변에서 터져 나오는 박수 소리라니. 그제야 꽤나 관객들이 많았음을 알아챈 승리가 즐거움이 가득한 목소리로 그에게 속삭였다.

"클럽에서 노래하는 것보다 더 좋은데요?"

"가수 되기 전에 다양한 무대 경험을 쌓는 것도 좋지."

그들은 동네 어른들께 정중히 인사를 한 후 산책을 계속했다. 그들의 대화도 계속되었다.

"나 가수 돼서 무지 인기 많아지면 팬도 많이 생길 거고, 그중엔 분명히 남자들이 대부분일 텐데 괜찮아요?"

"흠, 그런가? 그럼 내가 네 경호를 맡는 건 어때?"

"농담이죠?"

그가 하루 종일 자신의 옆에 있을 수 있다는 생각만으로도 몸서리치게 좋은 승리였지만, 믿을 수가 없어 되물었다.

"훗, 그러고 싶지만 안 될 것 같은데? 새 직장을 구했거든."

"네?"

"그저께 연락을 받았어. 대학 전임강사 자리야."

"와! 잘됐다!"

그의 손을 잡은 채 방방 뛰던 승리는 은밀한 어조로 말을 이었다.

"오빠 취직 선물이 될 뻔했는데 아쉽다."

“응?”

무슨 말이냐는 듯한 그의 물음에 승리는 나름대로 뇌쇄적인 표정을 지으려 노력하며 대답했다.

“사실 어젯밤, 속옷쇼를 보여주려고 했거든요.”

“뭐, 뭐야? 설마 보훈이 앞에서 한 건 아니지?”

“그럼요!”

그녀의 대꾸에 과장적으로 안도의 한숨을 내쉬는 호국을 승리는 못 말린다는 듯한 눈빛으로 바라보았다. 그러다 그녀는 지금 이 순간 자신의 감정에 충실한 한마디를 스스럼없이 내뱉었다.

“사랑해요.”

힘겹게 돌아서 온 사랑이라서, 지금 이 순간이 더욱 소중하고 행복했다. 승리의 고백에 웃음을 짓고 있던 호국이 갑자기 어깨 위로 그녀를 들어올렸다. 배에 닿은 호국의 어깨를 통해 그의 목소리가 온몸으로 전달되었다.

“네 고무신의 주인이 나랬지? 그러니까 이젠 고무신 들고 뛰면 안 된다, 문승리? 네 고무신은 내 거야, 이제.”

“옛, 썰…… 꺄아악!”

후다닥 달리기 시작하는 호국을 따라 그녀의 몸이 경쾌하게 흔들렸다. 까르르 그녀의 웃음소리에 섞여 호국의 외침이 동네 전역으로 퍼져 갔다.

“문승리~! 사랑해~!”

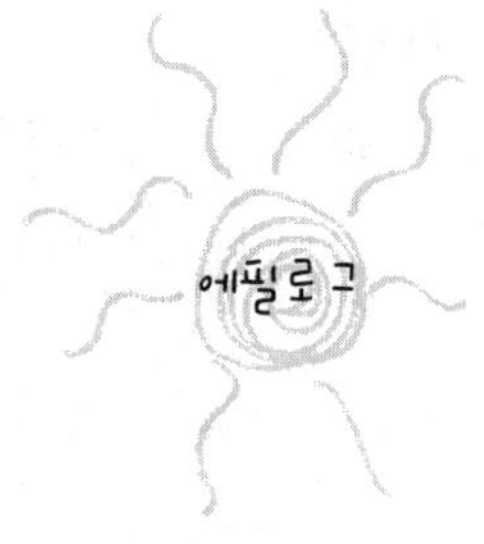

일 년 후.

모처럼의 늦잠이다. 승리는 따가운 햇살에 부신 눈을 가까스로 뜨는 순간 생각했다. 그리고 자신이 이렇게 여유를 누릴 수 있게 된 이유까지. 어제의 뜨거웠던 반창고밴드의 쇼케이스 현장을 떠올리자 그녀의 입가에 절로 만족에 겨운 미소가 맺혔다.

쇼케이스를 하기까지 얼마나 많은 눈물과 연습으로 밤을 지새 웠던가. 1집을 발매하기 전부터 이미 모바일로 'Victory' 라는 곡 이 입소문을 타고 있었지만 불안했었다. 자신들의 그간의 노력이 수포로 돌아가지나 않을지. 하지만 쇼케이스는 성공적이었다. 지 인들이 대부분 자리를 메워줄 거라는 그들의 겸손한 예상을 깨고, H대 체육관을 떠나갈 듯 울리던 수많은 팬들의 함성. 어제의 기억은 아직도 그녀의 가슴을 설레게 했다.

그러나 팬들보다 더 그녀를 설레게 하는 세상에 단 한 사람.

그에 대한 생각에 이르자 승리는 팔을 휘휘 저어 옆 자리를 더 듬어보았다. 시트밖에 만져지지 않자 이번엔 무거운 눈꺼풀을 애써 들어올려 보았다. 역시나 그는 없었다. 그래, 지금 시간이 몇 신데. 그녀는 0점짜리 마누라다. 남편이 출근하는 줄도 모르고 곯아떨어지다니.

언제나 그녀의 뒤를 묵묵히 사수해 주는, 그녀의 일을 자신의 일보다 먼저 생각해 주는 남편인데. 늘 일상의 피곤함에 찌들려 그런 그를 헤아려 주지 못하다가 휴식을 취하고 나자 호국을 생각하는 자신을 승리는 질책했다.

숙면을 취하고 나서인지 여느 때와 달리 몸이 가벼웠다. 침대에서 상체를 일으킨 그녀의 귓가에 전화벨 소리가 들렸다. 아마 호국일 것이라 생각하자 수화기를 드는 승리의 입가에 절로 미소가 어렸다. 그러나 들려온 목소리는 그와 비슷하긴 하지만 다른, 보훈이었다.

[형수, 어제 정말 멋졌수.]

본격적인 가수의 길로 들어서기 전 권 교장선생님의 회유와 압박, 아니, 사실은 누구보다 그녀 자신의 욕망에 의해 호국과 결혼을 한 이후 싫든 좋든 시동생이 된 녀석. 예전 이가 뿌드득 갈릴 정도로 원수가 진 놈이었지만, 호국의 동생이라고 생각을 하고 보니 가끔, 아주 가끔은 예쁜 구석도 보였다. 바로 지금처럼 약간의 비웃음이 감돌긴 하지만, 안부 전화라도 줄 때가 그랬다.

“고맙다. 그런데 너 휴가가 꽤 길다? 사단장 빽 있음 다 그러니?”

[역시 넌…… 아니, 형수는 둔치야. 선 소장 머리 쓰는 거 안 느껴져? 자기 딸 곁에 내가 조금이라도 더 오래 없었음 하는 거라고. 아웃 오브 사이트, 아웃 오브 마인드.]

“아, 그런 거였어?”

효진이 쪽지만 달랑 남겨두고 안동을 떠났던 그날, 보훈은 그야말로 ‘무한질주’를 해 그녀를 늦지 않게 붙잡을 수 있었다. 그 후 마음을 확인한 두 사람의 진도는 쾌속선을 탄 듯했지만 거대한 암초가 있었으니, 바로 효진의 아버지 선통일 소장.

대놓고 싫다 했다가는 소중한 딸내미가 또 자리에 드러누울지도 모른다는 불안감 때문에, 소장은 그를 효진의 곁에서 떼어내지는 못한다고 했다. 그저 은근한 방해 공작만 해댈 뿐. 그 예 중 하나가 바로 ‘수시로 휴가 보내기’인 모양이다. 보훈 커플은 나름 심각할 텐데, 생각을 하자 괜히 웃음이 나 승리는 ‘흠흠’ 헛기침으로 그것을 억눌렀다.

[형은 출근했수?]

“응. 오늘…… 오전부터 강의 있는 날이잖아.”

보훈의 물음에 미간을 접은 채 생각을 잠시 해보고서야 알게 된 승리였다. 최근 정말 남편에게 자신이 너무 무심했다.

[어제 형수도 그랬지만, 형수를 보는 형이 진짜 행복해 보였던 거 알아?]

안 그래도 죄책감으로 묵직해지고 있던 마음에 보훈의 말이 무게를 더했다.

"그랬어?"

[나라면 내 마누라가 시커먼 남자들이랑 하루 종일 붙어 있는 것도 싫고, 수많은 사람들이 쳐다보는 것도 싫을 텐데 형은 네가 무지 자랑스러운 모양이더라. 그 무뚝뚝한 사람이 무대 위의 널 보며 입을 다물지 못하는데, 솔직히 깬다 싶었어. 결혼하고 바보 된 거 아닌가도 싶고. 그래도 어쨌든 분명한 건…… 형이 행복해 보인다는 거였어.]

수많은 관중들 사이에서도 그가 커다랗게 확대되어 보였던 것처럼, 그가 있어 그녀가 행복하게 노래할 수 있었던 것처럼 호국도 그랬던 모양이다. 그가 행복해하더라는 보훈의 말에 자신이 더 행복해지는 승리였다. 그러면서도 그의 큰 사랑에 늘 자신이 보답하지 못하는 것 같아 그녀는 마음이 짠해졌다. 시큰해지는 코끝을 승리는 손가락으로 쓸어내며 퉁명스레 말을 돌렸다.

"나 네 형수다. '너'가 뭐냐, '너'가. 안동에 당장 전화해 버린다!"

[그럼 일일이 '형수 형수' 해?]

"해!"

불만에 찬 보훈의 음성이 들려오기도 전에 승리는 전화를 팍 끊어버렸다. 그동안 제대로 된 마누라 역할을 한 번도 하지 못했던 그녀는 '오늘만은'을 과열하게 다짐하며 파자마 차림으로 침대에서 일어났다.

어쩌다 윤 여사가 시간을 내서 들르지 않으면 대청소는 꿈도 꾸지 못했던 집 안이 그녀의 손 아래서 반짝반짝해졌다. 지금껏 제대로 걸레짝 한 번 잡지 않았던 문승리로서는 대단한 변혁이었다.

침실과 거실, 부엌 할 것 없이 바쁘게 왔다 갔다를 하던 승리는 마지막으로 그의 서재 문을 열었다. 그리고 다시 청소기를 위잉 작동시키던 와중 그녀의 발에 걸리는 것이 있었으니, 물이 담긴 대야와 그에 걸쳐진 수건.

그것이 무얼 의미하는지 잘 아는 승리의 손아귀에서 청소기가 스르륵 미끌어져 내렸다.

"바보, 문승리."

자신의 성공에 기뻐 어제 가느다란 비가 내렸다는 것도, 비가 오는 날 호국의 무릎 통증이 더 심해진다는 것도 잊어버리고 있었다. 저도 모르게 바닥에 털썩 주저앉은 승리의 시야에 어느새 혼자 서재에 앉아 뜨거운 물수건으로 무릎을 마사지하고 있는 남편의 모습이 그려졌다. 혹시라도 인기척에 그녀가 깨지 않을까 조심하면서.

"뭐야! 이 나쁜 사람! 으아앙!"

손을 뻗어 만진 대야의 물이 너무 차갑다는 것이, 이젠 너무 늦었음을 대변해 주었다. 그 혼자 아파하던 시간 동안 함께해 주지 못했다는 것이 그녀를 화나게 했고 절망하게 했다. 승리는 아이처럼 커다랗게 울음을 터뜨리고 말았다.

그렇게 한참을 울고 나자 감정의 소강 상태가 찾아왔다. 냉정하고 합리적으로 생각할 수 있는. 이렇게 땅을 치고 통곡해 봐야 아무엇도 해결되는 것이 없다고 판단한 승리는 주먹을 불끈 쥔 채 몸을 일으켰다.

그래. 오늘 하루 완전 봉사하는 거야!

청소를 마저 마치고, 대야와 수건을 들고 나가 치운 그녀는 저녁을 준비…… 하려 했다. 생전 처음 해보는 정식 요리인지라 뭐부터 어떻게 해야 할지 몰라 우왕좌왕하길 한 시간여.

결국 그녀가 정한 요리는 호국이 맨 처음 자신에게 해주었던 오므라이스. 그런데 뭐부터 해야 하더라? 그래, 맞다. 야채랑 밥을 볶아야지.

그녀는 냉장고에서 닥치는 대로 '야채'라 이름 붙일 수 있는 것들은 모두 조리대 위로 꺼내놓았다. 그리고 부엌에서는 그 후로 두 시간 남짓 '탁탁톡톡' 소리가 끊이질 않았으나,

"아악!"

결국은 그녀의 비명 소리로 끝을 맺었다. 야채를 깍둑썰기 하다 자신의 집게손가락까지 베어먹어 버린 승리는 눈물까지 찔끔 흘리며 침실로 뛰어들어 갔다.

"으으. 아파. 나 죽는다."

서랍을 뒤져 소독약과 반창고를 찾아낸 그녀는 서툴게나마 응급처치를 하고 다시 부엌으로 무거운 발걸음을 돌리려 했다. 아무래도 자신의 적성엔 요리는 '절대 불가'인 모양이다.

푸욱 한숨을 내쉬던 그녀의 귓가에 호국이 예전 했던 말이 언뜻 떠올랐다.

“평소에도 그런 속옷 입어?”

“나도 네 란제리에 반했는걸?”

그러자 패색이 짙던 승리의 표정이 환해졌다. 길이 아니면 가지 마라. 그래, 요리보다는 이거다!

그녀는 부엌이 아닌 벽장 쪽으로 돌아섰다. 그리고 여기저기를 뒤적이던 그녀의 손가락 끝에 걸려 나온 물건이란 바로 예전 알렉스가 잠시나마 그녀를 흠모하게 만든, 호국의 기사도 정신을 다시금 확인하게 했던 그 민망한 속옷들이었다.

“푸하하하!”

그녀는 망사와 분홍빛 털로 장식이 된 티 팬티를 침대 위로 내던지며 그야말로 승리의 미소를 머금었다.

어제의 승리를 생각하노라면 입가에 절로 미소가 어렸다.

괜히 기분이 좋아 호국은 선배와 동료 교수들에게 저녁과 술을 한턱 쏜 후 집으로 느지막이 돌아오는 터였다. 아직 그의 와이프가 반창고밴드의 보컬, 아니, ‘Victory’ 라는 노래를 부른 가수라는 걸 아는 이들이 없었기에 다들 그의 이유없는 접대(?)를 궁금히 여겼다.

“뭐야? 요즘 혼수의 필수품인 십 개월 보험도 못 들고 장가가더니, 드디어 보험 든 거냐?”

“아님 로또 당첨이라도 된 거야? 그럼 이깟 고기 몇 점 가지고는 어림없지!”

이리저리 마음대로 추리를 해대는 사람들 통에 정신이 없었지만, 그래도 호국은 웃음을 잃지 않았다. 평소엔 소주 한두 잔 이상은 절대 마시지 않는 그였지만, 오늘만은 주는 대로 다 마시고 거나하게 취해 버렸다.

"이 세상에 남편 마음~ 다 같은 마음~ 우리 승리 잘되라고~ 행복하라고~"

즉석 개사까지 해 노래를 흥얼거리며 호국은 아파트의 계단을 휘적휘적 올랐다. 2층 202호의 벨을 눌러보았지만 안에서는 응답이 없었다.

"응? 얘가 오늘도 연습 나간 건가? 에이."

실망감을 고스란히 드러낸 그는 잘 움직여지지 않는 팔을 움직여 겨우 재킷 주머니에서 열쇠를 찾아냈다. 문을 열고 들어서자 현관의 불이 자동으로 켜졌다. 고개를 숙인 채 신발을 벗고 거실로 들어서는 순간, 호국은 주위에 느껴지는 이상한 기류에 무거운 눈꺼풀을 가까스로 들었다.

"헉."

그러자 너무도 낯선 광경에 정신이 번쩍 드는 것 같았다.

야시시한 붉은색 조명—이건 어디서 어떻게 조달해 온 것인지 아무리 생각해 보아도 의문이다—과 끈적끈적한 싱송상송—아마 샹송인 것 같은데—음악에 감싸인 이곳은 성인 남자만 출입할 수 있는 유해 업소의 분위기를 물씬 풍기고 있었다. 순간 자신이 집을 잘못 찾은 것이라 확신한 호국은 슬쩍 돌아서 나가려 했다. 훗수를 다시 한 번 확인해 보아야…….

그러나 그 순간 너무도 귀에 익으나, 또 너무도 간드러진 음성이 들려와 그를 붙잡았다.

"자기야~"

"어?"

호국은 저도 모르게 대답하며 뒤를 돌아보았다. 긴가민가했다. 알코올이 시각을 혼탁하게 만든 것인가 했다. 정육점 조명 아래 훤히 속이 비치는 투명한 슬립을 입고서 한들한들 걸어오는 저 여자가 자신의 아내 문승리일 것이라고는 도저히 생각할 수 없었기에.

그러나 마치 음악에 맞춰 춤을 추듯 다가온 그녀는 분명 승리였다. 슬립 아래 그녀가 입고 있는 속옷은 아스팔트에 흩뿌려지던 그날부터 그의 기억 속에 각인된 그것이었다. 호국은 저도 모르게 침을 꿀꺽 삼키며 그녀의 머리끝에서부터 발끝까지를 멍한 눈으로 훑어보았다.

"스, 승리야?"

그녀는 거슴츠레하게 눈을 뜨더니, 손가락 하나를 들어 그의 입을 막았다. 그리고 까치발을 하고 가벼이 키스해 오는 그녀를 호국은 붙잡으려 해보았으나 승리는 팔을 들어 그의 가슴을 밀어냈다. 그에 멍하니 소파에 앉게 된 그는 자신에게서 나비와 같은 몸짓으로 멀어지는 그녀를 지켜볼 수밖에 없었다.

누가 가수 아니랄까 봐 리듬을 타는 그녀의 움직임은 무척이나 세련되어 있었다. 조명으로 인해 붉게 물들어 보이는 팔과 다리가 흐느적거렸다. 짧은 머리칼을 쓸어 넘긴 그녀의 손은 옆구리를 타고 내려왔다가 다시 자신의 가슴을 쓰다듬었다. 그를 유혹하듯 살짝 벌어진 입술로, 시선을 내리깐 채 그녀는 부드러운 슬립 위로 손을 끊임없이 움직여 댔다.

그 모습을 보는 것만으로도 피가 한곳으로 몰리는 듯했다. 참을 수 없는, 해방되지 못한 남성이 토해내는 고통에 호국은 소파의 팔걸이를 움켜쥐었다. 바짝바짝 타는 그의 속내를 아는 것인지 모르는 것인지 승리는 더욱더 뇌쇄적으로 몸을 비틀고 쓸어댔다.

도저히 더는 참을 수 없어진 호국이 몸을 일으키려 했다. 하지만 그녀가 손바닥을 들어 '스톱'이라는 신호를 보내자 그는 극도의 인내심을 발휘해 자리에 다시 앉았다. 승리의 성격상 한 번 틀어지면 이 멋지고 황홀한 '쇼'를 그만둬 버릴 수도 있다는 것을 그는 잘 알고 있었다.

그제야 그의 다급함을 읽은 듯 승리의 손길에도 가속도가 붙었다. 내내 가슴을 맴돌던 그녀의 손이 여성을 향해 차츰 내려갔다. 슬립 위로 그것을 문지르며 혀로 입술을 축이는 여유를 보이는 승리와 달리 호국은 지옥 불에 앉아 있는 듯한 기분이었다.

"으음."

그의 목구멍에서 절로 간절함을 담은 신음이 흘러나왔다. 더 이상은 참을 수 없을 것 같았다.

그런 그를 하늘이 도운 것인지, 마침내 승리가 팔을 들어 슬립을 벗어 던졌다. 그것은 마치 미리 맞추기라도 한 것처럼 그의 머리 위로 떨어졌다. 호국은 슬립에 배인 그녀의 향기를 깊이 들이마신 후 가만히 옆으로 치워두었다. 향기가 아닌 진짜 그녀가 유두와 여성만을 간신히 가린 속옷 차림으로 자신에게 다가오고 있었던 것이다.

바로 앞에 와서도 감질나게 손으로 얼굴과 어깨 등을 쓸어대는 승리를 호국은 와락 끌어당겨 자신의 무릎에 앉혀 버렸다.

"쇼는 그만. 충분해."

"왜요? 아직 더 남았는데?"

불만 섞인 물음에 이어 더 말하려는 그녀의 입을 그가 키스로 막아버렸다. 그의 목구멍을 통해 웅얼웅얼하는 진동이 전해졌으나 호국은 끈기있게 승리를 밀어붙였다. 그리고 마침내 그녀의 팔이 자신의 목에 착하니 감기는 순간 그는 신속하게 움직여 재킷을 벗고 셔츠 단추를 풀어냈다. 그러자 맨살을 간질이는 부드러운 털의 감촉에 그는 더 생각할 겨를도 없이 승리가 입고 있는 브래지어의 후크를 풀어 주방 저 멀리로 던져 버렸다.

그의 손에 쏙 들어오는 그녀의 가슴이 불빛 아래에서 어른거리고 있었다. 호국은 승리를 안아 그대로 소파에 눕히며 다시 키스했다. 그녀의 맨다리가 허리를 옥죄어왔다. 바지로 인해 그녀의 여성과 닿지 못한 그의 남성이 어서 빨리 분출을 요구해 왔다. 그는 팬티의 끈에 손가락을 끼워 잡아 내리려 했다. 하지만 거의 천이 붙어 있지 않는 그것은 참 벗기기도 힘이 들었다.

"젠장."

급해 죽을 지경인데, 생긴 것도 요상한 그것이 말을 듣지 않으니 욕설이 절로 흘러나왔다. 보기에 섹시하다고 절대 좋은 게 아니었다. 그것은 그의 아래 누운 승리도 마찬가지인 듯했다.

"그냥 찢어버려요."

그녀의 말이 그의 욕망을, 충동을 부채질했다. 그의 손에 의해 그녀의 허리에 걸린 팬티 끈이 쉽사리 끊어졌다. 분홍색 털 달린 안대만한 천이 소파 밑으로 떨어졌다. 이젠 다시는 입을 수 없을 테지만 승리도, 호국도 그것에 개의치 않았다. 그녀가 시작한 이 쇼의 마무리를 짓는 데 올인해 있을 뿐.

바지 버클을 벗기는 것을 적극적으로 도와준 그녀로 인해 호국은 좀 더 빨리 그녀의 여성으로 진입해 들어갈 수 있었다. 뜨겁게 꽉 죄는 그녀 안에 들어가는 순간은 언제나 그렇지만 그를 세상에 다시없는 만족감으로 들뜨게 만든다.

몸을 비벼대며 다리로 허리를 죄어오는 그녀 속으로 더욱 깊이 침잠해 들어가며 호국은 천천히 허리를 움직이기 시작했다.

"하아!"

그녀에게서 터져 나온 신음을 만족스레 음미하며 그는 더욱더 속도를 붙였다. 그의 질주에 승리도 쉽사리 보조를 맞추었다. 좁디좁은 소파 위였지만 두 사람은 그 여느 때보다 쇼를 환상적으로 마무리 지었다.

함께 절정에 오른 이후 그녀가 무겁진 않을까 얼른 체위를 바꾸어준 호국 덕에, 승리는 그의 맨가슴에 뺨을 기댄 채 누워 있을 수 있었다. 운동으로 다져진 근육을 매만지는 것은 그와 사랑을 나누는 것만큼 그녀가 좋아하는 사후 행위였다. 가끔 이마나 뺨, 얼굴 여기저기에 쏟아지는 그의 가벼운 키스도.

“으, 술 냄새.”

싫지 않으면서도 승리는 부러 코를 붙잡으며 그를 외면하는 체했다.

“오늘은 봐줘. 이건 다 너 때문이라고.”

“네?”

“한턱 쐈어, 우리 승리 쇼케이스 성공 기념으로.”

진한 자랑스러움이 깃든 호국의 말에 승리는 수많은 팬들 앞에서보다 더욱 가슴이 뿌듯해졌다. 이 남자, 언제나 자신을 대단한 사람인 양 느껴지게 만드는 특별한 능력을 지녔다.

“사랑해요. 그리고 고맙고 미안해요. 난 정말 당신한테 해주는 게 아무것도 없는데.”

“해주는 게 왜 없어. 이렇게 멋진 쇼도 보여주었으면서?”

그의 장난스런 말에 승리는 피식 웃고 말았다. 그녀는 그의 품에 안겨 하루 종일 청소하고, 요리도 할 뻔(?)했던 사건을 미주알고주알 털어놓았다. 반창고가 발린 손가락까지 보여주며.

“에구, 우리 승리 많이 아팠겠네? 호~”

그가 손가락에 입김을 불어주자 승리는 ‘몰라 몰라’ 가슴을 때리며 얼굴을 가려 버렸다. 스스로가 생각해도 지금 두 사람의 행동이 닭살이라 느껴졌던 것이다. 그렇게 가만히 누워 있노라니 괜히 또 그가 의식되었다. 그것은 비단 그녀뿐만이 아니었다. 그녀의 엉덩이를 다시금 쓰다듬기 시작하는 호국의 손길을 통해 그도 다시금 원하고 있다는 사실을 알 수 있었다. 열띤 기대감으로 가슴이 콩닥거리는 와중…… 하늘도 무심하시지. 벼락같이 울린 전화벨이라니. 승리는 눈살을 찌푸린 채 거실의 벽시계를 올려다보았다. 밤 열한 시가 가까워진 시간. 도대체 이 매너없는 인간은 누…….

"아버지셔."

누운 채 고개만 돌려 발신번호를 확인한 호국의 한마디에 승리는 마치 시아버님이 그곳에 계시기라도 한 듯 얼른 일어나 맨몸 위에 슬립을 걸쳤다. 호국 역시 얼른 바지춤을 추스르고 앉아 전화를 받았다. 그의 곁으로 가만히 다가가 앉은 승리는 수화기 가까이 얼굴을 디밀고 통화 내용에 귀를 기울였다.

[도대체 내 손주는 언제 비줄 끼고?]

약주를 한잔하신 듯 권 교장선생님의 혀는 많이 꼬부라져 있었다. 무슨 급한 일인가 했더니, 또 결혼 이후 수도 없이 날아든 독촉이라는 것을 알고 승리는 한숨을 내쉬었다.

"노력하고 있어요."

[노력? 지금?]

너무도 직접적인 부자의 대화에 부끄러워진 승리는 호국의 팔을 마구 두드렸다. 그러나 그는 전혀 개의치 않는 표정으로 대답을 하는 것이었다.

"네. 오늘 밤, 계속 노력할 거예요. 지금 아버지께서 방해하신 거라구요."

[허! 맞나? 그런 기가? 알았다. 내 고마 끊으께. 난중에 보고해라이.]

전화는 다급하게 끊겼다. 만면에 미소 그득인 호국과 달리 승리는 붉어진 얼굴을 손바닥으로 감싸며 그를 노려보았다.

"진짜 뻔뻔해. 아저씨 되면 다 그런 거예요?"

"그래, 아줌마. 난 아저씨라서 뻔뻔해. 어쨌든 하던 건 마저 해야지? 아버지께 '계속'이라고 공약까지 해놨으니."

"누가 자기 멋대로 그러래? 치."

뿌루퉁한 그녀의 입술을 호국이 가볍게 훔쳤다. 한 번, 두 번, 세 번. 그리고 어김없이 깊어진 키스. 아주 길어질 것만 같은 그들만의 밤이 이제 시작되려 하고 있었다. 그 생각만으로 승리의 얼굴에 세상에 다시없이 행복한 미소가 어렸다.

그녀가 늘 얘기했던 세 가지 감각 중 유머 감각과 패션 감각은 그저 그렇다 쳐도, 작은 접촉만으로도 그녀를 설레게 만드는 '그' 감각만은 최고인 남자 권호국에게로 고무신을 들고 뛴 건 진짜 잘한 일이라는 생각이 들었기에. 고무신으로 낚은 이 남자와 함께라면 영원히 행복할 것이라는 확신이 들었기에.

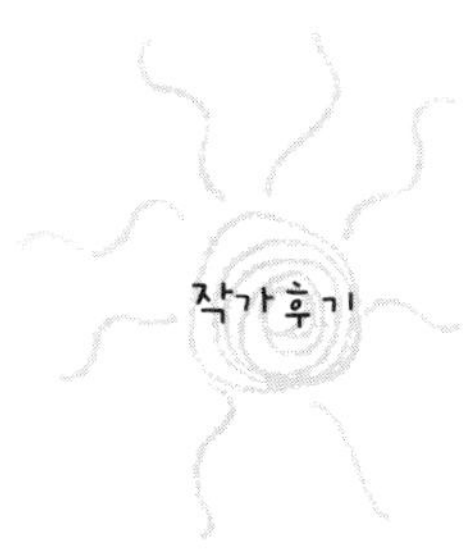

『고무신을 들고 뛰어라』는 『감자의 사랑니』에 이어 제가 두 번째로 시도하는 코믹물입니다. 정통 로맨스와 달리 코믹 로맨스에서는 늘 제 주변의 일들과 제 주변의 인물들을 생각하며 글을 쓰게 되는데요. ㅎㅎㅎ 부끄럽지만 『감자의 사랑니』의 여주인공 자영이 저를 모델로 했다면, 『고무신을 들고 뛰어라』의 여주인공 승리는 제 여동생을—동생아, 미안하다—모델 삼아 탄생한 인물이랍니다. 다만 꿈은 꿈에서 그친 동생과 달리 승리는 가수의 꿈을 결국 이루어냈고, 호국이 같이 든든한 반쪽도 찾았다는 점이 다르다면 다를까요. ^^

동생을 모델로 하긴 했지만, 처음 이 글을 쓰게 된 계기는 남친이 군대 간 동안 고무신 거꾸로 신기는커녕 시도조차 해보지 못한 못난 제 처지를 비관(?)해서였답니다. 그리고 생각을 했죠. 분단국가 대한민국에서, 나처럼 자의 반 타의 반 군대에 간 남친을 기다려 주는 여자가 과연 몇이나 될까. 그런데 그런 바보인지 천사인지 애매모호한 여자들을 주인공으로 쓰고 싶진 않더라구요(아, 물론 이건 저의 지극히 개인적인 생각이에요). 그런 여자 말고, 고무신을 들고 뛰려는 나쁜 여자를 한번 그려보고 싶었어요. 일종의 대리만족이죠. ㅎㅎㅎ

이렇게 결국 꿈을 이루지 못한 동생과 고무신을 거꾸로 신지 못한 제 모습의 반발로 결합되어 탄생한 주인공이 바로 문승리입니다. 어쩌다 보니 엽기스러운 데다 주책맞기까지 한 캐릭터가 되어버린—우리 자매는 전혀 그렇지 않은데 말이죠. ^^;;— 그녀한테 그다지 정이 가지 않았는데, 글을 마칠 즈음 승리의 행복과 성공에 누구보다 기뻐하는 저를 보았습니다. 정말 고백하건대, 제 글들 중 남자 주인공보다도 여자 주인공이 더 마음에 드는 건 이 글이 처음인 것 같아요. 빅토리 승리. 한동안 잊혀지지 않을 것 같습니다. 음, 부디 『고무신을 들고 뛰어라』를 읽는 독자 분들도 저와 같이 승리를 예쁘게 봐주셔야 할 텐데요. 제가 승리를 좋아하는 만큼 승리가 많은 사랑받았으면 하는 바람을 살포시 해봅니다.

마지막으로 『고무신을 들고 뛰어라』가 7개월 여 장기 연재되는 동안 제가 연재를 마칠 수 있도록 정말 많은 힘이 되어준 이들이 있습니다. 저의 연재 보금자리 〈파우더룸〉의 식구들은 언제나 가장 큰 버팀목이죠. 작가 언니들, 리뷰어 수야 언니, 동생 월향이, 그리고 코믹 쪽으로 유난히 약한 나에게 『고무신을 들고 뛰어라』에 대한 많은 조언을 해주었던 친구 미루나무, 고무신이 출간되길 가장 손꼽아 기다려 주시는 듯한—순전히 제 생각이면 안 되는데. ^^;;—부산 모라동 로.미.아 클럽 회장이신 김미

성님 이하 고무신 연재 당시 너무도 사랑해 주셨던 독자 분들(오래되어서 이제 기억도 가물가물. 죄송해요. 담번엔 정말 리스트를 작성해 두겠습니다). 진짜 스페셜 땡스하고 다들 제가 너무너무 사랑하는 거 아시죠?

언제나 느끼는 거지만 글을 쓰면서 만난 인연들만큼 소중한 인연은 없는 것 같습니다. 사랑하고, 사랑받는 이들이 있어서 행복합니다. 글을 놓고 싶을 정도로 고통스러울 때 뒤에서 저를 응원해 주시는 〈파우더룸〉 식구들로 인해 힘을 얻어요. 앞으로도 지금처럼만, 가족 같은 파우더룸이 되었으면 해요.

그리고 진짜 나의 가족들, 내년이면 남친이 아닌 남편으로 작가 후기를 장식하게 될 철, 청어람 로맨스팀 A, B, C님들께도 고맙다는 말을 전하면서 이만 작가후기를 마칩니다.

음…… 그런데 후기를 줄일 때마다 더 좋은 글로 찾아뵈어야 할 텐데, 라는 걱정이 사르르 밀려들어요. 그런 의미에서 저 자신에게 파이팅 한번 외치고 물러나려 합니다.

정유하! 아자아자, 파이팅!

—2006년 유난히 비가 싫어지는 7월에

정유하.

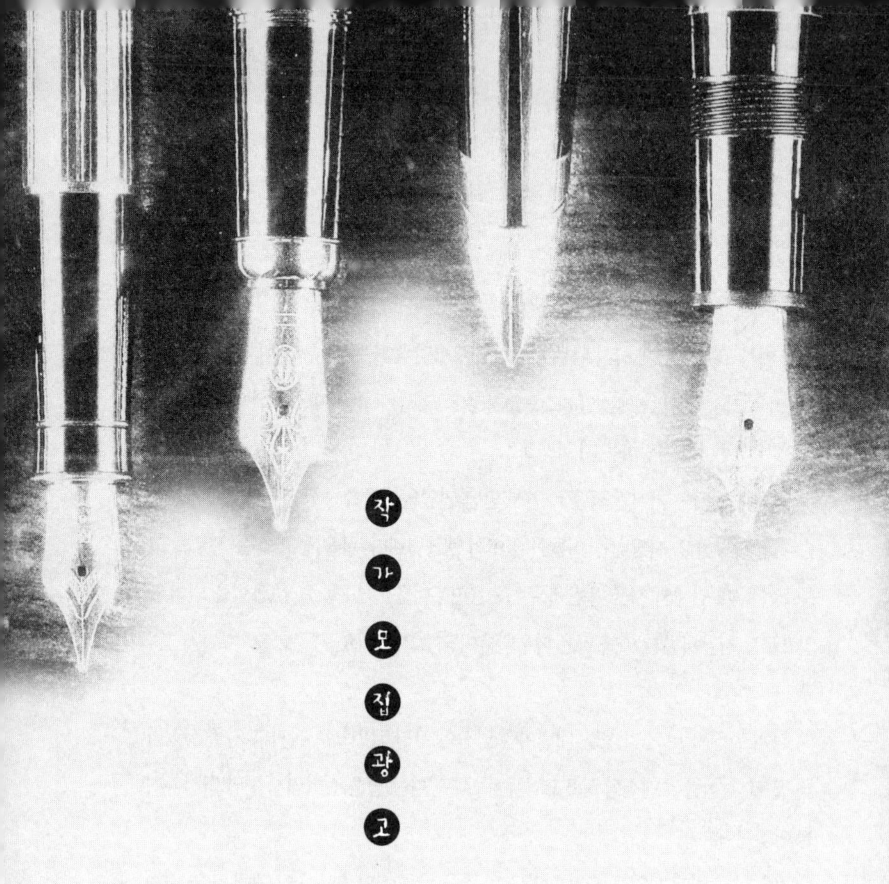

작
가
모
집
광
고